À PROPOS DE L'AUTRICE

Après avoir obtenu un diplôme en littérature anglaise et écriture créative au Boston College, Asha Lemmie a déménagé à New York où elle a travaillé dans l'édition. *Tant de nuances de pluie* est son premier roman, et il a rencontré un immense succès à sa sortie aux États-Unis et en Italie.

Tant de nuances de pluie

ASHA LEMMIE

Tant de nuances de pluie

Traduit de l'anglais (États-Unis) par
SARAH TARDY

Harper
Collins
POCHE

Titre original :
FIFTY WORDS FOR RAIN

(publication originale : Dutton, New York, États-Unis)

Cette œuvre est une œuvre de fiction. Les noms propres, les personnages, les lieux, les intrigues sont soit le fruit de l'imagination de l'auteur, soit utilisés dans le cadre d'une œuvre de fiction. Toute ressemblance avec des personnes réelles, vivantes ou décédées, des entreprises, des événements ou des lieux serait une pure coïncidence.

HARPERCOLLINS FRANCE
83-85, boulevard Vincent-Auriol, 75646 PARIS CEDEX 13
Tél. : 01 42 16 63 63
www.harpercollins.fr
ISBN 979-10-339-2180-6

Pour Hannah, avec tout mon amour,
et pour tous les exclus.
Demain vous appartient.

Prélude

Préfecture de Kyoto, Japon
Été 1948

Le premier véritable souvenir de Nori était son arrivée devant cette maison, à bord d'une voiture. Par la suite, elle avait essayé, des années durant, d'étirer les limites de sa mémoire pour remonter à ce qu'il y avait, avant. Combien de nuits n'avait-elle pas passées, allongée dans le silence, à tenter de se remémorer ? Elle entrevoyait parfois dans sa tête l'image d'un minuscule appartement aux murs jaune vif. Mais cette vision disparaissait aussi vite qu'elle était apparue, sans laisser dans son sillage aucune satisfaction. C'est la raison pour laquelle, si la question lui avait été posée, Nori aurait répondu que sa vie avait réellement débuté le jour où son regard s'était posé sur l'imposant édifice qui, sereinement, se dressait entre le sommet de deux collines vertes. C'était un lieu d'une beauté époustouflante – personne n'aurait pu le nier –, et pourtant, malgré son ébahissement, Nori avait senti son ventre se nouer et ses entrailles frémir en le découvrant. Il était si rare que sa mère l'emmène quelque part que, d'instinct, Nori avait su que l'attendait là-bas quelque chose qu'elle n'aimerait pas.

La vieille automobile bleue s'était arrêtée devant la propriété en crissant. C'était une demeure de style Meiji, ceinte par de grands murs blancs. Par le portail ouvert s'entrevoyait une cour soigneusement entretenue. Les portes de la maison elle-même étaient fermées, cependant, les verrous rabattus. En haut du grand portail étaient gravés des mots qu'une peinture dorée rendait plus visibles encore. Mais Nori ne put les déchiffrer. Elle ne savait lire et écrire que son nom – *No-ri-ko* –, rien d'autre. Elle avait désiré à cet instant, plus que tout, pouvoir lire chaque mot jamais écrit par l'homme, comprendre toutes les langues parlées à travers le monde. La frustration engendrée par son incapacité à décrypter ces mots dépassait l'entendement. Elle se tourna vers sa mère.

— *Okasan*, que signifient ces lettres ?

La femme assise sur la banquette à côté d'elle ne put retenir un soupir d'agacement. Il était évident qu'elle avait été très belle, fut un temps. Elle l'était toujours, mais sur son visage encore jeune commençaient à transparaître les épreuves qu'elle avait endurées dans la vie. Ses cheveux noirs, épais, étaient retenus à l'arrière de sa tête par une tresse qui toujours semblait vouloir chercher à se défaire. Ses yeux gris, doux, étaient baissés. Elle refusait de croiser le regard de sa fille.

— *Kamiza*, finit-elle par répondre. Il est écrit : *Kamiza*.

— Mais c'est notre nom, n'est-ce pas ? piailla Nori, soudain curieuse.

En entendant le gloussement de rire étranglé qui échappa à sa mère, la petite fille sentit les poils de sa nuque se dresser. Le chauffeur, un homme qu'elle n'avait jamais vu avant ce matin-là, leur lança un coup d'œil interloqué dans le rétroviseur.

— Oui, répondit-elle à voix basse.

Son regard était animé par une lueur étrange, que le vocabulaire limité de Nori n'aurait su qualifier.

— C'est bien notre nom de famille, poursuivit-elle. Ma fille, c'est ici que vivent mon père et ma mère. Tes grands-parents.

Le cœur de Nori se mit à battre plus fort. Sa mère ne lui avait jamais parlé d'aucun de leurs proches, d'aucun membre de leur famille. Mère et fille dérivaient ensemble au milieu de la solitude depuis si longtemps qu'il paraissait presque absurde qu'elles puissent être liées à ce lieu, bien réel.

— As-tu déjà habité ici, *okasan* ?

— Autrefois, répondit sèchement sa mère. Avant ta naissance. Il y a longtemps.

Nori fronça le nez.

— Pourquoi es-tu partie ?

— Cela suffit, maintenant, Noriko. Prends tes affaires. Allons-y.

Nori obéit en se mordant la lèvre pour s'obliger à se taire. Sa mère n'aimait pas les questions. Chaque fois qu'elle lui demandait quelque chose, Nori recevait en retour un regard dur. Mieux valait ne pas chercher à savoir. Les rares fois où elle parvenait à donner satisfaction à sa mère, cette dernière la gratifiait d'un demi-sourire. Ou bien d'une friandise ou d'un nouveau ruban, si elle était particulièrement contente. En huit ans de vie, Nori avait réussi à amasser douze rubans – douze fois où elle avait rendu sa mère heureuse.

« Il est judicieux pour une femme d'apprendre le silence, lui disait-elle toujours. Une femme aura beau ne posséder aucune connaissance, elle saura au moins se taire. »

Nori sortit de la voiture et vérifia qu'il ne lui manquait rien. Elle avait bien sa petite valise marron aux sangles effilochées, avec son ruban en soie violet noué à la poignée. Elle avait bien son cartable bleu aux fermoirs métalliques, reçu pour son dernier anniversaire. Ses affaires se résumaient à cela. Non qu'elle ait eu besoin de davantage.

Pour la première fois depuis que sa mère l'avait tirée du lit, à l'aube ce matin-là, elle remarqua que cette dernière n'avait emmené aucun bagage. Campée là, à côté d'elle, dans ses chaussons de soie rose, elle semblait enracinée dans ce trottoir d'un blanc surnaturel. Son regard brillant était posé sur un point que Nori ne put identifier.

Elle mémorisa la façon dont sa mère était habillée : robe bleu ciel mi-longue à manches courtes. Bas couleur chair. Elle portait autour du cou une petite croix d'argent au centre de laquelle un diamant était incrusté. Elle serrait ses paumes jointes si fort devant sa poitrine que de minuscules veines bleues ressortaient sous sa peau délicate.

D'une main hésitante, Nori osa toucher son poignet.

— *Okasan*…

Sa mère cligna des yeux, furtivement, puis laissa retomber ses bras, mollement, de part et d'autre de son corps. Son regard, toutefois, n'avait pas quitté le point qu'il fixait.

— Noriko, dit-elle avec, dans la voix, une tendresse tellement inhabituelle que Nori en resta stupéfaite. Je veux que tu me promettes quelque chose.

Battant des cils, Nori leva les yeux vers sa mère, tout en cherchant à paraître la plus jolie, la plus soumise possible, tout ce que sa mère voudrait qu'elle soit. Elle refusait de laisser ses élans de maladresse gâcher ce moment.

— Oui, *okasan* ?

— Promets-moi que tu obéiras.

Cette demande la désarçonna. Non parce que ses mots ne ressemblaient en rien à ceux qu'elle entendait d'ordinaire, mais parce que Nori n'avait jamais été une enfant à qui il fallait demander d'obéir. Comment pouvait-on juger nécessaire de le dire ? Son trouble devait être palpable, car sa mère se tourna vers elle avant de s'agenouiller pour se mettre à sa hauteur.

— Noriko, reprit-elle avec une gravité que la petite fille ne lui avait jamais entendue auparavant. Promets-le-moi. Promets-moi que tu obéiras à tout ce que l'on te demandera. Sans poser de questions. Sans résister.

Sans croire que réfléchir pourra t'aider. Contente-toi de sourire, de faire ce qu'on te dit. La seule chose plus importante que ton obéissance sera ta vie. L'air que tu respires. Promets-le-moi.

Nori trouvait cette conversation des plus étranges. Un millier de questions lui brûlaient la langue. Elle les ravala.

— D'accord, *okasan*. *Yakusoku shimasu*. Je te le promets.

Sa mère poussa un soupir tremblotant, teinté à la fois de désespoir et de soulagement.

— Écoute-moi, maintenant. Franchis ce portail, Nori. Quand tes grands-parents te demanderont ton nom, que répondras-tu ?

— Noriko, *okasan*. Noriko Kamiza.

— Bien. Ils te demanderont quel âge tu as. Que répondras-tu ?

— Huit ans, *okasan*.

— Ils te demanderont où je suis. Et tu leur répondras que je ne te l'ai pas dit. Que tu ne sais pas. As-tu compris ?

La bouche de Nori était devenue sèche. Son cœur papillonnait dans sa poitrine comme les ailes d'un petit oiseau cherchant à s'échapper de sa cage.

— Tu t'en vas, *Okasan* ? Tu ne viens pas avec moi ?

Sa mère ne répondit pas. Elle se releva, enfouit une main dans sa poche pour en ressortir une épaisse enveloppe jaune.

— Prends ça, lui intima-t-elle en l'appuyant contre la paume moite de Nori. Et donne-la à tes grands-parents quand ils te questionneront.

— *Okasan*, où t'en vas-tu ? répéta-t-elle d'une voix gagnée par la panique.

Sa mère détourna les yeux.

— Chut, Nori. Ne pleure pas. Arrête de pleurer tout de suite !

En un éclair, Nori sentit les larmes qui s'étaient mises à ruisseler retourner derrière ses paupières. Elles aussi étaient trop bien dressées.

— Noriko, poursuivit sa mère dans un murmure plus doux. Tu es une bonne fille. Obéis et tout ira bien. Ne pleure pas. Tu n'as aucune raison de pleurer.

— Oui, *okasan*.

Sa mère hésita pendant un long moment, comme si elle cherchait ses mots. Puis elle sembla se raviser, et donna à la place à sa fille deux petites tapes sur le sommet du crâne.

— Va, je te regarde. Prends tes affaires.

Noriko ramassa ses bagages et s'en alla lentement vers le portail qui se dressait, immense, devant elle. Ses pas rapetissaient à mesure qu'elle se rapprochait.

Elle regardait derrière son épaule, par intermittence, pour vérifier que sa mère la guettait. Oui. Elle déglutit.

Une fois à la hauteur du portail, elle s'arrêta, hésitante. Les grilles avaient beau être ouvertes, son intuition lui disait qu'elle ne devait pas entrer. Elle attendit que sa mère lui crie quoi faire, mais cette dernière se contenta de continuer à l'observer depuis le trottoir, sans rien dire.

Pas à pas, elle remonta lentement l'allée. À mi-chemin, elle s'arrêta, incapable de trouver la force de continuer. Désespérée, elle se retourna vers sa mère, qui repartait vers la voiture.

— *Okasan* ! gémit Nori, et tout son calme, en une terrible fraction de seconde, s'envola.

Elle brûlait de courir la rejoindre, mais quelque chose la paralysait, une chose implacable, impitoyable, qui la tenait là, entre ses griffes puissantes, l'empêchait de bouger, de respirer, de crier, alors même qu'elle voyait sa mère se retourner une toute dernière fois et jeter autour d'elle un regard étrangement brillant, avant de remonter dans la voiture et de claquer la portière. Nori ne fut capable de rien sinon cligner des yeux, quand la voiture accéléra, tourna au coin de la rue et disparut.

Impossible de dire combien de temps elle resta ainsi, pétrifiée. Le soleil était haut dans le ciel lorsqu'elle reprit sa lente ascension le long de l'allée qui menait à la maison. Toujours dans un état second, elle leva sa toute petite main pour donner un coup discret aux portes qui obstruaient l'édifice, et derrière lesquelles il n'était possible d'entrevoir que les étages supérieurs et le toit incurvé. Personne ne répondit. Elle les poussa, espérant à moitié qu'elles résisteraient. Ce fut le cas, et ces portes étaient trop lourdes pour que Nori insiste.

Elle s'assit. Attendit. Combien de temps exactement, elle n'aurait su le dire.

Au bout d'un moment, les battants s'ouvrirent, tirés par une force invisible. Deux hommes imposants, en costume, apparurent et la toisèrent de toute leur hauteur.

— Hors d'ici, petite, dit le premier. Pas de mendiants.

— Je ne suis pas une mendiante, protesta Nori en se levant. Je suis Noriko.

Les deux hommes la fixèrent d'un regard vide d'expression. Elle leur tendit en tremblant l'enveloppe que sa mère lui avait confiée.

— *Kamiza Noriko desu.*

Ils échangèrent un regard qu'elle ne sut déchiffrer. Puis, sans crier gare, ils disparurent derrière les portes de la maison.

Elle attendit. Elle se sentait étourdie, mais s'obligea à rester debout.

Après un autre long moment, le premier homme revint.

— Approche, dit-il en agitant devant lui un doigt recroquevillé.

Il lui arracha ses bagages et partit devant elle à grands pas. Nori se précipita pour le suivre. La maison, somptueuse, ressemblait plus à un palais qu'à un foyer ordinaire, mais l'attention de Nori se recentra rapidement sur la silhouette qui se tenait là, devant.

C'était une vieille dame, aux yeux pareils à ceux de sa mère, à la chevelure soigneusement attachée, striée de mèches grises. Dans son regard, baissé vers Nori, se lisait un étonnement extrême.

Et parce qu'il n'y avait rien d'autre à faire, Nori fit ce qu'on lui avait dit.

— *Konbawa, obasama*, déclara-t-elle. Je m'appelle Nori.

PARTIE I

Chapitre 1

CHANSON DE L'EAU

Kyoto, Japon
Été 1950

La douleur arriva rapidement, avec éclat même. Sans que rien ne puisse l'arrêter, une fois lancée dans sa morbide invasion.

Elle arriva rapidement, oui. Ce fut la propagation qui prit plus de temps.

Nori l'accueillit presque à bras ouverts, sachant que le commencement était le moins terrible, comparé à ce qui l'attendait ensuite. Il y avait d'abord les picotements, comme la queue d'une petite plume qu'on martèle frénétiquement sur la peau. Puis la brûlure qui, lentement, s'installait. Un par un, chaque nerf de son corps se mettait à hurler, jusqu'à ce que tous ces hurlements se fondent en un chœur, ne forment plus qu'un seul cri de protestation. Il y avait les larmes, ensuite. Nori avait appris, les premières années, à ne pas chercher à les retenir, car elles ne faisaient que revenir plus fort.

Les repousser voulait dire se retrouver à court d'air, respirer par le nez en sanglots saccadés, sentir sa cage thoracique se comprimer, de la morve qui dégoulinait et se mêlait aux larmes, formant un fluide qui trop souvent terminait entre ses lèvres ouvertes.

Mieux valait accepter les larmes, avec autant de décence et de dignité que possible. Elles roulaient en silence sur ses joues avec la constance et la fraîcheur d'un ruisseau gazouillant.

Il y avait un semblant d'amour-propre là-dedans, au moins.

— C'est tout pour aujourd'hui, Noriko-sama.

Nori obligea ses yeux brûlants à faire le point sur son interlocutrice : une bonne d'environ trente ans, au visage rond et gracieux, au sourire chaleureux.

— Merci, Akiko-san.

La bonne, avec prévenance, aida la petite fille de dix ans à sortir de la baignoire en porcelaine en lui proposant son bras comme appui.

Au contact de son corps, le tranchant de l'air froid lui arracha un petit cri ; ses genoux se dérobèrent. Akiko la retint avec une force surprenante pour un si petit gabarit, puis la fit sortir en la portant, avant de la déposer sur la chaise préparée pour elle.

Nori commença à se balancer lentement d'avant en arrière, espérant que ce mouvement continu fasse cesser les grelottements. Quelques instants plus tard, la douleur était revenue à un seuil lui permettant d'ouvrir les yeux. Elle suivit du regard Akiko, qui vidait dans le siphon le mélange d'eau chaude et de Javel auquel s'ajoutaient de petits morceaux couleur amande de peau ramollie – *sa* peau.

— Penses-tu que cela fonctionne ? lui demanda-t-elle, s'agaçant elle-même d'entendre l'espoir qui transparaissait dans sa voix. Akiko, penses-tu que cela fonctionne ?

Akiko se retourna vers l'enfant dont elle avait la charge. Nori ne parvenait pas à percer à jour son expression. Mais un minuscule sourire se dessina alors sur ses lèvres, et la fillette se sentit inondée de soulagement.

— Oui, petite madame, je crois que oui. Votre grand-mère sera contente.

— Penses-tu qu'il me sera permis d'avoir une nouvelle robe ?

— Peut-être. Si votre grand-mère me donne l'argent pour acheter le tissu, je vous confectionnerai un *yukata* d'été. Vous ne rentrerez bientôt plus dans l'ancien.

— J'en voudrais un bleu. C'est une couleur noble, n'est-ce pas, Akiko ?

Akiko baissa les yeux et commença à s'affairer pour passer à Nori un sous-vêtement propre en coton.

— Le bleu vous irait très bien, petite madame.

— C'est la couleur préférée d'*obasama*.

— Oui. Allez, maintenant. Je vous monterai votre repas dans une heure.

Ignorant les battements de douleur sourds, Nori obligea son corps à se mettre en mouvement. Ces bains qu'elle prenait quotidiennement fonctionnaient – elle le voyait. Sa grand-mère avait fait tout spécialement acheminer de Tokyo son savon magique, le plus cher qui existait. Nori acceptait de souffrir, car elle avait compris qu'avec le temps ses efforts seraient récompensés. Si Akiko l'y avait autorisée, elle aurait passé la journée entière dans l'eau, mais sa peau sensible ne lui permettait pas d'y rester plus de vingt minutes d'affilée. Elle avait d'ailleurs gardé sur sa jambe gauche une trace de brûlure violette, marbrée, qui l'obligeait à ne porter que des jupes particulièrement longues. Mais la chair tout autour était si claire et si lisse qu'elle en oubliait ce défaut.

Elle voulait qu'il en soit ainsi pour tout le reste de sa peau.

Elle traversa le couloir à pas feutrés, en veillant à ne faire aucun bruit, car c'était l'après-midi et sa grand-mère préférait ce moment de la journée pour dormir. Surtout en hiver, où le soleil se couchait trop tôt et où il faisait trop froid pour rendre des visites mondaines.

Elle se rendit discrètement jusqu'à l'escalier du grenier tout en évitant le regard des domestiques, qui semblaient la dévisager chaque fois qu'elle croisait leur chemin.

Même deux ans après son arrivée, ces gens n'avaient toujours pas l'air accoutumés à sa présence.

Ce n'est pas qu'ils ne l'appréciaient pas, lui avait assuré Akiko, ils n'étaient simplement pas habitués à voir des enfants.

En dépit de cela, retrouver ce grenier loin de tout et de tout le monde était toujours un soulagement. Sa grand-mère avait ordonné qu'il soit nettoyé et transformé en appartement pour elle à l'époque où elle était arrivée.

C'était une pièce immense, remplie d'objets, plus que Nori n'en avait vu de sa vie. Il y avait un lit, une table à manger, trois chaises, une bibliothèque, un panier plein de fournitures pour coudre et tricoter, un petit autel pour prier, un poêle pour les mois d'hiver, une armoire où ranger ses vêtements. Il y avait aussi une petite coiffeuse pourvue d'un tabouret qui, d'après Akiko, avait appartenu à sa mère. Nori avait gardé sa petite valise marron à laquelle était noué son ruban de soie violet. Elle avait gardé son cartable bleu aux fermoirs métalliques. Ces deux choses étaient rangées tout au fond du grenier pour qu'elle puisse, à tout moment, les retrouver.

Mais ce que la fillette préférait dans cette pièce était de loin la fenêtre en forme de demi-lune, au-dessus de son lit, qui donnait sur le jardin à l'arrière de la maison. En se mettant debout sur son lit (Nori bravait déjà là un interdit), elle parvenait à voir la cour protégée par la clôture, sa pelouse verdoyante et ses vieux pêchers dont on ne taillait jamais les branches. Elle parvenait à voir la mare artificielle où des carpes koï projetaient des éclaboussures en nageant. Elle parvenait à voir une partie des toits des maisons environnantes. À ses yeux, ces paysages incarnaient le monde tout entier.

Combien de nuits n'avait-elle pas passées, le front contre cette vitre froide et embuée ? Un très grand nombre, assurément, et la petite fille était consciente de la chance qu'elle avait de ne s'être jamais fait prendre. Car il ne faisait aucun doute que les coups auraient plu.

Pas une fois elle n'avait eu le droit de quitter la maison depuis son arrivée. Néanmoins cette entrave ne lui était pas insupportable, pas vraiment, car cela lui changeait peu de l'époque où elle vivait avec sa mère, qui ne l'autorisait qu'à de rares occasions à sortir de leur appartement.

Mais il y avait malgré tout des règles, beaucoup de règles à respecter si elle souhaitait continuer à vivre dans cette maison.

Et la principale était simple : ne jamais se faire voir, sauf quand on le lui demandait. Rester dans le grenier. Ne pas faire de bruit. Elle recevait trois repas par jour, à intervalles réguliers ; à midi, Akiko la conduisait en bas, dans la salle d'eau, où le bain lui était donné.

Trois fois par semaine, un vieil homme voûté, presque aveugle, lui rendait visite au grenier pour lui enseigner la lecture, l'écriture, les mathématiques et l'histoire. Nori, dans ces moments, n'avait pas l'impression d'obéir à une règle – elle aimait étudier. À dire vrai, elle était même douée. Elle demandait sans cesse à Saotome-sensei de lui apporter de nouveaux livres. Une semaine plus tôt, il était arrivé avec un ouvrage en anglais intitulé *Oliver Twist*. Nori était incapable d'en déchiffrer le moindre mot, mais elle avait pris la décision d'apprendre cette langue. Le livre, relié de cuir, tout brillant, était si beau.

Telles étaient donc les règles auxquelles Nori se devait d'obéir. Elle n'avait pas vraiment de raison de s'interroger. Elle ne les comprenait pas, mais ne cherchait pas non plus à les comprendre.

« Ne réfléchis pas. »

Elle se glissa dans son petit lit à baldaquin et enfonça son visage dans son oreiller frais. Ce petit réconfort lui fit oublier un instant la sensation de brûlure qui persistait sur sa peau. Apaisée par ce désir instinctif d'échapper à la douleur, elle sombra bientôt dans un sommeil profond.

Le rêve était toujours le même.

Elle courait derrière la voiture bleue qui s'éloignait, en appelant sa mère, mais ne parvenait jamais à la rattraper.

D'aussi loin qu'elle s'en souvenait, son corps avait toujours été enclin à une sorte de désobéissance. Sans crier gare, ses bras, ses jambes se mettaient à trembler de manière incontrôlable, à la moindre petite contrariété. Elle était obligée d'enrouler les bras autour de son corps et de serrer le plus fort possible pour faire cesser les tremblements.

Quand Akiko vint la prévenir que sa grand-mère, ce jour-là, lui rendrait visite, elle sentit une fois de plus son corps céder. De peur que ses jambes ne parviennent pas à la soutenir, elle se laissa tomber sur l'une des petites chaises en bois de la table à manger.

— *Obasama* doit venir ?

— Oui, petite madame.

D'ordinaire, sa grand-mère ne venait la voir qu'une fois par mois, deux parfois, pour vérifier ses conditions de vie et surveiller sa croissance.

Quoi qu'elle fît, Nori avait toujours l'impression de lui déplaire. La vieille dame avait ses critères, et rien n'échappait à son regard gris aiguisé. Répondre aux attentes de sa grand-mère provoquait chez la fillette autant d'excitation que de crainte.

La satisfaire était un défi que Nori brûlait de relever. Il n'existait de quête plus noble dans son esprit.

En balayant le grenier du regard, elle se rendit brusquement compte du désordre qui régnait autour d'elle. Un coin de son drap jaune fané dépassait du lit. Un mouton de poussière s'était formé sur la lampe à pétrole de la table de chevet. Le bois qui brûlait dans le poêle éclatait et crépitait si bruyamment qu'à coup sûr certains tempéraments pourraient en être irrités.

Sans un mot, la bonne commença à s'affairer dans la chambre, à nettoyer, à ranger. Akiko n'était que trop habituée aux exigences de la maîtresse des lieux. Elle n'était encore qu'une enfant lorsqu'elle avait commencé à travailler ici.

Ce qui signifiait, bien sûr, qu'elle avait connu la mère de Nori. Une dynamique étrange, en outre, les unissait : Nori avait toujours envie de lui poser des questions, et Akiko avait toujours envie de lui raconter des choses, mais l'une comme l'autre étaient trop obéissantes pour oser.

— Que dois-je porter ? lui demanda Nori d'une voix rauque – elle détesta le tremblement qu'elle entendit. Qu'en penses-tu ?

Elle passa en revue toutes les possibilités. Il y avait la robe à pois bleu marine à manches courtes, avec un col en dentelle. Le kimono vert avec la ceinture rose pastel. Le yukata jaune vif – mais celui-là se portait en été. Et puis le kimono noir. Rien d'autre.

Elle commença à mordiller l'intérieur de sa joue.

— Le noir, déclara-t-elle d'un ton décidé, en réponse à sa propre question.

Akiko se rendit jusqu'à l'armoire et étala le kimono sur le lit.

Nori n'avait pas eu grand mal à faire son choix : à côté de l'étoffe foncée du kimono, sa peau paraîtrait plus claire. Akiko s'approcha avec le vêtement et commença à le lui enfiler, tandis que les pensées de la fillette dérivaient.

Nori passa une main incertaine dans ses cheveux. Dieu qu'elle les détestait. Une crinière épaisse, indomptable, obstinément bouclée malgré les coups de brosse qu'elle donnait quotidiennement. Leur couleur, aussi : un brun étrange qu'elle comparait à celui de l'écorce d'un chêne. Jamais elle ne réussissait à les laisser tomber, lisses, sur ses épaules, comme pouvaient le faire sa mère et sa grand-mère.

Cependant, lorsqu'elle les brossait suffisamment, en raclant le crâne, elle parvenait à les aplatir assez pour réaliser une longue tresse serrée qui lui descendait dans le bas du dos, et au bout de laquelle elle nouait un ruban coloré. De cette manière, elle pouvait presque faire croire que ses cheveux étaient normaux.

Elle avait choisi son ruban rouge ce jour-là – l'un de ses douze rubans. C'était son préféré, car sa couleur, pensait-elle, faisait ressortir ses yeux d'un brun doré. Il n'y avait bien que cela que Nori aimait chez elle, ses yeux, que même sa grand-mère, un jour, en passant, avait remarqués – « Intéressants », avait-elle déclaré.

Elle n'avait rien à redire à leur forme en amande. Son regard, au moins, n'était pas trop différent des autres.

Après avoir fini de l'habiller, Akiko se retira.

Nori alla se camper au milieu du grenier, le dos bien droit, et attendit. Elle résista à l'envie de remuer. Ses mains étaient sagement jointes devant sa poitrine. Elle les observa, non sans un certain dégoût. Il y avait quand même du mieux. Ces deux années de bain commençaient à porter leurs fruits. Sans doute faudrait-il encore deux autres années pour obtenir une peau suffisamment claire pour pouvoir quitter le grenier.

Contrairement à sa grand-mère, qui lui rendait visite de temps en temps, son grand-père, lui, s'appliquait à l'éviter. Sa position de conseiller de l'Empereur l'obligeait, de toute façon, à passer la plupart de son temps à Tokyo. Les très rares fois où leur chemin s'était croisé, son grand-père lui avait lancé un regard dur comme la pierre, et Nori avait senti tout son corps se refroidir. Elle avait déjà posé des questions sur lui à Akiko. Mais son visage devenait alors inexpressif, et la bonne se contentait de répondre : « C'est un homme très important, un homme très puissant. » Puis elle se dépêchait de détourner la conversation.

Aussi forte que fût sa curiosité, Nori avait compris qu'il s'agissait là d'un sujet à ne pas aborder avec sa grand-mère. Elle ne se souvenait que trop bien des conseils de sa mère et savait, même sans tout à fait les comprendre, qu'ils lui avaient déjà été bien utiles. Quant à savoir où cette dernière se trouvait ou quand elle rentrerait, Nori n'en avait pas davantage appris. Mieux valait ne pas y penser.

Un bruit de pas l'avertit de l'arrivée de sa grand-mère. Mais au lieu de lever les yeux, elle les baissa en s'inclinant profondément.

La femme devant elle resta silencieuse un moment. Puis elle dit dans un soupir :

— Noriko.

Ce mot était le signal pour lui donner la permission de se redresser. Elle s'exécuta lentement, tout en veillant à garder les yeux baissés en signe de respect.

La vieille dame, brusquement, se rapprocha d'elle et, d'un geste vif, tendit un doigt sec pour lui redresser le menton.

Nori posa son regard sur le visage de sa grand-mère. Les vestiges de son éclat passé étaient visibles malgré l'empreinte du temps. Des ridules parcheminaient sa peau soyeuse, dont la couleur jaune pâle rappelait presque celle d'une coquille d'œuf. La beauté de sa grand-mère était celle d'un autre temps : le cou long, les mains petites, les doigts fuselés. Des cheveux noirs, auxquels des mèches blanches s'ajoutaient chaque année, qui tombaient en une cascade parfaite encore plus bas que sa taille. Un nez fin et des yeux saisissants, à la forme délicate, de ce gris-noir étonnant, propre à la famille Kamiza, à la vue duquel Nori, non sans une pointe de douleur, ne pouvait s'empêcher de penser à sa mère.

Et puis, il y avait bien sûr cette élégance, cette grâce de cygne si agaçante, que les deux générations qui la précédaient dégageaient naturellement. La contempler était autant une torture qu'un plaisir.

— *Konnichiwa, obasama*, dit Nori en se retenant de se recroqueviller sous la puissance du regard de cette femme. Que Dieu vous apporte bonheur et santé.

Yuko opina du chef, comme si elle passait en revue une liste de choses à faire dans sa tête. Puis elle recula légèrement, déclenchant chez Nori un soupir de soulagement presque inaudible. La vieille dame parcourut rapidement le grenier du regard, puis acquiesça de nouveau.

Nori tira l'une des chaises rangées devant la table pour la lui proposer. Mais sa grand-mère n'esquissa aucun mouvement pour s'asseoir.

— Je crois que tu as grandi, déclara-t-elle.

Nori, qui ne s'attendait pas à une telle remarque, se sentit prise de court.

— Un peu, madame, répondit-elle.

— Quel âge as-tu ?

Nori se mordit la lèvre en priant tout bas pour que ses émotions retournent au fond de leur grotte, dans ses entrailles.

— Dix ans, grand-mère.

— Dix ans. As-tu déjà commencé à saigner ?

Nori sentit la panique l'envahir. Saigner ? Elle était censée saigner ?

— Je… Je vous demande pardon. Je ne comprends pas.

Mais, plutôt que de répondre par la colère ou le mépris, comme s'y attendait Nori, sa grand-mère se contenta, une nouvelle fois, de hocher la tête. Nori avait dû donner la réponse souhaitée.

— Comment progressent tes leçons ?

À ces mots, Nori s'anima instantanément, perdant toute retenue pendant un instant.

— Oh ! elles sont merveilleuses. Saotome-sensei est un très bon professeur. Et il dit qu'il me faudra d'autres livres lorsque je saurai lire un peu mieux. J'en possède déjà deux nouveaux. Ils sont en anglais. Il dit que j'ai un don naturel pour…

Yuko planta sur Nori un regard glacial qui lui coupa les jambes. Elle s'arrêta aussitôt. Sa bouche, lorsqu'elle la ferma, était remplie d'un goût de bile.

« Il est bon pour une femme d'apprendre le silence. »

Elle baissa la tête, fixa son regard sur le vieux plancher, regrettant de ne pouvoir faire qu'un avec lui. Puis, à sa grande horreur, elle sentit que des larmes commençaient à lui piquer les yeux. Elle battit plusieurs fois des cils, rapidement, pour les repousser.

Une éternité sembla s'écouler avant que sa grand-mère ne se remette à parler.

— Combien pèses-tu ?

Fort heureusement, Nori connaissait par cœur la réponse à cette question. Elle était pesée chaque jour avant le bain.

— Dix-huit kilos, grand-mère.

Une nouvelle fois, la vieille femme hocha la tête.

— Tes cheveux poussent bien. Ton teint s'améliore – légèrement. J'ai fait acheminer de nouveaux produits. Je pense qu'ils devraient bientôt arriver.

— Merci, grand-mère.

— Tu pourrais être jolie, un jour, Noriko. Vraiment jolie, même.

— Merci.

Il fut un temps où cette remarque aurait comblé Nori de joie, l'aurait remplie d'espoir, lui aurait permis d'entrapercevoir un avenir en dehors de ce grenier. La peur de l'avenir avait semé chez elle une angoisse constante. Elle n'avait pas la moindre idée de ce à quoi il ressemblerait, aucun projet. Sauf qu'il serait un jour là, devant elle, son regard planté dans le sien tandis qu'elle resterait muette. Voilà pourquoi Nori aurait dû se réjouir d'entendre ces mots.

Mais, même s'ils suscitaient effectivement en elle un certain optimisme, elle savait à présent ce que recelait cette promesse.

Sans mot dire, sa grand-mère sortit des plis de ses manches une cuillère en bois venue de la cuisine. Bien que désormais accoutumée à ce rituel, Nori se sentit prise de tremblements si forts qu'on aurait presque dit des convulsions. Une fois de plus, elle avait échoué, s'était éloignée d'un cran du monde civilisé, condamnée à demeurer plus longtemps encore dans ce grenier. Elle n'était pas prête. Peut-être ne le serait-elle jamais.

Yuko passa sa langue sur ses lèvres fines.

— Une fille doit avoir de la discipline. Tu apprends, cela est vrai. Akiko et ton professeur en ont attesté. Mais tu es toujours trop impertinente. Trop effrontée. Comme ta mère, cette putain.

Les mains de Nori se resserrèrent autour de la chaise à laquelle elle était restée accrochée. Sans attendre l'ordre de sa grand-mère, elle se baissa.

— Tu es douée pour apprendre, mais cela n'est pas si important. Tu manques de stature, d'élégance. J'entends ton pas lourd faire trembler la maison comme un *zou*. Nous sommes de lignée impériale. Nous ne marchons pas comme des cueilleurs de riz.

Les yeux toujours baissés, Nori la sentit approcher de la chaise devant laquelle elle se tenait, maintenant pliée en deux.

— La discipline est une chose primordiale. Il faut te l'inculquer.

Elle sentit une main relever le bas de son kimono et de sa blouse, exposant son corps nu, seulement caché par une fine culotte en coton. Elle ferma les yeux.

Puis, d'une voix presque inaudible, sa grand-mère ajouta :

— Tu n'es qu'une fille maudite, vouée à la déchéance.

Le premier coup de cuillère s'abattit avec une vivacité stupéfiante. Le bruit, puissant, précis, la surprit plus que la douleur. Ses dents se plantèrent si violemment dans sa lèvre inférieure qu'elle sentit la chair se fendre.

Le deuxième et le troisième coup furent plus forts encore. Aucune graisse sur son corps élancé ne permettait d'amortir la puissance de l'impact. Elle se mit à compter, comme elle le faisait toujours. *Quatre. Cinq. Six.*

Le bas de son dos fut envahi par une douleur lancinante dont elle aurait juré pouvoir entendre les battements. Ses omoplates commençaient à trembler tant l'effort qu'elle livrait pour tenir debout était grand. *Sept. Huit. Neuf.*

Il ne servait plus à rien de chercher à retenir ses larmes. Elle les laissa monter en s'efforçant de conserver toute la dignité qui lui restait. Elle s'interdisait de crier, cependant. Quand bien même cela lui coûterait de se mordre la lèvre à y laisser un trou, jamais elle n'aurait émis le moindre bruit. *Dix. Onze. Douze.*

Par-dessus les rugissements qui inondaient ses oreilles, elle entendit sa grand-mère qui, à présent, haletait sous l'effort. *Treize. Quatorze.*

Le compte, semblait-il, était atteint. L'espace d'un instant, toutes les deux restèrent figées dans la même position. Plus aucun bruit, hormis celui de la respiration lente et saccadée de sa grand-mère.

Nori connaissait déjà la suite. Elle n'avait pas besoin de se retourner. Elle ne savait même plus si ce qui était en train de se passer se déroulait là, sous ses yeux, ou si elle voyait ces choses en pensées. Sa grand-mère abaissa lentement le bras, prit soin de lisser ses vêtements. Il y aurait ensuite le regard : sévère, légèrement contrit. Peut-être fallait-il même y lire un peu de pitié. Mais tout disparaîtrait ensuite pour ne plus laisser qu'une indifférence polie. Yuko serait déjà passée à autre chose. Nori devrait alors attendre d'entendre l'escalier grincer sous le pas de sa grand-mère pour avoir le droit de se relever.

Le troisième acte de cette pièce de théâtre pourrait alors commencer.

Le changement de position fit ressortir la douleur si vivement que la petite fille se tortilla comme si quelque chose l'avait piquée. *Inspire. Souffle.*

Elle posa une main sur son visage et se servit de l'autre pour se masser vigoureusement le bas du dos. Une heure environ à attendre, et Akiko arriverait avec une serviette chaude pour la soulager. Pendant ce temps, mieux valait éviter de s'asseoir. Les traces de coups qu'elle portait sur les fesses et le haut des cuisses auraient disparu dans quelques jours. Mais à présent qu'elle se trouvait seule, d'autres douleurs se réveillaient dans ses mains, ses pieds. Et comme pour ne pas être laissé pour compte, son ventre aussi commença à se nouer. Malgré tout, Nori s'efforça de garder la tête haute et de ne faire aucun bruit.

Pour qui jouait-elle cette comédie ? Elle ne le savait même pas.

Elle imaginait parfois que les spectateurs étaient ces yeux invisibles qu'elle sentait sur elle, comme si sa grand-mère les avait incrustés dans les murs. Parfois encore, elle imaginait la jouer pour Dieu. Elle était convaincue que si Dieu voyait le courage dont elle faisait preuve, même lorsqu'elle se trouvait seule, il lui ferait alors grâce d'une sorte de miracle.

Elle retira son kimono avec précaution pour ne rester qu'en culotte. Elle ne devait pas laisser traîner ses vêtements, mais elle le jeta quand même par terre. Akiko s'en occuperait. Nori savait qu'elle n'était pas du genre à tout rapporter – si tel avait été le cas, les coups de sa grand-mère auraient été bien plus fréquents.

Nori aimait à penser qu'Akiko ne détestait pas le rôle qu'on lui avait attribué. Même si s'occuper de la bâtarde de la famille était assurément une tâche ingrate, au moins le travail n'était pas si pénible que cela. Nori faisait son possible pour faciliter la vie de la pauvre femme, autant par culpabilité que par obéissance.

Petit pas par petit pas, elle avança jusqu'à l'autel situé à l'autre bout du grenier, si lentement qu'elle aurait pu en rire. La prière, trois fois par jour, faisait partie de ses obligations. Mais celle-ci ne la dérangeait pas ; à dire vrai, Nori appréciait ces moments.

L'autel était de loin son objet préféré – même s'il ne lui appartenait pas, à proprement parler. Il s'agissait d'un vieux meuble de sa mère, encore un, dont personne ne voulait plus, une simple petite table en bois recouverte d'un morceau de velours violet, dont les bords étaient cousus de fil d'or. Dessus était posé un crucifix d'argent délicatement gravé, entouré par deux bougies. Nori frotta une allumette pour les allumer avant de s'agenouiller sur le petit coussin placé devant.

Sous l'effet de leur chaleur réconfortante, elle laissa ses yeux se fermer.

Mon Dieu,

Je Te demande pardon pour mon impertinence. Je n'oublierai pas de demander à Saotome-sensei ce que veut dire « impertinence » pour être sûre de ne plus jamais recommencer. Je Te demande pardon pour mes cheveux. Je Te demande pardon pour ma peau. Je Te demande pardon pour tous les ennuis que je crée aux autres. J'espère que Tu n'es pas trop fâché contre moi.

S'il Te plaît, veille sur ma mère. Je suis certaine qu'elle a beaucoup de chagrin de ne pas avoir pu venir me chercher.

S'il Te plaît, aide-moi, pour que je sois prête bientôt.

Ai,

Nori

Comme souvent lorsqu'elle achevait une prière, elle resta immobile un moment. Ce qu'elle aimait avec Dieu, c'était qu'Il était la seule personne à qui Nori avait le droit de poser des questions. Ce privilège l'exaltait même tellement qu'elle se souciait à peine de ne pas recevoir de réponse.

Les mois d'hiver s'achevèrent dans la même monotonie. Les jours se fondaient les uns dans les autres. Elle eut droit à deux autres visites de sa grand-mère, lors desquelles elle reçut respectivement douze et seize coups de cuillère. À un moment, la matriarche avait émis une remarque selon laquelle, afin de ne pas laisser des cicatrices, seraient mises en place de nouvelles méthodes pour la punir.

À l'approche du printemps, Nori vit le monde autour d'elle changer. Elle vit que la lumière du soleil persistait de plus en plus tard. Elle vit, par sa fenêtre, que les fleurs du jardin se déployaient en couleurs vives. Et bien qu'au départ elle n'en fût pas tout à faire sûre, elle commença aussi à noter des changements sur son propre corps. Sa poitrine, d'habitude aussi plate qu'une planche à repasser, commençait à saillir très légèrement. Ses hanches devenaient plus larges, même si la différence était infime.

Et son poids, qui depuis deux ans avait toujours avoisiné les dix-huit kilos, grimpait obstinément. Ce facteur l'alarmait plus que tous les autres. Elle avait demandé à Akiko de réduire ses portions, mais la bonne avait dit non.

— Déjà que vous avez un appétit d'oiseau, Nori-sama. Vous allez tomber malade.

— Je vais devenir grosse, tu veux dire.

— Petite madame, tout ça est normal. Vous devenez une femme. Il est des filles à qui cela arrive tôt, voilà tout. Le moment venu, votre grand-mère vous expliquera. Ce n'est pas mon rôle.

« Ce n'est pas mon rôle. »

Cette phrase, Akiko la répétait chaque fois qu'un sujet la dérangeait. De temps en temps, elle prenait quand même pitié de Nori et acceptait de répondre à ses questions. Nori voulait toujours savoir pourquoi les choses étaient comme elles étaient. Mais les réponses de la bonne demeuraient partielles, car sitôt après avoir commencé à parler elle se refermait, craignant d'en avoir trop dit, et laissait Nori terminer le puzzle toute seule.

C'était grâce à elle que Nori savait qu'elle était une bâtarde. Cela signifiait qu'elle ne pourrait jamais être une Kamiza, une vraie, et que sa grand-mère devait trouver un autre héritier.

Elle était arrivée à la conclusion que sa mère non plus ne pouvait pas être cette héritière, puisque celle-ci était qualifiée de « putain ».

Mais malgré les nuits qu'elle passa à genoux, à prier pour une intervention divine, Nori continua de constater tous ces changements avec effroi.

Un malaise atroce la gagna à force de sentir le temps, inexorablement, la pousser vers l'avant, sans la moindre délicatesse, sans se soucier un instant de savoir si elle s'y sentait prête ou non.

Son apprentissage, lui aussi, progressait rapidement. Il ne lui restait que cela. Elle lisait pendant des nuits entières, à s'en faire mal aux yeux, faute de pouvoir se raccrocher à autre chose.

Ses progrès rendaient son professeur perplexe. Quel que soit le livre qu'il lui donnait, Nori le lui rendait le jour même – il pouvait lui arriver d'en rendre deux. Quand elle lui disait les avoir terminés, le professeur refusait de la croire.

— Ce n'est pas possible, lui rétorquait-il. Pas pour une enfant de ton âge. Une fille, qui plus est.

— Mais c'est vrai, *sensei*. J'ai tout lu.

La grimace que ces mots provoquaient au vieil homme donnait l'impression que ses rides fusionnaient.

— Tu n'as pas lu comme il faut.

Ne trouvant rien à répondre, Nori baissait les yeux vers ses cuisses.

« Ne résiste pas. »

Ils changeaient alors de sujet et son *sensei* reprenait d'une voix monotone sa leçon. Mais Nori n'écoutait plus. *La Chanson de deux pauvres hommes* lui revenait en mémoire tandis que ses pensées dérivaient.

Yononaka wo
Ushi to yasashi to amoe domo
Tobitachi kanetsu
Tori nis hi arane ba.

« Je sens que la vie est
Triste et insupportable
Pourtant je ne peux m'enfuir
Car je ne suis pas un oiseau. »

Chapitre 2

LE GARÇON AU VIOLON

Kyoto, Japon
Hiver 1951

Par un matin morose de la fin du mois de janvier, la grand-mère de Nori vint la trouver sans crier gare pour lui annoncer qu'elle avait un frère, lequel viendrait prochainement vivre avec eux.

Elle avait un frère.

Son aiguille à coudre levée en l'air, elle battit des cils, incrédule. La poupée de chiffon dont elle voulait recoudre les yeux en bouton, soudain oubliée, resta sur ses genoux.

— *Nani ?* demanda-t-elle bêtement, incapable de formuler une réponse plus élevée. Comment cela ?

Yuko la foudroya du regard, de toute évidence agacée d'avoir à se répéter.

— Je ne pouvais te le dire avant, mais le moment est venu pour toi de le savoir. Ta mère a été mariée avant sa disgrâce… avant ta naissance. Elle a eu un fils de ce mariage. Son père vient de mourir. C'est la raison pour laquelle nous l'accueillons. À vrai dire, il devrait arriver d'un instant à l'autre.

Nori hocha la tête en espérant que ce geste aide son cerveau à absorber ces informations. Elle n'aurait su dire pourquoi, mais à présent que Yuko lui avait livré ces révélations sur sa mère et son passé qu'elle avait toujours brûlé d'entendre, elle les trouvait tellement absurdes qu'elle en aurait presque ri.

— Il doit arriver aujourd'hui, répéta-t-elle. Pour vivre avec nous.

Sa grand-mère hocha la tête sèchement avant de reprendre, sans cacher son mécontentement d'avoir été interrompue :

— Il a quinze ans. J'ai commandé des rapports sur lui à ses professeurs et à son entourage. Tout le monde s'accorde à dire que c'est un garçon exceptionnellement doué, qui apportera beaucoup d'honneurs à sa famille.

Elle marqua une pause, puis poussa un soupir irrité, voyant que Nori ne réagissait pas.

— Noriko, poursuivit-elle. C'est une bonne nouvelle. Une nouvelle dont nous sommes tous heureux.

— Oui, *obasama*. Je suis très heureuse.

C'était la première fois que Nori prononçait de tels mots.

Le regard glacial que lui lança sa grand-mère la pétrifia. Son attitude, comme toujours, était tout sauf celle d'une femme heureuse.

— Il a été averti de ta… présence, ajouta-t-elle avec une grimace amère.

Alors que l'existence de Nori laissait sa grand-mère relativement indifférente (même si, de temps en temps, et paradoxalement, se décelait chez elle une sorte d'intérêt malsain pour sa petite-fille), elle semblait avoir perdu toute la patience dont elle avait pu faire preuve auparavant. Nori ne put qu'en conclure que l'arrivée imminente de ce garçon ne rendait que plus odieuse sa présence à elle, la bâtarde, jusqu'ici tolérée.

Sa grand-mère prit une grande respiration avant de poursuivre.

— Je l'ai assuré que tu ne le dérangerais pas. S'il choisit de te fréquenter, alors soit. Mais tu ne lui parleras que s'il te parle en premier. Il est l'héritier de cette maison.

Tu lui dois déférence et respect, et cela commence par le silence. *Wakarimasu ka ?* Est-ce compris ?

En temps normal, Nori aurait hoché la tête ou baissé les yeux, aurait réagi de manière à montrer son désir d'obéir, dans l'espoir que tous ces petits gestes soient, par quelque miracle, vus par sa mère, où qu'elle se trouvât.

Mais au moment précis où elle s'y apprêtait, quelque chose en elle explosa, et le mot jaillit malgré ses lèvres scellées.

— Non !

Un silence de mort tomba dans la pièce. Nori regarda autour d'elle comme si elle cherchait qui avait parlé. Ce ne pouvait pas être elle.

Elle se tourna vers sa grand-mère, qui paraissait aussi choquée qu'elle. Ses yeux effilés étaient écarquillés ; la moue sur sa bouche s'était effacée. Comme Nori, elle aussi lança autour d'elle un coup d'œil furtif, comme pour vérifier qu'un fantôme ne se trouvait pas parmi elles.

Nori ordonna à ses lèvres de former les mots pour réparer cet affront mais d'autres s'échappèrent à la place.

— Je… Je voulais dire que… que je dois lui parler. Il faut que je lui parle. *Onegai shimasu, obasama.* Par pitié.

Cette fois, Nori ne bénéficia pas de ce moment suspendu causé par la sidération. En quelques secondes, sa grand-mère franchit la distance qui les séparait. Elle entendit la gifle atterrir sur sa joue avant de la sentir. Elle l'entendit claquer d'un côté de son visage, et l'espace de quelques instants sa vision se troubla, le monde devint blanc. La poupée glissa par terre, et Nori, à son tour, s'effondra.

La main de sa grand-mère s'abaissa. Aucune émotion n'était visible sur son visage. Aucune colère. Rien. Elle se contenta de répéter sa question, lentement, calmement, comme si elle s'adressait à une attardée mentale.

— Est-ce compris ?

En une fraction de seconde, la crainte de Dieu se remit à peser sur Nori. Quelqu'un avait, semblait-il, appuyé sur un bouton. L'ordre des choses s'était rétabli. Une petite voix, qui semblait lointaine, s'éleva.

— Oui, grand-mère. Bien sûr. Comme vous voudrez.

Sa réponse fut accueillie avec un hochement de tête sévère.

— Bien. Je te ferai appeler lorsqu'il arrivera. Akiko t'a acheté une nouvelle tenue pour l'occasion.

Cela faisait plus de six mois que Nori n'avait pas reçu de nouveau vêtement ou accessoire. Elle vivait dans l'attente de ces cadeaux, n'importe lequel pourvu qu'il brille, pourvu qu'elle puisse le porter dans ses cheveux ou autour de son cou en un gros nœud. Ces petites choses étaient, plus que tout, ce qui illuminait l'existence de Nori. Pourtant, l'annonce de sa grand-mère ne déclencha chez elle aucune joie. Elle ne se demanda même pas de quelle couleur serait cet habit.

Et bien que sachant qu'elle devait lui témoigner sa reconnaissance, les mots refusèrent de sortir.

Elle resta agenouillée là, pendant peut-être une minute, pendant peut-être une heure, tandis que sa grand-mère continuait à lui dérouler des consignes sur la conduite à tenir.

— Pour l'amour de Dieu, tu garderas pour toi tes questions idiotes… Je ne veux plus de ce pas lourd et bruyant… Tiens-toi droite sur ta chaise… Baisse les yeux et souris… On croirait voir quelqu'un qui mange un citron… Dignité… Respect… Élégance… Convenances… Honneur…

Sans trop savoir comment, malgré le bruit de son cœur battant qui l'empêchait d'entendre distinctement ces mots, Nori parvint à hocher la tête de temps en temps. Il faisait chaud dans le grenier, mais sa peau était couverte de chair de poule.

Sa bouche était comme remplie de poussière de bois.

Ce ne fut qu'au moment où sa grand-mère lui tournait le dos, prête à s'en aller, que Nori se rappela ce qu'elle avait oublié. Avec hésitation, elle s'avança de deux pas et tendit une main tremblante, sans vraiment savoir elle-même ce qu'elle désirait attraper.

— Ah… *obasama* !

Sa grand-mère se figea pendant plusieurs secondes avant de tourner la tête. Le geste fit onduler sa cascade de cheveux soyeuse. Son regard était noir comme l'orage.

— Son nom…, bégaya Nori en clignant frénétiquement des paupières. Quel est son nom ?

— Akira.

Puis, sans un mot de plus, sa grand-mère repartit, signifiant clairement par là qu'elle avait consacré à cet échange plus de temps qu'elle n'aurait dû.

Nori se retrouva seule dans le grenier silencieux. Ses jambes, comme souvent, tremblaient de manière incontrôlable – mais pas de peur, cette fois. Pas à cause de cette angoisse insoutenable qui, d'ordinaire, pesait sur elle à chacun de ses pas.

Nori tremblait pour une tout autre raison. Simplement, elle ignorait laquelle. Elle n'aurait su nommer cette émotion. Tout d'un coup, l'ordre que lui avait donné sa grand-mère de ne jamais adresser la parole à son frère, à moins d'y être invitée, lui apparaissait comme une parfaite absurdité. Pour la première fois, Nori prenait conscience de ce qu'était un ordre, au fond : des mots, assemblés. Ni plus ni moins.

Peut-être ce sentiment était-il de l'espoir. Le vrai.

Elle leva son index vers ses lèvres et le promena sur leur contour pendant qu'elle prononçait tout bas les syllabes de son nom : *A-ki-ra…*

— Akira, répéta-t-elle tout haut, distinctement.

Elle souffla l'air qu'elle n'avait pas eu conscience de retenir pendant tout ce temps, un soupir plus grand que son corps tout entier. Puis elle répéta le nom.

— Akira.

Elle aurait pu répéter ce nom chaque seconde de chaque jour, aussi longtemps qu'elle vivrait, sans jamais se lasser de le sentir sur ses lèvres.

Elle ne s'était même pas rendu compte qu'elle riait. Elle ne s'en aperçut qu'au moment où sa mâchoire commença à lui faire mal. Elle se mordit alors le doigt pour étouffer ce rire, en vain : le son s'échappait, ricochait sur le haut plafond. S'il ne s'arrêtait pas et que quelqu'un l'entendait, Nori passerait un sale quart d'heure. Et pourtant, elle ne s'arrêta pas.

C'était une robe lilas, d'une couleur extraordinaire. Elle avait des manches courtes bouffantes et un col brodé de dentelle blanche. L'ourlet, qui tombait juste au-dessus des chevilles, était brodé de la même dentelle. Elle avait aussi reçu de nouveaux bas blancs qui montaient jusqu'aux genoux. Elle les assortirait à son ruban bleu ciel. Penser à ce qu'elle ferait de ses cheveux la rendait malade. Ce jour plus que tout autre, ils devaient être raides.

Elle passa la brosse sur son crâne avec sauvagerie, arrachant au passage des touffes entières de frisures brunes qui tombèrent par terre. Akiko la regarda, les sourcils froncés.

— Laissez-moi faire, petite madame.

— Je peux m'en occuper.

Le brossage terminé, elle autorisa la bonne à lui faire deux tresses serrées que celle-ci enroula en un chignon dans le bas de la nuque de Nori.

Elle se regarda sans le miroir. Il faudrait faire avec. Il y avait tant à revoir chez elle. À quoi bon s'acharner, se braquer sur des choses auxquelles elle ne pouvait rien ? Pour le moment au moins, elle devait l'accepter.

— Est-il arrivé ?

— Pas depuis la dernière fois que vous avez demandé, il y a cinq minutes, mademoiselle.

Nori se mordit la lèvre. Le jour commençait à décliner. Il aurait dû être arrivé. Forcément.

Où était-il ?

— D'où vient-il, Akiko ?

— De Tokyo, je pense.

— C'est de là que grand-mère fait acheminer tout ce qu'elle achète, pas vrai ? De la capitale ?

— Oui.

— Ce garçon doit être très important, dans ce cas.

Akiko éclata de rire sans que Nori comprenne vraiment pourquoi.

— Tous les gens qui habitent Tokyo ne sont pas importants, petite madame. Mais je suis certaine qu'Akira-sama, si. Vous venez d'une très grande famille.

— Grand-père travaille dans la capitale, marmonna-t-elle en réponse, plus pour elle-même que pour Akiko. Il travaille au service de l'Empereur. C'est pour cette raison qu'il n'est là que si rarement.

— Oui, répondit Akiko, bien qu'elles en aient déjà parlé. Souhaitez-vous que je vous apporte votre dîner ?

— Non, merci.

Pas question de prendre le risque d'avoir de la nourriture coincée entre les dents quand Akira-sama arriverait. Elle appréhendait déjà assez de parler à un garçon – chose qu'elle n'avait jamais faite de sa vie. Elle savait bien sûr à quoi ressemblaient les garçons. Elle avait vu un tas d'images dans ses livres, y compris celles des grands bâtiments que l'on construisait de l'autre côté de la mer. Elle avait vu des lacs, des montagnes, des étangs. Elle s'était inventé de petits jeux pour mémoriser ces images et les mots qui leur correspondaient, afin de les connaître quand viendrait le moment de quitter cet endroit.

Il ne faisait nul doute que son frère aurait vu toutes ces choses pour de vrai. Nori ne voulait absolument pas passer pour une ignorante devant lui.

— Crois-tu…, commença-t-elle en mordillant sa lèvre inférieure. Crois-tu qu'il m'appréciera ?

Le visage d'Akiko s'adoucit. Elle ramena derrière l'oreille de Nori une boucle échappée de sa tresse.

— Je l'espère, mon enfant.

La question qui suivit était encore plus périlleuse. Mais elle devait la poser.

— Crois-tu qu'il sache où est maman ?

La bonne se raidit et jeta un coup d'œil vers la porte.

— Petite madame…

Elle n'eut pas besoin d'en dire plus. L'intimité s'était rompue. La loyauté d'Akiko envers sa grand-mère gagnait toujours, à la fin.

Mais Nori ne se laissa pas décourager.

Akira allait très certainement lui parler. Il n'avait aucune raison de ne pas l'aimer. Elle ne lui avait rien fait ; ne lui avait rien coûté. Certes, son existence avait coûté à sa mère son rang dans la société – Nori le comprenait, à présent –, et à sa grand-mère, son honneur. Mais elle n'avait rien fait à Akira.

C'est peut-être cela. Brusquement, l'idée la frappa. Peut-être que l'arrivée de ce frère inconnu, ce frère aîné dont elle n'avait jamais entendu parler, était un défi que sa mère lui envoyait. Mais bien sûr ! Nori savait d'expérience que les heureuses coïncidences n'existaient pas.

Tout était clair à présent. Il ne lui restait qu'à réussir cette dernière épreuve, la réussir absolument, car ensuite – *ensuite* –, sa mère reviendrait. Et les emmènerait son frère et elle. Et ils s'en iraient vivre ensemble tous les trois, dans un endroit rempli d'herbes hautes et de fleurs, de grosses fleurs, comme celles qui poussaient sur les flancs des montagnes. Il y aurait sûrement un étang là-bas, aussi. Nori plongerait la tête sous l'eau claire et attendrait jusqu'au tout dernier moment pour remonter à la surface. Puis elle irait s'étendre au soleil. Elle y resterait des heures, en aurait les mains et les pieds écarlates, brûlants. Et son frère, peu importe qui il était ou ce qu'il était, serait allongé là, à ses côtés. Et ensemble ils riraient en pensant comme Nori était bête d'avoir eu si peur.

AKIKO

Il est tard, bien après minuit, quand je suis enfin autorisée à faire descendre petite madame du grenier. Comme demandé, je lui tiens la main. La sentir si frêle dans la mienne me fait mal ; je sens chacun de ses os. Elle frétille en descendant l'escalier, tire sur sa robe comme si elle avait peur qu'elle prenne un mauvais pli pendant les quelques mètres qui nous séparent de l'entrée. Maintenant que j'y pense, je comprends son appréhension. Cela fait deux ans qu'elle n'est pas descendue plus bas que la salle de bains du premier étage de la maison. Elle pousse comme un léger sifflement quand nous passons devant. Je crois que c'est un soupir de soulagement. À moins que ce ne soit de la peur. C'est une enfant nerveuse.

Elle ne parle pas beaucoup, mais son corps la trahit. Je la vois souvent regarder dans le vide ou se mordre distraitement la lèvre, déjà enflée et à vif. Elle n'a pas l'air de s'en rendre compte.

Je n'arrive pas à savoir si cette fillette est particulièrement intelligente ou totalement creuse. Il y a quelques jours, je l'ai surprise en train de lire un livre en anglais – elle avait le doigt sur une image et s'entraînait à prononcer un mot tout bas. Elle est devenue toute fébrile quand elle s'est aperçue que je la regardais. J'ai l'impression qu'elle apprend toute seule – je me demande si elle en est capable. Peut-être que oui. Peut-être que le sang du traître qui coule dans ses veines lui permet d'apprendre des choses que nous autres sommes incapables d'apprendre.

Pour être honnête, ce n'est pas une enfant difficile. Elle ne se plaint jamais, ne demande presque jamais rien ; accepte sans rechigner son « traitement », comme il m'a été demandé de l'appeler. Elle pleure, oui, mais prend sur elle pour le faire discrètement.

Elle est d'une nature curieuse – je le vois. Il n'est pas facile pour elle de rester silencieuse. Je me rends bien compte qu'elle lutte. Elle ressemble beaucoup à sa mère, de ce point de vue. Madame Seiko n'a jamais su tenir son rang de princesse.

C'est cette désobéissance, délibérée, qui l'a conduite à sa perte. Madame Yuko nous reproche de l'avoir trop gâtée. Elle m'a demandé de ne plus commettre la même erreur.

Mais Nori est une petite fille bien, vraiment. Et je sais que je me montre parfois trop indulgente.

Elle tire sur ma main, comme pour me sortir de mes pensées.

Même quand sa bouche est fermée, ses yeux étranges crépitent comme des feux d'artifice. La concentration qu'elle déploie dans chacun de ses actes ne m'a pas échappée, même pour les choses les plus simples qui ne demandent pas d'effort particulier.

Encore une fois, je n'arrive pas à savoir s'il faut y voir une marque d'intelligence ou de bêtise. Quoi qu'il en soit, cette enfant a des yeux étonnants, d'une couleur chaude, claire, pleine de vie, une couleur d'ambre que je n'ai jamais vue chez personne. Ils sont, de très loin, ce qu'elle a de plus joli, mais ils trahissent la moindre de ses pensées.

Lorsque nous arrivons devant le grand escalier, elle se fige. Sa main libre se ferme sur la rampe avec une détresse que je ne parviens pas à comprendre. Elle balaie l'étage inférieur du regard, sur le qui-vive, tremblante. Je suppose qu'elle cherche Kohei-sama. Mais il n'est pas là, et ce constat me soulage autant qu'elle.

Le maître est un homme difficile. Il a pu lui arriver de frapper des domestiques dans ses accès de colère. Il se plaint de la nourriture, jette les assiettes à la figure des cuisiniers lorsqu'un plat lui déplaît. Il peut aussi battre sa femme quand un désaccord survient entre eux, même si je ne l'ai vu que rarement. Le sang de Yuko-sama est bien plus noble que celui de son époux. C'est l'argent de son père qui a construit cette demeure et permis au maître d'obtenir une place parmi les conseillers de l'Empereur. C'est une femme admirable ; une princesse de sang, cousine de l'Empereur, qui dirige cette maison d'une main de fer. Dès lors qu'il faut accomplir une tâche, tout le monde ici connaît son rôle. Elle est peut-être aussi exigeante que son mari, mais tout le personnel la respecte. C'est une bonne maîtresse, royale jusqu'au bout des doigts, une femme devant laquelle on ne peut que s'incliner.

Voilà suffisamment longtemps que la petite est restée pétrifiée tel un poulain apeuré. Je la tire par la main. Elle se laisse faire, comme je m'en doutais. Elle s'engage dans l'escalier sur ses jambes flageolantes, et je la tiens encore plus fermement, de peur qu'elle ne tombe.

Pendant que nous traversons ensemble le grand couloir, elle se tord le cou pour s'imprégner de tout ce qu'elle peut voir. Elle sait qu'elle ne remettra probablement pas les pieds dans cette partie de la maison avant longtemps. Elle s'émerveille en silence de sa somptuosité, de ses tapis luxueux, ses tentures, ses tableaux.

Elle tremble comme une feuille à l'approche de l'entrée. Je l'entends se répéter quelque chose à elle-même, tout bas. On dirait un mantra. Elle a l'air à moitié folle. Elle l'est peut-être devenue, après toutes ces années passées dans un grenier.

Je me suis toujours posé des questions sur sa santé mentale. Pauvre petite. J'ai lu, d'ailleurs, que les enfants bâtards n'étaient pas constitués comme les autres. Et je ne parle même pas des nègres qui, paraît-il, sont un fléau dès la naissance, aussi sauvages que des lions.

Au bout du couloir, nous tournons. Je le vois, maintenant, même s'il ne se tient pas face à nous : la silhouette mince d'un jeune homme qui regarde distraitement par la grande fenêtre. Elle s'arrête, se fige, comme pétrifiée par une lumière irradiante.

Et, comme si l'intensité que dégage cette petite créature qui se tient à mes côtés l'avait touché, le jeune homme se retourne.

J'ai rempli ma mission.

Je les laisse à leurs affaires, à présent.

Très peu de souvenirs lui resteront des années à venir. Tout ce temps cumulé l'obligera à enfouir ces moments passés chez sa grand-mère, comme sa vie d'avant, dans un espace trop étriqué pour tous les contenir, si bien qu'ils finiront par se fondre comme les couleurs d'une aquarelle sur une feuille.

Un instant, en revanche, restera à jamais gravé, intact, inaltéré, dans son esprit.

Il avait un visage en forme parfaite de cœur et des yeux de la même couleur que sa mère. Ses cils étaient longs, presque féminins. Ses lèvres étaient légèrement charnues, et sa peau si blanche que le noir de ses cheveux formait un contraste saisissant. Mais plus que tout, elle avait aimé son nez, car ce nez était exactement le même que le sien. Il portait une chemise blanche ample, dont les deux premiers boutons étaient laissés ouverts, et un pantalon de ville noir. Sa posture indiquait qu'il était habitué à se tenir devant des gens ; ses épaules, un peu lâches, dénotaient un certain détachement vis-à-vis de ceux qui l'entouraient.

Nori détourna alors les yeux vers le sol, tout en battant rapidement des cils. La fillette sentit son regard sur elle.

Elle aurait aimé pouvoir se transformer à cet instant, devenir quelque chose qui méritait d'être davantage considéré. Sous ce regard insistant et intense, elle avait tout à coup l'impression d'être nue, même si le bas de sa robe qu'elle serrait entre ses mains lui affirmait le contraire.

Et comme elle ne savait que faire, comme son esprit ne trouvait aucun mot à prononcer qui soit à la hauteur de ce moment, elle se contenta de suivre les consignes.

Le dos raide, elle s'inclina.

Qu'elle ait un jour possédé la faculté de parler lui paraissait presque impossible tant elle s'en sentait incapable, à cet instant. Elle ne pouvait rien faire d'autre qu'attendre – des secondes ou des années, cela dépendrait de lui.

— C'est toi, Noriko ?

Elle se releva, mais mit quand même un moment à comprendre réellement que c'était à elle qu'il s'adressait. Sa voix, étrangère, ne faisait pas partie de sa bibliothèque mentale. C'était une voix calme, douce, dont le velours indiquait une utilisation fréquente. Elle n'aurait su à quoi la comparer, ne trouva rien pour atténuer l'impact de ce son sur ses sens. Son esprit n'eut d'autre choix que d'absorber, malgré lui, ces notes étrangères et, lentement mais sûrement, leur donner un nom : la voix d'Akira. La voix de son frère.

— Oui, parvint-elle à répondre – avec une clarté dont elle s'étonna elle-même. C'est moi.

Tout se passait comme si son corps, arrivé au seuil maximal de panique, avait fini par disjoncter. La conséquence était qu'elle se sentait maintenant délicieusement anesthésiée.

Les sourcils d'Akira commencèrent à se froncer, mais il ne parut pas vexé. Cette expression semblait plus venir d'une habitude que d'une véritable contrariété.

— Ils m'ont dit que tu étais censée être ma sœur.

À travers le tissu de sa robe, ses ongles s'enfoncèrent dans les paumes de ses mains. Pourtant, cette impression de ne plus rien ressentir persista. Après tout, quelle émotion aurait pu correspondre à une telle situation ?

— Tu lui ressembles, remarqua-t-il nonchalamment.

Il se rapprocha d'un pas puis, semblant se raviser, s'arrêta.

— Enfin, pour autant que tu puisses lui ressembler, ajouta-t-il.

— Je ne me souviens pas, parvint-elle à répondre. Je n'arrive pas à me souvenir de son visage. Quand j'essaie, je n'y arrive pas.

Il la regarda comme s'il s'apprêtait à dire quelque chose mais, de nouveau, se ravisa. Puis il se rapprocha encore de deux pas. Nori le sentait qui, par sa taille, la dominait ; il devait au moins faire une tête et demie de plus qu'elle.

Le tic-tac de l'horloge de son grand-père à côté lui parut soudain insupportable. Il envahissait ses tympans, détournait égoïstement leur attention.

— En quelle année es-tu née ?

Elle poussa un hoquet de surprise. Akira attendit patiemment une réponse, sans paraître perturbé de voir Nori bégayer de la sorte. Il lui fallut un moment pour faire le calcul, pour remonter le temps jusqu'à son origine.

— 1940, finit-elle par annoncer, en rougissant de fierté d'avoir trouvé la réponse.

Son anniversaire faisait partie de ces choses auxquelles elle ne pensait que rarement. Elle savait qu'il avait lieu pendant les mois où il faisait chaud, mais n'y portait pas de réel intérêt.

— 1940, répéta Akira d'un air sombre. Juste avant que la situation ne dégénère pour de bon. Ça colle.

La perplexité grandissante de Nori devait être palpable, car Akira haussa les épaules – un geste assurément emprunté aux Occidentaux. Nori l'avait appris dans l'un de ses livres sur les manières.

— Tiens donc. Ils ne t'ont rien dit, pas vrai ? Sur ce qui s'est passé avant ta naissance ?

Nori se sentait totalement démunie face à ses questions. Elle le regarda bouche bée, incapable de répondre, cherchant désespérément dans sa tête les mots qui le satisferaient. Évidemment, aucune ne lui vint.

— Je suis désolée…, murmura-t-elle. Je ne comprends pas.

Akira haussa de nouveau les épaules. Nori sentait son cœur qui cherchait à bondir de sa poitrine pour aller se cacher dans ses chaussettes.

— Je sais lire, lâcha-t-elle tout d'un coup.

Le rouge lui monta aussitôt aux joues. Elle avait espéré pouvoir réussir à cacher son don d'agacer tout le monde un peu plus longtemps.

Akira la regarda en clignant des yeux.

— Comment ?

— Je sais lire, répéta-t-elle comme une parfaite imbécile.

Elle avait déjà totalement gâché cette rencontre, autant continuer sur sa lancée.

— J'ai lu des livres sur Tokyo. Je sais que tu vivais là-bas, avant, poursuivit-elle. Je crois que Kyoto, à côté, n'est pas très intéressante. Mais je n'en suis pas sûre, comme je ne suis jamais allée dans une ville. Je ne suis jamais allée… nulle part, en fait, mais toi aussi tu réussiras à trouver de quoi t'occuper, tu verras. Sais-tu qu'une fête d'été va bientôt avoir lieu ? Akiko… Akiko est l'une des bonnes qui travaillent ici, elle est très gentille et… tout le personnel qui travaille ici est très heureux que tu sois là. Grand-mère a toujours regretté qu'il n'y ait pas de garçon dans cette maison. Elle est folle de joie. Enfin, bref, Akiko me donne parfois le journal lorsque tout le monde a terminé de le lire. Je sais qu'il y a eu une guerre avant ma naissance… quand j'étais petite. Je sais… que c'est en partie pour cette raison que je suis comme ça. J'ai un lien avec cette guerre. Mais je suis une gentille fille, en général. *Okasan* l'a dit elle-même. Quand elle reviendra, j'essaierai de lui poser des questions sur mon histoire. Mais ce qui est bien, c'est que nous sommes tous les deux au même endroit maintenant et qu'elle pourra venir nous chercher en même temps. Oh ! et puis, il y a une petite mare dans le jardin, avec des poissons. Je t'assure, ce n'est pas si mal ici. Ce n'est pas si mal.

Elle finit par trouver le courage de lever les yeux vers lui. Le regard d'Akira trouva calmement le sien ; son visage de porcelaine ne trahissait aucune émotion. Il y avait dans son expression une sérénité que Nori ne parvenait pas à interpréter complètement. Son attitude, sa posture… tout chez lui l'aurait épouvantée, d'ordinaire. Pourtant, elle n'avait pas peur.

— Tu sais lire, répéta-t-il.

Curieusement, Nori crut déceler un certain amusement dans sa voix.

Sa peau brûlait si fort qu'elle craignit brusquement qu'il ne sente sa chaleur.

— Oui, murmura-t-elle.

Elle perçut qu'Akiko était de retour parmi eux. La bonne s'était campée derrière elle, docilement, contre la porte. Quiconque ne connaissait pas la maisonnée aurait pu croire que cette dernière était venue la chercher. Mais Akiko n'agissait jamais de son propre gré. Elle était une marionnette dont les fils étaient tirés par une main plus grande, et le message était clair.

Le moment était venu de mettre un terme à cette rencontre.

Nori réprima un gémissement. Elle ignorait quand elle pourrait revoir Akira. Le savoir sous le même toit tout en étant aussi difficile à atteindre que s'il se trouvait sur la lune était pour elle une torture.

Elle s'inclina une fois encore, en veillant à ne pas croiser son regard lorsqu'elle se redressa. Elle se méfiait de ses propres réactions.

— *Oyasumi nasai*. Bonne nuit, Akira-sama.

— Bonne nuit.

Elle ravala la bile qui lui remplit soudain la bouche. Elle pivota sur elle-même, s'en alla rejoindre Akiko, et sans poser de question attrapa la main que lui tendait la bonne. Cette dernière l'accueillit avec un sourire timide, à moitié désolé.

Sans lui rendre son sourire, Nori se laissa emmener.

— Oh ! Noriko, fit alors Akira derrière elle comme s'il avait oublié de lui dire quelque chose.

Nori fit aussitôt volte-face, poussée par une impulsion qui, sans nul doute, dut paraître grossière.

— Oui ?

— Tu n'es pas obligée de m'appeler Akira-san. C'est bizarre.

Ce fut un miracle que Nori ne s'écroule pas par terre tant le vent qui gonflait ses voiles retomba brusquement.

— *Hai*. Comment dois-je t'appeler, dans ce cas ?

Les sourcils d'Akira se froncèrent légèrement puis, une fois encore, il haussa les épaules.

— Comme tu voudras.

Akiko tira fermement sur la main de Nori. Elle et la bonne allaient s'attirer des ennuis si elles traînaient plus longtemps.

Elles reprirent leur chemin, gravissant la première volée de marches, puis la seconde, et la troisième. Puis Akiko prit congé et Nori se retrouva seule.

Son grenier lui sembla bien plus petit qu'avant.

Elle ôta sa nouvelle robe et la rangea sans même prendre le temps d'admirer le travail délicat du couturier. Cela ne l'intéressait plus.

L'admiration qu'elle portait aux robes que sa grand-mère lui offrait de temps en temps lui semblait maintenant bien sotte. Ces robes n'étaient que de vulgaires objets – des rouleaux de tissu teint. Comment auraient-ils pu suffire à combler une vie ?

Elle porta sa main à sa nuque, défit ses tresses, puis noua autour de son cou le ruban que sa mère lui avait offert. Nori n'aimait pas se séparer de ses rubans. Chanceuse comme elle l'était, elle ne voulait pas se risquer à les laisser loin d'elle, de peur de ne les retrouver le matin venu.

Elle grimpa sur son lit, se mit debout sur le matelas et colla son visage contre la vitre fraîche de la fenêtre. Il faisait trop sombre pour distinguer le jardin, mais elle en avait mémorisé si précisément chaque recoin qu'il ne lui était même pas nécessaire de voir. Elle promena son petit doigt sur la buée pour inscrire les lettres de son prénom, comme elle l'avait déjà fait des centaines de fois.

No-ri-ko.

Puis elle recommença, encore et encore, jusqu'à remplir tout l'espace du carreau. Ce geste répétitif était pour elle comme une berceuse. Elle sentait sa conscience qui, doucement, lâchait prise, et se laissa gagner par le soulagement.

Même si les insomnies étaient chose courante pour elle, Nori aimait dormir. Le sommeil lui offrait ce dont l'éveil la privait continuellement : la liberté.

Elle s'allongea et se glissa sous les couvertures chaudes. Mais au moment où elle commençait à sombrer, une pensée lui vint. D'un doigt hésitant, elle traça un nouveau mot sur la vitre opaque, juste en dessous du sien : *Aniki*. Grand frère.

Chapitre 3

HIKARI (LUMIÈRE)

Kyoto, Japon
Janvier 1951

Elle avait entendu parler, dans ses livres de sciences, d'un phénomène appelé force d'attraction terrestre. Elle n'y avait pas trouvé grand sens, à l'époque, mais avait cependant compris les bases : les objets de petite taille tournaient autour des gros. La terre tourne autour du soleil. Et la lune tourne autour de la terre. Cela faisait partie du grand ordre de la vie.

Quels que soient la solitude, la peur, le malheur dans lequel elle se trouvait quotidiennement plongée, l'idée de sortir du grenier sans permission ne lui avait jamais traversé l'esprit. Pas une fois. Sa grand-mère était tellement convaincue que sa pensionnaire n'oserait jamais prendre l'initiative de franchir le seuil de sa porte qu'elle ne jugeait même pas nécessaire de la fermer à clé.

Nori continua d'obéir à cette règle pendant encore exactement six jours, six heures et vingt-sept minutes après l'arrivée d'Akira. Et sans l'extrême diligence avec laquelle elle s'astreignait à suivre les dernières consignes de sa mère, ce délai aurait été divisé par deux. Qu'elle ait tenu une semaine entière relevait déjà de l'exploit.

Même la soumission la plus absolue finit par céder face à la nécessité. Ce que l'on imposait à Nori revenait à demander à un chien affamé de ne pas bouger alors qu'on plaçait devant lui une gamelle pleine. Comment ne pas s'attendre à ce que l'animal finisse par oublier l'ordre donné ?

Sa mère lui avait dit que l'air qu'elle respirait était la seule chose plus importante que d'obéir. Mais dans la maison sur la colline, un nouveau centre de gravité existait désormais. Et ce point semblait avoir vidé de son oxygène tout le périmètre environnant. Survivre n'était plus chose possible sans retourner à ce centre.

Et suivant cette logique, Nori manquait d'air.

Elle passa ainsi six jours à faire les cent pas, à refuser toute activité, se contentant uniquement de prendre ses repas et ses bains. Ses livres ne bougèrent pas de leur étagère ; ses cheveux finirent par devenir si emmêlés qu'ils se dressaient sur sa tête comme les branches d'un arbre.

Elle réduisit ses portions pour ne plus manger que le strict nécessaire. Elle se rejouait sans cesse sa rencontre avec Akira, y traquait chaque petite imperfection. Se remémorer des conversations était un jeu auquel Nori aimait bien jouer avec elle-même.

La prochaine fois qu'elle verrait Akira, tout serait parfait. La prochaine fois, elle serait préparée. Akira *devait* l'apprécier. Son arrivée était un test, un test soumis par sa mère. Pourtant, telle n'était pas la raison pour laquelle Nori avait l'impression de sentir sa chair vouloir s'arracher de ses os pour se rapprocher de lui. Elle-même n'aurait vraiment su dire pourquoi elle s'était attachée à lui aussi soudainement. Peut-être à cause de leurs liens de sang. Ou peut-être était-ce Dieu qui, après tout ce temps, avait fini par lui envoyer un signe.

Le sixième jour, elle attendit qu'Akiko lui apporte son dîner pour commencer à mettre son plan à exécution. La première partie aussi avait été soigneusement répétée.

— De l'*hamachi* ? lui demanda-t-elle. Fêtons-nous quelque chose ce soir ?

La bonne secoua la tête.

— Pas à ma connaissance, petite madame. Je crois que votre grand-mère se trouve juste dans de bonnes dispositions ces derniers temps.

— J'espère que mon frère prend ses marques dans sa nouvelle maison. Est-ce que tout lui convient ?

— Je crois que oui, il s'adapte autant que possible. Cela ne doit pas être facile pour lui.

Nori marqua une pause. La raison qui avait amené Akira ici lui revenait pour la première fois à l'esprit. Elle s'en voulut de ne pas se sentir davantage coupable – se réjouir de la venue de son frère alors que celui-ci avait dû partir à cause de la mort de son père avait quelque chose d'indécent.

— De quoi est-il mort ? demanda-t-elle pendant qu'Akiko lui versait une tasse de lait chaud.

Pour la toute première fois, elle ressentit l'envie de lui dire à quel point elle détestait le lait chaud, mais elle se ravisa. Elle reçut un regard étonné de la bonne en réponse à sa question.

— Vous êtes bien bavarde, aujourd'hui.

— J'aimerais que son séjour ici soit le plus agréable possible. Je ne voudrais pas commettre de maladresse, voilà tout.

— Yasuei Todou est mort d'une longue maladie.

Nori hésita, craignant d'aller trop loin, mais il était si rare pour elle d'entendre de véritables réponses à ses questions. Elle fit alors semblant d'être absorbée par son dîner, et poursuivit de son ton le plus nonchalant :

— Avec un peu de chance, on lui aura attribué une bonne chambre. Il pourrait se perdre dans une maison aussi grande.

Akiko étouffa un rire, comme si elle-même avait déjà connu cette situation.

— Il est près de l'escalier, me semble-t-il, petite madame. Je crois que votre grand-mère a dû tenir le même raisonnement que vous.

Nori s'efforça de garder un visage parfaitement impassible, de peur qu'y transparaisse l'effusion victorieuse qu'elle ressentait.

Les chambres étaient trop nombreuses au premier étage pour toutes les passer en revue sans courir un grand danger. Mais à présent, les possibilités se réduisaient.

En haut du grand escalier se trouvaient deux portes immédiatement sur la droite, dans le couloir, et deux autres sur la gauche. Celle d'Akira faisait forcément partie des quatre.

Akiko se retira, et Nori termina son repas en silence.

Elle s'attela ensuite à dompter la jungle sur sa tête, tirant sur le peigne avec une telle fougue qu'elle craignit à plusieurs reprises de le casser – cela n'aurait pas été la première fois. Elle se fit deux nattes dont elle noua les extrémités avec son ruban blanc de lys. Ce ruban, Nori ne le portait que rarement, pour éviter qu'il ne se salisse. Elle le réservait pour les grandes, très grandes occasions.

Sa couleur s'accordait à la chemise de nuit blanche, simple, qu'elle enfila. Elle se regarda dans le miroir. Étonnamment, elle fut plutôt satisfaite de son apparence.

Quand Akiko revint pour récupérer les plats, elle s'employa à lui jouer une véritable comédie, prétextant une migraine. Et comme de juste, il lui fut conseillé de prendre une aspirine et de se mettre au lit.

Elle passa les heures qui suivirent à jouer à l'un de ses jeux favoris. Assise en tailleur sur son lit pendant que le crépuscule laissait peu à peu place à la nuit, elle se repassa dans sa tête les histoires que sa mère lui racontait, autrefois. Parmi les souvenirs de sa vie d'avant figurait un jour où cette dernière lui avait parlé d'un immense bateau noir et de Dieu, venu trouver leur famille. Ce souvenir était resté particulièrement vif dans son esprit car il s'était agi de la seule et unique fois où sa mère avait évoqué leur appartenance à une *famille*.

Bien que consciente que cette pensée constituait déjà une hérésie, Nori n'était pas sûre de croire à tout ce qu'elle avait lu dans la Bible. Mais elle aimait bien ses histoires. Et elle aimait aussi le dialogue que permettait la religion – même si ce dialogue était à sens unique.

Elle s'aperçut alors qu'elle n'avait pas dit un mot à Dieu depuis l'arrivée d'Akira. Bondissant du lit comme un ressort, elle se rendit dans le coin du grenier où elle faisait ses prières. Allumer une bougie aurait été trop risqué. Il faisait maintenant suffisamment noir pour mettre son plan à exécution. Seul le chant des grillons qui s'élevait depuis le jardin indiquait la présence de vie dans le monde extérieur.

Elle chercha une excuse à donner au bon Dieu pour son laisser-aller de ces derniers temps. La vision du pauvre et misérable Jésus sur sa croix raviva instantanément sa culpabilité.

*Je suis désolée, mon Dieu. Tu dois être très en colère contre moi. Pardonne-moi, s'il Te plaît. Je suis mauvaise, mauvaise de m'être réjouie qu'*aniki *soit arrivé ici à cause de la mort de son père. Je ne connaissais pas cet homme, mais je suis sûre que, si maman l'appréciait, ce devait être une bonne personne. J'aimerais vraiment beaucoup que Tu fasses revenir maman, maintenant qu'Akira et moi sommes réunis. Je m'excuse pour ce que je m'apprête à faire. Je sais que désobéir est un péché, alors pardonne-moi aussi pour cela, s'il Te plaît. Je prierai plus souvent. Merci de m'avoir écoutée.*

Ai,

Noriko

Sa prière terminée, elle décida de commencer à mettre en œuvre son plan.

Elle allait retrouver Akira, et faire en sorte qu'il lui parle. Elle savait que sa grand-mère réaliserait ses souhaits, si seulement il les exprimait. Akira n'avait simplement pas idée du pouvoir qu'il détenait. Quelques mots de lui pouvaient tout changer.

Elle inspecta une dernière fois les environs avant de se retourner vers l'escalier. Mais plutôt que de marcher, elle préféra se servir de ses chaussettes pour glisser.

Une latte du plancher grinça sous son poids. Elle se figea aussitôt.

Il n'était guère besoin de lui rappeler ce qui l'attendait si quelqu'un la surprenait en train de fureter dans la maison.

Ne voyant de meilleure solution, elle se baissa à quatre pattes et continua son chemin ainsi. Malgré le ridicule de la situation, les lattes, au moins, ne grinçaient plus. Elle se fraya un chemin jusqu'à l'escalier qu'elle descendit lentement, sachant pertinemment que, si elle tombait, la maison tout entière serait réveillée.

Elle parvint à ouvrir la porte du premier étage sans trop de difficultés, en s'appuyant contre le pan jusqu'à ce qu'il cède. Se présenta alors son premier dilemme : laisser la porte ouverte, ou prendre le risque de faire du bruit en la refermant. Après s'être mordu la lèvre pendant plusieurs instants, elle opta pour la première solution.

Elle prit soin de raser le mur autant que possible, toujours à quatre pattes, comme un bébé. Le plancher, à cet endroit, était plus solide et mieux entretenu, puisque sa grand-mère faisait chaque semaine laver et cirer les étages principaux de la maison. Pas un seul grain de poussière en vue, pas une marque sur le bois ; Nori ne put s'empêcher de remarquer qu'il brillait comme du verre sous le soleil, même dans l'obscurité.

Restait maintenant à savoir laquelle des quatre portes était celle de son frère. Ce plan, de toute évidence, était plus le fruit du désespoir que de la réflexion.

Peut-être ne l'aurait-elle pas vue si elle ne s'était pas trouvée dans cette posture, au ras du sol : une lumière faible, sous la porte la plus proche de la rampe.

Son souffle s'accrocha dans sa gorge. Était-il possible que l'opération s'avère aussi facile ? Et si cette chambre appartenait à quelqu'un d'autre que lui ? Mais qui ? Non, cette chambre était la sienne, forcément.

Elle se remit à avancer, plus vite cette fois, parfaitement consciente qu'à cet endroit du couloir n'importe qui depuis l'étage inférieur pouvait la voir.

Arrivée à la porte, elle hésita. Après être restée quelques instants assise, pétrifiée, elle changea de position pour se mettre à genoux, et frappa deux coups sur le battant. Elle cogna délibérément le moins fort possible, espérant à moitié qu'il ne l'entende pas et l'oblige ainsi à tirer un trait sur cette sotte idée.

Elle perçut du mouvement derrière la porte – un instant, elle hésita à détaler. Puis le battant s'ouvrit, et Akira baissa vers elle des yeux pleins d'incompréhension. Il portait un pyjama d'un rouge profond. En le voyant, Nori fut instantanément saisie par une immense culpabilité, craignant de l'avoir réveillé.

Akira la regarda pendant encore un long moment.

— C'est une habitude chez toi de faire ce genre de chose ?

Dans le noir, Nori sentit ses joues s'enflammer.

— Je suis désolée. Je…

Il poussa un lourd soupir, puis lui fit signe d'entrer. Elle se dépêcha de se faufiler à l'intérieur, et il referma la porte derrière elle.

La chambre était belle – très grande, avec de hautes fenêtres et un lit double impressionnant, couvert d'une parure couleur prune. Les deux lampes de chevet étaient allumées. Sur la commode en acajou se trouvait une pile de papiers portant des inscriptions noires incurvées. À côté, un carton de livres à moitié déballé. Et contre le bureau, une sorte de valise noire.

— Qu'est-ce que c'est ? lâcha-t-elle avant de pouvoir s'en empêcher.

En réponse, Akira lui lança un regard tellement ahuri qu'elle se recroquevilla.

— Je joue du violon, répondit-il. Noriko, que fais-tu là ?

— Ah… Je… Je pensais juste que nous pourrions parler.

Akira croisa les bras.

— Parler.

— Oui, parler. Je veux dire… nous avons la même mère, après tout.

Elle-même trouva que sa réponse ne tenait pas la route. Elle tira sur l'une de ses tresses.

— Je ne vois vraiment pas pourquoi cela t'oblige à venir frapper à ma porte à 3 heures du matin.

Nori se mordit l'intérieur de la joue pour tenter de retrouver son sang-froid.

— Je suis désolée. Je ne voulais pas te réveiller.

Akira haussa les épaules, un geste qui la fascina et la fit rougir de plus belle.

— Je ne dormais pas. Je révisais une partition.

Nori se tortilla, craignant de ne pas comprendre à quoi il faisait référence. Akira montra du doigt les feuilles empilées sur la commode.

— Bach.

Elle le regarda en clignant des paupières.

— Comment ?

— C'est un compositeur. Qui a vécu il y a longtemps.

— Oh. D'accord.

Le regard d'Akira se fixa alors sur le sien. Nori dut fournir un effort considérable pour ne pas détourner les yeux.

— Tu devais avoir une bonne raison pour venir ici. Quelle est-elle ?

— *Obasama* t'aime beaucoup.

Elle ne trouva malheureusement pas le moyen de dire les choses plus subtilement. Elle espérait que, avec un peu de chance, Akira finisse par trouver sa maladresse attachante.

Mais il répondit par un reniflement sec.

— Oui, sans doute. Puisqu'elle a insisté pour que je vienne vivre avec elle.

Nori hésita. Elle ne voulait pas trop en dire, mais ne pouvait se retenir de parler. La curiosité qu'elle avait étouffée pendant des années semblait regorger par les pores de sa peau.

— Et toi, tu n'avais pas envie ?

Akira haussa un sourcil noir, tout en la regardant comme s'il avait devant lui un chat de gouttière qui s'était infiltré dans la cuisine.

— Si j'avais envie de venir vivre au milieu de nulle part avec une femme que je n'ai vue que deux fois dans ma vie ?

Elle ne trouva rien à faire à part le fixer, stupéfaite. Quelque chose lui avait échappé, forcément, mais elle ignorait quoi. Akira se frotta les yeux du revers de la main.

— J'avais oublié que tu n'as que dix ans, marmonna-t-il. Visiblement, tu ne comprends pas l'ironie. Je suppose que tu étais venue pour me demander quelque chose ?

C'était le moment ou jamais, comprit alors Nori. Il ne servait à rien de tourner autour du pot.

— Je voulais te demander si tu pouvais aller la voir. Elle t'écoutera, toi. Si tu pouvais… si tu pouvais lui demander l'autorisation de pouvoir nous parler.

Ce fut au tour d'Akira de regarder Nori d'un air stupéfait.

— Mais nous nous parlons.

— Oui. Oui, nous nous parlons. Mais je… je ne suis pas censée être là. Grand-mère m'a dit que je n'avais pas le droit de t'adresser la parole à moins que ce ne soit toi qui me parles le premier et… eh bien… ce n'est pas le cas présent. Et il m'est interdit de sortir de ma chambre sans permission.

Akira se prit la tête dans les mains.

— Nom de Dieu.

Ces paroles profanes la déstabilisèrent au plus haut point. Elle recula immédiatement, certaine de l'avoir rendu furieux. Mais Akira ne la regardait même pas. Ses yeux étaient braqués sur un point quelque part au-dessus de sa tête ; son front était marqué par des plis créés par ses sourcils froncés. Elle parvint tout de même à saisir quelques bribes de ce qu'il marmonna ensuite : « autre temps » et « rétrograde ». Elle ne savait pas ce que « rétrograde » voulait dire, mais capta en revanche l'exaspération qu'il y avait dans sa voix.

N'osant pas parler, elle attendit en silence qu'Akira reprenne leur échange.

Quelques instants plus tard, sa patience fut récompensée. Il poussa un soupir profond et la regarda d'un air las.

— Noriko, lui dit-il. Le monde ne fonctionne pas comme ça.

Elle pencha la tête de côté, interloquée.

— Ah non ?

— Non. Tu n'as pas besoin de sa permission pour me parler.

— Je sais. J'ai besoin de la tienne.

— Ce n'est pas… Non. Tu ne comprends pas.

Nori sentait la panique l'envahir.

— Qu'est-ce que je ne comprends pas ?

C'est alors qu'Akira fit une chose à laquelle elle n'était en aucune façon préparée. En quelques pas agiles, il se rapprocha d'elle et posa une main sur son épaule. Pendant une fraction de seconde, Nori se raidit comme une planche avant de fondre sous ce contact physique. Ce fut là, à cet instant, qu'elle décida qu'elle l'aimait.

— Tu n'as pas besoin de permission pour me parler. C'est idiot.

Mais Nori ne l'écoutait plus qu'à moitié, trop surprise qu'elle était par la sensation chaude, fluide, qui s'emparait de son corps tout entier.

— *Hai, aniki.*

— Et pour quelle raison, enfin, n'aurais-tu pas le droit de sortir de ta chambre ? C'est une sorte de punition ?

Elle se rendit compte qu'elle n'avait en fait aucune raison de s'étonner. Bien sûr que sa grand-mère n'avait pas expliqué les règles à Akira – ces règles ne le concernaient pas. Ainsi donc, lorsqu'elle lui énuméra la liste, de la manière la plus digne qu'elle put, elle scruta attentivement la réaction de celui-ci. L'expression de son grand frère passa de la perplexité au scepticisme, puis à l'incrédulité pure et simple.

— Tu es en train de me dire que cette vieille bique ne t'a pas laissée sortir de cette maison depuis presque trois ans ? Pas une fois ? Ou jamais plus loin que les deux premières marches du perron ?

Nori hocha la tête. Elle se mordit la lèvre en le regardant, tout en réfléchissant à ce qu'elle pourrait dire ensuite.

— C'est donc pour cela que tu es venue me voir ? Pour que je fasse quelque chose ?

De nouveau, elle hocha la tête. Plus elle y pensait, plus elle se rendait compte que son idée, depuis le départ, avait été mauvaise. À présent, ce qu'elle avait imaginé ne se concrétiserait jamais.

— Non, *aniki*. Je voulais simplement te parler.

Les lèvres d'Akira se recourbèrent vers le haut.

— Me parler ?

— *Hai*.

— Eh bien, si ça ne te dérange pas, j'aimerais plutôt dormir.

Une plaque d'un rouge profond, pommelé, colora les joues de Nori. Elle s'inclina brusquement, en bégayant plusieurs fois des excuses, qui ne lui valurent en réponse qu'un nouveau sourire narquois. Elle retourna jusqu'à la porte et posa la main sur la poignée.

— Les gens t'appellent Nori, c'est ça ?

Elle se retourna pour le regarder, prenant un moment pour analyser sa question. Elle se demandait à qui pouvaient bien renvoyer ces « gens ». Elle n'aurait su dire comment ils la nommaient, et préférait ne pas le découvrir. Sa grand-mère avait déjà employé une ou deux fois son surnom, mais il semblait improbable qu'elle en ait fait part à Akira. Plutôt que d'essayer de comprendre, elle finit par décider de répondre simplement à sa question.

— Ma… *Notre* mère m'appelait Nori.

Akira la considéra un bref instant, avant de la congédier d'un geste de la main.

— Bien, d'accord. C'était juste pour savoir. Bonne nuit.

— Bonne nuit, *aniki*.

Quand sa grand-mère vint inopinément lui rendre visite deux jours plus tard au petit matin, Nori comprit aussitôt que son incartade avait été découverte.

Au moment où elle ouvrit les yeux, la vieille dame se tenait devant elle dans son austère yukata noir. Nori ne prit pas la peine de protester. Elle se contenta de descendre de son lit et s'inclina, très bas. Pour une fois, elle ne tremblait pas. On pouvait toujours la battre : jamais elle ne regretterait son acte.

Les lèvres figées et retroussées, sa grand-mère prit grand soin de ne pas la regarder. Ses mains étaient nouées ensemble comme deux vieilles branches d'un arbre.

— Il a été porté à mon attention qu'un… qu'un enfant… de ton âge avait besoin d'une certaine dose d'exercice. Par conséquent, tu seras désormais autorisée à circuler dans la maison entre 9 heures du matin et 5 heures de l'après-midi. Akiko veillera sur toi constamment. Défense absolue de toucher à quoi que ce soit sans en avoir eu la permission. Tu resteras à l'écart du personnel de maison, qui n'a pas à perdre son temps à cause de tes frasques. Si tu provoques du désordre, je te corrigerai en personne. Si tu casses quelque chose, je te corrigerai en personne. Si tu tentes de t'enfuir de cette maison, j'arracherai moi-même ta peau de tes os de bâtarde. Est-ce compris ?

La tête de Nori se redressa d'un coup. Sidérée, elle regarda sa grand-mère. Malgré ces menaces, malgré cette haine que sa chaperonne, pourtant stoïque d'ordinaire, venait de faire déferler sur elle, Nori n'avait entendu qu'une seule chose.

— Je peux sortir du grenier ? demanda-t-elle.

Les sourcils de Yuko tressaillirent.

— Seulement aux conditions que je t'ai énoncées. Tu seras tenue informée des jours pendant lesquels il te sera permis de faire de l'exercice.

En clair : les jours pendant lesquels son grand-père se trouverait à Tokyo. Bien des choses dans la gestion de cette maison échappaient à Nori, mais une certitude absolue l'habitait : il n'était pas au courant de ce changement.

Mais peu lui importait. Elle tira sur l'une de ses boucles rêches tout en s'efforçant de ne rien laisser paraître de la joie qui peu à peu la gagnait. Si elle était capable de supporter les châtiments de sa grand-mère, cela ne signifiait pas qu'elle était prête à les chercher.

— *Arigato gozaimasu*, dit-elle.

Sa grand-mère ignora la politesse. Puis elle tourna les talons et sortit aussi vite que possible. Nori admirait la maîtrise de soi que cette dernière parvenait à conserver en toute circonstance, même lorsqu'il était flagrant qu'elle prenait ses jambes à son cou.

Une heure plus tard, Akiko revint. Nori manqua de jeter son livre par terre pour aller l'accueillir.

— Pouvons-nous sortir tout de suite ?

— Oui.

— Pour aller où ? voulut-elle savoir.

Si cette autonomie nouvelle ne lui permettait pas de retrouver Akira, alors elle était tout aussi bonne qu'un verre d'eau croupie donné à qui veut boire.

— Votre frère se trouve certainement dans la cuisine, petite madame.

Nori essaya de se représenter la cuisine, en vain. Elle retroussa la lèvre inférieure, mais prit soudainement conscience qu'elle ne s'était jamais rendue là-bas – d'où cette absence. Un vague souvenir d'une autre cuisine lui était resté en mémoire, un souvenir d'avant. Sa mère n'aimait pas beaucoup préparer à manger. La plupart du temps, elle rapportait pour le dîner des plats dans des boîtes en carton. Les nouilles étaient toujours trop salées et le riz sec. Elle se souvenait aussi des fourmis qui, tous les étés, envahissaient la cuisine, et que *okasan* aspergeait avec un mélange d'eau et de vinaigre. L'odeur s'incrustait dans l'appartement pendant des jours.

Un par un, les souvenirs lui revenaient, comme pour annoncer une nouvelle pièce du puzzle que sa mère lui avait laissé.

Akiko sur ses talons, elle prit le chemin de l'escalier, sans flancher ni sur la première volée de marches, ni sur la seconde, ni sur la troisième. Nori marchait avec la détermination d'un soldat. Toutes les hésitations qu'elle avait pu connaître auparavant s'étaient évaporées.

Elle descendit les escaliers aussi vite que la pauvre Akiko, derrière elle, le pouvait. Brusquement, elle sentit la plante de ses pieds se couvrir de sueur. Elle s'arrêta sur le palier, retira ses chaussettes et les donna à Akiko qui, sans un mot, les prit et les glissa dans la poche de son tablier.

Puis, se rendant compte qu'elle ignorait, en réalité, où se trouvait la cuisine, elle attendit aussi patiemment qu'elle le put que la bonne passe en tête. Et tandis que cette dernière, après lui avoir pris la main, la menait le long des couloirs parcourus de courants d'air, Nori ne put s'empêcher de remarquer toutes les bonnes odeurs qui flottaient dans la maison.

Son regard tomba sur des fleurs dans un vase sur un guéridon en acajou, avec des pétales d'un blanc délicat et un petit cœur jaune comme le beurre ; ces fleurs sentaient la pluie. Une envie furieuse de se précipiter jusqu'à elles pour y promener ses doigts l'envahit.

Cela faisait des années qu'elle n'avait pas vu de fleurs d'aussi près. Elle n'avait aucun souvenir de la sensation qu'elles procuraient, au toucher – si tant est qu'elle en ait déjà touché.

— Akiko, comment s'appellent ces fleurs ?

La bonne jeta un coup d'œil distrait derrière son épaule avant de bifurquer dans le couloir.

— Ces fleurs ? Ce sont des *kiku no hana*. Des chrysanthèmes. Elles sont le symbole de la famille impériale, vos cousins. Votre grand-mère en met toujours un bouquet dans la maison.

— Elles sont jolies. Ce sont donc des fleurs très nobles ?

— Très, oui.

— Et grand-mère appartient aussi à une lignée impériale, n'est-ce pas, Akiko ?

— En effet, petite madame. Elle a en elle du sang impérial. C'est une grande fierté pour elle.

Nori se demanda un instant si du sang impérial coulait dans ses veines, à elle aussi. Mais cela lui sembla improbable – au fil des générations, ce sang s'était sûrement dilué. Quelque chose l'avait fait disparaître, et c'était la raison pour laquelle ils se trouvaient dans cette situation.

La cuisine était séparée en deux. D'un côté, les plans de travail, les cuisinières et les fours (elle compta trois fours). Deux dames occupées à couper des légumes se tenaient devant. Aucune d'entre elles ne leva les yeux quand Nori arriva. Puis il y avait l'autre partie, un peu à l'écart, sur le côté, entourée de grandes fenêtres, baignée par la lumière du jour. De longs rideaux fins bouffaient sous la brise légère. La lumière qui filtrait à travers permit à Nori de distinguer les particules de poussière qui flottaient dans l'air. Il s'y trouvait aussi une table en verre cerclée d'argent, au centre de laquelle était posé un autre vase de chrysanthèmes. Et tout autour, des chaises tapissées, au dossier d'argent, agrémentées de coussins blancs moelleux. Nori en compta six.

Et sur la chaise la plus proche du mur se tenait son frère, le nez enfoui dans un livre.

Ses longs cils projetaient sur son visage une ombre à peine perceptible et ses cheveux bruns étaient en bataille, comme peignés à la hâte, seulement un ou deux coups, plus par obligation que par désir de les coiffer réellement.

Il portait une chemise unie à manches courtes, couleur de ciel d'été, avec un short blanc. Nori étouffa un petit cri.

Akiko lui lâcha la main, s'inclina légèrement, et lui souffla doucement :

— Je reviens bientôt. Soyez sage.

Nori ne put se retenir : maladroitement, elle se rua vers Akira et grimpa tant bien que mal sur la chaise voisine. De l'autre côté de la cuisine, les deux dames la foudroyèrent du regard en entendant la chaise racler bruyamment le sol.

Arquant un sourcil noir, Akira lui jeta un coup d'œil de côté, sans se détourner de ses pages.

Elle attendit qu'il lui parle. Qu'il lui révèle par quel coup de maître il avait réussi à convaincre leur grand-mère de rallonger la laisse attachée à son cou. Elle attendit qu'il lui dise quelque chose. Lui demande quelque chose. Peu importait quoi.

Mais plus que tout, elle voulait savoir pourquoi. Pourquoi son frère avait gaspillé ne serait-ce que trois phrases pour l'aider. Pourquoi il tolérait ne fût-ce que sa présence. Pourquoi, contrairement au reste du monde, il ne semblait pas la haïr à cause d'un événement survenu alors qu'elle n'était même pas née. Et il y avait une autre part d'elle, une part qui attendait que tombe une remarque cassante, un commentaire méprisant, attendait de sentir siffler une gifle sur sa joue. Quelque part au fond d'elle, Nori se préparait à cela, que ce moment de joie simple lui soit arraché, brusquement.

Elle redoutait que Dieu lui envoie un terrible message, afin de lui rappeler qui elle était et ce qu'était censée être sa vie. Mais aucun message n'arriva. Et rien non plus d'Akira.

Plusieurs instants s'écoulèrent en silence. Nori ramena ses genoux contre sa poitrine et attendit.

Puis, au bout d'un temps qui lui sembla durer des années entières, Akira posa son livre.

— Nori, lui dit-il. Tu ne t'ennuies pas ?

Elle le regarda sans savoir quoi répondre. S'ennuyer ? Comment pouvait-il lui poser une question pareille ? Comment pouvait-il penser qu'elle s'ennuyait ?

— Non, *aniki*.

Akira la dévisagea pendant quelques secondes encore, de son regard gris intense. Nori sentit sa peau fourmiller. La sensation n'était pas tout à fait déplaisante.

— Tes cheveux, remarqua-t-il. T'es-tu coiffée toute seule ?

Nori dressa instantanément la tête.

— Oui.

Akira considéra Nori sans dissimuler son amusement. Ses yeux s'écarquillèrent – Nori n'aurait su dire exactement pourquoi. Elle ne pouvait rien faire d'autre que le regarder, incapable de bouger, incapable de parler. Elle sentit vaguement quelque chose lui toucher la main, mais cette sensation semblait provenir d'une autre réalité, séparée, se déroulant dans un lieu à jamais déconnecté de celui-ci.

— Nori… tu pleures.

La voix d'Akira était douce, sans jugement. Peut-être teintée de désarroi, simplement. L'ironie de la veille s'était envolée.

Les lèvres de Nori s'entrouvrirent pour laisser sortir des mots, mais impossible. Elle baissa les yeux vers sa main posée sur la table. Deux gouttes s'étaient en effet écrasées là. Pourquoi donc ? Elle n'avait strictement aucune raison de pleurer. Elle n'éprouvait aucune douleur.

Elle entendit alors un gémissement, faible, et comprit à sa grande horreur que c'était d'elle qu'émanait ce bruit. Sa main bondit jusqu'à ses joues mouillées, qu'elle essuya frénétiquement. Elle s'efforça de faire sortir de sa bouche des excuses, mais ne parvint à produire que des sanglots hachés. La situation lui échappait. Tout lui échappait, tout s'était fissuré, cassé, en mille morceaux par terre.

Oh ! Seigneur.

Pourquoi ? Pourquoi pleures-tu ? Arrête. Arrête, arrête. Pas devant lui. Tu gâches tout. Tu...

En silence, Akira la regarda pleurer sans aucune raison valable, recroquevillée sur sa chaise, pendant une heure entière.

Chaque fois que Nori tentait de reprendre sa respiration ou de parler, les sanglots semblaient vouloir lui serrer les poumons. Elle finit par se résoudre à adopter sa vieille méthode : accepter les larmes, se laisser balayer par leurs vagues jusqu'à ce qu'elles s'apaisent. Elle attira sans doute l'attention des deux domestiques à se donner ainsi en spectacle, mais qu'à cela ne tienne. Elle se moquait de tout. Serrant le poing, elle enfourna sa main dans sa bouche et la mordit pour étouffer les gémissements pathétiques qui s'en échappaient. Il y eut un goût de sel, de sang et de larmes mélangés.

Elle aurait voulu que quelqu'un lui ordonne d'arrêter. Car livrée à elle-même, seule aux commandes, elle n'était pas sûre d'être capable de se maîtriser. C'était à croire qu'un barrage avait cédé, et que les torrents ne s'arrêteraient qu'une fois qu'ils l'auraient engloutie. Et Nori, ballottée au milieu des flots, n'avait rien pour s'accrocher.

Au bout d'un moment, les sanglots finirent par se calmer. Nori sentait son visage rouge et chaud. Ses yeux piquaient ; ses cils étaient collés, accrochés à sa peau comme les filaments d'une toile d'araignée. Garder les paupières ouvertes lui demandait un réel effort.

Sans dire un mot, Akira lui tendit un mouchoir sorti de sa poche. Elle l'accepta, les mains tremblantes, et s'essuya les joues, sans parvenir à le regarder. Tout était fini. Avant même que quelque chose ait commencé, elle avait anéanti toute chance de gagner son respect.

— Merci, *aniki*.

Akira la dévisageait d'un air, sembla-t-il, parfaitement neutre.

— Est-ce que tu as faim ?

Elle le considéra avec stupéfaction, certaine d'avoir mal entendu.

— Faim ?

Ses cordes vocales vrombirent, comme pour lui interdire de parler. Sa gorge était irritée.

— Moi, je meurs de faim, continua-t-il. Je suis sûr que tu dois aimer la crème glacée. Toutes les filles aiment la crème glacée. Chocolat ou vanille ?

Elle plongea ses yeux dans les siens, cherchant à comprendre, en vain : elle ne vit qu'Akira, le visage serein qu'il arborait en toute circonstance, ses lèvres légèrement incurvées.

— Je n'en ai jamais mangé.

Akira, s'il fut surpris, ne laissa rien paraître. Il se contenta de se lever puis, lui tournant le dos, s'en alla jusqu'à la glacière et fouilla à l'intérieur. L'une des domestiques s'avança pour lui proposer de l'aider à chercher. D'un geste de la main, il la congédia.

Nori détourna la tête ; ses yeux gonflés se posèrent sur le livre qu'il avait laissé sur la table. C'était un livre de poésie. Oubliant toute retenue, elle tendit la main vers l'ouvrage et tourna une page.

— C'est Kazunomiya-dono. As-tu déjà lu son œuvre ?

Elle retira aussitôt sa main – elle s'était déjà suffisamment ridiculisée comme cela. Akira retourna à sa place, et déposa devant elle une coupelle renfermant une boule semblable à une boule de riz crémeuse.

— Non, *aniki*.

— Ce sera peut-être un peu difficile pour toi, mais tu peux essayer de le lire si tu veux. Je t'aiderai. Tiens, goûte.

Nori s'exécuta, enfournant une cuillerée de glace dans sa bouche. La consistance était onctueuse et la saveur sucrée, plus sucrée que tout ce qu'elle avait jamais goûté jusqu'ici. Le froid, bien qu'étonnant, lui adoucit la gorge. Elle termina toute la coupelle en à peine quelques minutes. Akira lui tendit une serviette et repoussa sa chaise, sans aucun bruit de raclement.

— Je monte lire.

Il se leva et s'en alla sans un regard, laissant le livre ouvert sur la table. Elle hésita pendant une demi-seconde avant de coincer l'ouvrage sous son bras pour lui emboîter le pas.

Chapitre 4

AVE MARIA

Kyoto, Japon
Hiver/printemps 1951

Ils l'appelaient son ombre. Nori l'avait appris en entendant les messes basses qu'ils s'échangeaient derrière leurs mains lorsqu'elle passait dans le hall. Parfois, quand l'envie leur prenait, ils pouvaient se montrer plus méchants et la surnommer aussi son chien.

Nori n'y accordait pas de réelle importance. Elle méritait ce surnom.

Elle le suivait à la trace. Tous les jours, Akira se levait de bonne heure et prenait comme petit déjeuner du porridge de riz et un fruit frais. Il buvait son café avec une goutte de lait, mais préférait parfois du thé. Il se moquait de l'habitude qu'avait Nori de faire des bulles avec son jus de fruits. Une fois, il lui avait permis de tremper les lèvres dans son café. La boisson était tellement amère qu'elle avait tout recraché sur sa robe. Akira avait ri à lui donner envie d'aller se cacher dans un trou et d'y mourir de honte.

Akira aimait bien la chaleur. À midi, quand le soleil était haut dans le ciel, il s'installait dans l'entrée de la maison, directement sous les fenêtres ouvertes. Malgré les propositions des domestiques de lui apporter une chaise, il préférait s'asseoir par terre, dos au mur, avec sa tasse de thé et son livre, ou parfois une partition de musique. Boire du thé par temps chaud était une chose qui, pour Nori, dépassait l'entendement.

Elle s'installait alors en face de lui, cachée dans l'ombre. La chaleur était insupportable pour elle. De temps en temps, quand Akiko venait vérifier si tout allait bien, Nori lui demandait un verre d'eau glacée. Faisant semblant de lire ses livres, elle en profitait pour l'observer derrière ses cils. Akira n'avait pas besoin de faire quelque chose de particulier. Elle aimait juste le regarder.

Il mettait en général un terme à ses occupations à la fin de l'après-midi. En guise de déjeuner, il mangeait souvent du poisson avec des légumes vinaigrés que Nori détestait au plus haut point. Le tout était accompagné d'une telle quantité de wasabi qu'elle se demandait comment il pouvait encore sentir la saveur des plats.

La crème glacée était devenue son péché mignon. Nori pouvait en engloutir au moins trois coupes quotidiennement.

Akira l'obligeait à manger des aliments sains avant de la laisser demander sa glace, cependant – des légumes, notamment, au grand dam de Nori. Mais cette concession valait la peine d'être faite.

Leur déjeuner tardif achevé, Akira se retirait toujours dans sa salle de musique. De toutes les pièces de la maison, la salle de musique était celle dont l'existence étonnait le plus Nori.

Comment était-il possible qu'une femme comme sa grand-mère ait pu aménager une pièce entière dédiée à cet art sans que personne n'en ait jamais entendu parler avant l'arrivée d'Akira ?

Akira lui avait raconté que le jour où il l'avait découverte pour la première fois, la porte était scellée et l'air, à l'intérieur, tellement confiné qu'on y respirait à peine. Une épaisse couche de poussière, au moins vieille de dix ans, recouvrait les instruments. Il avait demandé à ce que l'endroit soit nettoyé, et le lendemain matin tout était rutilant, immaculé. L'odeur citronnée des détergents flottait encore dans l'atmosphère.

La pièce était principalement occupée par un piano à queue aux touches d'ivoire brillantes, au corps noir vernis. Sur les murs se succédaient des rangées d'étagères où s'empilaient des partitions ; un espace vide avait été délibérément laissé pour accueillir de nouveaux instruments, si nécessaire. C'était une pièce aveugle, un détail qui attristait Nori, dont l'un des passe-temps favoris était désormais de contempler le monde par la fenêtre. Son cœur se serrait à la vue des jardins de la maison, magnifiquement entretenus, et des parcelles colorées que le printemps avait fait éclore.

Mais la salle de musique était tout de même pourvue d'une causeuse très confortable dans laquelle elle s'installait pour regarder jouer Akira.

Et quel jeu ! Jamais de sa vie, même dans ses rêves les plus extravagants, les plus fous, elle n'avait entendu de plus belle musique que celle que son frère faisait naître de son instrument.

En dépit de son admiration dévorante pour lui, elle restait consciente qu'Akira n'était qu'un être humain. Quoique vaguement, elle parvenait à l'admettre.

Akira était humain, et son violon n'était rien de plus qu'un morceau de bois soigneusement travaillé auquel on avait rattaché des cordes. Mais une fois réunis, garçon et violon transcendaient la condition des mortels pour toucher au divin. Sachant que de telles pensées relevaient du blasphème, Nori s'efforçait de les mettre de côté pendant ses prières, chaque soir.

Ainsi donc, lovée sur la causeuse, elle l'écoutait peindre avec des sons. Chaque air était une nouvelle toile. Se dessinait dans sa tête un jardin peuplé d'arbres aux feuilles blanches, avec une fontaine semée de pétales rose pastel flottant sur l'eau claire – un concerto. La « volta » : des rubans prune et écarlates entremêlés les uns aux autres, livrant bataille. Un requiem… un cheval solitaire marchant le long d'une route pavée mal éclairée, à la recherche d'un cavalier mort depuis longtemps. Grâce à ces messieurs, ces Occidentaux dont les noms aux sonorités particulières devenaient peu à peu familiers, Nori apprenait comment vivre mille vies peuplées de joies et de chagrins sans jamais quitter les murs de la maison.

Beethoven. Ravel. Mozart. Tchaïkovski. Des noms qu'elle peinait à envelopper de sa langue. Elle s'abstenait bien sûr d'interrompre Akira quand il jouait, mais à la fin, lorsque son frère, vidé, venait s'effondrer sur la banquette à côté d'elle et fermait à moitié les yeux, Nori lui posait toutes les questions qui l'avaient traversée.

Et Akira répondait. Il ne nouait jamais la conversation, ni ne l'encourageait. À vrai dire, trois phrases tout au plus devaient sortir spontanément de sa bouche depuis le moment où Nori le rejoignait le matin, jusqu'à celui où elle regagnait le grenier le soir. Mais il ne la dissuadait pas non plus de parler, ne l'ignorait pas lorsqu'elle s'adressait à lui. Parfois, sa main se tendait vers elle pour jouer avec ses tresses ou rajuster son col. Akira trouvait de l'intérêt dans ses boucles serrées. Il s'amusait à enrouler son doigt autour pour les voir remonter lorsqu'il les lâchait, une prouesse que ses cheveux raides n'auraient jamais pu accomplir. De toute sa vie, Akira était la première personne à aimer ses cheveux. Nori chérissait ces rares moments, les rangeait dans le coin le plus précieux de sa tête, à côté des souvenirs qu'elle gardait de sa mère.

Par un soir comme tant d'autres, alors qu'elle se trouvait blottie sur la banquette à côté de lui, elle lui demanda avec hésitation :

— Quel est cet air que tu as joué ?

Nori se sentait tiraillée par son désir d'échanger avec lui et celui de préserver cette ambiance paisible qui s'était installée à cet instant.

Akira lui répondit sans même ouvrir les yeux.

— Quel air, petite sœur ? J'en ai joué au moins quinze.

Nori ne put réprimer un sourire. Akira ne l'appelait « petite sœur » que lorsqu'il était heureux.

— Le dernier. C'est celui que j'ai préféré.

Akira laissa passer un silence, le temps de se remémorer.

— Oh ! celui-là. Ce n'est rien. Juste un air très simple. De toutes les compositions que j'ai jouées, c'est celle-là que tu retiens ?

Nori se mordit la lèvre. La chair était à vif à force de la rudoyer et le contact de ses dents sur la plaie qu'elle avait ouverte commençait à être douloureux.

— C'était beau, bredouilla-t-elle. La simplicité, ça peut être beau.

Ces mots firent aboyer son frère de rire. Le coin de sa lèvre se recourba avec ironie. Mais sa voix était douce quand elle s'éleva.

— Ça ne m'étonne pas que tu dises cela, en fait. Tu as trouvé que cet air ressemblait à une berceuse pour enfant, n'est-ce pas ?

Nori ne répondit rien, d'une part parce qu'elle était sûre qu'Akira se moquait d'elle, et d'autre part parce qu'elle ignorait à quoi était censée ressembler une berceuse et détestait se trouver bête devant son frère si cultivé. Akira lui fit signe de lui donner la tasse de thé qu'il avait laissée sur le bout de canapé. Elle s'exécuta, puis attendit patiemment qu'il réponde à sa question.

— C'est Schubert, Nori. Franz Schubert. Son *Ave Maria*.

Nori répéta laborieusement le nom, comme si le son de ces mots ne fonctionnait pas dans sa bouche. Akira éclata une nouvelle fois de rire. Nori répondit par une moue, en avançant la lèvre inférieure.

— *Aniki*, accepterais-tu de m'apprendre à le jouer ?

Cela faisait un moment qu'elle se préparait pour se donner le courage de lui poser cette question. Chaque fois qu'elle regardait jouer Akira, son âme était envoûtée. Elle avait l'impression que son esprit lui-même flottait au-dessus de son corps, resté vide, inerte, sur terre, comme un fossile creux. Nori voulait en être capable, elle aussi. Pouvoir transmettre aux autres les émotions qu'elle-même ressentait.

Akira retira sa main de son visage et se redressa légèrement. Puis son regard se posa sur Nori.

— Tu parles sérieusement ?

— *Hai.*

— Nori, le violon n'est pas un jouet. C'est un instrument. Il faut des années pour apprendre à en jouer.

— Je peux apprendre, dit-elle d'un ton boudeur tout en sachant pertinemment que ses simagrées ne la mèneraient nulle part avec Akira, dont la patience était limitée. Tu as bien appris, toi.

— J'ai des facilités avec la musique, Nori. Tout le monde n'a pas ce don. Tu pourras t'exercer jusqu'à te faire saigner les doigts, si tu n'as pas le talent, tu ne dépasseras jamais un certain niveau. Et tout cela ne sera alors qu'une immense perte de temps. Car tu comprendras, des années plus tard, qu'après avoir passé des heures et des heures à répéter, tu seras restée une joueuse lambda.

Nori sentit sa détermination vaciller. Qu'elle possède un don, quel qu'il soit, était chose improbable. Pourtant, elle continua d'insister.

— J'aimerais bien essayer.

Akira la cloua d'un regard froid. Nori le dévisagea à son tour, tremblante, les yeux ouverts tout grands. Mais elle parvint à soutenir son regard. Peu à peu, elle apprenait à dompter ses émotions. Akira cligna des paupières. Nori perçut cette réaction comme un signe de résignation.

— Si tu le souhaites vraiment, alors je t'enseignerai le violon. Pendant quelque temps.

Nori bondit de joie, incapable de résister à l'envie de se jeter sur lui.

— Oh ! merci ! Merci, *aniki* !

Gentiment mais fermement, Akira prit soin de s'écarter d'elle. Il ne semblait pourtant que modérément énervé par ce contact physique, ce que Nori vécut comme une victoire personnelle.

— Bien, bien. Allez, vas-y, maintenant. Akiko t'attend sûrement.

— Mais, *ani*…

— Nori.

Et elle sut alors que la discussion était finie. Quand Akira prononçait son nom sur ce ton, il ne servait à rien d'insister.

Elle se leva de la banquette et s'inclina légèrement.

— *Oyasumi nasai, aniki.*

— Bonne nuit, Nori.

Akiko était postée juste devant la porte de la salle de musique, comme elle s'y attendait.

Nori répondit aux questions que celle-ci lui posait sur sa journée avec autant d'entrain qu'elle le put. Mais son esprit était ailleurs.

Elle prit son dîner rapidement, impatiente que la bonne débarrasse les plats et se retire pour la nuit. Un désir intense et soudain de se retrouver seule l'avait envahie. La simple idée de se tenir en compagnie de quelqu'un d'autre lui donnait des fourmis sous la peau. Elle avait beau détester la solitude, elle en avait tellement l'habitude que le contact prolongé avec autrui la rendait mal à l'aise.

Akira ne comptait pas, bien sûr – Akira était Akira.

Son repas terminé, elle se plongea dans le livre de poésie qu'il lui avait prêté. Il avait vu juste lorsqu'il lui avait dit que cette lecture serait difficile pour elle. C'était un livre ancien, usé – les pages étaient jaunies, gondolées. Les caractères minuscules, resserrés, se brouillaient sur la page. C'était un alphabet complexe dont les lettres, pour certaines, lui étaient complètement étrangères. Akira lui avait expliqué que ces poèmes étaient vieux de plusieurs siècles et qu'avec le temps les langues évoluaient. Plusieurs fois, Nori fut tentée de céder à l'énervement et d'abandonner, mais elle persévéra.

Elle lut jusqu'à en avoir mal aux yeux. Puis elle éteignit les lumières, alluma ses bougies, et s'en alla réciter ses prières devant l'autel. Elle demanda à Dieu de veiller sur Akira et sur ses grands-parents. Nori priait toujours pour ses grands-parents. Quant à savoir si sa démarche était sincère, elle-même l'ignorait.

Puis, pour finir, elle pria pour sa mère. Il ne faisait pour elle aucun doute que sa mère reviendrait. Un jour, bientôt. Il lui fallait être patiente. Plus important encore, il lui fallait mériter son retour. Et pour ce faire, la seule solution consistait à faire en sorte que sa mère retrouve une fille plus attrayante que celle qu'elle avait laissée derrière elle.

Il y avait des jours où Nori avait l'impression de savoir comment s'y prendre, et même certains jours où elle croyait se trouver sur la bonne voie pour y parvenir. Mais la plupart du temps un sentiment de confusion totale la tenaillait. Elle se raccrochait à ces mots fragiles, ces prescriptions que lui avait laissées sa mère lors de cette conversation qu'elle n'était même pas sûre d'avoir comprise, dont elle n'était pas certaine de se souvenir correctement. Ces mots, comme tout le reste, pouvaient très bien avoir été déformés par le temps, déformés au point d'avoir perdu tout leur sens.

Mais elle n'aimait pas réfléchir en ces termes. Elle préférait, comme souvent dans la vie, avoir simplement foi en l'avenir. Voilà qui simplifiait grandement les choses.

Quand elle finit par s'écrouler dans son lit, elle était si fatiguée que le sommeil vint instantanément. Cette nuit-là, aucune femme sans visage ne l'appela depuis une petite automobile bleue qui accélérait chaque fois qu'elle tentait de s'en rapprocher, ses plantes de pied nues couvertes d'ampoules à force de courir sur le bitume brûlant.

Ce fut un soulagement de ne pas rêver.

Akira l'attendait dans la salle de musique le lendemain matin, juste après le petit déjeuner, où son absence avait été grandement remarquée.

Il portait une chemise à manches courtes bleu marine avec un short blanc. En le voyant la considérer de la tête aux pieds lorsqu'elle entra, Nori ne put s'empêcher de rougir. Elle avait choisi de porter son yukata jaune vif auquel elle avait assorti son ruban couleur crème, et de lâcher ses cheveux plutôt que de les tresser. Elle portait son ruban comme un collier, noué autour de son cou.

Elle s'inclina et le salua avec un sourire timide, en espérant qu'il remarquerait toute la peine qu'elle s'était donnée pour se faire belle pour lui. Mais Akira ne sembla aucunement impressionné.

— Nous commencerons à 9 heures chaque matin à partir de maintenant. Si tu es en retard, je m'en vais. Est-ce compris ?

La brutalité de cette annonce la dérouta profondément, mais elle hocha la tête en signe d'acquiescement. Elle devait apprendre à s'habituer à la dureté d'Akira.

Il lui indiqua un pupitre qu'il avait pris soin d'abaisser à la taille de Nori. Elle se plaça devant, puis posa une main hésitante sur le métal frais.

— Tu es voûtée.

Nori cambra le dos, rentra les fesses, mais cet effort ne lui valut rien d'autre qu'un claquement de langue désapprobateur d'Akira.

— Tiens-toi droite. Détends tes épaules – non, *non*. Pas comme ça, Noriko.

Elle sentit deux mains lui agripper fermement le bas du dos.

— À te tenir aussi crispée, tu vas tomber raide sur scène comme un cadavre. Détends-toi.

Nori s'exécuta, s'abandonnant à son contact. La peau d'Akira était toujours chaude, presque trop. L'idée de retirer ses mains ne l'effleura pas une seconde.

— Sur scène ?

Elle ne pouvait le voir, mais crut presque l'entendre lever les yeux au ciel.

— C'est le but, oui. Cela n'a aucun intérêt, sinon.

— Tu as déjà joué sur scène, toi ?

Il eut un ricanement.

— Évidemment.

Il retira ses mains et la contourna pour se placer à nouveau devant elle.

— Es-tu prête ?

Malgré ses paumes de main en sueur, Nori hocha la tête. Si elle parvenait à apprendre, à suivre correctement ses consignes, un pont se construirait, rapprocherait d'une certaine manière son monde du sien.

Il passa les heures qui suivirent à lui parler des notes. Ces dernières constituaient la musique, comme des pièces de puzzle. Il lui parla des gammes, qu'elle peina à mémoriser, mais Akira accepta de les lui écrire. Il lui demanda de les répéter chaque soir avant d'aller au lit.

Il lui montra les cordes du violon et lui expliqua que chacune représentait une note et que le mouvement de l'archet, combiné à celui des doigts sur le manche, créait des variations pouvant produire toutes sortes de sons.

Il lui précisa à quel point le violon était un instrument versatile, dont le moindre petit mouvement pouvait en modifier le son.

— C'est presque comme un oiseau, lui dit-il. Si tu appuies trop fort, tu étouffes le son. Mais si tu relâches un peu trop, il te file entre les doigts. La clé, c'est l'équilibre.

Akira lui demanda de répéter ses exercices jusqu'à ce que ses paupières lui paraissent aussi lourdes que du plomb et que les bruits de son estomac affamé résonnent distinctement. Elle ne parvenait plus à réprimer ses bâillements. Akira faisait semblant de ne rien voir, l'index pointé sur une mesure sur laquelle elle butait depuis des heures. Il ne lui avait été octroyé qu'une seule pause pour se rendre aux toilettes. Akira recommença à pointer son doigt sur la partition, comme si cette inlassable répétition pouvait, d'une certaine manière, lui faire oublier la difficulté.

— Encore.

— *Aniki*…

— Encore.

— Je n'y arrive pas.

— C'est pourtant simple. Sers-toi de ton cerveau.

Nori commençait à regretter d'avoir demandé ces leçons de violon. Elle se mit à se mordiller l'intérieur de la joue dans l'espoir que la douleur la stimule.

Grand Dieu, pour une fois qu'elle souhaitait qu'Akiko vienne interrompre son entrevue avec son frère, elle ne voyait la bonne nulle part.

— Je n'arrive pas à comprendre les notes, je suis désolée. Je ne reconnais que le *do*.

— Il n'y a que quatre cordes sur un violon, Nori. À ton niveau, tu n'apprends que six notes par corde. Les positions de base pour les mains sont au nombre de quatre… Nori, est-ce que tu m'écoutes ?

— Oui, je t'écoute ! Mais je… je ne comprends pas…

Akira marmonna quelque chose et se détourna pendant plusieurs instants. Lorsqu'il revint face à elle, son regard était doux.

— Ce n'est pas ta faute. Je ne suis pas fait pour enseigner. Je n'ai jamais eu la patience nécessaire.

Il la gratifia d'une tape ferme sur la tête.

— Travaille ces notes, reprit-il. Je vais tenter de te trouver des manuels pour débutant. Et il va te falloir un violon ½, le mien est trop grand pour toi.

Bien que n'ayant aucune idée de ce dont il parlait, elle s'efforça de hocher la tête et de sourire.

— Allez, déguerpis. Il faut que je m'exerce moi aussi, maintenant.

Nori s'inclina bien bas et s'en alla en direction de la porte, mais elle hésita légèrement au moment de poser la main sur la poignée. Elle savait qu'elle exagérait, mais elle ne put résister.

— Accepterais-tu de me jouer cet air ? Celui que j'ai entendu hier ?

Akira, déjà retourné à ses affaires, était occupé à fouiller dans son étui à violon. Il en sortit un bloc de partitions cireux, qu'il examina scrupuleusement.

— Je te le jouerai demain.

La lèvre inférieure de Nori se contracta sous la déception comme sous l'effet d'une douleur aiguë. Elle ne voulait pas insister – seulement quelques semaines plus tôt, l'idée même d'oser demander ne lui serait pas venue à l'esprit. Mais les fissures qui émaillaient son obéissance commençaient à s'étendre.

— *Ani*… pardonne-moi, mais… j'aimerais l'entendre maintenant, si tu le veux bien. Cela m'aidera à dormir.

Akira, du coin de l'œil, lui jeta un regard sévère. Nori prenait sur elle pour se tenir immobile, sans se balancer d'avant en arrière.

— Très bien, conclut-il, sans le moindre enthousiasme ou presque. Je me demande bien ce qui te plaît dans cette mélodie. Je ne lui trouve rien, en ce qui me concerne. Mais très bien.

Nori, sans bouger de sa place, s'installa par terre, les talons sous les fesses, le dos droit. Elle posa les mains sur ses genoux et leva vers son frère des yeux dociles, dans l'attente qu'il commence. Il saisit son violon, et Nori ferma les yeux, laissa la musique la balayer comme une douce vague. Non, la *traverser* aurait été plus juste. Ainsi donc, voilà à quoi ressemblait… une berceuse. Une fois l'air terminé, elle se releva et quitta la salle sans un mot.

Car gâcher le silence qui suivait un air aussi parfait aurait presque été sacrilège.

Les semaines suivantes se déroulèrent de la même manière. Juste après le petit déjeuner, la leçon commençait. Les deux premières heures étaient consacrées à l'apprentissage de la lecture de la musique, puis les deux suivantes à son histoire. Venait ensuite une courte pause pour déjeuner, même si parler de pause était un bien grand mot puisqu'ils utilisaient ce temps pour écouter des disques. La leçon continuait avec ce que Nori appelait le « jeu de l'imitation ». Akira devait jouer une mélodie simple, et elle, la reproduire. Le but de l'exercice était de lui permettre d'affûter son oreille. Nori répétait les notes jusqu'à trouver les bonnes – en pratique, l'exercice pouvait durer des heures, car Akira ne lui rendait pas la tâche facile.

Peu de temps après le début de leur leçon quotidienne, Akira arriva un matin avec un violon à sa taille, adapté aux mains de Nori, bien plus petites que les siennes. Lorsqu'elle lui demanda où il s'était procuré l'instrument, son frère lui répondit sèchement :

— Je l'ai acheté. C'est une chose qui se fait, tu sais.

À chaque début de semaine lui était donné un air qu'il lui fallait apprendre et travailler. À la fin de la semaine, elle devait ensuite le jouer. Nori détestait ce moment. La musique qu'elle produisait ressemblait toujours à ce stade aux gémissements plaintifs d'un animal mourant. Akira demeurait assis devant elle, grimaçant pendant toute la durée de la performance. Il n'émettait jamais aucun commentaire. Ces expressions parlaient d'elles-mêmes.

Même si, en y repensant, Nori trouvait cela absurde, elle ne s'était sincèrement pas attendue à ce que l'apprentissage du violon demande tant de peine. Cent paramètres devaient toujours être pris en compte en même temps – sa posture, la position de sa main, la pression qu'elle exerçait avec ses doigts, l'angle de l'archet. Demander à son cerveau d'exécuter toutes ces tâches en même temps tout en continuant de ne faire qu'un la dépassait, tout simplement. Ce sentiment ne rendait que plus impressionnante la manière dont son frère faisait voler ses doigts sur les cordes comme d'agiles danseurs.

Une autre chose à laquelle elle ne s'était pas attendue était la douleur. Après avoir répété la même gamme simple dix, puis cinquante, puis cent fois de suite, jusqu'à obtenir un résultat absolument parfait, sa peau délicate était couverte d'ampoules. Incapable de s'empêcher de les triturer, elle finissait toujours par les faire crever et saigner.

Akira ordonnait alors à Akiko d'apporter des compresses chaudes et humides avec de l'alcool. Il demandait à Nori de s'asseoir sur la causeuse pendant qu'il imbibait la compresse. Des gémissements lui échappaient lorsqu'il l'appliquait sur ses mains.

— Chut, lui disait-il en faisant claquer sa langue. Ce ne sont que des écorchures. Avec le temps, ta peau va s'épaissir et tu ne souffriras plus.

— Combien de temps, *aniki* ?

— Cela dépend. Tu as la peau fragile, on dirait. Tiens-toi tranquille.

Nori obéissait, bien que fournissant un effort considérable pour ne pas ôter ses mains. Son frère se montrait particulièrement généreux avec l'alcool qu'il versait sur les compresses. Nori avait beau siffler entre ses dents tant la douleur était forte, Akira continuait de la maintenir fermement.

— Quand j'avais ton âge, mon professeur m'obligeait à m'exercer du lever au coucher du soleil pendant les mois d'été. Les cordes de mon violon étaient couvertes de sang, mais cela ne lui importait pas le moins du monde. Crois-moi, je te ménage car tu n'es qu'une enfant.

— Toi aussi, tu as été un enfant, *ani*.

Comme d'habitude, Akira répondit par un aboiement de rire rauque alors que les propos de Nori n'avaient pas vocation à être drôles.

— Pas vraiment. Pas comme toi.

Il libéra ses mains.

— C'est bon pour cette fois, reprit-il. File, et prends quelques pâtisseries si tu veux. Ensuite, au lit. Tu as beaucoup bâillé aujourd'hui.

Dans son lit ce soir-là, Nori écouta le chant des grillons. On aurait presque dit qu'ils l'appelaient. Une fois encore, la fillette ressentit au fond d'elle ce désir immense de se promener librement dans le monde, mais la souffrance que généraient en elle ces idées finit par l'inciter à les chasser de son esprit. À quoi bon s'appesantir sur un rêve auquel elle n'accéderait jamais ?

Quand sa mère reviendrait, elle aurait tout le loisir de s'amuser à l'extérieur. Akira n'avait pas l'air du genre à jouer à chat ou à cache-cache, mais peut-être le convaincrait-elle. Elle avait vu, dans l'un de ses livres pour enfants, des images de petites filles et de petits garçons courant après un ballon rouge. Peut-être que, si elle devenait une très bonne élève, Akira accepterait de courir avec elle derrière un ballon rouge.

Peut-être.

Tandis qu'elle sombrait dans le sommeil, un souvenir la frappa avec une telle vivacité qu'elle en eut mal.

C'était le début de l'hiver, à cette époque où la neige ne tombe encore qu'en légers flocons. Le parc, derrière l'appartement dont elles étaient locataires, était encore endormi. Sur la fontaine s'était formée une fine couche de givre qui brillait sous les derniers rayons du soleil. Les arbres nus grinçaient sous le vent. Et au milieu marchait une femme, qui coupait à travers bois pour rentrer plus vite chez elle. Son corps frêle était courbé contre le froid et entre ses longs bras gracieux s'entassaient plusieurs sacs de courses en papier brun. Elle portait un imperméable bleu ciel, beau mais de toute évidence usé par les années. Ses longs cheveux soyeux se soulevaient sous le vent d'hiver, cachant son visage. On aurait presque dit un spectre, mais un spectre bienveillant.

À quelques mètres derrière elle trottait un enfant, une petite fille de trois ou quatre ans, pas plus, à la peau couleur miel, aux cheveux semblables à une crinière de boucles folles grossièrement domptée en une queue-de-cheval qui commençait à se défaire. Soudainement, l'enfant lâcha un cri haut perché. Elle venait d'apercevoir, au loin, une balançoire qu'elle pointait du doigt, excitée. Mais alors qu'elle commençait à partir dans sa direction, elle se retrouva brusquement tirée en arrière par la femme sans visage.

« Ce n'est pas le moment. Nous devons rentrer à la maison.

— Mais je veux jouer, *okasan* ! Je ne joue jamais.

— Pas maintenant.

— Mais il n'y a personne dans le parc. Personne ne me verra. Personne ne saura.

— Tiens-toi tranquille et tu auras un bonbon. Allez, suis-moi maintenant.

— Mais, *okasan*…

— Cela suffit. »

Alors la petite fille se jeta par terre en hurlant, malgré le sol glacé. La femme ne prononça pas un mot, et se contenta d'attendre que la colère soit passée. Toutes les deux reprirent ensuite leur chemin, les larmes de l'enfant gelées sur son visage. Le ruban rouge qui retenait sa crinière brune était sur le point de s'envoler.

L'enfant se retourna une dernière fois pour jeter un regard plein de chagrin aux balançoires avant que mère et fille ne soient englouties dans l'obscurité.

Nori eut un sommeil agité cette nuit-là et se réveilla en sursaut – sans comprendre pourquoi. Le jour n'était pas encore levé, tout était aussi immobile que la mort. Même les oiseaux n'avaient pas encore commencé à chanter. Cela ne présageait rien de bon ; aussitôt, comme par réflexe, la petite fille sentit le besoin d'appeler Akira.

Elle éprouva le plus grand mal pour s'asseoir dans son lit. Ses bras et ses jambes, comme vidés de leurs forces, semblaient l'avoir lâchée. Elle essaya de crier, mais sa voix refusa de sortir. Elle avait l'impression que son corps était rempli d'eau, une eau qu'il ne pouvait contenir et qui, elle en était convaincue, commençait à lui sortir par les pores.

Elle était presque certaine que la mort l'attendait.

AKIKO

Je n'ai pas été particulièrement surprise de trouver petite madame au lit quand je suis entrée dans le grenier. Il n'était que 8 h 30, et elle n'est pas du matin. J'aimerais bien que son fameux frère me révèle son secret pour réussir à la tirer du lit sans avoir à recourir à un porte-voix. Ces derniers temps, je l'ai parfois vue veiller jusqu'à 3 ou 4 heures du matin et se réveiller à 7 heures précises. Elle rayonne comme une luciole malgré ses mains couvertes de plaies et les cernes qui creusent ses beaux yeux. Je n'ai jamais vu quelqu'un d'aussi heureux de recevoir la simple bienveillance d'autrui.

Un coup d'œil à sa chambre suffit pour comprendre ce qu'elle trame ici. La table est recouverte de partitions de musique ; elle a laissé à côté deux bols vides. Je soupçonne son frère d'être le complice qui l'aide à chaparder la crème glacée qu'elle monte ici. Yuko-sama n'apprécie guère que petite madame consomme des sucreries qui pourraient lui gâter les dents et changer la courbe de son visage.

En ce qui me concerne, je trouve qu'un enfant devrait pouvoir manger ce qui lui plaît. Mais je ne suis pas Yuko Kamiza, cousine de Sa Majesté impériale. Je ne détiens pas la moitié du territoire de Kyoto, ainsi qu'une pléiade de propriétés disséminées dans la province. Ce que je pense ne compte donc pas vraiment.

Quand Seiko-sama était enfant, elle non plus n'avait pas droit aux sucreries. Et elle est devenue admirablement belle en grandissant, dotée d'une peau aussi pure que de l'eau de source, aussi lisse que de la soie. Finalement, la décision de Yuko-sama est peut-être plus sage.

J'appelle doucement la petite par son nom, pour la tirer du sommeil. Je sais qu'elle préférerait qu'on lui coupe une jambe plutôt que de déplaire à Akira-sama en arrivant en retard à sa leçon. Je sais aussi que je n'ai pas mon mot à dire là-dessus, mais le voir s'investir autant pour lui apprendre le violon me laisse dans le désarroi le plus total. Elle n'est pas très douée. Et même si elle l'était, cette lubie ne la mènera jamais nulle part. Enfin, elle est jeune, après tout. Je présume qu'elle ne se rend pas compte que toutes ces tentatives pour se lier à son frère sont vaines. Leur destin à tous les deux est déjà gravé dans la pierre, en plus de quoi ils sont le jour et la nuit. Il cherche peut-être à lui faire plaisir, par charité. Ou peut-être simplement qu'il s'ennuie. Cette maison isolée doit représenter un rude changement pour qui connaît l'effervescence de Tokyo.

Évidemment, Akira-sama est un jeune homme exceptionnellement doué, ce qui ne me surprend pas le moins du monde. Il est le fils de sa mère, après tout.

La petite ne réagit pas. Il faut qu'elle se dépêche de se lever si elle veut avoir le temps de petit déjeuner avant sa leçon. Je m'approche de son lit avec un soupir résigné.

Je comprends tout de suite que quelque chose ne va pas. Son visage est livide, à l'exception d'une rougeur étrange, vive, sur ses paupières closes. Elle a rejeté sa couverture et gît sur son matelas, les bras et les jambes en croix. Sa chemise de nuit blanche est collée à sa peau par la sueur. Il y a du vomi séché sur son oreiller, et je sais avant même d'avoir posé la main sur son front qu'elle brûle de fièvre. Je sens mon pouls vaciller de peur ; j'en suis moi-même étonnée. Depuis quand m'est-elle aussi chère ?

Je me précipite dans le jardin, où je sais que se trouve ma maîtresse, occupée à prendre soin de ses précieuses fleurs. La maison a beau compter plusieurs jardiniers, elle insiste pour descendre chaque matin inspecter personnellement ses massifs. Je me tiens à l'écart et j'attends qu'elle me voie. Elle se relève, toujours noble malgré les mouchetures de terre et les traces d'eau que l'herbe humide a laissées sur le bas de son kimono vert foncé. Elle dégage de ses yeux une mèche de cheveux et me regarde.

— Oui ?

— Noriko-sama a un problème, madame. Je crois qu'elle est malade.

Yuko-sama retrousse les lèvres, signe que cette annonce lui déplaît profondément. Je sais qu'elle préfère tenir sa petite-fille le plus à l'écart possible de ses pensées. Elle s'était montrée particulièrement enthousiaste en apprenant l'arrivée d'Akira-sama, l'héritier mâle, légitime. Elle avait pratiquement dansé de joie sur la tombe de son ancien gendre. Le fait qu'Akira-sama passe autant de temps (tout son temps, en vérité) avec Nori la contrarie. Je crois qu'elle craint qu'elle déteigne sur lui. En même temps, elle n'ose pas entraver le nouveau venu. Elle désire réellement gagner sa confiance. À part sa mère, Seiko, ce garçon ne connaissait personne chez les Kamiza, et à ce titre, eh bien… j'ose dire qu'il est compréhensible qu'il ne soit pas pétri d'une grande fierté pour sa famille. Yuko-sama est une femme intelligente. Elle sait que, l'âge avançant, elle aura besoin de lui. S'il désire s'amuser avec sa bâtarde de petite sœur, alors soit. C'est un piètre prix à payer pour assurer la perpétuation de la dynastie.

Après un long silence, les lèvres de Yuko-sama finissent par se décontracter.

— N'est-elle pas une enfant à la santé solide, d'ordinaire ? me demande-t-elle, bien que connaissant déjà la réponse.

— Si, madame.

— Que lui arrive-t-il, alors ?

J'hésite.

— Elle est chaude au toucher. Elle a le sommeil lourd, je n'ai pas réussi à la réveiller.

Ma maîtresse lâche un soupir agacé. Il est clair qu'elle nourrit des réticences à faire intervenir un tiers. Cependant, elle ne peut rester sans rien faire. Je suis certaine que Kohei-sama se servirait volontiers de ce prétexte pour se débarrasser de la petite. Mais Yuko n'est pas comme son mari. Elle n'éprouve certes aucun amour pour cette enfant mais, qu'on ne se méprenne pas, sans elle Nori aurait été envoyée dans les bois et abattue d'une balle comme un chien galeux dès l'instant où ses pieds avaient franchi le seuil de cette maison.

J'espère sincèrement qu'elle survivra. Elle est sous ma responsabilité. Il est de mon devoir d'assurer son bien-être.

Je dois avouer qu'à l'époque où petite madame est arrivée ici, je n'avais aucune envie de m'en occuper. Les premières semaines, j'ai cru que c'était une idiote que l'on m'avait confiée. C'est vrai : elle passait toutes ses journées assise par terre, à fixer le mur.

Mais je n'en dirais pas autant à présent. Et je pense qu'il serait préférable qu'elle survive.

Je ne sais pas ce que je deviendrais si elle mourait.

Yuko-sama passe discrètement un appel depuis son étude, et à peine une heure après, un vieil homme voûté se présente à la porte. Il me sourit lorsque je lui ouvre ; je fais de mon mieux pour ne pas grimacer.

Ma maîtresse le salue cordialement. Il s'incline devant elle, et utilise le titre de Yuko-*hime* – princesse Yuko – pour s'adresser à elle, un mot que je n'ai pas entendu depuis le début de la guerre. Elle lui sourit et le gratifie d'une petite tape avec son éventail. Ce geste à lui seul témoigne de la familiarité évidente qui les unit.

— Merci d'être venu, Hiroki-sensei. Et comme toujours, avec ponctualité.

Il lui répond par le même sourire immense qu'il m'avait adressé, auquel manquent plusieurs dents.

— Tout le plaisir est pour moi. Je traiterais la peste pour avoir la chance de vous côtoyer. Que le Seigneur me pardonne, mais je souhaiterais que les habitants de votre maisonnée tombent malades plus souvent.

L'échange de bons mots se poursuit. Il lui demande des nouvelles de la santé de son mari et semble légèrement déçu lorsqu'elle lui répond qu'il se porte bien. Puis elle le conduit au grenier.

Je cours dans la cuisine préparer un plateau en vue de servir le thé. J'ai moi-même reçu bien des coups d'éventail pour avoir oublié.

Mais alors que je m'apprête à m'engager dans l'escalier, Akira-sama apparaît à l'angle du couloir. Je sursaute si fort que mon plateau manque de se renverser. Je ne l'ai pas entendu arriver – je ne sais comment ce garçon parvient à se déplacer sans aucun bruit. C'est un jeune homme tout à fait poli, bien élevé, charmant mais, j'ignore pourquoi, quelque chose chez lui m'agace.

Il me regarde sans sourire.

— Akiko-san. *Ohayu gozaimasu.* Avez-vous vu Noriko ?

Évidemment ! Il n'a aucune idée de ce qui se passe. Leur petite leçon de musique aurait dû débuter il y a longtemps.

— Noriko-sama est malade. Votre vénérable grand-mère a dû appeler le médecin. Ils…

Avant que j'aie pu terminer ma phrase, il se précipite vers moi et m'arrache le plateau des mains.

— Laissez-moi prendre cela, dit-il. Merci.

Là-dessus, il s'éloigne dans l'escalier en donnant l'impression de se prendre pour l'Empereur lui-même, avec ce mélange d'effronterie et de bienséance qu'il tient de sa famille et de son éducation. J'attends une minute ou deux avant de le suivre.

M'accueille une vision à laquelle je m'attendais. Yuko-sama, assise à table, boit son thé à petites gorgées tout en agitant légèrement son éventail. Le jeune maître fait les cent pas devant le lit, les bras croisés. Son expression est insondable.

Hiroki-sensei examine la petite. Il pose la main sur son front, palpe les parois de sa gorge, marmonne quelques réflexions. Puis il plonge la main dans sa sacoche et en ressort un abaisse-langue en bois, qu'il lui enfonce sans ménagement dans la bouche. La fillette ne montre absolument aucune réaction à toutes ces manipulations. Lorsqu'il lui ouvre la bouche, elle laisse échapper un petit grognement, à peine audible. Il continue à la palper, cette fois au niveau de la clavicule, et c'est à cet instant que je m'aperçois pour la première fois que sa peau y est rouge et gonflée.

Son examen terminé, le cher docteur émet une série de bruits étranges pour signifier qu'il se trouve prêt à parler.

Yuko-sama le regarde avec un sourire poli, quoique légèrement tendu. Un froncement de sourcils si dur s'est imprimé sur le visage d'Akira-sama que j'ai peine à croire qu'il n'est âgé que de quinze ans. Ce garçon est aussi effrayant que sa mère lorsqu'elle était de mauvaise humeur. Que Dieu nous aide si nous devons revivre le jour où Seiko-sama avait appris que ses études de musique allaient brusquement s'arrêter, car il avait été décidé de la donner en mariage. Ce jour où, tout juste rentrée de Paris, elle avait trouvé une robe blanche étalée sur son lit.

— C'est la scarlatine, déclare le docteur avec une pointe de fierté un peu trop appuyée pour ne pas trahir son manque de modestie. Cela ne fait aucun doute.

Madame Yuko ne laisse paraître aucune émotion, mais je lui jette quand même un regard, à la dérobée. Car je sais comme elle que la mère de Noriko avait été touchée par cette fièvre au même âge. Cette fièvre qui lui avait coûté l'ouïe de son oreille gauche et, de peu, sa vie.

Mais la situation était différente. Seiko, à l'époque, était la seule héritière pour perpétuer le nom et les titres de la famille. Nous ne pouvions nous permettre de la laisser mourir. Elle incarnait le grand espoir pour l'avenir.

Bien sûr, il ne s'était encore rien passé à l'époque.

Je suis tirée de mes pensées par une voix querelleuse. Celle d'Akira-sama qui s'adresse à sa grand-mère en criant presque. Ses veines bleues délicates ressortent sur son front.

— Comment ça, nous n'avons pas les moyens ?

Yuko-sama referme son éventail d'un geste sec et plante son regard dans celui, brûlant, du jeune homme.

— Ce n'est pas ce que j'ai dit. J'ai dit que cette dépense n'était pas prévue au budget.

Le médecin a la décence de ne pas cacher son malaise. Collé contre le cadre du lit, il pose une main sur le corps figé de la petite. Comme si une enfant endormie pouvait le protéger de cet échange virulent.

Akira laisse échapper un rire rauque.

— Êtes-vous en train de me dire, grand-mère, que quelques petites pilules ne sont même plus à la portée de notre bourse ? Dois-je aller mendier dans la rue ?

— Il ne s'agit pas de simples pilules, ose le médecin. Mais d'antibiotiques. C'est un remède récemment découvert en médecine, principalement réservé aux soldats. Surtout dans notre situation actuelle, avec l'occupation… ces médicaments sont coûteux, en plus d'être difficiles à obtenir. Les Américains régulent…

— Je m'en moque, rétorque sèchement Akira. Je ne retiens qu'une chose : vous venez de dire que, sans eux, elle pourrait mourir.

Le médecin courbe la tête.

— Akira-sama… si je puis me permettre… Il existe une chance qu'elle se remette d'elle-même. Nous la surveillerons, simplement. Les enfants survivent à cette fièvre sans recours à de tels remèdes depuis des siècles.

— Et depuis des siècles, les enfants en meurent. Il n'y a pas lieu de tergiverser. Allez vous procurer ces médicaments. Je m'engage à vous faire parvenir l'argent.

Ma maîtresse se lève de sa chaise, dégageant toujours cette force intimidante, alors même qu'Akira la domine de toute sa hauteur. À ma grande surprise, je la découvre tout sourire. Si je ne la connaissais pas aussi bien, jamais je n'aurais pu dire qu'elle semble, en fait, trouver le fort caractère du jeune homme… amusant. Jamais je n'ai vu quiconque défier Yuko-sama et recevoir un sourire en retour.

— Très cher petit-fils, cela ne sera pas nécessaire. Je veillerai à ce que ce soit fait.

Elle m'adresse alors un claquement de doigts pour me signifier de me mettre en branle, de concrétiser ses paroles.

Je n'ai pas envie de quitter cette pièce, mais après tout je ne suis pas payée pour avoir envie de quoi que ce soit. Je ne suis pas payée pour réfléchir. Je suis payée pour agir. Je suis au service de la famille Kamiza, mais surtout de madame Yuko. Ma famille a prêté allégeance à la sienne il y a bien longtemps. Chacun a son rôle à jouer dans la vie. Le mien n'est pas glorieux, mais il m'appartient et je le remplis.

Je sers cette famille. Et sur mon chemin, j'ai croisé cette petite fille. Elle aussi a son rôle à jouer dans la vie, et cette évidence lui apparaîtra bientôt.

Qu'on la laisse profiter de son éden. Qu'on la laisse vivre quelques années encore dans ce bonheur relatif. Je pense qu'elle le mérite.

La douleur survint rapidement. En revanche, elle fut lente à partir.

Nori émergea du brouillard qui l'entourait, soulevant une à une les parties de son corps. Une telle lourdeur l'habitait qu'elle avait l'impression qu'un parpaing était accroché à chacun de ses os. Quelqu'un la touchait… était-ce à la tête ? Aux mains ? Dans le dos ? Elle n'aurait su le dire. Son corps n'était plus qu'une masse uniforme. Quelque chose de chaud s'était posé sur ses lèvres. Puis une partie de cette chose lui toucha la langue, et finalement Nori reconnut son goût : de l'*okayu*, agrémenté d'un soupçon de cannelle pour l'inciter à manger. Ce plat, Nori le connaissait bien. C'était le seul que sa mère savait cuisiner.

La cuillère continua d'insister pour entrer dans sa bouche, alors elle l'accepta, céda au réflexe d'avaler.

La bouillie était chaude. Grand Dieu, pourquoi était-elle aussi chaude ? Brûlante, même. Elle n'arrivait pas à respirer. Chaque respiration était une grâce, un cadeau du ciel dont elle craignait à tout instant de se voir privée. L'air dans ses poumons était trop dense pour la soulager. Cette sensation, cette faiblesse, tout était arrivé si soudainement qu'elle avait la certitude qu'elle allait bientôt fondre, là sur son matelas, et disparaître. Sans crier gare. Sans même un toussotement.

Elle entendit vaguement des gens parler, comme si elle se trouvait sous l'eau, et eux, à la surface, au-dessus d'elle. Impossible de savoir s'il faisait jour ou si la nuit était tombée. Quelqu'un appuya autre chose contre ses lèvres. De l'eau, cette fois. Elle l'accepta en espérant qu'elle apaise la chaleur qui irradiait ses os.

Quelque chose d'autre à présent, en plus de l'eau… quelque chose de dur. Cela lui fit mal à la gorge, elle chercha à le recracher, mais quelqu'un l'obligeait à fermer la bouche. Plusieurs personnes en même temps lui parlaient.

Elle était trop faible pour lutter. Elle avala, et une nouvelle gorgée d'eau aida la douleur à passer. Elle n'aurait su dire combien de fois ce cycle se répéta. Chaque fois qu'elle sentait la cuillère, elle ouvrait la bouche.

Elle percevait parfois quelque chose de froid contre son front. Elle aimait cette sensation. Elle tenta d'articuler des remerciements, mais les mots ne parvenaient pas à se former.

Peu à peu, le brouillard se dissipa. Nori prenait lentement conscience de ce qui l'entourait. Si l'une de ces silhouettes indistinctes l'aidait, elle parvenait maintenant à tenir assise dans son lit, adossée contre les oreillers.

Elle savait que la personne qui tenait la cuillère était Akiko, et avait aussi reconnu Akira dans la silhouette campée au coin de la chambre. Il s'asseyait là-bas, en silence, avec l'un de ses livres. Akira était toujours présent le matin à son réveil, et toujours présent le soir lorsqu'elle s'endormait. Mais elle n'avait pas encore la force de prononcer son nom.

Le temps passa. Des jours, peut-être des semaines, elle n'en était pas sûre.

Lorsqu'elle commença à retrouver de l'énergie, elle profita d'un moment où Akiko lui donnait à manger pour lui attraper le poignet et lui demander de la crème glacée. Sa voix était éraillée, faible après avoir passé autant de temps sans parler. La bonne la regarda un long moment avec stupéfaction avant qu'un grand sourire se dessine sur son visage.

— Oui, petite madame.

Avant de sortir du grenier, en arrivant à la hauteur d'Akira, elle se pencha et lui murmura quelque chose à l'oreille. Le jeune homme leva les yeux de son livre et, à travers le grenier plongé dans la pénombre, son regard se posa sur Nori. Ce fut à cet instant qu'elle sut qu'elle ne mourrait pas.

Chapitre 5

PIED D'ALOUETTE

Kyoto, Japon
Été 1951

L'été commençait à toucher à sa fin, offrant en cette seconde moitié du mois d'août des jours chauds et venteux. Akira annulait parfois la leçon pour sortir faire des courses ou rendre visite à un ami dans la capitale. Assise près de la porte, Nori attendait son retour. La peur qu'il ne revienne pas la tenaillait toujours.

Face à ses plaintes, son frère tentait de la rassurer en la couvrant de bibelots qu'il rapportait de la capitale. Il lui offrit un jour en lapin en peluche au retour d'une semaine entière d'absence pour un concours de violon à Tokyo. Il refusa de lui révéler s'il avait remporté ou non le concours, mais le trophée rutilant que l'on monta plus tard dans sa chambre n'échappa pas à l'œil de Nori.

— Je l'ai repéré dans la vitrine d'un magasin de jouets, déclara-t-il sèchement devant les lamentations de Nori, en lui tendant le lapin. C'était le dernier, alors tâche de ne pas le perdre car je doute que je pourrai t'en trouver un autre.

La peluche était de toute beauté, avec une fourrure blanche comme la neige et des yeux noirs brillants, enjoués, fabriqués à partir de deux boutons en forme de demi-lune. Il portait autour du cou un ruban jaune vif noué comme un nœud papillon. En y regardant de près, Nori s'aperçut que la soie du ruban était constellée de petits soleils brodés.

Elle l'appela Charlotte, comme le personnage d'*Oliver Twist*. Grâce à son frère, Nori parlait maintenant l'anglais, et avait déjà pu lire les trois quarts du roman. Pendant sa convalescence, Akira avait pris l'habitude de s'asseoir à son chevet pour lui faire la lecture.

À partir de ce jour, Charlotte la suivit partout. À table, Nori l'installait sous sa chaise. Pendant ses leçons, Charlotte trônait sur le couvercle du piano. Son sourire cousu à son visage ne la quittait jamais – même quand Nori jouait de fausses notes qui faisaient grimacer son frère.

Ce fut lors d'une de ces leçons que Nori, pour plaisanter, lança à Akira que, s'il voulait qu'elle s'améliore, la meilleure solution serait de la frapper. Elle s'attendait à l'entendre rire, mais il n'en fut rien. Son frère la considéra avec un regard des plus sérieux.

— Est-ce qu'elle t'a frappée ?

Le malaise la gagna instantanément. Qu'Akira joue les insensibles était une chose ; qu'il prenne son air grave en était une tout autre.

— Peut-être… peut-être un peu.

Cette réponse était un mensonge. Les coups de sa grand-mère pleuvaient encore plus fort depuis sa guérison.

Akira fronça les sourcils et posa son thé sur le guéridon.

— Souvent ?

— Toutes les… semaines, environ. Mais tout va bien, je t'assure.

Mais Akira ne voulut pas en démordre. Il exigea de connaître les détails, l'obligea à lui faire part des visites de sa grand-mère et des coups qui, fatalement, suivaient. Elle lui raconta tout – les châtiments corporels, les bains de produits chimiques destinés à lui éclaircir la peau. Le visage d'Akira resta grave tout du long.

— Cela n'arrivera plus, dit-il tout en lui fourguant entre les mains son travail de la semaine – quatre compositions à apprendre, qu'elle jouerait devant lui. Il y a du Brahms, notamment. Tu ne le connais pas. Tu vas trouver son style difficile, mais je compte sur toi pour le travailler quand même. Compris ?

— J'essaierai, *aniki*.

— Je ne te demande pas d'essayer, je te demande de le faire. Commence par l'un des airs de la semaine dernière. Je reviens dans quelques minutes.

— Lequel veux-tu que je répète ?

Mais Akira haussa les épaules et s'en alla vers la porte. De toute évidence, son esprit était ailleurs.

— N'importe lequel, tous. Il n'y en avait aucun de bon, tu as du travail en perspective.

Et sur ces mots, elle se retrouva seule. Elle refusa de gaspiller son énergie à se demander ce qu'était parti faire Akira. Il faisait ce qu'il voulait, quand bon lui semblait – au reste du monde de s'aligner sur lui.

À dire vrai, il était de plus en plus évident qu'Akira pouvait obtenir tout ce qu'il désirait. Aurait-il demandé la lune, sa grand-mère aurait sûrement trouvé le moyen de la lui apporter.

Elle avait besoin de lui. Akira était le seul héritier légitime. Et sa très chère grand-mère aurait préféré scier son propre pied plutôt que laisser dire que Yuko Kamiza avait mené leur dynastie à sa perte – même si, depuis qu'Akira lui avait appris que la monarchie ne jouait plus aucun rôle dans la gouvernance du pays, Nori se demandait bien à quoi servait de vouloir à tout prix perpétuer leur lignée. La noblesse *kuge* dont étaient issus les Kamiza, tout comme l'aristocratie *kazoku* de la cour impériale au sein de laquelle étaient nés sa grand-mère, sa mère et Akira – toutes ces choses appartenaient au passé. Les gens étaient maintenant égaux. Un cousin de l'Empereur ne valait pas mieux qu'un cueilleur de riz, dans le nouveau Japon.

Akira lui avait appris que ces changements n'étaient pas accueillis de la meilleure des façons.

Mais pourquoi prenait-il la peine de lui expliquer toutes ces choses ? Pourquoi se souciait-il d'elle ? Cela restait un mystère.

Elle savait qu'elle ne serait jamais davantage qu'un divertissement pour lui. Dans bien des années, lorsqu'ils auraient grandi, Akira deviendrait un homme très influent. Et même si les rangs et les titres avaient officiellement été abolis après guerre, nombreux étaient ceux qui croyaient encore au pouvoir du sang. En outre, la fortune et la réputation de leur famille pesaient encore énormément. Si Akira ne pouvait plus être nommé prince ou duc, il serait néanmoins traité comme tel.

Tandis que Nori demeurerait sans doute à jamais dans son grenier, à regarder les fleurs éclore et se flétrir.

Elle secoua la tête pour chasser ces idées, qui n'avaient d'autre effet que de la démoraliser.

Elle s'empêchait de penser trop longtemps à sa mère, à son avenir, ou à ce vide, ce puits béant et sans fond logé dans sa poitrine, en lieu et place de son cœur. Elle avait appris, au cours de ses premières années ici, dans l'isolement le plus total, à ne pas trop penser. Car elle savait qu'à force la tentation aurait été trop grande d'aller se cogner la tête jusqu'à ce que sa cervelle se répande en une aquarelle sur le plancher. Ainsi donc, Nori composait avec le présent et tenait le reste à l'écart, dans un endroit où ses pensées ne pourraient pas la détruire.

À son retour, Akira lui donna une tape bienveillante dans le dos pour corriger sa posture, mais sans dire un mot. Elle se retint de lui demander d'où il revenait, et de quoi lui et sa grand-mère avaient parlé. Mais quelque chose, néanmoins, lui disait que plus personne ne lèverait la main sur elle, jamais.

Quelques minutes plus tard, Akira la congédia.

— Va jouer ailleurs, lui demanda-t-il en lui indiquant la porte. J'ai besoin de m'exercer pour le concours national.

Nori se retrouva tiraillée entre la déception et le soulagement d'échapper au supplice de devoir répéter des morceaux bien trop difficiles pour elle.

— Me permets-tu de rester pour écouter, *aniki* ?

— Non, rétorqua-t-il avec malice, sans la regarder. Tu as une tête tellement bizarre quand tu m'observes que cela me déconcentre.

— Mais que voudrais-tu que je fasse ?

— Je ne sais pas. Ce que font les enfants normaux.

Nori ne comprenait rien à ce que sous-entendait cette réponse.

— Je ne sais pas ce que cela signifie.

— Dans ce cas, va donc regarder le mur, Nori. Je ne peux pas te divertir constamment.

Elle se retint de répondre et sortit de la salle. Dehors, elle trouva Akiko qui vaquait, l'air de rien, à ses occupations.

— Votre leçon est déjà finie, petite madame ?

— Je me suis fait mettre à la porte, marmonna-t-elle, consciente de l'arrogance de sa réponse, mais trop frustrée pour s'en soucier. Il devait travailler pour l'un de ses concours idiots.

La lèvre supérieure d'Akiko se recourba en un sourire.

— Votre frère concourt pour la première place nationale dans sa catégorie d'âge. C'est sa fierté qui est en jeu.

— Sa fierté, sa fierté, sa fierté, pesta Nori. Tout le monde n'a que ce mot à la bouche dans cette maison.

— La fierté est principalement un trait masculin, Nori-sama. Peut-être ne parviendrez-vous jamais à la comprendre tout à fait.

— Pourtant, *obasama* en parle constamment et elle n'est pas un homme.

Akiko se mit à ricaner. Plaquant la main sur sa bouche, elle baissa les yeux, incapable de se retenir.

— Votre vénérable grand-mère… n'est pas comme toutes les femmes, petite madame.

À contrecœur, Nori regagna le grenier. Elle toucha à peine à son déjeuner, repoussant le verre de lait qu'Akiko lui avait apporté. Elle savait qu'elle se montrait capricieuse, mais rien ne lui importait plus.

— Je veux du sucré, exigea-t-elle. Demande à la cuisinière de me préparer un gâteau.

Akiko haussa un sourcil.

— Quoi comme gâteau ?

— Un gâteau au citron. Avec de la crème fouettée.

La bonne s'inclina et sortit du grenier, pendant que Nori continuait de bouillir en silence. Elle fit les cent pas dans sa chambre en fulminant avant de se résoudre à attraper un livre. Elle sortit un recueil de poésie de sa bibliothèque et alla s'installer par terre, près de la fenêtre. Elle avait pris du retard sur ses lectures, dernièrement.

Le manuel d'histoire que lui avait donné *sensei* n'avait pas bougé de l'étagère, où il prenait la poussière. Il y avait fort à parier que, lorsque ses leçons reprendraient dans quelques semaines, Nori serait bonne pour un impitoyable sermon. Saotome-sensei s'absentait toujours pendant tout l'été, mais attendait d'elle qu'elle continue d'étudier.

Elle lut pendant plusieurs heures. Lorsque son gâteau arriva, elle le tritura un moment du bout de sa cuillère avant de le renvoyer en cuisine.

Elle joua ensuite avec Charlotte avant de finir par se lasser, une fois de plus. Elle déclina le dîner, ignorant les protestations d'Akiko.

Elle râla tout bas au moment où la bonne lui intima d'aller au lit sur ce ton qui signifiait « Ne discutez pas ou je vais prévenir votre grand-mère ». Elle venait d'enfiler sa chemise de nuit quand elle sentit une présence derrière elle.

— Nori.

À la manière dont son frère avait prononcé son nom, elle sut qu'il était en colère. Elle se retourna vers lui.

— *Aniki*, commença-t-elle en retrouvant brusquement son entrain, comme chaque fois qu'elle l'entendait prononcer son nom.

Mais le regard qui l'accueillit lui fit comprendre qu'il n'y avait pas lieu de sourire.

— Tu te comportes comme une peste, d'après ce que j'entends.

Elle s'abstint de lui demander où il avait entendu ces mots pour la simple et bonne raison qu'ils étaient vrais.

— Je ne me suis pas comportée comme une peste, non.

Le mensonge était si gros qu'elle eut du mal à garder la tête droite. Mais c'était cette fois sa fierté à elle qui était en jeu. Cette maudite fierté des Kamiza. Même les bâtards l'avaient en eux.

Akira leva au ciel ses yeux clairs, puis consulta sa montre d'un air impatient comme pour lui signifier qu'elle lui faisait perdre du temps sur sa journée minutée.

— À d'autres. Nori, je ne peux pas passer chaque seconde de la journée avec toi. Et même si je le pouvais, je ne voudrais pas. Que vas-tu faire quand l'école va reprendre ?

Elle sentit sa bouche devenir complètement sèche.

— *Gakuen* ? L'école ?

Une nouvelle fois, Akira leva les yeux au ciel, et Nori songea, non sans amertume, qu'il serait bien fait pour lui qu'Akira se retrouve coincé avec cette grimace. La lumière tamisée du grenier accentuait son teint pâle ; on aurait cru voir Jésus devant les pécheurs, auréolé d'un halo. Sa présence même semblait envelopper d'une lumière fluorescente toutes les choses présentes, sauf elle.

— Oui, l'école. La rentrée a lieu dans quelques semaines. Je me suis servi de la mort de mon père pour faire une pause dans mon cursus. L'établissement qu'a choisi grand-mère ne me ravit pas vraiment, mais ils ont un professeur de musique de renommée internationale. C'est ce qui m'a convaincu d'accepter d'y aller. Tu sais… je serai là-bas toute la journée. Et il n'est pas question que tu te serves de mon absence pour te laisser mourir de faim.

— Je veux y aller avec toi, répondit-elle sur un ton qu'elle voulut le moins suppliant possible.

Malheureusement, le résultat ne s'avéra pas convaincant.

— S'il te plaît, ajouta-t-elle. Je suis une bonne élève, vraiment. Je pourrais t'accompagner. Je ne te ferai pas honte, je te le promets.

Le visage d'Akira s'assombrit.

— Nori, je ne suis pas dans la même classe que toi. En plus, mon école n'accepte pas les enfants de ton âge.

Entre les lignes, elle comprit aussi : « Et de toute façon, je n'ai pas envie de te voir là-bas. »

— Et alors ? Il existe des écoles pour les filles de mon âge. Je le sais. *Sensei* y travaillait, autrefois. Je pourrais étudier là-bas.

Akira planta sur elle un long regard grave.

— Tu sais que ce n'est pas possible.

Et, sous-entendu : « Si tu crois que c'est possible, tu es une parfaite imbécile. »

Elle enfonça ses ongles dans la paume de ses mains.

— L'école ne dirait rien. L'école ne dirait rien et tu le sais très bien. Il y a plein d'Américains…

Akira haussa un sourcil.

— Pas à Kyoto, non. Et d'abord, comment sais-tu cela ?

Nori se mit debout. Elle était peut-être une imbécile, mais une imbécile tout de même capable d'arriver aux conclusions les plus simples. Tout le monde détestait les Américains. Et tout le monde la détestait. Logique.

— J'ai lu les journaux. Akiko me les donne, parfois, même si elle n'a pas le droit. Et j'écoute les ragots des domestiques, aussi. Je sais que les Américains sont là. Ils ont gagné la guerre, pas vrai ? C'est pour ça qu'ils sont là. C'est pour ça que…

Elle laissa la fin de sa phrase se perdre.

Elle n'avait toujours pas saisi les tenants et les aboutissants de cette guerre, mais en savait assez pour comprendre que son peuple se sentait menacé par ces Américains.

Une peur secrète l'habitait, une peur qu'elle étouffait depuis des années : elle redoutait que son père soit un Américain. D'où est-ce que sa peau aurait pu provenir, sinon ? Cette peau « de couleur », comme l'avait qualifiée Akiko quand Nori lui avait demandé la raison pour laquelle elle devait prendre ces bains.

Les gens de couleur n'existaient pas ici. Mais en Amérique, elle l'avait lu, vivaient toutes sortes de gens. Toutes sortes de peaux, toutes sortes de races, réunies ensemble.

Une autre peur, plus profonde, était ancrée en elle également – la pire : que son père soit un soldat de l'autre camp. L'un de ces hommes qui avaient envahi les terres ancestrales de sa famille et tenté de détruire son peuple, ses traditions, son héritage sans la moindre raison ; l'un de ces hommes qui avaient fait tomber la monarchie, l'un de ces hommes qui avaient fait pleuvoir le feu du ciel. Tout cela se tenait. La chronologie des événements, la cause de cette honte : son existence était l'incarnation d'une trahison.

Akira s'avança vers elle et posa une main ferme sur le dessus de sa tête. Elle leva les yeux vers lui, décidée à ne pas pleurer. Son frère avait tout compris, aussi clairement que si cette pensée avait été écrite en toutes lettres sur son front.

— Tu n'es pas une Américaine, Noriko, lui souffla-t-il, lentement et distinctement. Tu es l'une des nôtres.

C'était maintenant au tour d'Akira de mentir. Nori le regarda avec audace, pour le défier de dire la vérité.

— Mon père n'était pas l'un des nôtres. C'était un Américain, n'est-ce pas ? Qui faisait partie de ceux qui nous ont fait du mal.

Pour la toute première fois depuis leur rencontre, Nori vit son frère perdre pied. La conversation lui échappait, il avait perdu le contrôle, et il était manifeste que cette situation lui déplaisait.

— Ton père… ton père n'a fait de mal à personne. De ce que je sais, il n'était qu'un simple cuisinier. Il est arrivé avant que les choses… il est arrivé avant.

— Avant la guerre ?

— Nori, ce n'est peut-être pas le…

Ses poings se serrèrent et les mots qu'elle avait toujours eu si peur de prononcer sortirent de sa bouche.

— Dis-moi.

Et il n'en fallut pas plus. Un éléphant lâché dans la pièce, ce sujet que tous les deux évitaient depuis le jour où Akira avait franchi le seuil de la maison. Car tout l'enjeu, avec un éléphant, c'est qu'il n'existe qu'à condition que l'autre veuille bien le reconnaître. Pour le rendre concret, pour lui insuffler de la force, marcher délibérément dans le piège est une étape nécessaire. Nori l'avait esquivé. Sa joie d'avoir rencontré son *aniki* était tellement grande qu'elle en avait mis de côté tout le reste. Car, quelque part au fond d'elle, elle savait qu'après cette discussion rien ne serait jamais plus pareil.

Et pourtant, se réfugier dans l'ignorance, l'utiliser comme bouclier était un effort vain ; quelles que fussent les frêles illusions auxquelles elle s'était raccrochée, la vérité allait bientôt sortir de l'ombre, projeter son impitoyable lumière et tout balayer.

Akira semblait au comble de l'embarras. Il tritura les manches de sa chemise bordeaux.

— Ce n'est pas à moi de te raconter ces choses, esquiva-t-il. Mais à quelqu'un d'autre.

— Et qui, grand frère ? demanda-t-elle en attrapant la main posée sur son épaule, en enfonçant ses doigts dans sa paume. Personne, personne ne m'a jamais rien dit. Et quelque part, cela m'arrangeait bien. Mais plus maintenant. Je veux connaître la vérité. Dis-moi qui je suis.

Akira ferma les yeux pendant quelques instants. Lorsqu'il les rouvrit, il avait presque l'air triste.

— Assieds-toi, Nori.

Le silence qui s'ensuivit remplit la pièce tel un gaz toxique.

La mâchoire de Nori pendait, immobile, béante, et ses yeux dans ses orbites roulaient frénétiquement comme des billes. Elle tirait si fort sur ses cheveux qu'elle manqua de les arracher.

Akira était assis en face d'elle, à la table, les mains calmement croisées devant lui. Son inquiétude était palpable.

— Noriko… tu devais t'en douter.

— Eh bien, non, murmura-t-elle sans lui rendre son regard.

Elle ne voulait pas voir sa pitié.

— Je ne savais pas que ma naissance avait détruit notre famille, reprit-elle.

— Notre mère et mon père n'ont jamais été heureux, Nori. Ils ne se détestaient pas, mais de là à parler de bonheur… non. Maman ne voulait pas se marier avec lui. Elle ne voulait se marier avec personne, mais elle n'a pas eu le choix.

— Elle a rompu ses vœux, répondit Nori dans un gémissement, d'une petite voix piteuse qu'elle croyait ne plus jamais entendre. Elle a trahi ton père. Elle a trahi Dieu. Elle a commis un adultère. Avec *un Américain.*

Akira haussa une épaule. De toute évidence, si cette question l'avait un jour préoccupé, elle était désormais derrière lui.

— J'avais quatre ans quand elle est partie. Ces souvenirs sont flous pour moi, et elle ne nous a jamais dit où elle s'en allait. Je suppose qu'elle avait découvert qu'elle était enceinte de toi. Mais même avant cela, elle n'était jamais présente. Elle traînait avec des étrangers, restait dehors jour et nuit. Je doute que ton père ait été le premier à qui elle s'est offerte. Même si, pour autant que je sache, personne ne l'a jamais vue en compagnie d'un homme de couleur. Elle devait avoir envie de nouvelles expériences.

Ces paroles, pourtant censées la réconforter, produisaient l'effet inverse. Son estomac se mit à bouillonner, mais pas seulement sous le coup de l'émotion, cette fois. Pliée en deux, elle ne put lutter contre un haut-le-cœur dont le goût acide lui fit monter les larmes aux yeux.

Elle arracha son regard du plancher pour le fixer sur ses mains, dont les tremblements étaient incontrôlables. Akira se leva de sa chaise et contourna la table pour venir jusqu'à elle, en prenant soin d'éviter le vomi. Il lui proposa un verre d'eau, mais elle secoua la tête.

— Je suis vraiment désolée, murmura-t-elle tandis que de grosses larmes roulaient sur ses joues. Akira, je suis vraiment désolée d'être ce que je suis.

Connaissant le manque de délicatesse de sa mère, Nori doutait fortement que cette dernière ait pris la peine de demander pardon à Akira de l'avoir abandonné et d'avoir jeté la honte sur la famille entière. C'était donc à elle qu'il incombait de s'excuser.

Une nouvelle fois, son frère haussa les épaules.

— Seiko a fait ses choix. C'est la vie. Mon père était quelqu'un de bien. Il a pris soin de moi. À vrai dire, je pense même que j'étais mieux sans elle.

— Mais je…

— Tu n'es responsable de rien. Alors tais-toi.

Elle s'essuya les yeux.

— Où est-elle ?

Comme il était étrange qu'une question qui pesait sur ses épaules depuis si longtemps, qui la consumait, qui d'une certaine manière guidait le moindre de ses pas, comme il était étrange qu'une telle question soit si simple à formuler : trois petits mots. Pas un de plus.

— Je ne sais pas et je m'en fiche, répondit Akira. Personne ne l'a vue, personne n'a entendu parler d'elle depuis le jour où elle t'a abandonnée devant cette maison.

Nori ne parvint pas à lui demander s'il pensait que leur mère était morte. À la place, une tout autre question lui tomba des lèvres.

— Est-ce que tu la détestes ?

Akira ferma les yeux. Un instant, il sembla bien plus âgé que ses quinze ans.

— Non, répondit-il en passant ses doigts dans ses cheveux emmêlés. Je ne la déteste pas. Et toi ?

Sans le vouloir, la main de Nori se posa sur le ruban vert forêt noué autour de son cou. Elle se souvenait du jour où elle l'avait reçu comme de chacun de ceux où lui avaient été donnés ses autres rubans.

— Non, souffla-t-elle tandis que de nouvelles larmes s'accumulaient derrière ses paupières.

Mais elle s'arrêta là. Elle ne les laisserait pas couler. Jamais plus elle n'accepterait qu'une seule de ces larmes dévale ses joues à cause de Seiko Kamiza.

Les mains étonnamment chaudes de son frère l'aidèrent à se lever de sa chaise. Son corps était si faible qu'il dut la porter dans ses bras comme un oisillon encore dépourvu de plumes, incapable de se déplacer seul. Il la porta ainsi pendant un long moment. Jamais ils ne s'étaient trouvés aussi proches l'un de l'autre.

Nori ferma les yeux et écouta les battements du cœur d'Akira. Même cela chez lui était mélodieux. Son souffle, lent et régulier, lui donna l'assurance que la vie continuerait. Après ces quelques instants, Akira la reposa sur le sol.

— Va dormir, lui dit-il. Et ne sois pas en retard demain à notre leçon. Nous travaillerons Schubert.

Il la laissa là, debout sur le plancher, et Nori le regarda sortir, le fantôme de sa silhouette encore imprimé sur sa rétine longtemps après qu'il fût parti.

Elle ne put fermer l'œil de la nuit. Allongée dans son lit, le regard fixé sur le plafond, les yeux grands ouverts, elle déploya toute la volonté qu'elle possédait pour empêcher les larmes de couler. Et de la volonté, Nori en avait. Ce mur invisible qui séparait ses souvenirs de sa vie d'avant de celle qu'elle était maintenant s'effritait, morceau par morceau.

Cependant, elle restait incapable de revoir le visage de sa mère, si ce n'étaient deux yeux flottant dans le vide.

Ce fut alors qu'elle prit conscience, au bout de toutes ces années, de ce à quoi ce mur servait. Il ne s'était pas érigé pour la tourmenter, pour l'empêcher de se souvenir de ces jours heureux, ces jours de plénitude auprès d'une mère qui l'aimait. Ce mur était là pour la protéger d'une mère qui ne l'aimait pas.

La cigarette. La fumée de cigarette. L'appartement sentait toujours la fumée et le vinaigre.

Sa mère faisait souvent le ménage pour couvrir l'odeur de cigarette. Elle faisait venir des gens chez elles, certains soirs, les jours où elle ne passait pas la totalité de son temps dehors. Elle se fardait les joues, se faisait des lèvres rouges, laissait parfois Nori l'aider. Elle s'aspergeait d'un parfum à l'odeur poivrée. Sur sa coiffeuse trônaient toujours de grandes fleurs violettes dans un vase. Ce souvenir était le plus vif de tous.

Une fois sa mère préparée, il y avait un coup à la porte. Nori avait pour consigne de rester dans sa chambre, d'où elle entendait la clé que sa mère tournait dans sa serrure, de l'autre côté.

Sa mère ne la battait ni ne criait jamais, mais elle ne l'embrassait pas non plus, ne la serrait dans ses bras ni ne lui disait des mots tendres. Cette femme était un parangon d'indifférence. Ni haine ni amour.

Le corps de Nori était secoué de sanglots silencieux. Elle étouffait les larmes, leur bruit, mais sa poitrine se soulevait avec la force d'une petite tornade, sans qu'elle ne puisse rien y faire.

Sa mère ne l'avait pas laissée ici pour lui donner une chance de devenir meilleure. Elle ne l'avait pas laissée pour lui permettre d'apprendre, pour qu'elle devienne une « bonne » personne.

Il ne s'agissait pas de faire d'elle une petite fille parfaite. Mais de la faire *disparaître*.

Sans elle, sa mère était libre. Belle et libre. Plus de honte, plus de dilemmes. La vérité était aussi simple que cela. Aussi douloureusement simple.

Pendant tout ce temps, elle avait demandé un miracle à Dieu, sans se rendre compte que cet endroit dans lequel elle vivait était un cadeau en soi. Une douce petite bulle, remplie d'un mélange de rêves, d'espoirs, et de pure bêtise de sa part. Ce n'était pas une cage, comme elle l'avait pensé. C'était un bouclier.

Sa mère ne reviendrait pas la chercher. *Elle ne reviendrait jamais*.

Et ce fut à cet instant que les larmes finirent par couler.

Chapitre 6

AME (PLUIE)

Kyoto, Japon
Été 1951

Le lendemain, Akira la réveilla à l'aube sans dire un mot, la tira hors de sa chambre et lui demanda de patienter dans le salon. Nori attendit dans un silence abasourdi pendant que son frère disparaissait dans l'étude pour « parler un instant avec leur chère grand-mère ».

Akiko la regarda, bouche bée, hésitant à intervenir. Elle essuya ses mains sur son tablier en fronçant les sourcils.

— Petite madame…, osa-t-elle.

— Je ne sais pas, lui souffla Nori en tirant sur l'une de ses boucles.

Ses cheveux, qu'elle n'avait pas démêlés ni attachés, restèrent coincés entre ses doigts. Elle portait encore sa chemise de nuit. Un courant d'air la fit frissonner.

— Va voir, ajouta-t-elle.

Akiko hocha la tête et partit en direction de l'étude, mais hésita avant de tourner dans le couloir. Sa mission était de veiller sur l'enfant qu'on lui avait confiée. S'il se passait quoi que ce soit, toutes les deux en payeraient le prix. Mais Nori la regarda avec un sourire en coin.

— Ne t'inquiète pas, Akiko. Je ne m'en irai nulle part. Promis.

Rassurée, la bonne poursuivit son chemin, laissant Nori seule. Tout le monde, y compris sa grand-mère, savait que l'on pouvait avoir confiance en son obéissance. Là résidait sa principale qualité.

Les tapis sous ses pieds étaient merveilleusement doux et moelleux. Ils avaient dû coûter un prix indécent ; avec toute la précaution du monde, Nori préféra s'en éloigner. En dépit de ce que lui avait annoncé Akira, elle savait que les coups de sa grand-mère restaient une menace. Elle n'était pas femme à se laisser dicter sa conduite – mieux valait donc jouer la prudence.

Campée dans le salon, elle décida de se coller contre le mur, s'efforçant autant qu'elle le pouvait de ne rien toucher. Elle n'était toujours pas à l'aise dans la maison, sortie du grenier. Même avec ses vêtements, elle se sentait nue.

Les vingt minutes se transformèrent en une heure. L'angoisse montait à chaque instant.

Elle n'avait pas la moindre idée du sujet de leur conversation. Mais en général, toutes les requêtes d'Akira étaient d'abord accueillies par un soupir, puis un mouvement d'éventail, et pour finir un tranquille « Comme il vous plaira, mon cher », ou « Puisque vous insistez ».

Mais de quoi son frère pouvait-il bien vouloir lui parler pour que la conversation s'éternise à ce point ? Était-il venu lui demander la tête du prophète sur un plateau d'argent ?

Au bout d'un moment qui lui sembla durer un millier d'années, il ressortit de l'étude. L'expression de son visage disait qu'il avait obtenu ce qu'il voulait, qu'il avait gagné. Il la regarda avec dans les yeux une lueur qu'elle n'avait jamais vue auparavant.

— Nori, lui souffla-t-il d'une voix curieusement haut perchée. Suis-moi.

Elle aurait pu demander pourquoi, aurait pu demander où. Mais elle ne le fit pas.

Sans mot dire, elle lui tendit la main. Lorsque Akira la saisit, elle découvrit que sa paume était moite. Il la conduisit jusqu'au bout du couloir, puis à travers les dédales sans fin de cette maison.

Elle ne l'avait jamais vu que depuis la fenêtre : le jardin. Et voilà qu'à présent, face au mince panneau coulissant derrière lequel elle se tenait, elle se rendait brusquement compte que pas une fois elle n'avait contemplé ce jardin depuis la terre ferme. Cette porte, comprit-elle, menait dehors. Sa bouche s'ouvrit malgré elle. Elle sentait déjà l'air. L'air qui lui frôlait la peau comme une douce caresse, si tendrement qu'elle faillit en pleurer.

— Je ne peux pas, murmura-t-elle. C'est… c'est la première règle. Je n'ai pas le droit de sortir. On risquerait de me voir.

— Qui ça, Noriko ? lui demanda Akira de son ton le plus sérieux. Il n'y a personne à des kilomètres. Et tout le domaine est protégé par des grilles.

— Mais grand-mère dit que…

— Elle te donne sa permission. Tout ce qu'elle attend, c'est que je reste avec toi, que tu ne t'approches pas de ses rosiers, et que tu ne sortes pas à l'heure où le soleil est le plus haut dans le ciel, pour ton teint.

Nori doutait fortement que sa grand-mère ait pu employer un langage aussi modéré.

— Je ne peux pas, répéta-t-elle en enfonçant ses ongles dans ses paumes dans l'espoir vain de reprendre le contrôle d'elle-même.

Sa tête commençait à tourner.

— Je n'ai pas…, continua-t-elle.

— J'ai bien vu la manière dont tu regardais dehors. Tu fais peine à voir. On dirait un chiot battu. Et maintenant, tu me dis que tu ne veux pas sortir ?

Nori se hérissa. Ce garçon, pourri gâté, n'avait aucune idée de toutes ces nuits qu'elle avait passées dans le désespoir, à souhaiter en silence pouvoir un jour se tenir sous le ciel. Elle se tourna vers lui.

— Non, je te dis que je ne *peux pas* y aller. Elle me tuera, *aniki*. *Obasama* t'accorderait n'importe quoi, je le sais, mais pas ça. Si quelqu'un apprend mon existence, c'est pendant des siècles que les médisances vous gangrèneront, toi et les tiens. Cette tache sera indélébile. C'est pour cette raison qu'il me faut rester cachée. Et pour cette raison encore qu'elle paye si généreusement ses domestiques, et qu'elle m'a répété un nombre incalculable de fois que la mort m'attendait si j'osais poser un pied derrière cette porte.

— Mais je te dis, moi, qu'elle a besoin de moi plus qu'elle n'a besoin de ses titres, de son argent, de ses domaines, répondit Akira, la mâchoire serrée, en abaissant son visage à la hauteur du sien. Plus que de ses serviteurs, de ses voitures, de ce sens de l'honneur archaïque auquel elle se raccroche. Elle a besoin de moi. Elle est bien trop âgée pour concevoir de nouveaux enfants, et il est presque certain que maman gît quelque part, dans une fosse commune, à l'heure où nous parlons. Elle a besoin de moi ici, de moi vivant, de moi pour engendrer un enfant avec je ne sais quelle petite fleur fragile de la noblesse de la capitale. Il y a une chose dont elle n'a pas besoin en revanche, c'est toi. Si elle te voulait morte, *tu le serais déjà*, pauvre idiote.

Akira lui saisit alors les épaules avec une telle force qu'elle ne réussit même pas à pleurer. Elle ne fut capable de rien d'autre que le dévisager, tremblante, bouche bée.

Il ne la regardait plus seulement dans les yeux, mais jusque dans le fond de son âme, et savait, comme elle le savait elle-même, qu'il pouvait y lire comme dans un livre ouvert toutes les choses qui y manquaient. Elle voulut protester, mais seul sortit un gémissement, qu'il ignora.

— Sais-tu ce que mon père aurait fait si tu étais née sous son toit ? Il t'aurait sortie lui-même du ventre de notre mère, t'aurait emmenée derrière l'appentis et t'aurait fracassé le crâne jusqu'à le rendre aussi mou qu'un œuf cuit. Ou alors, pour se montrer bon, il t'aurait fait étouffer. Mais une chose est sûre, tu n'aurais pas vécu, ni porté de soies, mangé de gâteaux au citron, pas été choyée à chaque seconde de la journée. La famille de mon père n'est pas aussi puissante que celle-ci, mais ils vivent selon les codes d'autrefois. S'il est arrivé que naisse un enfant illégitime, crois-moi, il n'a pu vivre assez longtemps pour que l'on se souvienne de lui. Tu auras onze ans avant la fin de ce mois. Pendant onze ans, tu as vécu, respiré, mangé, dormi, pissé dans des toilettes en porcelaine. Bon sang, Nori, tu étais malade, à l'article de la mort, et ils t'ont *sauvé la vie*. Oui, ils te détestent. Je ne le nie pas. Ils te détestent. Mais il n'existe absolument aucune raison pour que tu ne sortes pas.

Et sur ces mots, il la relâcha. Elle chancela en arrière et, par réflexe, posa la main sur son bras à l'endroit où bientôt, à coup sûr, apparaîtrait un bleu.

La vive émotion qui s'était emparée d'Akira, quelle qu'elle soit, était maintenant passée. Son visage était redevenu calme, presque las. Il semblait épuisé, et pas uniquement par cette conversation : par elle, également.

Prise de panique, elle obligea ses pieds pétrifiés à bouger. Elle se rapprocha de la porte, et posa ses deux mains à plat contre la fine cloison de papier et de bois qui la séparait du monde extérieur.

Elle entendait les oiseaux piailler au-dehors. C'était la fin du mois d'août, qui lentement faisait place au début de l'automne. Les journées n'étaient plus aussi chaudes, mais Nori sentit une douce chaleur se répandre à travers le bout de ses doigts. Elle qui avait toujours pensé qu'un jour sa mère reviendrait et la conduirait dehors, en lui disant avec un sourire : « Rentrons à la maison. » Sans relâche, elle avait espéré, avait cru en ce moment.

Elle savait désormais qu'il n'arriverait jamais. Le problème n'était pas qu'elle ne voulait pas sortir à l'extérieur, car elle en avait envie. Sincèrement. Mais sauter ce pas, seule, revenait d'une certaine manière à reconnaître que cette certitude qui l'avait habitée n'était qu'une chimère. Le savoir était une chose. Mais le rendre réel…

Fermant très fort les yeux, elle appuya ses mains contre la porte. Le panneau coulissa sans peine, d'un coup, et le soleil inonda tout.

Lorsqu'elle rouvrit les yeux, un moment lui fut nécessaire pour s'acclimater. Mal assurée sur ses jambes, aveuglée, elle s'avança dans le patio. La brique était si chaude qu'elle poussa un petit cri. Akira posa une main dans le bas de son dos pour la pousser vers l'avant, doucement cette fois.

Ses pieds ne foulaient plus de la pierre, à présent. Elle marchait sur quelque chose de frais, d'un peu piquant, mais doux en même temps. Ses yeux commençaient à s'acclimater, cependant sa vision était toujours semée d'une constellation de petits points blancs lumineux.

Elle se laissa tomber à genoux, les mains par terre, et fit glisser les tiges entre ses doigts.

Oh.

Elle avait oublié l'odeur de l'herbe.

AKIKO

Je la regarde depuis la porte, à moitié cachée dans l'ombre. Le garçon m'a vue, je le sais, mais ma présence ne semble pas le déranger. Il est assis sur le banc de pierre, sous le vieux pêcher et, comme moi, l'observe. Il l'observe avec un calme absolu, et son beau visage lisse ne trahit pas la moindre de ses pensées. On croirait voir une jeune vierge posant pour un portrait.

Elle est allongée dans l'herbe sur le dos, ses boucles brunes répandues autour d'elle, les yeux ouverts tout grands, fixes, depuis au moins une heure.

Le ciel est du bleu le plus pur aujourd'hui, aussi bleu et infini que l'océan. Les nuages épais, semblables à de la crème fouettée, flottent comme des bateaux poussés par le vent. Je comprends ce qui la fascine. Elle n'a pas vu le ciel depuis presque trois ans. Pour un enfant, ce temps doit paraître encore plus long. La petite est captivée.

Et puis, brusquement, elle semble ne plus pouvoir tenir en place. Elle court d'un endroit à un autre, en faisant gicler la boue sur ses vêtements. Sa chemise de nuit blanche est toute tachée – je vais être bonne pour une nuit de récurage. Elle est restée plusieurs minutes à essayer de caresser les poissons de la mare, à piailler de plaisir dès que ses doigts touchaient leurs écailles colorées, se mouillaient, s'accrochaient dans des bouts d'algues. Jamais je ne réussirai à récupérer sa chemise de nuit et je sais que c'est à moi qu'il reviendra de s'expliquer s'il faut lui en acheter une nouvelle. Formidable. Oh ! attendez… Elle est partie. Où est-elle passée ?

Je n'ai pas le temps d'intervenir qu'elle se trouve déjà au pied du bouleau, qu'elle essaie d'escalader. Bon Dieu, mais que lui prend-il ? Cet arbre doit faire trente mètres de haut, elle va se briser le cou.

Son frère la rattrape avant moi. Il traverse le jardin en un éclair et la saisit par la cheville avant de la tirer d'un geste sec vers le bas. Il tente de l'attraper, mais s'écroule sous son poids et tous les deux se retrouvent par terre, l'un sur l'autre.

À peine s'est-il redressé qu'elle est déjà repartie en courant, vers le pêcher cette fois.

— J'en veux une, s'écrie-t-elle sans s'adresser à personne en particulier. *Momotai* !

Le garçon la regarde comme s'il commençait à regretter de lui être venu en aide. Ceci dit, quel revirement ! Pour être honnête, que Yuko-sama ait accédé à sa demande m'a stupéfiée. Si Kohei-sama apprend ce qui s'est passé, la petite vivra un enfer dont elle n'a même pas idée.

Akira-sama lui-même n'est pas à l'abri des accès de rage de son grand-père. Seiko les a déjà subis. Être l'héritier n'est pas un gage de sécurité, pas avec lui.

Mais dans cette maison existe une sorte de consensus pour taire à Kohei-sama tout ce qu'il n'a pas besoin de savoir – et sa présence ici est tellement rare qu'il ne remarque rien, de toute façon. Il préfère la compagnie des hommes importants de Tokyo, tandis que Yuko-sama aime régner seule sur Kyoto. Kyoto est sa ville natale à elle, après tout.

Akira crie à sa sœur de ne pas s'approcher de la roseraie. Elle n'écoute pas un mot de ce qu'il lui dit. Elle essaie d'en cueillir une, se pique le doigt sur une épine, mais sa joie reste intacte.

C'est la première fois, en la voyant courir comme cela dans tous les sens, que j'ai l'impression de voir une petite fille normale. J'ai presque les larmes aux yeux en pensant que bientôt, très bientôt, la petite devra retourner dans sa cage.

Le ciel commence à s'assombrir et j'entends au loin le tonnerre qui approche. Je ne sais pas si Noriko l'a entendu aussi. Si tel est le cas, elle s'en moque. Akira, lui, a trouvé refuge sous la tenture du patio, à seulement quelques mètres de moi. Il l'observe d'un regard dans lequel se lit une profonde exaspération, mais ne la rappelle pas pour qu'elle vienne s'abriter.

Les cieux font résonner un dernier avertissement avant que la pluie ne commence à tomber en rideau épais, glacé. *Harenochiame*. L'averse qui arrive après un beau ciel bleu.

La petite se tient parfaitement immobile, le visage levé vers le ciel, les bras en croix. Le tissu fin de ses vêtements est devenu complètement transparent. Elle va attraper la mort. Je ne peux plus continuer à me taire, alors je crie son nom. Je crois qu'elle ne m'a pas entendue.

Elle s'est mise à tourner sur elle-même, danse sur une musique que personne n'entend sauf elle. La pluie ruisselle sur son visage et dans sa bouche ouverte. Je n'arrive pas à saisir ce qu'elle dit à cause des grondements de la pluie, mais je lis sur ses lèvres un mot, le même, qu'elle répète encore et encore : « *ame* ». *Ame*. Pluie.

Je jette un coup d'œil à Akira-sama. Le garçon est impassible, n'exprime aucune émotion, comme toujours. Et puis, au bout d'un moment – dont la durée me semble parfaitement arbitraire mais savamment calculée par lui –, il finit par l'appeler.

— Nori.

Un mot, un seul. Elle laisse tomber par terre les touffes d'herbe qu'elle serrait entre ses petits poings et retourne auprès de son frère.

Lorsqu'elle lève les yeux vers lui, jamais je n'ai vu sur un visage une telle expression. L'adoration à l'état pur, trop absolue, même, pour parler d'amour. L'amour peut faiblir avec le temps ou être oublié, remplacé. L'amour peut disparaître sans raison ni explication particulière, comme ravi par un voleur qui s'échappe dans la nuit.

Mais ce qui se lit sur son visage ne pourra jamais disparaître ou mourir. Il y répond en donnant une tape distraite sur sa tête trempée, comme on le ferait avec un chiot.

Pauvre petite. Elle a choisi de donner son cœur, mais ne pourra en retour jamais rien obtenir.

Son frère et elle avancent sur deux ondes parallèles, qui jamais ne se toucheront.

Elle ne l'a pas encore compris, bien sûr. Mais lui, oui – je le sais. Je l'ai suffisamment entendu se vanter d'être un génie pour ne pas croire qu'il serait assez bête pour ne pas voir l'évidence.

Est-ce du sadisme ou de l'inconscience ? Je ne saurais le dire. J'ignore lequel des deux serait le pire.

Les leçons de violon se déroulaient à l'extérieur, désormais.

Ils s'installaient sur le banc, sous le pêcher, protégés par les feuilles des impitoyables rayons du soleil. Nori avait découvert que sa peau avait tendance à brûler facilement.

La beauté du paysage semblait mettre Akira dans de meilleures dispositions. Un petit pont surplombait la mare, et les parterres de fleurs paraissaient se succéder à l'infini, offrant tout un nuancier de couleurs dont Nori ignorait l'existence. Akira lui expliqua patiemment les noms des arbres et la tradition du jardin japonais. Certains de ces arbres étaient millénaires, lui dit-il, c'était la raison pour laquelle elle se devait de toujours honorer la terre, car notre sang coule en elle et le sang de la terre coule en nous. Akira, qui pourtant ne semblait pas attacher une grande importance à la spiritualité, portait un profond respect à toutes ces choses immuables, même s'il ne s'agissait que d'arbres.

Ses fausses notes et ses doigts mal positionnés l'agaçaient donc un peu moins.

En réalité, elle s'améliorait. Il s'abstint de lui en faire part, bien sûr, mais Nori le sentait. Un jour qu'ils s'exerçaient, Akira lui donna une petite tape derrière la tête comme pour contredire ce qu'elle pensait secrètement.

— Attention à la trille.

— *Gomen, aniki.*

Elle recommença, mais Akira poussa un gros soupir, en lui lançant un regard noir.

— Explique-moi comment tu fais pour jouer encore plus mal alors que je te corrige ?

— Je n'arrive pas à jouer plus vite, *aniki*.

— Ne te surestime pas. Tu ne joues même pas les bonnes notes. Alors jouer vite… Regarde la partition.

Nori baissa les yeux vers les feuilles punaisées à son pupitre. Peu à peu, elle commençait à voir émerger du sens dans toutes ces petites marques noires.

Elle comprit alors la remarque de son frère et, sans même attendre qu'il lui donne la permission de commencer, elle rejoua le passage pour la troisième fois, en prenant soin de prononcer chaque note à voix haute. À la fin, Akira la gratifia de l'un de ses rares demi-sourires.

— Cela ira pour aujourd'hui, déclara-t-il d'une voix douce, en lui retirant son violon des mains avec une attention et une prévenance qu'elle ne lui connaissait pas.

Nori se sentit à la fois soulagée et déçue.

— Pourrais-je rester une minute encore pour t'écouter jouer ?

C'était son moment préféré de la journée. En se mettant debout sur le banc, elle était juste assez grande pour pouvoir grimper aux premières branches du pêcher. Elle s'installait dessus, confortablement, les jambes repliées contre la poitrine, et écoutait son frère jouer. Mais cette faveur ne lui était pas toujours accordée.

Akira pencha la tête sur le côté comme pour réfléchir à la réponse.

— Seulement si tu ne fais pas de bruit. Mais il faut que je te parle, d'abord, Nori.

Elle fronça légèrement les sourcils.

— Qu'y a-t-il ?

— Je reprends l'école demain.

Elle sentit son ventre se nouer. Elle tira sur l'une de ses boucles et se mit à la mâchonner, comme elle en avait pris l'habitude récemment. Akira, qui trouvait cette manie dégoûtante, lui donnait une tape sur la main chaque fois qu'il la surprenait. Mais à cet instant, son visage dut lui inspirer une telle pitié qu'il se contenta d'un claquement de langue désapprobateur.

— Nous en avons déjà parlé. Je serai absent une grande partie de la journée, et j'aurai des devoirs à faire en rentrant. Je ne vais plus avoir beaucoup de temps à te consacrer. Tu comprends ?

Nori serra très fort sa robe dans ses poings, et baissa les yeux vers ses genoux.

— Je comprends.

— Continue à travailler ton violon.

— *Hai*.

— Et si tu progresses, j'envisagerai peut-être de t'emmener avec moi à la fête dimanche prochain.

N'en croyant pas ses oreilles, elle leva les yeux.

— Hein ? *Hontou ni ?*

Il répondit par un hochement de tête sec, en rougissant, avant de détourner le regard.

— Oui, vraiment. Je dois me rendre en ville pour faire des courses, de toute façon – pas la peine de faire cette tête, mon Dieu, Nori.

Elle tenta de se corriger immédiatement, même si elle n'était pas sûre de savoir ce qui le dérangeait dans son expression.

— Allez, rentrons, maintenant. Il va bientôt pleuvoir. Les violons n'aiment pas l'eau.

Elle haussa les épaules.

— Moi, j'aime bien la pluie.

Cette remarque déclencha chez son frère un éclat de rire.

— C'est ridicule. Personne n'aime la pluie. Je n'ai jamais entendu qui que ce soit dire : « J'aurais bien aimé qu'il ne fasse pas aussi beau aujourd'hui. »

Elle baissa les yeux.

— Je ne peux pas entendre le soleil depuis le grenier, répondit-elle tout bas. Tout est toujours tellement silencieux là-haut. Surtout l'été, quand mon professeur n'est pas là, et quand Akiko ne monte pas, tout est si… si vide. J'ai l'impression qu'il n'y a plus que moi au monde. Mais quand il pleut, j'entends les gouttes sur le toit, et je me rappelle alors que je ne suis pas…

Seule.

Akira cligna des yeux. Son visage se radoucit et il tendit une main pour coincer une mèche folle derrière l'oreille de Nori.

— Il pleut beaucoup sur cette île, lui déclara-t-il. Tu vas être contente.

Nori sourit.

— Je sais, *aniki*. Et je sais aussi ce qu'est la saison des pluies, *tsuyu*, et ce que disent les poètes.

Akira fronça les sourcils.

— Les poètes ? demanda-t-il. De quoi parles-tu ?

Gênée par son regard intense, Nori détourna la tête.

— Ils racontent qu'il existe cinquante mots différents pour dire « pluie ». Il y a tant de nuances de pluie qu'il faut un mot pour chacune d'entre elles.

— Ah oui ? demanda Akira d'un ton presque amusé. Enfin… Cela est peut-être vrai, techniquement. Mais laisse donc les poètes à leurs élucubrations. La pluie, ce n'est rien que de la pluie.

Nori le regarda dans les yeux.

— Je ne crois pas, *aniki*.

Courbant l'un de ses sourcils noirs, Akira la dévisagea quelques instants.

— Eh bien… qui sait ? Peut-être que tu as raison. Peut-être que je suis simplement trop cynique pour pouvoir l'apprécier.

Nori osa le contredire une fois encore.

— Je ne le crois pas non plus, *aniki*.

Il lui donna une petite tape sous le menton.

— Tu prends tout au pied de la lettre. Comme toujours. Allez, au lit, maintenant.

— Mais…

— Au lit, Nori.

Elle avait beau sentir qu'il perdait patience, elle ne put s'en empêcher – le voir assis là, baigné par le clair de lune, lui gonflait le cœur d'un sentiment trop lourd à supporter : elle se jeta au cou de son frère, et enfouit son nez dans ses cheveux noirs. Il sentait le savon et le citron. Et le wasabi qu'il prenait au déjeuner. Il sentait toujours le wasabi.

— *Arigato*, murmura-t-elle, sans même être sûre qu'il l'entendait. Merci.

Elle fit des rêves obscurs cette nuit-là et se réveilla avant l'aube, accrochée à Charlotte. Akiko arriva un peu plus tard avec un verre d'eau et un petit biscuit.

La bonne semblait d'humeur particulièrement sombre.

— Votre grand-mère va bientôt monter vous voir. Dépêchez-vous, mangez.

Nori sauta du lit.

— *Naze ?*

— Je ne sais pas pourquoi. Venez par ici, je vais vous habiller.

Au moment où sa grand-mère entra dans le grenier, Nori commença à s'incliner, mais Yuko l'arrêta d'un geste de la main.

— Inutile, dit la vieille dame d'un ton distrait en croisant les bras sur sa poitrine. Je n'en ai pas pour longtemps.

Elle portait un kimono bleu foncé dont les manches descendaient jusqu'au sol, avec une *obi* blanche. Ses cheveux, relevés en chignon, étaient constellés de petits fagots de fleurs blanc et bleu. Ses lèvres étaient rouges, et ses yeux gris soulignés par un très léger trait de crayon.

Pour une dame de son âge, elle était encore très jolie.

— Nous allons recevoir de la visite aujourd'hui, Noriko, annonça-t-elle d'une voix étonnamment aimable. Des gens très importants. Je leur ai parlé de tes talents, et ils sont impatients de faire ta connaissance.

Nori la regarda en clignant des yeux en guise de réponse. Elle fut incapable de quoi que ce soit d'autre. *Une démonstration de violon ?* pensa-t-elle. *Quand les poules auront des dents.*

Voyant le désarroi de Nori, sa grand-mère laissa entrevoir un sourire infime.

— Je t'ai fait confectionner de nouveaux kimonos, ainsi que quelques robes à la mode d'aujourd'hui. Je t'ai aussi commandé des éventails, des chaussures et des bijoux. Nous allons devoir te faire percer les oreilles. Par ailleurs je t'ai fait tailler quelques vêtements dans lesquels tu pourras continuer de prendre des formes. Akiko va bientôt arriver pour te préparer. Quant à nous, nous nous retrouverons dans le petit salon. Je suis certaine que tu sauras représenter dignement notre famille.

Dans un silence abasourdi, Nori regarda sa grand-mère sortir aussi vite qu'elle était entrée.

Lorsque Akiko arriva quelques minutes plus tard, les bras chargés d'un gros carton, Nori finit par réussir à sortir de sa stupeur.

— Tout ça pour moi ?

— Oui, petite madame.

Elle s'approcha et jeta un coup d'œil à l'intérieur du carton, habitée par un sentiment à mi-chemin entre la joie et la suspicion. Elle ne put réprimer un petit gloussement d'euphorie tandis qu'elle commençait à déballer les vêtements.

Tout était magnifique, mais ce furent les kimonos qui réellement l'ébahirent. Il y en avait quatre, tous plus beaux les uns que les autres : un gris scintillant, brodé de motifs en forme de nuages tourbillonnants, avec une *obi* d'un violet profond. Le second en soie rose pâle, avec une traîne et des manches semées de papillons. Le troisième bleu ciel, avec des fleurs blanches et jaunes, et sur la jupe des motifs en biseau, semblables à une cascade.

Mais le quatrième était son préféré. C'était un kimono simple, en soie couleur crème, aux rebords cousus de fil d'argent. Les manches, en forme de cloche, descendaient jusqu'au sol. La ceinture était d'un orange très doux, couleur pêche, comme les fruits de son arbre préféré du jardin.

À chaque kimono correspondait un éventail et un collier de perles – blanc, gris, noir et rose – mais ces accessoires l'intéressèrent à peine. Même si leur beauté – et leur valeur – ne faisait aucun doute, Nori n'était pas habituée aux bijoux.

Mais Akiko ne lui laissa pas le temps de passer en revue ses nouvelles acquisitions. Les invités étaient attendus d'un moment à l'autre. Arriver en retard serait mal vu.

— Qui doit venir, Akiko ? demanda-t-elle, n'osant pas faire de spéculations.

La bonne baissa les yeux vers ses pieds.

— Je ne sais pas. Mais faites attention à vos manières. Et venez par ici, que je m'occupe de vos cheveux.

Nori choisit de porter le kimono blanc, et demanda à Akiko de lui faire un chignon dans l'esprit de celui de sa grand-mère. Le tout fut attaché avec son ruban blanc, celui qu'elle ne voulait pas mettre de crainte de le salir. Si la venue de ces gens tellement importants n'était pas l'occasion de l'arborer, alors quand se présenterait-elle ?

Akiko sortit un petit tube de rouge qu'elle promena d'une main légère sur les lèvres de Nori.

— Nous y voilà, petite madame.

Nori se regarda dans le miroir. Son apparence était bien moins catastrophique que d'ordinaire.

— Faut-il y aller ?

— Oui, mademoiselle.

Akiko lui tendit la main, et Nori ne put s'empêcher de se revoir, quelques mois plus tôt, terrifiée. Tant de choses avaient changé qu'elle parvenait à peine à y croire.

Juste avant de bifurquer dans le couloir, la bonne lui lâcha la main. Nori lui répondit par un petit sourire. Les yeux d'Akiko étaient remplis d'une lueur insondable. Un instant, cette dernière hésita, puis elle sembla se raviser et partit.

Ce fut la dame que Nori vit en premier. Difficile de la rater : elle était d'une beauté à couper le souffle. Grande et bien proportionnée, avec des hanches larges mises en valeur par la coupe cintrée de son kimono. Son visage était badigeonné de blanc, et ses lèvres rouges. On aurait dit une poupée de porcelaine.

Il lui fallut quelques secondes supplémentaires pour remarquer l'homme. Il était assis dans un coin du salon, contre la fenêtre, et buvait tranquillement une tasse de thé. Il portait un costume trois pièces gris anthracite et des lunettes. Il avait pratiquement perdu la totalité de ses cheveux, et le peu qui lui restait, peigné sur le côté, évoquait une petite parcelle d'herbe isolée sur un trottoir.

Sa grand-mère se tenait en silence dans le coin opposé, le visage à moitié dissimulé derrière son éventail préféré.

Faute de savoir quoi faire, Nori s'inclina, en veillant tout particulièrement à sa posture.

La dame laissa échapper un gloussement qui révéla une voix étonnamment grave et cuivrée.

— Tu dois être Noriko.

Nori se redressa et hocha la tête. L'inconnue la regarda alors avec un sourire auquel Nori n'était pas habituée, si grand et spontané qu'elle ne put s'empêcher de le lui rendre.

— Je m'appelle Kiyomi, lui dit-elle gentiment. Je suis ravie de te rencontrer enfin. Approche-toi, mon enfant. Laisse-moi te regarder.

Nori s'exécuta et, ce faisant, sentit furtivement le parfum de Kiyomi. Une odeur de cannelle. Kiyomi l'inspecta de haut en bas, du sommet du crâne aux orteils.

— Mais quelle jolie petite demoiselle. Quel… exotisme. Tu as des yeux magnifiques.

Nori dut se faire violence pour ne pas se mettre à frétiller.

— Merci beaucoup, madame.

Une fois encore, Kiyomi éclata de rire, avant de promener un long doigt à l'ongle rouge vif sous le menton de Nori. Ses années de conditionnement étouffèrent son envie de s'écarter.

— Quel âge as-tu, déjà ?

— Onze ans.

— Onze ans, répéta tout bas la dame en jetant un regard en coin à l'homme assis plus loin. Jeune. Malléable. Mais elles peuvent être turbulentes à cet âge. Faire des scènes pour un rien.

— Je vous assure, intervint sa grand-mère avec son flegme habituel, qu'elle a été parfaitement bien éduquée.

En le voyant se lever de son fauteuil, Nori s'aperçut que l'homme était très petit, elle arrivait presque à sa hauteur. Il avait de gros doigts, avec des poils sur la première phalange ; elle ne put s'empêcher d'espérer tout bas qu'il ne la touche pas.

— Elle est jolie, déclara-t-il sans s'adresser à personne en particulier. Et plutôt bien élevée, on dirait. Éduquée, mais seulement à moitié, je présume ? Sait-elle servir le thé ? Lire de la poésie ?

Sa grand-mère referma son éventail en le frappant d'un coup sec contre son poignet – signe qu'elle était contrariée.

— Je n'attendrais rien de moins d'elle, Syusuke, et vous le savez très bien. Êtes-vous intéressé, ou allez-vous continuer à me faire perdre mon temps ?

Nori manqua de s'étrangler. Mais l'inconnu ne semblait pas le moins du monde impressionné.

— Allons, allons, Yuko, pouffa-t-il en levant l'une de ses petites mains boudinées. Inutile de vous énerver. Elle conviendra parfaitement à l'usage que je souhaite en faire. Elle sera rentable, cela ne fait aucun doute. Même si elle est un peu maigrelette à mon goût.

— Elle s'étoffera avec le temps, répondit Kiyomi. J'y veillerai.

Elle se retourna vers Nori pour lui adresser un autre de ses sourires contagieux, envoûtants.

— Sais-tu vraiment obéir, Noriko ?

— Oui, piailla-t-elle en rougissant de fierté.

Ses années passées ici lui avaient au moins appris une chose.

— Je sais obéir, oui, répéta-t-elle.

— Yuko, souffla alors l'homme en sortant un mouchoir de sa poche pour essuyer son visage en sueur. Nous nous connaissons depuis longtemps. Et vous n'avez jamais accepté de traiter avec moi jusqu'à présent. Votre père, l'homme le plus fier que j'aie jamais rencontré, ne me considérait pas mieux que le papier avec lequel il s'essuyait le cul. Alors pourquoi descendre de votre piédestal maintenant ?

Le visage de sa grand-mère resta impassible. Elle semblait immunisée contre la grossièreté de cet homme – ou du moins habituée.

— Si vous avez terminé, réglons les détails pratiques. J'aimerais en finir le plus rapidement possible.

— Je quitte la ville ce soir. Dépêchons.

Les yeux gris-noir de sa grand-mère étincelèrent.

— Je sais qu'il est dans votre habitude de traiter avec les petites gens. Mais n'oubliez pas dans quelle maison vous vous trouvez, Syusuke.

— Si c'est une question d'argent…

— Je ne parle pas d'argent, répondit sa grand-mère d'un ton brusque en refermant son éventail. L'argent est un sujet trivial. Nous verrons cela plus tard. Pour l'instant, sortez, tous les deux.

Elle tourna son regard vers Nori.

— Je voudrais parler à ma petite-fille, seule, ajouta-t-elle.

L'homme s'inclina profondément et la femme sourit comme si de rien n'était. Une fois partis, sa grand-mère se tourna de nouveau vers elle. Un silence tellement long passa que Nori se tortilla de malaise.

— Tu t'en es bien sortie, Noriko.

Nori cligna des yeux. Elle qui avait attendu toutes ces années ces simples mots ne ressentait aucune émotion maintenant qu'elle les entendait.

— Merci, grand-mère.

Sa réponse lui valut un sourire narquois.

— Que veux-tu, Noriko ?

Quelle était cette question ?

— Je ne veux rien, répondit-elle en joignant les mains.

Sa grand-mère haussa un sourcil.

— Tout le monde veut quelque chose. Je t'ai observée pendant des années, mais je n'ai jamais réussi à comprendre ce que tu voulais. Je ne te parle pas de souhaits. Je ne te parle pas de caprices idiots. Je te demande quel est ton but. Que veux-tu faire de ta vie, pour quoi serais-tu prête à mourir ?

Nori se pinça la paume. Elle n'avait aucune réponse à donner à ces interrogations. Elle se creusa la tête, mais seule la vérité sortit de sa bouche :

— Je ne pensais pas avoir le droit de vouloir quelque chose.

Sa grand-mère fit volte-face et se rendit à son bureau, son long kimono traînant derrière elle. Elle ramassa un livre relié de cuir, apparemment très ancien.

— Mon but à moi est clair, annonça-t-elle d'un ton ferme, les épaules droites, fière. Il l'a toujours été. Je suis née avec. Je mourrai avec. Mon but, ma raison de vivre, c'est cette famille.

Elle fit signe à Nori d'approcher. Son regard brillait de détermination.

— Sais-tu quel est ce livre ?

Nori secoua la tête.

Sa grand-mère le leva bien haut.

— Notre arbre généalogique. Le nom de chaque Kamiza, depuis des millénaires, y est inscrit. Mon nom, celui de ta mère. Bientôt, le nom d'Akira sera également inscrit ici. C'est mon devoir, mon devoir absolu, de l'y voir avant de quitter ce monde. Comprends-tu, mon enfant ?

— Oui.

Leurs regards se croisèrent, et même si le discours de sa grand-mère laissait Nori sceptique, il y avait dans sa fougue quelque chose d'extrêmement émouvant.

— Joueras-tu ton rôle, Noriko ?

Nori cligna des yeux. Sa poitrine était si serrée qu'elle ne pouvait plus parler.

Sa grand-mère hocha la tête.

— J'ai eu tort. J'ai eu profondément tort de te cacher et te faire vivre dans la honte. Tu es la fille de ta mère. Tu es de mon sang. Et tu as un rôle à jouer, toi aussi. Ton nom sera inscrit dans ce livre. Pour qu'il ne soit jamais oublié.

Un bruit rugissant avait envahi ses oreilles.

— Vraiment ?

— Oui. Mais tu dois accomplir ton devoir. Quand je mourrai, ce qui ne saurait tarder, ton frère prendra ma suite. C'est un fardeau lourd à porter.

La vieille dame secoua la tête d'un air perplexe, comme étonnée de ne pas s'être effondrée sous son poids. Puis elle ajouta :

— Dis-moi quelque chose, petite.

« Ce que vous voudrez », eut envie de répondre Nori. Tout ce qu'elle voudrait pour que son nom figure dans ce livre, à côté de celui de son frère.

— Oui ?

— Quelle est la chose au monde la plus importante pour toi ?

Sur ce point, au moins, elle pouvait répondre. Le rouge lui monta aux joues.

Sa grand-mère lui adressa un sourire complice.

— C'est Akira, n'est-ce pas ?

Sentant ses yeux s'emplir de larmes, elle baissa la tête pour les essuyer.

— Oui.

— Il aura besoin de toi. Il a déjà besoin de toi. Besoin que tu accomplisses ton devoir pour qu'il puisse accomplir le sien. Toi seule peux le faire, Nori. Toi seule peux le protéger.

Son cœur battait si fort qu'elle le crut près d'exploser.

— Je le ferai, répondit-elle. Je ferai tout ce que je pourrai. Je ne vous décevrai pas, *obasama*. Je serai bonne.

— Je suis très heureuse de l'entendre, mon enfant, murmura sa grand-mère.

Elle avait l'air sincèrement émue.

— Vraiment, poursuivit-elle. Nous, les femmes, faisons ce que nous pouvons. Ce que nous devons faire.

Elle jeta un coup d'œil à la porte, mais se retourna rapidement vers Nori.

— Nous faisons des choses que nous n'aurions jamais crues possibles pour protéger ce que nous aimons.

Nori hochait maintenant la tête, tout en s'efforçant de retenir des larmes de joie.

— Je vous le promets. Je le promets.

La vieille dame sourit une dernière fois avant de lui tourner le dos ; tandis qu'elle faisait volte-face, Nori s'aperçut qu'elle tenait le vieux livre en cuir contre son cœur.

Les portes s'ouvrirent. L'homme râblé passa la tête à l'intérieur. Il transpirait, malgré la fraîcheur qui régnait dans la maison.

— Eh bien ?

Sa grand-mère ne se retourna pas.

— Emmenez-la.

Nori les regarda tour à tour, le front plissé, son sourire toujours figé sur ses lèvres.

Il pénétra dans le petit salon et, alors qu'il s'approchait d'elle, Nori sentit une odeur détestable de tabac. Elle recula.

— Grand-mère ? demanda-t-elle tout bas.

Elle voulait parler plus fort, mais impossible. Sa voix ne fonctionnait plus.

— Grand-mère ?

Mais sa grand-mère ne la regardait plus. Nori ne vit même pas sa tête remuer pour lui signifier qu'elle l'avait entendue.

Puis il y eut des bras autour de sa taille, des bras qui la traînaient. Le bas de son kimono s'emmêla dans ses pieds qui se débattaient. Elle tenta de se jeter en avant, les mains crispées, s'agitant dans le vide comme des griffes.

— *Obasama* ! hurla-t-elle d'une voix perçante, qu'elle retrouva brusquement. Je ne comprends pas ! Pitié ! Je ne comprends pas !

Mais la silhouette devant elle était figée telle une déesse de glace, insensible à ses supplications.

— *Obasama* ! S'il vous plaît !

— Allez, ma fille ! Un peu de calme, maintenant ! haletait l'homme qui la tirait vers les portes ouvertes.

— *Aniki* ! cria Nori, tout en sachant que son frère, qui se trouvait loin de là, à l'école, ne pouvait l'entendre. Akira !

— Il n'est pas là, dit simplement l'homme.

Elle ressentit une vive douleur à l'arrière de son cou, puis plus rien.

PARTIE II

Chapitre 7

EXIL

AKIKO

Automne 1951

Le cri déchire l'air comme un coup de tonnerre.

— Où est-elle ?

Ma maîtresse plante son regard dans celui de son petit-fils sans montrer la moindre expression.

Je me faufile par la porte de l'étude, mon plateau à thé entre mes mains tremblantes. J'ai mis les pieds dans un ouragan.

— Où ! rugit-il.

Sa fureur est impressionnante.

Yuko-sama croise les bras sur sa poitrine.

— Vous êtes un garçon intelligent, Akira. Vous comprenez sans nul doute que ceci n'est pas nécessaire.

Les veines sur son front saillent, ses yeux sont noirs comme l'orage.

— Qu'avez-vous fait de Nori ?

— Cela ne vous concerne plus. Si vous vous sentez seul, je ferai en sorte de vous trouver une compagnie adéquate.

Le garçon semble abasourdi par tant de froideur.

— Mais quel est donc votre problème ?

— La petite va bien, répond Yuko d'un air distrait. Personne ne lui fera de mal, je vous l'assure.

— Vous mentez, crache-t-il.

Elle soupire.

— Très cher petit-fils, cette conversation est terminée. Il est temps de vous tourner vers l'avenir, dit-elle avec un large sourire. Un avenir qui promet d'être grand.

Il semble sur le point de se ruer en avant – un instant, j'ai peur qu'il ne la frappe. Je crois qu'elle aussi. Mais il secoue finalement la tête et tourne les talons, comprenant qu'il n'y gagnera rien. Pas cette fois, du moins. Jamais, en fait.

Je laisse mon plateau sur la table et lui emboîte maladroitement le pas.

Une fois dans le couloir, il se retourne vers moi et me foudroie du regard.

— Sais-tu où elle se trouve ?

Je commence à lui répondre que non, mais je m'étrangle. J'ignore réellement où est petite madame. Mais je sais que je l'ai entendue hurler. Je sais qu'elle n'est pas en sécurité. Et je n'ai rien dit. Je l'ai laissée partir.

Comme si ses yeux clairs pouvaient voir le fond de mon cœur gonflé de honte, Akira lance une dernière remarque. Il semble sonné.

— Elle te faisait confiance, dit-il, avant de s'éloigner à grands pas.

Je baisse mon regard vers le sol que j'ai frotté ce matin même. La lumière s'y reflète, et il brille comme trente pièces d'argent.

KIYOMI

Il y a cinquante-deux filles dans le *hanamachi* en ce moment, cinquante-trois avec la nouvelle.

Je supervise toutes ces filles. Cela n'a peut-être pas l'air de grand-chose, mais je suis née sur de la paille, en 1921, une fratrie de quatre enfants dont j'étais la cadette, et la seule fille. Mon père cultivait le riz et ma mère n'avait qu'un seul bras valide – impossible pour elle de trouver du travail, même chez les riches. Nous vivions sur un misérable lopin de terre toujours humide, toujours gris. Voilà ce dont je me souviens. Ça, et la faim. Jamais assez de nourriture. Des récoltes inexploitables, année après année, et mes grands frères, les seules joies de mon père, qui maigrissaient à vue d'œil. À neuf ans, mes côtes saillaient sous ma peau et mes clavicules semblaient imprimées sur mon corps au pochoir.

J'étais si maigre que la maison close où mon père m'a vendue a failli me refuser.

Je jette un coup d'œil à la fille pâle et grelottante à genoux devant moi dans cette pièce sombre, et je me surprends à regretter, pour la énième fois, que ma compassion ne se soit pas asséchée avec le temps.

Au moins, elle ne pleure pas. La plupart des filles qui viennent me voir ne valent rien. Ce sont des filles de la campagne, dont les familles ont davantage besoin de viande que d'une autre gamine inutile. Certaines choisissent de rejoindre le *hanamachi* de leur propre gré, sachant qu'elles auront ici le ventre plein et un lit, même partagé. Certaines sont pauvres, d'autres plus aisées, certaines sont laides et d'autres jolies. Mais elles pleurent toutes.

Pas Noriko, cependant. Son dos est droit, ses mains posées sur ses genoux et ses yeux si particuliers rivés droit devant elle. Même si intérieurement, elle est anéantie, elle ne me le montrera pas. Elle a reçu une éducation des plus dures. Yuko, cette vieille garce, disait la vérité sur ce point.

— Sais-tu pourquoi tu es ici ? je demande, aussi gentiment que possible.

Ce n'est pas mon rôle d'intimider les filles. J'ai été l'une d'elles autrefois. Elles viennent me voir pour se confier. Je fais ce que je peux, ce qui n'est pas grand-chose.

Elle ne dit rien. Sa petite bouche tremble. Elle a de jolies lèvres – déjà bien pleines pour ses onze ans, et délicieusement douces –, mais il y a cette fossette au menton. Certains la trouveront charmante. Vu ce que nous avons payé, mieux vaut pour elle qu'elle devienne jolie en grandissant. Sa mère était renommée pour sa beauté. Et même si personne ne sait rien de son père, à part qu'il n'avait pas la peau claire, je ne peux imaginer que Seiko Kamiza ait tourné le dos à son avenir tout tracé pour un homme ordinaire.

Je tape du pied.

— Noriko-chan, j'aimerais être gentille avec toi. Mais tu dois faire ce qu'on te dit, ou cela ira mal pour toi. Tu es à nous, maintenant.

Je vois alors quelque chose, une lueur de défi, passer furtivement dans ses yeux effrayés. Ses petites mains se serrent.

— Je ne suis pas à vous.

— Si, dis-je patiemment.

Ceci n'est pas inhabituel. Comment une fille pourrait-elle accepter sans rien dire que sa famille l'ait marchandée comme du bétail ? Surtout une fille de famille noble, même si celle-ci n'est qu'une bâtarde.

— Ta grand-mère t'a vendue. Tu nous appartiens, et nous pouvons faire de toi ce que nous voulons.

Ses yeux s'embuent.

— Elle ne ferait jamais ça. Ce n'est qu'un test.

Je lève les yeux au ciel. Cette fille est bête.

— Non. Elle t'a vendue. Non seulement elle s'est déchargée d'un fardeau, mais en plus, ce faisant, elle s'est encore enrichie.

Elle lève les yeux vers moi.

— Je suis sa petite-fille, me rétorque-t-elle avec assurance, bien que son courage ait déjà faibli – je le vois à ses mains qui tremblent. Elle me l'a dit elle-même. Je suis sa chair et son sang.

— Et pourtant elle n'a jamais désiré ta présence, asséné-je en m'assurant de prendre une voix glaciale. Ni demandé après toi. Elle t'a gardée enfermée, puis elle t'a vendue. Ta vie est désormais ici, dans le *hanamachi*, avec moi et les autres. Et tu obéiras.

Je la vois se dégonfler, se recroqueviller comme une poupée de papier.

— Non.

— Ta mère t'a abandonnée, dis-je encore, et je perçois alors la douleur qui traverse son visage. Ta grand-mère t'a abandonnée. Elles ne pouvaient pas supporter la honte que tu représentais. Mais ici, personne ne nourrit de grandes prétentions. Nous n'aspirons qu'à satisfaire nos clients. Nous te demanderons uniquement d'être propre, jolie, obéissante et souriante. Tu peux y arriver, n'est-ce pas, ma petite ?

Je vois les engrenages tourner dans sa tête tandis qu'elle cherche une réponse. Elle n'en trouvera pas.

— Qu'allez-vous me faire ? souffle-t-elle.

Je m'efforce de la regarder avec mon plus beau sourire.

— Rien. Rien pendant de nombreuses années. Tu n'es pas comme les autres, Noriko-chan. Tu ne seras pas bon marché. Ta vertu sera préservée, avant d'être donnée à un homme digne. Et prêt à payer le prix le plus élevé. La valeur réelle n'a rien à voir avec cela, mais je préfère le formuler ainsi.

En entendant son cri horrifié, je commence à penser qu'elle n'a pas compris quel genre d'activité avait cours dans cette maison. Il semblerait que Yuko ne se soit pas donné la peine de l'éduquer aux réalités de la vie.

Si je lui disais qu'on appelle parfois ce lieu « maison de geishas » ou « maison close », mais que dans les deux cas il s'agit d'un endroit discrètement tenu par son propre grand-père, homme respectable en apparence, elle tomberait probablement raide morte et j'aurais gaspillé tout mon argent. Je doute que la pauvre ait la moindre idée de ce qu'est un yakuza, ni de l'importance qu'ils ont gagnée depuis la fin de la guerre. Je suis certaine qu'elle n'a aucune connaissance d'avoir un lien avec tout cela. De toute évidence, elle n'a jamais entendu parler de crime organisé, de marché noir, ne s'est jamais interrogée sur l'argent qui, dans sa famille, continue de couler à flots alors que le pouvoir a fermé les robinets.

Ceci dit, elle ne fait pas la maligne à l'heure qu'il est. Pauvre petite princesse, jetée dans le caniveau avec le reste d'entre nous.

Tout en se tenant le ventre, Noriko se penche tellement bas que son front touche le sol.

— S'il vous plaît. Laissez-moi partir.

Je ne sais pas si c'est à moi qu'elle parle, mais je réponds quand même.

— Tu n'as nulle part où aller. Ici, c'est chez toi maintenant.

Elle ne dit plus rien. Ses genoux se dérobent et elle s'étale par terre, silencieuse, brisée, domptée.

— Vas-tu obéir, maintenant ?

Elle relève légèrement la tête. Son visage est couvert de larmes. Elle retient un sanglot et hoche le menton dans ma direction.

Peut-être n'est-elle pas si exceptionnelle que ça, finalement.

Il y avait un vieux sanctuaire derrière la maison principale, entouré de fleurs rouge vif, semblables à des larmes écarlates. Nori aimait à penser qu'elles pleuraient avec elle, pleuraient la coexistence de l'horreur et de la sainteté. Elle passait autant de temps que possible près de ces fleurs, tressant des couronnes sur ses genoux.

Kiyomi, au bout du compte, lui avait donné moins de règles que sa grand-mère. Nori était autorisée à sortir, pouvait circuler partout dans la maison, sauf dans les chambres réservées aux clients, et manger à l'envi. Il n'y avait pas de domestiques, cependant. Les filles se relayaient pour faire le ménage, chacune responsable d'une corvée particulière. Quand Nori avait demandé à Kiyomi quelle était la sienne, la femme avait souri et lui avait répondu de ne pas s'en préoccuper. Nori devait passer ses journées à lire de la poésie, à apprendre l'art de la cérémonie du thé et des arrangements floraux, et à pratiquer le violon, que cela lui plaise ou non.

— Tu peux jouer du violon pour nos invités, avait proposé Kiyomi avec un sourire narquois. Je dois dire qu'il n'y a personne d'autre ici qui sache jouer de cet instrument. Les autres n'ont pas ton bagage.

La mine contrite de Nori parla d'elle-même. Kiyomi soupira et rejeta ses longs cheveux sur une épaule.

— Je ne te laisse pas le choix, en fait.

Cette tâche, au moins, était rare. Au cours des six semaines qu'elle avait passées ici, on ne lui avait demandé de jouer que quelques fois. Chaque samedi soir, une vingtaine d'hommes entraient dans la grande pièce que Kiyomi appelait le *hana no heya* : la « salle des fleurs ». Il y avait à l'intérieur des tatamis, des coussins de soie, des tables basses préparées pour le thé, et des panneaux coulissants laissés ouverts pour montrer le jardin en fleurs. On entendait le bruit des fontaines qui éclaboussaient mélodieusement les rochers lisses. Toutes les tables étaient décorées de fleurs fraîchement cueillies, disposées en motifs élaborés imitant l'origami. Nori essayait de se concentrer sur toutes ces splendeurs, s'efforçait de ne pas regarder les hommes.

Dans son esprit, ils étaient tous des *oni*, des ogres griffus, au visage déformé, horribles, énormes, difformes, couverts de plaies et de poils, plus proches de bêtes que d'hommes.

Mais la réalité était autre. Tous étaient bien habillés, en yukatas d'été amples ou en costumes sur mesure, et certains étaient même… beaux. Les autres filles, qui avaient évité Nori depuis son arrivée, ne se montraient d'ailleurs pas timides avec eux. Aucun cri, aucun pleur ne retentissait jamais. Lorsque Kiyomi claquait des mains, toutes se précipitaient dans la salle comme une volée de paons impatients de parader. Toutes semblaient plus âgées. Elles portaient du maquillage, du rouge à lèvres criard, et avaient l'air déguisées plus qu'habillées en véritables geishas. Ces filles avaient beau jouer et chercher à amuser les hommes en essayant de chanter, Nori savait ce qu'elles faisaient quand elles sortaient de la pièce en les tenant par la main.

Quelques-unes échangeaient des sourires coquets avec certains, et se dirigeaient directement vers leurs tables. Kiyomi lui avait expliqué que les meilleures d'entre elles avaient toutes leurs habitués.

— Megumi a reçu un bracelet en or, avait-elle chuchoté à l'oreille de Nori. Et le monsieur a promis de lui en offrir un autre.

Mais en voyant son visage impassible, Kiyomi avait ajouté avec un sourire amer :

— Bien sûr, cela ne signifie rien pour toi, petite princesse. Mais la plupart des filles qui sont ici n'avaient jamais osé rêver qu'elles toucheraient un jour de l'or.

Nori se tenait dans un coin, vêtue d'un de ses beaux nouveaux kimonos, les cheveux parfaitement coiffés, le visage plus maquillé que jamais. Elle ne pouvait s'empêcher de gigoter, luttant contre l'envie de prendre ses jambes à son cou. Elle observait Kiyomi se déplacer avec aise dans la pièce, souriant à en éclipser le soleil, riant et discutant avec les hommes comme avec de vieux amis. Parfois, un groupe de filles se levaient pour danser sur un disque, ou Kiyomi lançait un signe de tête à Nori pour lui signifier de jouer.

Les filles dansaient bien. Dans leurs kimonos aux couleurs vives, elles tournoyaient dans la salle, la remplissaient de rires joyeux. D'après ce que Nori avait entendu, l'une des plus jeunes, Miyuki, arrivait à se tenir sur une jambe tout en tendant l'autre vers le plafond, le pied gracieusement pointé. Quand la danse prenait fin, les filles jouaient aux dés avec les hommes, les lançaient en riant. Même depuis son coin isolé, Nori voyait qu'elles s'arrangeaient toujours pour les laisser gagner.

Le dîner fut servi en milieu de soirée, de généreux plateaux de poissons fraîchement pêchés, tranchés crus ou servis rôtis avec des herbes et des épices. Il y avait aussi toutes sortes de soupes fumantes : bœuf, poulet, crevettes, ainsi que des protéines étranges que Nori n'avait jamais mangées. Et il y avait du saké : beaucoup, beaucoup de saké, toujours versé par une fille à un homme.

L'atmosphère devint alors plus bruyante. Nori aperçut un homme plus âgé aux cheveux noirs et à la barbe grise glisser sa main sous le sous-vêtement de l'une des filles. Elle détourna les yeux. Akira aurait tellement honte de la voir ici.

Tout se mit alors à tourner si fort autour d'elle qu'elle dut poser une main contre le mur. Penser à Akira était une chose dangereuse, qui la remplissait d'un tel sentiment d'impuissance qu'elle ne parvenait même plus à tenir sur ses jambes.

La soirée s'éternisait, pesante. Ses bras et ses jambes semblaient aussi lourds que s'ils étaient remplis de sable. Elle se força à se redresser, se rappelant ses rigoureuses leçons de maintien, et joua jusqu'à ce que ses doigts s'engourdissent et que son cou devienne raide. Hormis pour regarder ses mains, elle s'efforça de garder les yeux clos.

Les bavardages laissèrent place au calme, à mesure que les filles quittaient la grande salle, précédées ou suivies par des hommes semblables à des limiers avides. Au moment où la lune se retrouva haut dans le ciel, tout le monde était parti. Kiyomi s'approcha et dit à Nori qu'elle pouvait disposer.

— Tu t'en es bien sortie. Tu joues mieux que je ne l'espérais.

— *Arigato.*

Kiyomi approuva d'un signe de tête.

— Tu as beaucoup de talent, tu sais. Néanmoins, cela ne te servira pas à grand-chose, je le crains. Espérons que tu tombes sur un homme qui saura l'apprécier.

Nori résista à l'envie de grimacer. Elle sentit la colère monter depuis ses entrailles, mais s'empêcha de hausser le ton.

— Je suis ravie que cela vous plaise.

— Oui, cela me plaît vraiment. Tu es une fille intelligente, également. C'est la raison pour laquelle j'attends de toi que tu apprennes. Tu viendras me voir dans ma chambre deux matins par semaine, à partir de maintenant, pour que je t'enseigne ce que tu dois savoir.

Nori fronça le nez.

— Je ne veux rien connaître de ce que vous avez à m'enseigner.

Le regard brun de Kiyomi devint glacial. Elle croisa les bras sur sa poitrine à moitié dévêtue.

— Il va falloir perdre ton arrogance, dit-elle d'un ton plat. Cela ne te servira à rien ici.

— Je n'ai rien à faire *ici*, souffla Nori avec véhémence, en détournant le regard pour éviter de pleurer. Ce n'est pas juste.

Kiyomi ne se donna même pas la peine de répondre. Les lamentations vaines de Nori ne lui inspirèrent rien de plus qu'un haussement d'épaules.

— Tu n'as nulle part ailleurs où aller. Tu peux l'accepter avec dignité ou lutter et te détruire en cours de route. Quoi qu'il en soit, j'attends de toi que tu m'obéisses.

Nori baissa la tête et ne répondit pas.

Le lendemain matin, Kiyomi la fit appeler dans sa chambre.

Le désordre qui y régnait paraissait surprenant pour une femme toujours aussi bien apprêtée. Plusieurs tenues étaient jetées sur le lit, et au moins une dizaine de rouges à lèvres et autre maquillage étaient éparpillés sur la coiffeuse. Kiyomi portait un kimono simple, rouge. Avec ses cheveux lâchés et son visage fraîchement nettoyé, elle avait l'air… jeune. Presque innocente. Nori ne l'avait jusqu'alors jamais remarqué, mais la femme qui se tenait en face d'elle avait dans le regard quelque chose de… bon.

— Bien, déclara Kiyomi en lui faisant signe de la rejoindre à la table où elle jouait aux cartes. Comment t'adaptes-tu ici ?

Nori la regarda, bouche bée.

— Vous plaisantez ?

— Pas du tout, répondit nonchalamment Kiyomi. Écoute, je ne te demande pas d'aimer cette maison. Mais il n'y a aucune raison pour que ta vie soit plus difficile qu'elle ne l'est déjà. Ta chambre te plaît, n'est-ce pas ?

— Oui, répondit Nori, de plus en plus méfiante. Elle me plaît. Merci.

— Bien.

La porte s'ouvrit. L'une des filles entra avec un plateau de thé, qu'elle déposa devant elles. Kiyomi lui sourit en lui tapotant la main.

— Merci, Rinko.

La fille hocha la tête et s'en alla aussi vite qu'elle était arrivée.

— À présent, sers le thé, je te prie, demanda Kiyomi.

Nori s'exécuta, fière de constater que ses mains ne tremblaient pas. Son geste lui valut un hochement de tête approbateur.

— Tu bouges bien. Tu dégages une grâce naturelle.

Nori rougit.

— Vrai… vraiment ?

Kiyomi éclata de rire.

— Je vois que tu n'es pas habituée aux compliments. Je ne l'étais pas non plus.

Nori se tortilla.

— Pourquoi… pourquoi m'avoir demandé de venir ici ? Pour… pour boire le thé ?

Cette entrevue ne ressemblait pas à une leçon – au grand soulagement de Nori, cependant. Elle s'était attendue à entendre des histoires horribles ou, pire, à devoir faire… *des choses*. Comme les autres.

Kiyomi, de toute évidence, avait lu dans ses pensées.

— Personne ne te touchera, déclara-t-elle simplement. Plus tard, je t'apprendrai des danses et des chants. L'arrangement floral, la cérémonie du thé, toutes ces choses. Mais pour l'instant, je voudrais simplement que nous parlions. Car tu dois maîtriser l'art de la conversation.

— J'ignorais que la conversation était un art.

L'index de Kiyomi se dressa.

— Pour une femme, tout est un art. Je veillerai à ce que tu l'apprennes rapidement.

Nori aperçut son reflet dans sa tasse de thé. Le poids de tous ces récents événements pesait lourdement sur ses épaules.

Cette discussion l'incita à se confier à Kiyomi.

— Je ne crois pas avoir envie de devenir une femme, murmura-t-elle.

Kiyomi la considéra longuement. Un instant, elle aussi sembla sentir ce fardeau invisible.

— Ah, ma chère, soupira-t-elle, mais son sourire ne déclencha aucune lueur dans ses yeux. Il va bien falloir, pourtant.

Elle ne dormit pas cette nuit-là. Le mois d'octobre était déjà bien entamé, mais l'air restait lourd et chaud. À croire que la chaleur avait décidé de persister juste pour importuner Nori. Sa chambre ne possédait pas de fenêtre, et elle ne trouvait aucun soulagement à s'asperger avec l'eau du lavabo. Elle disposait de sa propre salle de bains, attenante à la chambre. Un atout. Elle n'avait pas à sortir, sauf pour ses tâches obligatoires et les occasionnels repas. Les autres filles mangeaient toutes ensemble, à heure fixe, mais pas elle. Lorsqu'elle désirait manger – ce qui ne survenait généralement qu'une fois par jour –, elle descendait à la cuisine et demandait ce qu'elle voulait aux hommes qui y travaillaient, tous bourrus et tatoués. Ces derniers la regardaient comme un rat qui se serait glissé dans les placards pour voler du fromage, mais ils lui donnaient toujours ce qu'elle souhaitait. Elle prenait son repas dans sa chambre. Elle avait une porte qui menait directement à l'extérieur où, derrière les tables disposées pour les invités, se trouvait un petit bosquet d'arbres offrant un peu d'ombre. Parfois, si elle en avait la force, elle s'installait là-bas. Personne n'y allait jamais, semblait-il. Ce petit coin ne payait pas de mine, mais elle pouvait au moins s'y sentir un peu plus libre.

La chaleur devenait insupportable. Elle jeta sa chemise de nuit et se drapa dans une simple robe de soie, l'un des cadeaux d'adieu de sa grand-mère. Le luxueux tissu était frais contre sa peau. Une nouvelle fois, elle se demanda pourquoi tant de temps et d'argent lui avaient été consacrés. Sa grand-mère aurait certainement pu la faire tuer, en finir avec elle. La seule réponse que Nori entrevoyait était que la mort aurait été trop facile : elle devait être punie pour les péchés de sa mère et de son père, pour les péchés de ces compatriotes qu'elle ne connaîtrait jamais, pour les péchés de tous les enfants non désirés nés avant elle. Voilà qui faisait beaucoup de monde ; plus d'une vie lui serait nécessaire pour tout expier.

Elle releva ses cheveux en chignon, enroulant sa longue tresse pour la fixer avec trois épingles rigides. Comme il était bon de sentir l'air sur sa nuque. Elle fit coulisser le panneau qui donnait sur le patio et se dirigea vers son coin arboré.

Il n'y faisait pas plus frais, mais quelque chose dans cet endroit la réconfortait. Le calme l'engourdissait. Peu après son arrivée, Nori avait compris qu'il s'agissait là du seul moyen pour survivre. Elle ramena ses genoux contre sa poitrine et laissa l'herbe glisser entre ses doigts étendus. Elle n'avait ni l'énergie ni la foi pour prier mais, dans ces moments intimes, elle se murmurait tout haut que tout finirait bien.

Ce soir-là, une voix répondit.

— À qui parles-tu ? lança cette voix.

Nori fit brusquement volte-face, à la recherche de l'origine du bruit. Ce n'était ni un dieu ni un sauveur, mais une fille – dodue, affublée d'une robe rose affreuse. L'inconnue lui sourit et lui tendit une main couverte d'encre qui ne semblait pas tout à fait sèche. Son sourire révéla un grand écart entre ses deux dents de devant.

— Je m'appelle Miyuki.

Elle parlait avec un accent campagnard si fort que Nori dut se concentrer pour la comprendre.

— Je t'ai écoutée jouer, ajouta-t-elle. C'était vraiment joli.

Nori cligna des yeux.

— Moi, c'est Noriko.

Elle accepta de serrer la main que la fille lui tendait, une main, comme elle s'y attendait, humide d'encre.

— Oh ! pardon, remarqua Miyuki en riant. J'écrivais. Je n'écris pas encore très bien, en fait. Je fais toujours des taches. Tu dois être plus douée que moi, je parie.

— Je n'écris pas beaucoup.

La drôle de fille s'assit à côté d'elle sans y être invitée, et essuya ses mains sales sur l'herbe.

— J'écrivais une lettre à ma sœur.

Nori la regarda alors, réellement. Miyuki avait la peau bronzée et des lèvres fines que l'on avait l'air d'avoir étirées sur sa large bouche. Ses cheveux étaient épais et, à cet instant, très emmêlés. Elle était petite, encore plus que Nori, et bien plus dodue. Malgré cette rondeur ne se devinait aucune poitrine. Toute sa graisse semblait s'être installée dans ses bras et ses jambes. Néanmoins, ces courbes lui donnaient quelque chose de chaleureux. Et elle avait de jolis yeux. Nori ne lui donnait pas plus de quatorze ans.

— Ta sœur ? demanda-t-elle.

Miyuki sourit.

— Oui. Elle n'a que cinq ans, elle ne peut pas encore les lire. Pourtant, j'aime bien me dire que je lui laisse quelque chose. Elle vit à Osaka. On l'a placée dans un orphelinat, mais ce n'est que provisoire, en attendant que je rembourse ma dette. J'irai la chercher, après.

Nori se mordit la lèvre.

— Tes parents sont donc…

— Morts, déclara Miyuki sans détour. Maman est morte juste après la naissance de Nanako – c'est ma sœur –, et papa a été blessé à la guerre. Il ne s'est jamais vraiment remis. Il est mort quelques mois après maman.

Nori se sentit aussitôt submergée par la culpabilité. Son souffle se coupa.

— Je suis sincèrement désolée.

Miyuki retroussa les lèvres.

— Ce n'était pas le meilleur des hommes.

— Je suis désolée quand même.

Miyuki se tourna face à Nori.

— J'ai entendu dire, commença-t-elle en baissant la voix, que ta grand-mère était une princesse. C'est vrai ?

Nori n'aimait pas le tour que prenait cette conversation.

— C'est vrai, oui.

Brusquement, la fille dodue s'excita.

— Cela veut donc dire… que tu es aussi une princesse ?

— Non.

La déception de Miyuki était palpable.

— Oh.

— Désolée.

— Oh ! non, ce n'est rien, répondit Miyuki en retrouvant aussitôt son entrain. Mais qu'est-ce que tu fais là ?

— On m'a envoyée ici, répondit Nori sèchement. Alors j'y suis.

Miyuki hocha la tête. Tout le monde dans le *hanamachi* semblait au moins se rejoindre sur ce point. Il n'était pas nécessaire de pousser plus loin les questions.

— J'étais à l'orphelinat il y a cinq ans. Puis je suis venue ici. Cela va faire deux ans maintenant. Il me reste encore deux ans à rester, et je pourrai aller chercher Nanako.

Nori arracha un brin d'herbe du sol.

— Tu as choisi de venir ici ?

Un sourire douloureux se dessina sur le visage de Miyuki.

— Comme beaucoup des filles. La vie n'est pas pire que ce que nous connaissions avant. Moi, j'aurais pu rester à l'orphelinat. Ils nous nourrissaient, se montraient gentils la plupart du temps. Mais Nanako a la santé fragile. Elle l'a toujours été, depuis qu'elle est bébé. Alors, j'ai décidé de la sortir de là. Mais j'ai besoin d'argent pour cela.

Comme pour se donner du courage, elle prit une profonde inspiration.

— Je vais aller au bout de mon contrat, rester ici quatre ans, puis j'aurai assez d'argent pour aller la chercher. Je pourrai m'installer, travailler à proximité de chez nous. L'élever correctement.

Elle rit, puis ajouta :

— Et je veillerai à ce qu'elle apprenne à écrire mieux que moi, c'est sûr.

Nori ne sut quoi répondre. Cette discussion la refit penser à Akira – chose totalement proscrite. Elle ne le reverrait jamais. Elle se le répétait, s'obligeait à ravaler la souffrance que ces pensées provoquaient. *Elle ne le reverrait jamais.*

Elle se leva.

— Mieux vaut que j'aille me coucher maintenant.

À son tour, Miyuki se leva.

— Je ne voulais pas te déranger.

Nori se força à sourire.

— Tu ne m'as pas dérangée, Miyuki-san.

Miyuki lui sourit en retour, dévoilant ses dents écartées.

— Oh ! appelle-moi juste Miyuki. Il faut que je me remette à écrire cette fichue lettre, de toute façon.

Elle se retourna et commença à s'éloigner, les mains dans les poches de sa robe rose délavée. Mais tandis que Nori la regardait traverser la cour, sa gorge se noua.

— *Ano*... Miyuki ?

La fille fit volte-face, ouvrant tout grands ses jolis yeux noisette.

— Oui ?

— Je pourrais peut-être... t'aider à écrire ta lettre ?

Le sourire de Miyuki s'élargit.

— Eh, *maji ?* Tu veux bien m'aider, vraiment ?

— Oui. Je ne suis pas si fatiguée que cela, en fait. Alors, si tu le souhaites...

Miyuki se rua sur Nori et la tira par les poignets avant même que cette dernière ait pu cligner des yeux.

— Noriko-chan ! C'est formidable !

— Ce n'est rien...

Mais Nori n'eut pas le temps de finir sa phrase.

— Tu sais écrire en anglais aussi ?

— Comment ? *Sukoshi*. Juste un peu.

Miyuki détala vers la maison, entraînant Nori avec elle. Nori se demandait déjà ce qu'il lui avait pris de lui proposer son aide.

Elle devait se lever tôt le lendemain matin pour travailler l'arrangement floral avec Kiyomi et pensait, au fond, qu'écrire à quelqu'un qui ne savait pas lire n'était qu'une perte de temps.

Pourtant, elle ne chercha pas à retirer sa main.

Tout dans leur emploi du temps les empêchait d'être ensemble, mais elles trouvaient des moyens. Nori assistait à ses leçons avec Kiyomi le matin, jouait du violon le soir. L'après-midi, cette dernière lui permettait à contrecœur de prendre quelques heures pour lire et écrire. Nori continuait d'étudier autant que possible. Kiyomi lui avait donné l'autorisation de garder plusieurs livres qu'elle avait trouvés. Et même si elle ne cessait de se moquer d'elle et de son passe-temps inutile, elle avait néanmoins fourni à Nori du papier et des stylos. Kiyomi encourageait seulement l'apprentissage de l'anglais : un jour, il lui serait utile.

La vie de Miyuki était très différente. Elle se levait à l'aube et allait aider en cuisine. L'après-midi, on l'envoyait frotter le grand porche en bois jusqu'à ce qu'il brille. Cette tâche lui avait apparemment été attribuée car Kiyomi la jugeait trop maladroite pour faire la poussière ou d'autres corvées d'intérieur. C'était une vieille maison, et quoique rénovée récemment, elle avait besoin d'un entretien constant. Les clients disposaient de chambres privées, qui n'étaient pas utilisées tous les jours. Les filles dormaient dans les petites chambres de l'aile ouest, pas aussi bien tenue. Miyuki partageait la sienne avec deux autres filles – « Ce n'est pas si mal, lui disait-elle. Sissy et moi, à l'orphelinat, on partageait une natte. J'ai plus de place ici qu'avant. »

Ce n'était qu'à la nuit tombée, une fois leur journée terminée, que les deux filles trouvaient du temps pour être ensemble, partager leurs craintes et leurs secrets. Pouvait-elle réellement parler d'amitié ? Nori l'ignorait. Elle n'y connaissait rien, hormis ce qu'elle avait lu dans ses livres. Et puis, jamais elles ne se seraient rencontrées sans les malheurs qui avaient égréné leur vie : à part leur malchance, elles n'avaient pas grand-chose en commun.

Mais peut-être… peut-être y avait-il autre chose. Et quand bien même n'aurait-elle pas pu parler d'amitié, leur relation lui convenait comme cela.

Elles se retrouvaient dans la chambre privée de Nori et se blottissaient par terre, l'une contre l'autre, éclairées par deux bougies. L'extinction des feux était l'une des règles les plus souples – mais une règle quand même. Nori veillait toujours à garder une assiette de pâtisseries pour Miyuki, qui se plaignait constamment d'avoir faim et de ne pas être assez généreusement servie par Kiyomi.

— Elle trouve que je suis grosse, lâcha Miyuki dans un rire, tout en enfournant un morceau de gâteau dans sa bouche. Elle a raison, bien sûr. Maman disait toujours qu'elle ne savait pas comment je pouvais être aussi grosse en mangeant si peu.

Nori hocha la tête. Comme d'habitude, Miyuki était celle qui parlait le plus, mais ni elle ni Nori ne semblaient s'en soucier. Elle prit une gorgée de thé, et garda la tasse entre ses mains pour se réchauffer. L'ouvrage de broderie sur lequel elle travaillait était resté par terre à côté d'elle, oublié.

Miyuki fronça le nez.

— Je devrais peut-être manger moins. Trouver de meilleurs clients. Plus riches. Pour sortir plus vite d'ici.

Nori essaya de se montrer positive, bien que la simple idée de parler des activités qui se tramaient ici l'écœurât au plus haut point.

— Je suis sûre que tu finiras par…

— Je ne suis pas comme toi, Nori, fulmina soudain Miyuki en s'essuyant la bouche du revers de la main.

— Comment cela ?

— Je ne suis pas jolie.

Elle n'avait pas prononcé ces mots pour s'attirer sa pitié, ou émettre un doute. Elle les avait prononcés comme un fait.

Nori soupira et posa son thé.

— Je ne suis pas experte en la matière.

— Il n'empêche que tu es jolie. Et intelligente, aussi. Tu m'aides à apprendre à lire et à écrire, même si je ne suis pas douée. Tu lis de la poésie, et même l'anglais.

Nori croisa les bras.

— J'avais beaucoup de temps libre dans mon grenier. Je n'avais rien à faire d'autre que lire. Et mon anglais est horrible. J'aime bien apprendre, voilà tout. Et comme Akira… qui est un garçon brillant, trouvait cela intéressant, alors j'ai essayé pour le rendre…

Fier.

— Il a l'air merveilleux, murmura Miyuki en posant son menton sur ses mains.

Il l'était, oui.

— Tu peux t'améliorer en lecture, la rassura Nori pour changer de sujet.

Même si Akira revenait souvent dans leurs conversations, parler de lui était trop douloureux.

— Mais Atsuko et Mina ont été les seules à attirer des hommes ce mois-ci et, ça, tu n'y peux rien. Il n'y a pas assez de nouveaux clients. Les temps sont durs et, nos prix étant ce qu'ils sont, les habitués préfèrent miser sur leurs favorites, des filles qu'ils fréquentent depuis des années, parfois.

Miyuki la regarda avec un grand sourire.

— Comment sais-tu tout ça ? Kiyomi-san ne te laisserait même pas venir nous crier « Bouh ! » Tu es toujours toute seule.

— Kiyomi me tient au courant de tout, répondit-elle d'un ton neutre. Je crois qu'elle s'égare, parfois, pendant nos leçons, et me prend pour son…

Elle ne pouvait pas dire « amie ». Elle savait qu'elles ne l'étaient pas.

Miyuki balaya du regard la chambre bien aménagée. Son regard s'arrêta sur un collier de perles jeté négligemment sur la coiffeuse.

— Tu en as de la chance.

Nori ferma les yeux pour étouffer son agacement. À quoi bon se mettre en colère contre quelqu'un qui vivait bien pire qu'elle ? Elle attendit de retrouver son calme pour lui répondre :

— Je ne suis qu'un cochon qu'on engraisse avant l'abattoir, rien de plus. Ma rareté, mon étrangeté, mon isolement délibéré, voilà ce qu'ils utiliseront pour me vendre comme… comme toutes ces…

Mais elle ne put finir sa phrase.

Miyuki se tortilla de gêne.

— Je ne voulais pas te faire de peine.

— Ne t'inquiète pas, la rassura Nori. Ce n'est pas le cas. Comment pourrais-je me plaindre auprès de quelqu'un comme toi ?

Miyuki révéla son sourire aux dents écartées.

— Tu sais, avant, je n'obtenais jamais ce que je voulais avec les garçons. Il y en avait, mais ils ne tenaient jamais leurs promesses avec moi. Au moins, c'est plus facile comme ça. J'arrive à en tirer quelque chose, pour moi et pour Nanako.

Brusquement, son visage lumineux s'assombrit.

— Je n'arrive pas à me dire qu'un homme s'intéresserait à moi pour une autre raison que celle-là. Et cela ne me dérangerait pas de le faire, mais…

Sa voix se perdit. Elle ne voulait pas exposer sa sœur à cette vie, et Nori ne pouvait le lui reprocher.

Elle se creusa la tête pour tenter de trouver une réponse encourageante. Ce n'était, hélas, pas son fort.

— Je suis certaine que d'autres choses chez toi peuvent intéresser les gens. Tu apprends vite. Je suis sûre que tu serais formidable avec des enfants. Tu pourrais devenir institutrice ou…

Lui vint soudain à l'esprit l'image d'Akiko, qu'elle chassa.

— Tu pourrais faire plein de choses. J'en suis persuadée, conclut-elle.

Miyuki la regarda avec un sourire triste.

— Toi, tu es à part, Nori. Et pas de la manière dont ils le croient. Si nous vivions dans un autre monde, je suis convaincue que tu aurais pu faire à peu près n'importe quoi de ta vie. Moi, je ne suis pas comme ça. Je n'ai rien de particulier. Prendre soin de Nanako, c'est à peu près la seule chose que je me vois faire correctement, sauf que pour l'instant je ne le peux même pas.

Nori s'avança et prit les mains de Miyuki, toutes rugueuses, contrairement aux siennes.

— Tu la retrouveras, lui dit-elle comme si ces simples paroles étaient suffisantes à exaucer son souhait.

Jusqu'ici, la vie de Nori avait plutôt prouvé qu'il était vain d'espérer, mais elle se surprit malgré tout à ajouter :

— Tu la retrouveras. Et ça, c'est exceptionnel. Aimer quelqu'un… aussi fort…

Le sourire narquois d'Akira et ses yeux gris d'orage apparurent devant elle. Il fallait qu'elle s'arrête.

Respire. Recommence.

— Quand tu possèdes ça, tu n'as besoin de rien d'autre.

Miyuki cligna des paupières pour retenir ses larmes.

— J'aimerais pouvoir t'aider.

Nori sourit, malgré les larmes qui, pour elle aussi, montaient.

— Ça va aller.

Toutes les deux pleuraient à présent.

— Non, c'est faux, murmura Miyuki, admettant pour la première fois ce qu'elles savaient l'une et l'autre.

Elle ne souriait plus, ne cherchait plus à dissimuler sa douleur.

Nori hocha la tête.

— Je sais.

Chapitre 8

CHANSON DE L'ARBRE

Septembre 1953

KIYOMI

Comme toujours, elle est en retard. Je prends un instant pour me rafraîchir devant le miroir. Les cernes sous mes yeux me disent que je travaille trop, mais ce n'est pas nouveau. Je sais bien que la quantité de poudre que je dois utiliser pour les dissimuler me fait perdre de ma beauté, et mon sourire résigné me rappelle que je vieillis. J'ai trente et un ans cette année. C'est déjà plus que je ne l'aurais espéré. J'ouvre légèrement l'encolure de mon kimono. Personne ne remarquera les cernes maintenant. Je jette un coup d'œil à la porte, mais toujours aucun signe de cette fille difficile qui me sert de carte maîtresse. Je vais dans le couloir, claque des doigts devant son amie grassouillette, Miyuki, qui discute avec une fille plus âgée. Il ne fait pas chaud à l'intérieur, pourtant le visage de Miyuki brille de transpiration. J'ai donné l'ordre aux cuisiniers d'arrêter de la gaver de pâtisseries, mais ils me jurent qu'ils ne lui en donnent pas. Je me demande bien ce qui lui fait prendre autant de poids. À seize ans, elle ne s'est pas étoffée comme je l'espérais. Elle est la moins demandée de toutes mes filles. Un mauvais investissement, de toute évidence, mais je ne peux plus la renvoyer maintenant.

Elle se tourne vers moi en rougissant.

— Kiyomi-san ?

Je croise les bras et la regarde. Même si elle n'est pas la plus intelligente, nous avons déjà vécu cette scène suffisamment de fois pour que celle-ci comprenne ce que je cherche. Elle pointe le doigt dehors.

— Elle est là-bas.

Je pousse un lourd soupir, et les deux filles s'empressent de s'écarter pour me laisser sortir sur le patio. Il est midi, le soleil brille intensément. Je traverse rapidement la cour, me dirige vers le bosquet sur lequel j'ai si durement travaillé pour offrir un écrin de verdure aux clients qui viennent s'évader de leur vie citadine animée. Je ne la cherche pas bien longtemps. Elle est agenouillée près du petit étang artificiel, occupée à jeter des morceaux de pain aux canards.

Elle ne porte même pas de chapeau.

— Noriko ! dis-je en grondant. Combien de fois t'ai-je dit de faire attention à ta peau ? Tu le fais exprès, c'est ça ?

Elle ne me regarde même pas. Elle rompt son dernier morceau de pain, le lance vers le plus petit canard, puis attend de s'être assurée que ses frères et sœurs n'ont pas été plus rapides que lui pour se retourner vers moi.

— *Gomen*, dit-elle d'un ton plat, sans aucune sincérité. Elle se lève et époussète sa robe rose pâle.

Je lui lance un regard las. À treize ans, Noriko Kamiza est époustouflante, bien qu'elle ne corresponde pas aux critères conventionnels de beauté. Elle n'a pas grandi d'un centimètre, et je présume qu'elle restera petite, mais ses courbes sont plus prononcées : sa silhouette ressemble à une délicate bouteille en verre soufflé. Elle a beau porter des cols montants, sa poitrine, déjà aussi grosse que la mienne, est impossible à camoufler. Elle a appris à lisser ses cheveux, qui lui tombent en une cascade épaisse et brillante jusque dans le bas du dos. Elle a toujours ses yeux ambrés, d'un brun profond, qui prennent une couleur champagne au soleil, son petit nez rond et ses lèvres pulpeuses qui semblent vouloir garder un secret. Impossible de ne pas la regarder quand elle entre dans une pièce.

Elle reste difficile, cependant.

— Tu es en retard pour notre leçon.

— Je sais servir le thé, Kiyomi-san. Et jouer aux échecs, et arranger les fleurs, et manier un éventail de papier. Au bout de deux ans, on finit par apprendre, vous savez.

Elle n'a pas tort, mais je m'abstiens de lui donner raison. En réalité, elle ne m'est certes pas d'une grande utilité, il s'agit surtout de l'occuper. Elle est intelligente. Les gens intelligents et désœuvrés représentent un danger. Je pointe la maison du doigt.

— Rentre. As-tu oublié que Tanaki-san te rendait visite demain ?

Elle glisse une mèche de cheveux derrière son oreille.

— Je ne l'ai pas oublié. Simplement, je m'en moque.

Je serre les poings.

— Tu le recevras avec respect, dis-je pour l'avertir, même si cet homme est infâme et que je ne l'aime pas plus qu'elle. Il ne t'a pas vue depuis…

— Depuis qu'il m'a enlevée, dit-elle à ma place.

Elle a l'air lasse et désabusée.

— Je ferai mon petit numéro, Kiyomi-san, poursuit-elle. Ne vous en faites pas. Je ne vous déshonorerai pas.

Je me détends un peu. Cela fait six ans que je travaille pour Syusuke Tanaki. Cet homme est un… un esclavagiste – je ne trouve pas de mot plus élégant. Il fait affaire grâce à des femmes principalement, mais n'hésite pas non plus à vendre des petits garçons pauvres à des vieillards malades. Il travaille pour le grand-père de Noriko, roi dans l'ombre d'un empire criminel qui ne cesse de se développer. Tanaki passe ses journées à acquérir des filles, en les soudoyant, elles ou leurs familles, ou en les embarquant simplement. Sous couvert de diriger une agence de voyages, il les expédie aux quatre coins du monde. Celles qui ne partent pas, il me les envoie. J'aime à penser que ces filles-là sont les plus chanceuses. J'essaie de rendre leur vie aussi agréable que possible. Non que je cherche à me faire passer pour une sainte. Mais j'ai connu l'autre côté, je sais ce que cela fait d'avoir la botte d'un homme contre sa joue. Je ne frappe pas mes filles et je ne laisse personne approcher celles de moins de treize ans. Jamais je ne ferai travailler des enfants de neuf ans, contrairement aux hommes pour lesquels j'ai moi-même travaillé autrefois.

Nori s'approche et me serre la main.

— Je ne lui donnerai pas de raison de vous faire du mal, ni à vous, ni à moi, ni à aucune des autres filles. Je sais ce qu'il attend de moi.

Sa perspicacité m'étonne à chaque fois. Je ne le lui ai jamais dit, mais elle me fait même peur.

Elle me sourit comme je le lui ai appris.

— Est-ce qu'il compte rendre visite à l'une des filles ? me demande-t-elle tout bas, prudemment.

Je lève un sourcil, mais inutile de mentir. Bien sûr qu'elle a entendu les ragots. J'ai vu défiler des hommes comme lui toute ma vie, des hommes capables de choses indicibles pour assouvir leur désir. Des hommes qui se moquent de nous faire du mal ou, pire, qui y prennent plaisir.

J'hésite avant de lui dire :

— Je ne lui donnerai pas Miyuki.

Elle hoche la tête et retourne dans la maison.

Le lendemain matin, je demande à Miyuki de ne pas sortir de la journée et je l'assigne en cuisine. Ce n'est pas une bonne idée pour sa ligne, mais je ne peux faire autrement. Nori doit être parfaitement concentrée aujourd'hui, et j'aurai plus de chances d'obtenir d'elle ce que j'attends si elle ne s'inquiète pas pour son amie.

Une fois habillée et apprêtée, je me rends dans sa chambre pour m'assurer qu'elle soit présentable. Elle a revêtu un kimono doré sophistiqué, celui que je lui ai acheté l'an passé, avec des dragons rouges brodés partout. Ses cheveux sont relevés en chignon. Elle est plutôt jolie.

— Maquille-toi un peu, lui dis-je d'un ton pressant, bien que cela ne soit pas réellement nécessaire – sa peau couleur caramel est aussi lisse qu'une perle. Au moins du rouge à lèvres.

Elle soupire.

— Je déteste le rouge à lèvres. C'est dégoûtant.

— Ce n'est pas fait pour être mangé, répliqué-je d'un ton agacé. Et ça te donne l'air plus âgé.

Elle se rend jusqu'à sa coiffeuse et s'exécute, sortant son unique tube de rouge à lèvres.

— Ça ne fait aucune différence, marmonne-t-elle après l'avoir appliqué. Je suis toujours affreuse.

Ce qui me dépite, c'est qu'elle y croit vraiment. Sa grand-mère lui a lavé le cerveau, et l'abandon de sa mère l'a tellement traumatisée qu'elle continuera, chaque fois qu'elle se regardera dans le miroir, de voir des choses qui n'existent pas.

— Dépêche-toi. Il n'aime pas attendre.

Elle me fixe avec des yeux vides.

— C'est ma grand-mère qui a ordonné ce rendez-vous ?

Je me raidis.

— Bien sûr que non, elle ne sait même plus que tu existes. Il vient évaluer tes progrès.

— Je sais servir le thé, arranger des fleurs, danser et jouer du violon, récite-t-elle. Et je maîtrise aussi parfaitement l'art de faire tapisserie.

Je ne peux m'empêcher de sourire à son cynisme.

— Mais tu ne connais rien aux hommes.

Elle hausse les épaules – je me demande d'où lui vient ce geste d'Occidental.

— Je n'ai pas besoin de savoir quoi que ce soit sur les hommes. Je dois seulement savoir écouter.

Je m'abstiens de lui répondre qu'elle se trompe.

— Allez.

Elle me suit dans le couloir et jusqu'au bureau où Tanaki nous attend déjà. Il est assis dans un fauteuil en cuir haut avec Kaori, l'une des nouvelles recrues, perchée sur ses genoux et visiblement mal à l'aise. Elle n'est pas innocente – je l'ai prise dans une autre maison close –, mais le simple fait de voir les mains grasses de cet homme sur cette jolie fille me noue les entrailles.

— Kaori, dis-je d'un ton sec. Va nous chercher à boire.

Elle me regarde avec reconnaissance et se lève d'un bond, puis s'empresse de sortir. Je présume qu'elle ne reviendra pas, et je la comprends.

Tanaki hausse un sourcil, sans me réprimander pour autant. Nori se tient quelques pas derrière moi, les mains jointes, la tête baissée.

— Content de vous voir, Kiyomi, dit-il d'un ton bourru en se levant pour contourner le bureau.

Son regard se pose sur ma poitrine, comme toujours. Je me force à sourire.

— Le plaisir est partagé, Tanaki-san. Vous avez fait bon voyage, j'imagine ?

Il ricane.

— Je jurerais que les filles deviennent de plus en plus laides chaque année.

— Il semblerait, oui.

Il rit et essuie son visage en sueur.

— C'est toujours un bonheur de venir ici, et de voir vos jolies filles.

Enfin, son regard s'arrête sur Nori. Je vois ses lèvres humides s'entrouvrir.

— C'est la Kamiza ?

Je recule pour qu'il puisse mieux l'admirer.

— Oui. C'est Noriko.

Mais tandis que Tanaki s'approche d'elle, je vois ses yeux baissés s'embraser de colère.

— Pas un mot, lui dis-je en chuchotant. Pas un seul mot, Nori.

Tanaki saisit son visage, fermement, et l'oblige à relever la tête. Elle ne proteste pas. Son regard se promène sur sa figure, son corps. Il passe une main derrière elle et lui malaxe les fesses. Je retiens mon souffle devant une telle audace, mais Nori ne réagit pas. Même ses cils ne bougent pas.

Tanaki recule et rit.

— Bon sang, Kiyomi. Vous êtes une magicienne ou quoi ?

Je souris, incapable de rester insensible à ses compliments.

— Je fais ce que je peux. Il faut dire qu'elle provient d'une bonne lignée.

Il la regarde à nouveau et lui parle directement.

— Ta grand-mère est une vieille garce, mais elle était belle en son temps, comme ta mère. Je l'ai croisée quelques fois, quand elle avait ton âge. Elle était menue, cependant. Toi… (Il éclate de rire.) Toi, tu as la peau sur les os, ma fille. Tu rendras un homme très heureux, malgré ton teint.

Je fixe l'arrière de sa tête et j'espère qu'elle peut sentir mon regard. Elle doit dire quelque chose. Il n'arrêtera pas ses provocations tant qu'elle ne parlera pas.

Elle plante son regard dans le sien pendant une fraction de seconde, mais il n'y a rien dans ses yeux. Ils sont aussi froids et vides que ceux d'une poupée.

— Merci, répond-elle doucement.

Puis elle détourne la tête.

Tanaki semble satisfait. Il se frotte les mains – je sais qu'il compte déjà la fortune qu'il se fera avec elle – et pivote dans ma direction.

— Excellent, excellent. J'ai trouvé des acheteurs potentiels. Ils ne seront pas déçus lorsqu'ils viendront la voir.

Je tourne brusquement la tête vers lui, certaine d'avoir mal entendu. Nori est devenue pâle comme un linge.

Je dois être rouge de colère.

— Comment ? Vous ne m'avez jamais rien dit à ce sujet. Personne ne m'a demandé mon avis.

Il tente de se donner un air désolé.

— Je sais, je sais. Mais nous n'avions pas le temps. J'ai reçu un appel la semaine dernière, un ami à moi qui cherche une fille pour l'accompagner lors de ses voyages. Il en veut une de moins de seize ans, et jolie. Mon travail, à moi, c'est de satisfaire tout le monde, ajoute-t-il en riant. Nous reviendrons à la fin du mois pour une entrevue privée. Veillez à ce qu'elle soit prête.

Je reste d'abord bouche bée avant de réussir à lui répondre :

— Je pensais que nous nous étions mis d'accord pour qu'elle reste sous ma responsabilité jusqu'à ses seize ans. Elle n'en a que treize. C'est bien trop tôt. Je crains de ne pas pouvoir vous donner mon accord, Tanaki-san.

Je jette un coup d'œil à Nori, qui tremble comme une feuille. Ses petites jambes semblent sur le point de céder.

Tanaki se racle la gorge.

— Ma chère Kiyomi, la décision est déjà prise. Le client sera ici dans un mois. Assurez-vous qu'elle apprenne l'anglais d'ici là. J'ai ouï dire qu'il faisait affaire en Angleterre. Bien sûr, vous aurez votre part du gâteau.

Il consulte sa montre de poche.

— Il est presque midi, reprend-il. J'ai faim. Faites-moi porter à manger. Et cette fille qui était là tout à l'heure… faites-la venir aussi.

Sans attendre ma réponse, il passe devant moi et sort. Nori et moi échangeons un regard horrifié.

Ses yeux me demandent : « Pouvez-vous me sauver ? »

Je détourne la tête. Non. Je ne peux pas.

Les jours qui suivent s'écoulent dans une atmosphère maussade. Chaque fois que je vais à sa rencontre, elle est déjà ailleurs. Je tente de pratiquer avec elle le peu d'anglais que je connais, mais elle fait mine de ne pas me comprendre.

Je n'insiste pas. Je ne peux pas lui reprocher d'être bouleversée. Je le suis moi-même. Je pensais la garder jusqu'à ses seize ans, au moins, j'espérais lui enseigner des choses sur les hommes… sur la vie. Elle n'est pas prête à partir, pas du tout. Et puis, j'apprécie réellement sa compagnie. Elle est intelligente, contrairement à la plupart des filles que j'ai vues passer ici au fil des ans. Je peux discuter avec elle. Parfois, après nos leçons, elle s'attarde et nous prenons le thé. Elle me raconte ce qu'elle a appris dans ses livres. Ce n'est pas la pire façon de passer l'après-midi.

Je veille à ne pas m'attacher à mes filles, en particulier à celles destinées à être vendues loin d'ici. Mais Nori est différente. Peut-être que les sentiments que je nourris pour elle sont devenus différents aussi.

Je me rends compte que j'ai du mal à dormir. Mon matelas moelleux me semble soudain aussi dur qu'un lit de pierre. J'ai trop chaud la nuit, je me retourne, mais le soulagement ne vient pas. Je sais que je suis devenue brusque avec les hommes qui passent par chez moi, je repousse leurs mains, je ne m'arrête plus pour échanger quelques mots avec eux, comme avant. Je les évite autant que possible et le poids de mon sourire, quand je n'ai d'autre choix que de leur parler, pèse sur moi comme jamais. Et à mesure que les jours passent et que la fin du mois approche, mon repli ne fait que s'accentuer.

Je sais d'où vient ma souffrance. Ma conscience se réveille après de longues années de dormance, comme une graine amère qui tente de germer à travers le béton. C'est une torture.

Parfois, quand je parviens à trouver le courage, je me rends dans la chambre de Nori un peu après minuit.

Comme ce soir.

Je la trouve assise sur le lit, son panier à laine à côté d'elle. Elle tricote, ses doigts remuent avec aisance. C'est une écharpe pour les mois d'hiver à venir. Elle ne relève pas la tête quand j'entre et ne semble pas surprise de me voir.

— Je viens prendre de tes nouvelles, dis-je.

Elle hoche la tête.

— Je m'en doutais. Voulez-vous vous asseoir ?

Même si je ne devrais pas, je tire le tabouret de sa coiffeuse et m'installe. Je me sens lasse. Je n'étais pas censée vivre aussi longtemps.

— Tu n'as pas assez d'écharpes ?

Elle esquisse un petit sourire.

— Ce n'est pas pour moi. C'est pour mon frère.

Je la regarde comme si elle était devenue folle. Moi qui la croyais raisonnable. Depuis son arrivée ici, pas une fois je ne l'avais entendue parler de son frère. Je pensais qu'elle avait tiré un trait sur lui.

— Mais pourquoi ferais-tu une chose pareille, enfin ?

— Parce que je serai bientôt morte, répond-elle avec calme.

Ses mains continuent à travailler.

— Et que je voulais lui laisser quelque chose. C'est tout ce j'ai trouvé, dit-elle.

Ses mots me glacent.

— Tu ne vas pas mourir. Pourquoi mourrais-tu ?

Elle pose les yeux sur moi pour la première fois. Un calme étrange émane d'elle.

— Je ne serai pas une esclave, Kiyomi.

Je ne me doutais pas qu'elle irait aussi loin, que sa détermination était si profonde.

— Arrête de dire des bêtises. La vie vaut toujours mieux que la mort.

Elle rit sans cœur.

— Vous ne le croyez tout de même pas ?

Je peine à trouver mes mots.

— Ce ne sera peut-être pas un monstre. Il pourrait être gentil. Il pourrait même être beau.

Nori arrête de tricoter.

— Kiyomi, dit-elle très doucement. Vous n'avez pas besoin de mentir.

Je la regarde. Je connais le vide qui habite ses yeux. La bile me monte à la gorge.

Elle baisse la tête de manière à se dissimuler derrière le voile de ses cheveux.

— J'espérais que vous accepteriez de la lui donner. Quand je serai partie.

Je la fixe longuement.

— Tu sais que je ne peux pas.

Elle hoche la tête. Elle s'y attendait.

— Je la laisserai ici alors. Au cas où vous changeriez d'avis.

— Ce ne sera pas le cas.

Elle dégage ses cheveux. Une larme roule sur sa joue, la première que je vois depuis deux ans. Quelque chose en moi se déchire en deux.

— Oui. Je sais.

J'attends devant la salle où Tanaki est en train de vendre Noriko, où sa vertu est mise à prix devant un parterre d'hommes assez vieux pour être son père, alléchés par la perspective de disposer de ce trophée aussi longtemps qu'ils le voudront. Mais que deviendra-t-elle quand ils ne la désireront plus ? Personne ne le dit. Ce volet n'est pas notre affaire.

Je ne peux pas regarder. Pour la première fois de ma vie, je n'arrive pas à me forcer. Mais j'entends. Il n'est guère discret.

— Cette jeune fleur rare… treize ans tout juste, si jeune, si fraîche ! Elle est intacte… de belles formes, messieurs, de belles formes… Qui sera le premier ? Ah, merci, Tono-sama, une offre très généreuse… En avons-nous une autre ? Mutai-sama, pas votre genre ? Ce n'est pas grave, ce n'est pas grave, nous aurons d'autres filles d'ici un mois… peut-être vous plairont-elles davantage.

Mais revenons à nos moutons… Ne soyez pas timides, messieurs, ne soyez pas timides.

Je connais quelques hommes présents dans la pièce. Certains sont pires que d'autres. Il y en a un, un jeune médecin avec un bégaiement atroce et un pied-bot, qui n'est pas si horrible. Il m'appelle toujours « Kiyomi-san » et enrobe invariablement ses demandes de « Je vous prie ». Il serait bon avec elle. Je ne pense même pas qu'il la prendrait dans son lit – il ne touche jamais les filles. Tout ce qu'il veut, c'est de la compagnie. Il serait content d'écouter sa voix apaisante lui lire de la poésie. J'espère pour elle qu'il l'achètera. Je l'espère si fort que je plante mes ongles dans mes paumes jusqu'à ce qu'elles deviennent rouge vif.

Du coin de l'œil, j'aperçois Miyuki, qui tente de se faire discrète. Je lui fais signe d'approcher. Elle s'exécute. Je m'aperçois qu'elle est livide.

— Ça y est, n'est-ce pas ? chuchote-t-elle.

Sa voix est éraillée. Elle a pleuré.

Je hoche la tête.

Elle se triture les mains.

— Quand vont-ils l'emmener ?

— D'ici une semaine. Dès que le paiement aura été versé.

Elle inspire profondément.

— Laissez-moi partir avec elle.

Je ferme les yeux. Je suis bien trop fatiguée pour me rajouter ce fardeau.

— Non.

— Même gratuitement. Je m'en moque.

— Et ta sœur, alors ?

Elle s'effondre. Ses grands yeux s'emplissent de larmes.

— S'il vous plaît, laisse-la rester ici. Par pitié, Kiyomi-san.

Je secoue la tête.

— Elle est trop précieuse. Je pensais… je pensais qu'elle resterait encore quelques années, mais… il en va autrement, finalement.

Miyuki tombe à genoux devant moi. Elle pose une joue contre mes pieds. Je la regarde, horrifiée.

— Que fais-tu, bon sang ?

Elle pleure sur mes chaussettes.

— Vous ne pouvez pas la vendre.

— Je n'ai pas le choix.

— Non ! crie-t-elle.

J'ai beau essayer de me dégager, elle me retient comme un animal aux abois. Je lui attrape les épaules et la pousse, mais elle est aussi lourde qu'une plaque de marbre.

— Que fais-tu ? Qu'est-ce qui te prend ? Miyuki, arrête !

Elle lève le visage vers moi et nos regards se croisent. Je vois l'air familier d'une fille qui n'a jamais détenu de pouvoir, pas même sur sa propre vie.

— Elle est la seule amie que j'aie jamais eue.

— Je ne peux rien faire.

— Vous avez votre mot à…

— Je n'ai rien ! dis-je, la mâchoire serrée, en parvenant enfin à la repousser. Je suis une femme, tout comme toi. Je n'ai que ce que je peux obtenir avec mes charmes. Je ne peux rien arrêter. Comprends-tu ? Je ne peux rien faire. Je n'ai rien…

Je m'arrête. *Je n'ai rien.* Depuis mon enfance où je mangeais de l'herbe pour assouvir la faim qui me tordait le ventre, je n'ai rien gagné. Depuis l'époque où je me prostituais à celle où je suis arrivée à la tête de cette maison close, je n'ai rien obtenu. Quelques beaux vêtements et le droit de commander d'autres filles démunies, comme moi. Je pensais avoir gravi les échelons. Mais la vérité, c'est que je me respectais davantage à l'époque où j'étais une prostituée qu'aujourd'hui.

Je tourne les talons et m'éloigne dans le couloir. J'entends Miyuki pleurer derrière moi, mais je ne me retourne pas. Je ne m'arrête pas.

Dieu ! que je n'en peux plus d'entendre des filles pleurer.

La dernière nuit était arrivée. La chambre de Nori était remplie de cartons. Le lendemain matin, tout serait porté ailleurs. Elle ignorait où. Personne ne le lui avait dit, et elle n'avait pas demandé.

Elle jeta un coup d'œil à son reflet dans son miroir à main. Sans son maquillage criard, elle n'avait plus l'air assez vieille pour mourir. Treize ans, pensa-t-elle, un âge terriblement jeune pour mourir. Les pleurs de Miyuki interrompirent ses pensées. Cela faisait des heures que celle-ci pleurait. Elle se retourna face à son amie.

— Miyuki, dit-elle aussi doucement qu'elle le put. Tout va bien.

Les yeux rouges et gonflés, Miyuki hoqueta.

— Non, ça ne va pas. Comment peux-tu dire ça ?

Nori sourit avec sincérité. Il y avait quelque chose d'étrangement paisible à savoir que bientôt elle redeviendrait poussière, comme elle l'était avant. Sa vie avait été insignifiante, sa mort le serait aussi. Son destin malheureux touchait à sa fin, par la grâce de Dieu.

— Mes mots ne changeront rien à ce qui va advenir, mais j'aimerais te voir sourire, Miyuki-chan. J'aimerais garder cette image de toi.

Les poings serrés, Miyuki s'essuya les yeux.

— Je ne le supporterai pas.

Nori s'agenouilla et ouvrit les bras. Miyuki avança à quatre pattes et, comme un bébé, posa sa tête sur les genoux de Nori.

— Si. Tu retrouveras ta sœur, murmura Nori d'une voix douce, tout comme elle l'avait fait la toute première fois où elles s'étaient rencontrées. Tu retrouveras Nanako.

— Elle m'aura oubliée, pleura Miyuki. Elle ne se souviendra pas de moi.

Nori caressa les cheveux ébouriffés de son amie.

— Bien sûr que si. Tu es sa famille. Sa seule famille. Elle t'aime.

— Quelle vie pourrai-je lui offrir ?

Nori baissa la voix. Même si son départ approchait, il fallait rester prudente.

— Sous le plancher de mon placard, il y a un collier de perles. Ce sont des perles grises, assez rares. Ne les prends pas maintenant, quelqu'un pourrait le remarquer. Mais quand viendra le moment d'aller chercher Nanako, emmène-les avec toi. J'espère que cela t'aidera un peu.

Miyuki releva la tête et renifla.

— Tu m'as tellement donné, se lamenta-t-elle. Et moi, je ne t'ai rien offert en retour.

Nori détourna le regard.

— Je n'ai besoin de rien.

Miyuki enlaça le cou de Nori.

— Je t'aime, Noriko Kamiza, murmura-t-elle avec ferveur. Je ne t'oublierai jamais. Jamais.

Nori ne répondit pas. Elles restèrent ainsi, enlacées par terre, jusqu'à ce que le soleil se lève derrière les nuages et emplisse la pièce d'une lumière qu'elles ne voulaient pas voir. Kiyomi entra. Nori s'écarta.

Miyuki poussa le gémissement d'une bête à l'agonie.

Kiyomi prit la main de Nori et l'emmena.

Elles ne se revirent jamais.

Chapitre 9

IMPASSE

Route de Tokyo
Octobre 1953

Personne ne l'assomma, cette fois. Nori était assise à l'arrière d'une voiture noire aux vitres teintées. Kiyomi se trouvait à côté d'elle, sur la banquette en cuir. Un homme qu'elle ne connaissait pas conduisait. Sans doute faisait-il partie des gardes de la maison close. Il avait sur les bras des cicatrices qui ressemblaient à d'anciennes coupures de couteau. Elle s'obligea à ne pas le regarder. Elle s'efforça de fixer le paysage, cette campagne orange et verte. Quand elle baissa la vitre pour sentir l'air sur son visage, Kiyomi ne l'en empêcha pas.

Elle ne savait qu'une chose : une fois arrivée à Tokyo, elle ne verrait plus jamais le soleil, ne sentirait plus jamais ses joues engourdies par la brise fraîche d'automne. Elle ne lirait plus, n'écrirait plus, ne jouerait plus de violon, ne chanterait plus. Elle serait prisonnière, un temps, puis libre pour toujours. Elle laissa sa main pendre par la vitre ouverte et s'endormit par intermittence, rêvant d'un lac bleu clair et de cygnes.

C'était une chose étrange que de mourir sans ressentir la moindre douleur.

La lame était froide contre l'intérieur de sa cuisse. Elle avait volé le couteau dans la cuisine. Au cours des dernières semaines, Nori avait semblé devenir transparente ; les cuisiniers ne la voyaient même plus, comme si elle était déjà un fantôme.

Elle s'était servie de trois de ses rubans pour envelopper la lame. Il fallait désormais trouver le moment parfait. Ces rubans avaient été les seuls cadeaux de sa mère. Ils devaient l'accompagner jusqu'au bout.

« La seule chose plus importante que ton obéissance sera ta vie. L'air que tu respires. »

Elle se pinça l'intérieur de la main. *Je suis désolée,* okasan.

Cette fois, c'est moi qui choisis.

Kiyomi se tourna vers elle.

— À quoi penses-tu ? chuchota-t-elle d'une voix empreinte de suspicion et de peur.

Nori sourit. C'était un réflexe, comme un jouet qui se déclenche lorsqu'on tourne une manivelle.

— *Betsu ni*, répondit-elle. À rien du tout.

Kiyomi tendit la main pour toucher son épaule.

— Je sais que tu ne m'aimes pas, déclara-t-elle.

— Vous vous êtes montrée meilleure avec moi que la plupart des gens, répondit Nori.

Et tout en le disant, elle se rendit compte que ces mots étaient on ne peut plus vrais.

— Dans ce cas, peut-être écouteras-tu mes conseils.

Nori tourna son visage impassible vers elle.

— Vous semblez bouleversée.

— Et toi, pas du tout ! s'écria Kiyomi.

Même sous son visage maquillé, sa pâleur se devinait.

— La question est, pourquoi ? poursuivit-elle. Tu n'as pas dit un mot depuis…

Nori baissa la tête, mais ne répondit pas.

Kiyomi la sonda, promena sur elle ses yeux sombres, cherchant à comprendre, désespérément. Mais elle avait trop bien travaillé : le visage de Nori était un masque froid. Rien ne s'y lisait.

— Tu ne m'as même pas demandé son nom.

Nori ne daigna pas répondre. Seuls deux mots importaient : maître et esclave. Kiyomi le savait. Mais il lui tenait visiblement à cœur de dire quelque chose, n'importe quoi, pour tenter de rendre moins pénible cette situation à laquelle personne ne pouvait plus rien.

Finalement, Nori brisa le silence. Sans trop savoir pourquoi, elle ressentait une forme de pitié idiote pour cette femme. Et même si cette dernière détenait du pouvoir et Nori aucun, même si elle continuerait à vivre dans la richesse et la volupté, tandis que Nori serait bientôt froide et sous terre… pour rien au monde elle n'aurait souhaité échanger sa place avec celle de Kiyomi.

— La route va être longue jusqu'à Tokyo. Essayez de vous reposer.

Elle se retourna vers la vitre, ferma les yeux et attendit.

Son courage était comme un chat pelotonné sur ses genoux, qui patientait avec elle.

Le moment viendrait bientôt.

La route ne fut pas si longue, finalement. Nori n'avait peut-être pas vécu jusqu'ici aux confins du monde, comme elle le pensait. Peut-être que leur petit univers se trouvait en fait tout près de celui-ci.

Nori n'avait jamais vu Tokyo, mais elle avait entendu des histoires, bien sûr, qui parlaient de lumières vives, de gens pressés, de vêtements modernes, des costumes et des robes courtes, bien différents des kimonos. Elle avait entendu que les femmes mettaient du gel dans leurs cheveux et se faisaient les ongles, que les hommes, coiffés d'élégants chapeaux, se promenaient main dans la main avec les femmes, en public, en plein jour, sans honte. C'était une ville pleine d'enseignes lumineuses, d'intellectuels, de musique et de vie. Et quelque part là-dedans se trouvait un magasin de jouets, qui avait autrefois cédé son dernier lapin en peluche à un beau garçon qui ne se coiffait jamais.

Elle n'osa même pas se formuler son nom. Encore à ce jour, penser à ce nom la vidait de ses forces, l'anéantissait.

Elle colla sa paume contre la vitre et regarda le paysage entre ses doigts écartés. Ce fut alors qu'elle le vit, imposant, au loin. Une ville fortifiée dans la ville : le palais d'Edo, entouré de douves d'un côté, et d'une porte immense de l'autre. Tout était pensé pour tenir à l'écart le reste du monde.

— Le palais, souffla-t-elle.

— Oui, dit Kiyomi d'un ton malicieux, ravie d'entendre enfin parler Nori. Tu peux le considérer comme la demeure de tes aïeux.

Elle se détourna de la vitre et planta son regard droit devant elle.

— Non. Je ne le considère pas comme cela.

— Eh bien, ce n'est pas notre destination, de toute manière. Tu le saurais si tu m'avais posé la question.

— Je ne vous l'ai pas posée.

— C'est ta famille, tu sais.

— Je suis une bâtarde, rétorqua-t-elle en se crispant.

Elle croisa les mains sur ses genoux et ajouta :

— Je n'ai pas de famille.

— Tu viens quand même de quelque part, insista Kiyomi. Tu n'as pas surgi d'un morceau de glaise.

Nori inspira profondément.

— Pourquoi faites-vous cela ?

— Je ne sais pas…

— Pourquoi *maintenant* ? s'énerva Nori.

Elle sentait son pouls battre plus vite.

Kiyomi pinça les lèvres. Elle ne répondit pas tout de suite. Elle jeta un coup d'œil devant elle. Le chauffeur n'avait pas prononcé un seul mot, ne montrait aucun signe qu'il écoutait.

Vite, comme pour ne pas se laisser le temps de changer d'avis, Kiyomi appuya sur un bouton qui abaissa un écran noir, coupant l'habitacle en deux.

Elles étaient seules, à présent.

— J'ai eu tort, murmura Kiyomi.

Elle attrapa les mains de Nori, la fit pivoter face à elle et poursuivit :

— Maintenant, tu dois m'écouter.

— Arrêtez.

— Noriko !

— Ma vie ne vous regarde plus. Je ne vous appartiens plus. Qu'en avez-vous à faire ?

— Jamais je n'ai voulu te conduire à la mort. Jamais je n'ai voulu qu'il t'arrive tout cela.

— Ce qui compte, ce n'est pas ce que nous voulons. C'est vous qui me l'avez appris.

La souffrance se lisait sur le visage de Kiyomi.

— Mon Dieu, Nori, dit-elle, au bord des larmes. Tu dois vivre. Tu dois survivre. Tu… tu dois survivre, c'est tout. Je ne peux rien faire pour toi. Je ne peux pas te donner d'espoir, car je ne veux pas te faire croire à un mensonge. Mais tu dois vivre.

— Mêlez-vous de vos affaires, articula Nori d'une voix glaciale.

Son calme lui échappait, comme toujours.

— Ce n'est pas comme s'il y avait un remboursement à la clé, ajouta-t-elle.

— Mais réfléchis ! s'écria Kiyomi, et enfin, les larmes coulèrent.

Elles ruisselèrent sur ses joues rougies, s'amassèrent au creux de sa clavicule.

— Pense à la femme que tu pourrais devenir, dit-elle.

Nori ne s'était jamais, pas une seconde, projetée ainsi.

— C'est… c'est vous qui m'avez appris à me résigner.

— Eh bien, maintenant, je te demande de te battre.

Nori secoua la tête.

— Je n'ai plus la force de me battre.

Kiyomi s'apprêtait à répondre, mais se figea. La voiture ralentissait. Elles se regardèrent, haletantes, se disant tant de choses sans même avoir besoin de mots.

Puis Nori serra la main de Kiyomi. Le bruit du moteur s'éteignit.

— Je te demande pardon, murmura Kiyomi. Pour tout. Je te demande pardon.

Nori hésita. Elle entendait déjà le chauffeur qui sortait de la voiture et la contournait pour ouvrir sa portière. Elle n'avait que quelques secondes, et ne savait quoi dire à cette femme. Toutes les deux restèrent ainsi, la prostituée et tenancière de maison close, la princesse déchue et ancienne enfant pauvre, la servante et la maîtresse. Mais ni l'une ni l'autre n'étaient rien de tout cela, à cet instant. Elles n'étaient que deux femmes, luttant contre le vent. Pas deux amies, mais peut-être autre chose.

— Vous me manquerez, Kiyomi-san.

Paroles absurdes. Mais vraies, au fond.

La portière s'ouvrit. Sans attendre que le chauffeur l'y invite, Nori sortit de la voiture et cligna des yeux sous le soleil d'automne. Elle reconnut aussitôt l'endroit où elle se trouvait. Chaque enfant au Japon le connaissait.

Chiyoda-ku était le quartier royal de Tokyo. Tous les bâtiments du gouvernement, les ambassades, tous les monuments s'y trouvaient. Mais aussi les plus riches et les plus puissantes familles du pays.

La maison devant elle n'était pas un palais, mais presque.

Elle se rendit compte que la voiture s'était garée dans une propriété fermée par de hauts murs en pierre blanche. L'édifice, face à elle, était vieux et imposant, bas, étendu, avec un toit aux tuiles rouges comme l'argile. Le portail dans son dos portait un blason qu'elle ne reconnaissait pas.

C'était une maison ancienne, à l'évidence, mais bien entretenue. Seule la végétation semblait avoir été négligée. Il y avait quelques pruniers tristes, dont les feuilles avaient la même couleur que le toit et qui, clairement, avaient connu des jours meilleurs.

Kiyomi vint se camper derrière elle. Nori savait qu'elle devait avancer, entrer dans cette maison où elle n'était pas la bienvenue, où vivaient des gens qui ne l'aimeraient pas. Elle connaissait les lieux. Elle savait ce qu'il lui restait à faire.

Alors, elle avança. Le bas de son luxueux kimono entraîna des feuilles mortes. Ses cheveux lâchés, séparés par une raie comme le voulait le *taregami*, signifiaient que Nori était encore vierge. Elle portait son plus beau collier ; les perles étaient froides sur sa peau rougie. Son cœur battait aussi vite que celui d'un moineau, mais elle n'avait pas peur.

Elle gravit les marches en bois et franchit le panneau coulissant de l'entrée qu'une servante avait ouvert pour elle sans un mot.

Elle s'arrêta pour enlever ses chaussures, puis poursuivit son chemin, jusqu'à ce qu'une femme apparaisse devant elle, vêtue d'un kimono en soie bleu ciel.

— *Douzo agatte kudasai*, dit-elle. Bienvenue.

Nori s'inclina.

La femme ne daigna même pas la regarder.

— Merci d'avoir pu la livrer aussi vite. Laissez ses affaires dehors, quelqu'un viendra les prendre.

Kiyomi hésita. Elle ne pouvait plus parler librement, à présent. Alors elle endossa le rôle qu'elle avait déjà endossé des dizaines de fois.

Nori se tourna vers elle. Elle profita d'un court instant, cachée derrière ses cheveux, pour lui sourire.

— *Arigato*. Merci pour tout ce que vous m'avez appris.

Kiyomi s'inclina profondément.

— Au revoir, petite princesse.

Nori sentit son ventre se nouer. Un instant, elle hésita à tendre la main, à s'accrocher à Kiyomi comme elle n'avait pu le faire avec sa mère, sa grand-mère.

Les mots cherchèrent à monter dans sa gorge.

Ne partez pas.

Ne me laissez pas.

Ne m'abandonnez pas, pas encore.

Pas encore.

Pitié.

Mais impossible de parler. Les lèvres scellées, elle se détourna. L'instant d'après, Kiyomi était partie.

Et, comme depuis le commencement, Nori se retrouva seule.

Elle fut emmenée dans une grande pièce aux sols recouverts de tatamis. Tous les autres meubles avaient été enlevés, à l'exception d'un coussin en soie, posé au centre.

— Attends ici, dit sèchement la femme.

Nori s'installa sur le coussin, les jambes repliées sous ses fesses. Elle savait comment s'asseoir. Sa mère le lui avait appris quand elle avait trois ans. C'était l'une des rares choses pour lesquelles Seiko s'était donné de la peine.

Puis elle attendit d'entendre les portes *fusuma* se refermer.

Elle ignorait de combien de temps elle disposait. Quelques minutes, peut-être. Son nouveau propriétaire devait être assis quelque part, derrière un bureau. Peut-être prendrait-il un verre ou deux avant de descendre la voir.

Si elle ne trouvait pas le courage maintenant, elle ne le ferait jamais.

Elle n'avait que quelques minutes.

Combien exactement, elle l'ignorait, mais elle savait que ce ne serait pas suffisant. Elle enfouit son visage entre ses mains. Et pour la première fois, elle se laissa submerger par toute l'injustice qui l'avait menée jusque-là.

Elle n'avait même pas quatorze ans, et n'avait jamais, jamais passé une journée comme elle l'avait décidé, pas un seul jour qui n'ait été dicté par quelqu'un d'autre. Elle n'avait jamais vu de fête d'été, ne s'était jamais roulée dans la neige, l'hiver, avec les autres enfants. Elle n'avait jamais été embrassée, choyée ou aimée comme dans ses livres de contes.

Enfin…

Si, peut-être, d'une certaine manière. Elle s'accrocha à cette idée, à la chaleur qu'elle lui procurait. Elle s'enveloppa de chaque souvenir heureux qu'elle pouvait trouver.

Son armure.

L'odeur du parfum poivré de sa mère. Le son du rire d'Akiko, qui se terminait toujours par un ronflement. La moiteur des doigts de Miyuki entrelacés aux siens.

La pluie sur son visage. La première fois qu'elle avait entendu le violon.

Et Akira.

Akira.

Akira.

Nori le fit d'un geste rapide. La douleur dans sa cuisse fut vive et profonde, lui coupa le souffle. Le couteau lui tomba de la main. Par réflexe, elle posa sa paume sur la blessure. Elle n'avait pas tranché assez profond. Sans trop savoir comment, elle avait compris qu'elle n'avait pas touché la fameuse artère dont ses manuels parlaient.

Elle n'était même pas assez douée pour se donner correctement la mort.

Elle tomba en arrière, heurtant violemment le sol. Mais elle ne sentit rien. Avec ses cheveux répandus ainsi derrière elle et ses bras grands ouverts, elle pouvait presque imaginer qu'elle était de retour dans le jardin de Kyoto.

Gomen, aniki.

Je voulais… te voir…

Sa tête commença à devenir très lourde. La douleur dans sa jambe avait presque disparu. Elle pensait entendre le bruit d'une porte. Quelqu'un criait, mais la voix lui semblait très lointaine.

Plus rien ne l'atteignait. Il n'y avait plus rien à faire, maintenant. Étaient-ce… des pas ? Deux personnes, l'une derrière l'autre.

Et puis, quelqu'un penché sur elle, qui la touchait, la berçait dans ses bras musclés.

Des cris.

— Nori.

Une odeur de citron et de wasabi.

— Nori ! Réveille-toi. Réveille-toi ! Je t'ai retrouvée. Je t'ai enfin trouvée, alors ne meurs pas. Tu m'entends ? Ne meurs pas ! S'il te plaît, non, non, non, non, non !

Elle plissa les yeux. Elle pouvait à peine voir maintenant, mais elle pensait sentir quelque chose sur son visage. Quelque chose de mouillé.

Tu sens la même odeur qu'Akira, pensa-t-elle. *Comme cette odeur… m'a manqué…*

Le rugissement dans ses oreilles était assourdissant.

Okasan.

Je suis désolée.

Il y eut une vive lumière blanche, puis plus rien.

Chapitre 10

SONATE

Tokyo, Japon
Octobre 1953

Pendant un jour entier, elle flotta dans un entre-deux.

C'était différent d'un rêve. Elle ne pouvait rien voir, mais n'était pas aveugle. Il n'y avait ni faim ni douleur, ni peur ni tristesse, aucun ange ni démon pour lui tendre les bras.

Il n'y avait que le blanc.

Et puis, peu à peu, le son arriva.

Au début, tout resta très lointain, comme quelqu'un qui crie au milieu d'un immense vide. Elle s'accrocha à ce son. Elle s'en enveloppa, le laissa la tirer de ce monde blanc. Le son devint de plus en plus fort, au point qu'elle finit par l'entendre aussi clairement que si quelqu'un avait les lèvres collées à son oreille.

Et puis, elle finit par distinguer un minuscule éclat de lumière.

Elle sentait qu'elle flottait vers le haut, sortait des profondeurs du néant pour arriver juste en dessous des vagues.

Et quand elle chercha à prendre une grande respiration, elle y parvint enfin.

Quand elle ouvrit les yeux, là, juste là, brillait le soleil.

Il était agenouillé près de sa natte, la tête baissée, les mains sur son cœur.

— *Aniki.*

Il releva la tête. Ses prunelles grises s'écarquillèrent. Elle remarqua les cernes sous ses yeux, la pellicule grasse sur sa peau, et se demanda depuis combien de temps il se trouvait là.

— Noriko, fit sa voix cassée. Mon Dieu. Mon Dieu, enfin.

Elle se redressa sur ses coudes, ignorant le vertige qui se déclencha.

— C'est vraiment toi ?

Akira se pencha et l'embrassa sur une joue, sur l'une de ses fossettes profondes.

Il ne l'avait jamais embrassée auparavant.

— Tu es restée inconsciente toute la journée, chuchota-t-il. Ta jambe… Nous avons réussi à arrêter l'hémorragie, mais tu as ensuite été prise d'une fièvre terrible. Pendant un moment, j'ai cru que… que…

Sa jambe. Elle avait complètement oublié sa jambe. Elle glissa sa main sous la couverture et trouva, en effet, des bandages épais sur sa cuisse gauche.

— Il a fallu te recoudre, poursuivit Akira.

Il semblait mal à l'aise, même si la pénombre qui régnait dans la pièce ne permettait pas à Nori de bien le voir.

— Tu boiteras peut-être. Nous ne pouvons être sûrs. En tout cas, il y aura une cicatrice.

Elle se contenta de le regarder. La jambe, les séquelles, la cicatrice, peu lui importait ; elle voulait seulement le regarder.

Akira sourit comme s'il l'avait compris.

— Je t'ai trouvée, dit-il avec une joie contenue mais profonde. Cela m'a pris deux ans, mais je t'ai trouvée et j'ai échafaudé un plan pour te récupérer.

Elle hocha la tête. Comment était-il possible qu'elle soit en vie ? Elle ne parvenait pas à se faire à l'idée qu'elle était en vie, qu'elle avait retrouvé ce frère qu'elle s'était pourtant évertuée à oublier.

Elle refusait de se réjouir, de peur que tout cela ne soit en réalité que la dernière plaisanterie du diable avant qu'il ne la jette en enfer.

Mais Akira poursuivit :

— Une fois que j'ai compris que tu étais… dans l'un de ces endroits, je me suis arrangé pour que l'un des anciens serviteurs de mon père se fasse passer pour un acheteur afin de te retrouver.

Le cœur de Nori se mit à palpiter plus vite. Elle en eut mal, comme si son organe peinait à se réhabituer à battre.

— J'ai organisé la livraison ici. C'était la maison de mon oncle, mais maintenant qu'il est mort elle fait partie de mon héritage. Je savais que je pouvais t'y amener sans crainte. Grand-mère l'apprendra sûrement bientôt, mais je te protégerai. Je le jure.

Nori se redressa tant bien que mal. Elle se pencha pour se blottir dans les bras d'Akira, sa tête nichée dans le creux de son cou.

— Je suis désolée, gémit-elle.

Les larmes commencèrent à couler, lourdes et libres. Tout son corps lui faisait mal, mais ce n'était pas à cause de la douleur qu'elle pleurait. Elle avait failli le perdre. Comme deux navires qui se croisent dans la nuit. Elle avait failli passer à côté de lui, le rater.

— Je ne savais pas quoi faire d'autre.

Akira lui caressa le sommet de la tête.

— Chut. C'est ma faute. C'est à cause de moi qu'ils t'ont envoyée dans cet enfer. Je n'ai pas pu l'empêcher. J'ai tout essayé, mais ils ont menacé de te faire du mal si je n'arrêtais pas de… fourrer mon nez dans leurs affaires au lieu d'accomplir mon devoir envers la famille.

Sa voix était remplie de haine.

— Ils m'ont assuré que tu étais en sécurité, mais que je ne pourrais jamais te revoir. Ils m'ont dit de t'oublier. De continuer mes études et ma musique, comme si de rien n'était. Grand-mère a promis de m'acheter tout ce que je voudrais, et grand-père qu'il me trouverait une princesse à épouser.

Nori releva la tête et s'écarta pour pouvoir le regarder dans les yeux. Il avait grandi. Son visage s'était affiné et ses pommettes étaient mieux définies. Même à genoux, elle devinait qu'il était plus grand. Mais il y avait autre chose, aussi. Il avait perdu son éclat. Il n'était plus le jeune homme au destin verni.

Depuis sa naissance, Akira avait fait partie des plus favorisés. C'est ce que sa grand-mère lui avait toujours répété, et Nori avait fini par y croire. Il survolait la vie sans effort, assuré d'un accueil chaleureux partout où il allait. Il n'avait jamais connu la déception, jamais connu la perte ni l'indifférence. C'était de là qu'était née cette confiance, ou à vrai dire cette arrogance – celle de quelqu'un qui sait que rien ne pourra jamais lui arriver.

Mais cette confiance avait été gravement ébranlée. Toute son assurance s'était envolée, et avec elle ce qui restait de son innocence.

En le comprenant, Nori dut se mordre le poing pour retenir un cri.

— Tu aurais dû m'oublier comme ils le voulaient, murmura-t-elle, désespérée. J'ai gâché ta vie.

Akira tira brusquement l'une de ses boucles de cheveux.

— Chut.

— Mais…

— Tais-toi, j'ai dit.

À contrecœur, elle baissa la tête. Changeant de position, Akira jeta un coup d'œil par-dessus son épaule.

— Mieux vaut que j'appelle le médecin. Il est tard, mais je lui ai demandé de s'installer dans l'une des chambres d'amis.

Elle ne voulait pas qu'il parte. Elle agrippa ses manches.

— Ils ne nous laisseront pas nous en sortir comme ça, dit-elle tandis que son esprit embrumé commençait à assembler les pièces du puzzle. C'est la guerre que nous déclarons à nos propres grands-parents. Ils ne s'arrêteront pas là.

Akira hocha la tête. Il le savait, bien sûr. Il savait depuis le début qu'il n'y aurait pas de retour en arrière.

— Nous ne pourrons pas vivre en sécurité, souffla Nori.

Elle sentait sa poitrine se serrer.

— Nous les avons humiliés, poursuivit-elle, nous avons sali leur honneur. Ils ne pourront jamais l'accepter. Jamais.

De nouveau, Akira hocha la tête. Il avait le visage grave, mais ne chercha pas à la réconforter avec des mensonges. Qu'elle le veuille ou non, Akira lui disait toujours la vérité.

Nori se pétrifia au moment où elle finit par prendre toute la mesure de la situation. L'emprisonner n'avait pas fonctionné. La bannir non plus.

Elle tenta de respirer, mais son souffle se coupa.

— Ils me tueront.

Quand Akira posa son front contre le sien, elle sentit toute la force qu'il y avait en lui.

— Ils vont essayer.

Akira ne la quitta jamais plus de quelques instants. Quand le médecin vint la voir, il se retira dans un coin, mais garda son regard braqué sur elle.

Après que le médecin l'eut déclarée apte, la laissant avec des médicaments contre la douleur et des consignes strictes pour éviter toute pression inutile sur sa jambe, une domestique arriva avec de la nourriture. Quelques instants plus tard, une autre apporta de l'eau pour que Nori puisse se laver, ainsi que des vêtements propres. La femme partie, Akira se retourna vers le mur pour la laisser se débarrasser de cette odeur persistante de sang. Elle démêla ses cheveux comme elle le put, et grimaça au moment d'enfiler la robe en coton propre que la bonne lui avait fournie. Elle ne regarda pas les bandages. Puis elle toussota pour faire comprendre à Akira qu'il pouvait se retourner.

Elle n'avait aucune envie de manger, mais l'expression de ce dernier était claire : elle n'avait pas le choix.

Elle grignota son riz avec des baguettes.

— Que va-t-il se passer, maintenant ?

Le jour se levait. Nori commençait à entendre le monde qui se réveillait.

Akira se frotta les yeux.

— Ils ne tarderont pas à nous trouver. Ils ont des espions partout – ils ont peut-être le sang noble, mais ce ne sont que des criminels, au fond.

Nori repoussa son bol.

— Non, *tabete*. Mange.

— Et si nous quittions le Japon ?

Akira haussa les épaules.

— Impossible. Ils surveilleront les ports. Et tu n'as aucun papier, aucun document de voyage. Tu n'existes pas, légalement.

Elle se mordit la lèvre.

— Alors pars sans moi.

Son visage s'assombrit.

— Si c'est pour dire des bêtises, arrête de parler, je te prie. J'ai déjà assez de choses à prévoir comme ça.

Elle fronça le nez. Il n'avait peut-être pas tant changé que cela, finalement.

— Je ne suis plus une enfant. Je pourrai me débrouiller sans toi.

— Nori, dit-il en levant une main. Je n'ai pas traversé tout ça pour que tu menaces de partir. Tu m'as coûté une fortune.

Elle pouffa de rire.

— C'est déjà trop.

Il la regarda. Ses cernes étaient profonds.

— Je vais devoir trouver un moyen de m'occuper de notre grand-mère. C'est une vieille garce, mais elle n'est pas idiote. Elle sait qu'elle doit me garder dans son camp si elle veut que son précieux nom survive.

— Je refuse que tu vendes ton âme à cause de moi, s'enflamma Nori.

Elle commença à se lever, mais la douleur était encore trop intense.

— Ce n'est pas juste, râla-t-elle.

Akira soupira comme pour lui signifier sa déception de voir qu'à l'âge de treize ans, et après toutes les épreuves qu'elle avait traversées, elle était toujours aussi sotte.

— C'est la seule issue possible, dit-il.

Nori chercha une réponse, en vain.

— Et si nous restions ici ?

— Il ne fait aucun doute que ses espions sont déjà au courant que nous sommes là. Ou s'ils ne le savent pas encore, ils le sauront très bientôt. Les gens qui travaillent ici ne sont pas mes serviteurs, je n'ai pas grandi avec eux. Il n'y a qu'avec de l'argent que je peux gagner leur confiance – et grand-mère en a plus que moi.

— Eh bien, ne pouvons-nous pas aller ailleurs ? Vivre à la campagne, nous cacher ?

Akira la regarda fixement.

— Et pour faire quoi ? Élever des moutons comme des paysans ? Cultiver du riz ?

Elle poussa un cri de colère.

— Mais tu ne peux pas la laisser gagner comme ça !

Il plissa les yeux.

— Gagner, c'est rester en vie. Trouver quelque part où vivre en sécurité et au chaud, où nous serons logés et nourris. C'est ça, gagner. Notre victoire sera de survivre. Aujourd'hui, nous devons nous caler sur son rythme, mais elle est vieille et, dans cinq ou dix ans, elle sera morte. Nous danserons alors sur notre propre tempo.

— Mais…

— J'y ai réfléchi. Je voulais partir en Europe. Cela fait longtemps que je meurs d'envie d'y aller, d'y étudier la musique… J'avais prévu de le faire dans quelques années, et j'espérais…

Il détourna le regard, et Nori comprit alors que tous ses espoirs avaient été balayés à cause d'elle, du lien qui les unissait.

— Quoi qu'il en soit, poursuivit-il en chassant ces idées d'un geste de la main, nous n'avons pas le choix. Si je n'hérite pas, nous n'aurons rien.

Sa logique était implacable. Elle baissa la tête.

— Je la hais.

Akira s'approcha et s'assit à côté d'elle, enlaçant ses frêles épaules de son bras long et fort.

— Je sais, mais je n'ai pas le choix, dit-il d'une voix lasse. Je suis désolé. Je ne pourrai pas te protéger si je ne lui donne rien. Je te promets que nous ne retournerons jamais à Kyoto tant qu'elle vivra. Mais… je n'ai pas le choix.

Nori serra les poings. Elle détestait cette natte. Elle détestait cette pièce. Elle détestait se savoir impuissante, toujours si impuissante. Tout ce poids devenait insupportable. Elle ne pouvait rien faire. Encore une fois.

— Que vas-tu lui donner ?

Il n'existait qu'une réponse. Qu'une seule chose qui valait plus que l'or pour Yuko et Kohei Kamiza. Une seule chose qui valait plus que leur fierté, que la haine brûlante qu'ils vouaient à leur petite-fille bâtarde.

Akira ferma les yeux.

— Moi, répondit-il simplement.

Nori fut prise d'une puissante envie de vomir.

— Tu pactises avec le diable.

— Je préférerais, en fait, répondit Akira avec ironie.

Elle soupira profondément et tendit les bras vers lui. Il la souleva sans rien dire, comme une plume, et elle laissa ses jambes pendre, inerte, accrochée à lui comme si sa vie en dépendait.

— J'espérais vraiment que tu aurais abandonné cette habitude de pleurer.

Elle essaya de rire, mais c'est encore un sanglot qui s'échappa de ses lèvres.

— Je ne peux pas te perdre à nouveau.

Ses joues pâles se mirent à rosir. Encore à ce jour, les démonstrations d'affection ou de loyauté déclenchaient chez lui un malaise profond. Ce n'était pas dans sa nature, voilà tout.

— Je vais te porter dehors pour que tu puisses t'asseoir au soleil. Alors arrête de pleurer.

Elle tenta de retrouver son courage, enfoui quelque part sous sa rage et sa peur. Il avait été beaucoup plus facile de trouver la force de mourir que le courage de vivre dans l'ombre de sa grand-mère, une ombre s'étirant sur le Japon comme un sombre linceul. Quelque part dans ce pays, sa mère se cachait aussi, en sécurité grâce à ces enfants qu'elle avait sacrifiés pour se libérer de ce nom empoisonné. Miyuki dormait dans une pièce froide, le ventre à moitié vide. Kiyomi se rendait lentement compte du néant qui habitait son âme. Et Akira se préparait pour la bataille.

Elle savait, sans l'ombre d'un doute, qu'elle était maudite, comme sa grand-mère le lui répétait toujours : une bâtarde maudite, née sous une mauvaise étoile.

Chapitre 11

NE PAS CRAINDRE LE MAL

Tokyo, Japon
Novembre 1953

Étonnamment, les jours qui précédèrent la réunion prévue entre Akira et leurs grands-parents, dont la date avait été fixée par lettre, et qui se déroulerait dans la grande salle à manger, ces jours se déroulèrent dans la plus grande sérénité.

Les aiguilles des horloges continuèrent à tourner. Le soleil ne refusa pas de se lever. Tout suivit tranquillement son cours.

Akira allait et venait entre la propriété et la maison de son enfance, située à quelques rues de là. Il emmenait toujours deux serviteurs avec lui et sortait en plein jour, ce qui n'empêchait pas Nori d'être malade de peur chaque fois qu'il franchissait le portail.

Cette dernière avait reçu la stricte interdiction de quitter la maison, ce qui la fit sourire. Au moins, il n'y avait là rien de nouveau.

Elle passait la majeure partie de son temps à errer dans l'enceinte de la propriété, en tâchant de ne pas gêner les serviteurs. Tout le monde la traitait respectueusement. Ils l'appelaient « Noriko-sama » ou « mademoiselle ».

Mais il était cependant évident que sa présence les mettait mal à l'aise. Akira lui avait confié que leur ancien maître, son oncle, se serait retourné dans sa tombe s'il avait su qu'elle se trouvait là, dans sa maison, qu'elle mangeait à sa table, servie et honorée.

Elle se réfugiait, comme toujours, dans le jardin. Il n'était pas en très bon état – les arbres méritaient d'être taillés et les massifs de fleurs désherbés. De la mousse s'était formée à la surface de l'eau de la fontaine, et les buissons étaient envahis par des animaux et des excréments.

Manifestement, personne ne venait plus ici.

Mais il y avait de vieux arbres sous lesquels elle aimait s'asseoir. Elle prenait parfois avec elle un livre de poésie ou de mythologie, d'autres fois un manuel de langue, pour continuer d'apprendre l'anglais que son frère parlait si bien. Elle détestait avoir du retard sur lui, cherchait toujours à le rattraper. Elle voulait lui être utile, tellement qu'elle sentait le goût de son envie sur sa langue.

Elle travaillait son violon, aussi. L'exercice n'était plus aussi difficile qu'avant (même Akira avait admis à contrecœur qu'elle avait un peu – un peu ! – hérité de son don). Elle pouvait maintenant jouer certains de ses airs préférés. Lorsqu'il se trouvait à la maison, il s'appuyait contre le grand chêne et l'écoutait.

Il ne la complimentait jamais – il ne fallait tout de même pas trop lui en demander. Mais la tendresse avec laquelle il lui caressait les cheveux, une fois son récital terminé, lui serrait le cœur.

Ce jour-là, Akira était sorti pour tenter de se procurer de faux papiers pour Nori ; puisqu'elle ne possédait pas d'acte de naissance, Akira n'entrevoyait que cette solution. Grâce à ces papiers, Nori aurait au moins une identité. Mieux valait tout prévoir, au cas où les négociations tourneraient mal et qu'il faille fuir, après tout.

Akira l'avait prise en photo au préalable, si bien que pour la toute première fois, Nori s'était retrouvée à sourire timidement devant l'objectif d'une boîte noire en métal.

Elle se sentait d'humeur étonnamment joyeuse. Depuis qu'Akira lui avait demandé d'arrêter de se morfondre, elle s'efforçait de rester le plus possible occupée. Elle fabriquait des couronnes de fleurs dans le jardin quand la dame en bleu sortit pour vérifier ce qu'elle faisait.

Cette dernière portait toujours le même kimono. Ce devait être la cheffe des domestiques, présumait Nori.

Elle inclina la tête.

— Mademoiselle. Il est temps de prendre vos médicaments.

Nori fronça les sourcils. Depuis son accident – comme ils l'appelaient à présent –, elle était obligée de prendre des cachets pour empêcher une éventuelle infection. Ils avaient un goût de craie.

— Non, merci.

La femme baissa les yeux. Elle était jolie, devait avoir autour de vingt ou vingt et un ans.

— Le maître s'est montré très insistant. S'il vous plaît, rentrez et prenez-les.

— Oh ! *Aniki* est à la maison ?

— Non, il est sorti. Mais il m'a confié cette tâche.

Nori avança la lèvre inférieure.

— A-t-il laissé d'autres consignes ?

— Que l'heure du coucher serait fixée à 22 heures. Et qu'il faudrait manger tout votre dîner, pas seulement le riz.

Elle réprima son agacement.

— Quand rentrera-t-il ?

— Demain matin, je pense. Il s'est rendu dans notre ancienne maison.

Nori fronça de nouveau les sourcils.

— « Notre » ?

La femme ne répondit pas. Nori la regarda comme si elle la voyait pour la première fois.

— Qui êtes-vous ?

Elle baissa la tête.

— Je m'appelle Ayame. J'ai servi dans le foyer de votre… le foyer du père d'Akira-sama. Depuis mon enfance. Quand le maître a décidé de s'établir ici, il m'a demandé de m'occuper de la maison.

Nori dut lutter pour ne pas laisser toutes ses questions s'échapper de sa bouche en même temps.

— Depuis combien de temps connaissez-vous mon frère, dans ce cas ?

Ayame se figea.

— Depuis le jour de sa naissance.

Nori se leva et épousseta l'herbe de sa robe.

— Je prendrai ces cachets. Mais il faut que je vous reparle, Ayame-san.

La dame s'inclina et partit. Elle pouvait toujours s'esquiver. Nori n'avait pas dit son dernier mot.

Akira rentra tôt, le lendemain matin. Nori, encore en chemise de nuit, accourut pour le saluer. Sa jambe la faisait toujours souffrir, mais elle pouvait marcher sans aide maintenant.

Elle s'inclina et il lui tapota doucement la tête.

— Tu as besoin d'une coupe de cheveux, remarqua-t-il.

Elle sourit.

— Qu'est-ce que tu m'as rapporté ?

Il lui remit un paquet enveloppé d'un papier jaune vif.

— Quelques vêtements normaux. Des robes, des pulls et des jupes. Tu ne peux pas te promener à Tokyo habillée comme une femme du siècle dernier.

Elle poussa un cri.

— M'as-tu acheté des choses très à la mode qu'on voit dans les vitrines des magasins ?

Il leva les yeux au ciel.

— Je t'ai acheté ce que je t'ai acheté. Mais regarde par toi-même, si tu veux.

Nori avait déjà commencé à déballer le paquet. Elle découvrit au-dessus de la pile une robe à manches courtes couleur caramel.

Les joues d'Akira étaient roses.

— Alors, tu aimes ?

Elle le regarda.

— Beaucoup, *aniki*. Merci.

Il sembla satisfait.

— Eh bien, tant mieux. Va te changer, alors. Nous sortons.

Elle se figea, certaine d'avoir mal entendu. Un frisson la parcourut de la tête aux pieds.

— Dehors… ?

Akira croisa les bras. Il n'avait même pas enlevé sa veste en cuir.

— En ville.

Elle le regarda, bouche bée.

— Mais, et la règle, alors ?

Son regard s'adoucit.

— C'est moi ton responsable maintenant, non ?

— Oh ! oui.

— Moi, je n'applique pas cette règle. Je pensais que c'était ce que tu voulais.

— Mais oui ! s'exclama-t-elle.

Ses yeux commençaient à brûler.

— C'est… oui, poursuivit-elle. Mais tu as dit que ce n'était pas sûr.

— *Obasama* ne fera rien avant notre réunion. C'est une question d'honneur.

— Mais…

Akira, comme toujours, finit par cerner très exactement le problème.

— Tu as peur.

Elle ne pouvait le nier.

— Je pensais juste que tu ne voudrais pas être vu avec moi.

Akira fit claquer sa langue.

— Ne m'insulte pas.

Nori devait admettre qu'il ne l'avait jamais traitée comme une étrangère. Il lui trouvait peut-être de nombreux défauts, mais toujours à cause de ce qu'elle faisait. Pas de ce qu'elle était. Néanmoins, c'était un grand pas qu'il lui proposait de franchir – personne en dehors de sa famille et du *hanamachi* n'était au courant de son existence.

Akira lui demandait, ni plus ni moins, de faire voler en éclats mille ans de traditions.

— Nous risquons un terrible scandale, chuchota-t-elle. Grand-mère sera très en colère.

— Tant mieux. Avec un peu de chance, elle fera une attaque et nous pourrons partir à Paris.

— Comment peux-tu être si sûr de toi ?

Akira lui lança le regard qu'il lui lançait toujours quand il voulait qu'elle comprenne quelque chose. Mais son esprit était aussi vide qu'une page blanche.

— Tu ne peux pas simplement m'expliquer, pour une fois ? demanda-t-elle, agacée. Tu es trop intelligent pour moi.

— Sais-tu pourquoi grand-mère a toujours pu faire ce qu'elle voulait de toi ? répondit-il, espérant visiblement pouvoir l'amener au ruisseau dans lequel elle devait boire.

— Parce qu'elle est riche ? Et noble ? tenta Nori.

— Mais encore ?

Elle se creusa la cervelle.

— Parce que… parce que je suis une bâtarde ?

Les yeux orageux d'Akira s'élargirent.

— Et ?

— Et…

Elle s'interrompit.

— Et parce que…

Akira soupira. Il avait perdu patience.

— Parce que tu es un secret !

Elle le regarda d'un air vide. Le fait d'être un secret était l'unique raison qui lui avait valu la vie, en premier lieu. Elle ne l'ignorait pas.

Akira poursuivit.

— Ah, réfléchis, Nori. Allez. Tu n'as pas d'acte de naissance ; ta mère t'a probablement eue à la maison. Tu n'as jamais été inscrite à l'école. Légalement, tu n'existes pas. Et si la justice ignore qui tu es, elle ne peut pas te protéger.

Enfin, la vérité commençait à lui apparaître. D'une main tremblante, elle se couvrit la bouche.

— Si les gens savaient à mon sujet…

— Si les gens savaient, si tu avais des papiers…

— Je serais en sécurité, finit-elle, et ces mots résonnèrent comme un miracle.

Akira se laissa aller à un large sourire.

— Cela aiderait. Elle ne pourrait pas te faire disparaître comme ça. Les gens parleraient, sauraient qu'elle t'a fait quelque chose, et grand-mère ne peut pas se le permettre. Ternir son image est ce qui peut lui arriver de pire. Sa plus grande crainte est que la noblesse ait connaissance de ses affaires douteuses.

— Et la justice ? chuchota-t-elle.

Elle pouvait presque sentir la main ridée de sa grand-mère sur son épaule la tirer en arrière, loin de tout espoir.

— La justice ne sert à rien, la plupart du temps, confessa Akira. Tout le monde est corrompu. Mais les institutions reconnaîtraient au moins sûrement qu'ils savaient que tu étais ici, que tu étais réelle.

Réelle ?

Elle hésita.

— Mais le code d'honneur exigerait ma mort.

Akira ricana.

— Le code d'honneur donne en effet ce droit aux descendants du patriarche – un mari cocu, en l'occurrence. Descendants qui, dans notre cas, se résument à moi.

Elle croisa son regard.

— Tu as laissé passer l'occasion, dans ce cas.

Il lui donna une tape sur le nez.

— *Aho.*

— Tu penses vraiment que ça pourrait marcher ?

— Je vais essayer, dit-il avec sincérité. Demain, j'irai au palais de justice. J'ai déjà contacté un avocat. Je vais essayer, Nori.

Elle colla son visage contre sa poitrine.

— Ne te mets pas en danger pour moi, murmura-t-elle.

— Trop tard, on dirait, la taquina-t-il. Allez, va te préparer, maintenant.

Elle entendait distinctement les battements de son cœur résonner comme une trompette dans ses oreilles.

— *Hai, aniki.*

AKIRA

Quand je sors dans l'air frais de l'automne, une pensée me frappe : *Mon Dieu, que j'aime cette ville.*

Tokyo est à moi et je lui appartiens. J'en suis certain, comme je suis certain de bien des choses.

De bien des choses, mais d'elle, jamais.

Nori me suit, vêtue d'une robe bleu marine, ses cheveux attachés en couettes, chacune tenue par un ruban de couleur différente. Elle se mord si fort les lèvres qu'elles commencent déjà à enfler.

— *Dame*, lui dis-je. Tu vas te faire saigner.

Elle s'arrête aussitôt ct glisse sa main dans le creux de mon bras. Par réflexe, je m'écarte. Je n'ai pas l'habitude qu'on me touche. Mon père était un homme bon, sage, mais sévère. Je ne l'ai jamais vu rire. Il était malade depuis des années, mais a tenté de me le cacher. J'avais remarqué, bien sûr, mais j'ignorais la gravité de la maladie. J'ignorais qu'il avait un cancer qui le rongeait de l'intérieur comme des termites du bois pourri.

Un jour, en rentrant de l'école, j'ai appris qu'il était mort. J'ai déménagé à Kyoto le lendemain de son enterrement.

Ma mère était différente – mais elle est partie avant mon cinquième anniversaire.

Je me souviens qu'elle jouait admirablement du piano. Elle jouait tout le temps, et me faisait asseoir à côté d'elle sur le petit banc. Quand j'ai commencé à apprendre le violon, à deux ans, nous jouions tous les deux et je rougissais de plaisir en l'entendant me dire que j'étais sa muse.

Elle sentait le thé à la menthe poivrée, son thé préféré. Et plus tard, quand elle a commencé à fumer, elle s'est mise à porter un parfum mentholé pour que mon père ne s'en rende pas compte.

Elle était toujours rieuse, souriante et chaleureuse. Elle se levait à 5 heures du matin pour venir me réveiller afin que nous puissions jouer dans le jardin. Elle essayait de construire des châteaux de neige en chemise de nuit. On l'admirait pour sa beauté, pour sa grâce, mais elle était également aussi joyeuse qu'une petite fille. Quand j'ai découvert ses aventures plus tard, je n'ai pas vraiment été surpris. Elle avait besoin de se divertir, de savoir qu'elle était adorée. Mon père ne lui donnait rien de tout ça.

Elle pleurait beaucoup, aussi. Parfois, elle nous enfermait tous les deux dans la salle de musique et pleurait pendant des heures.

« Mon petit oiseau, soufflait-elle dans mes cheveux. Mon pauvre petit oiseau. »

Je me souviens du jour où elle est partie. Elle est venue dans ma chambre et m'a embrassé. Elle m'a dit qu'elle partait en ville faire quelques courses.

Et elle n'est pas revenue.

Mon père et mes grands-parents ont dépêché une équipe de recherche, mais je savais, même à quatre ans, qu'elle ne reviendrait plus.

Je dois parfois me retenir de frémir quand je regarde Nori. La ressemblance devient de plus en plus frappante à mesure qu'elle grandit. Je me surprends à l'observer, comme si j'attendais de voir les premières craquelures sur le vernis. Je lui ai pardonné ce qu'elle a tenté de faire. Je peux la comprendre.

Cependant, je ne lui ferai plus jamais confiance.

— *Aniki*, piaille-t-elle de sa voix aiguë et claire. Où allons-nous ?

Maintenant qu'elle est sous ma responsabilité, je crois que je dois m'attendre à entendre cette question jusqu'à la fin de mes jours.

— Juste là, dis-je en désignant une zone entourée d'un cordon blanc, où se presse la foule.

Il y a plusieurs étals et stands avec de la nourriture, des jouets et des bijoux. La moitié du quartier est sortie ; il y a des enfants turbulents partout.

— C'est la fête de l'automne, je pensais que ça te plairait.

Son petit visage s'illumine. Elle se dresse sur la pointe des pieds.

— Tu avais promis de m'emmener à une fête il y a des années. Je pensais que tu avais oublié.

Elle me fait sourire. Sa joie est contagieuse. Contrairement à moi, l'éternel insatisfait, le perfectionniste, Nori est enchantée par tout.

— Il est encore tôt, mais il y aura des spectacles en milieu d'après-midi : des joueurs de tambour, des danseurs, toutes sortes de choses ; et à la tombée de la nuit il y aura le lâcher de lanternes en papier. Il faut faire un vœu, et les laisser s'envoler.

Ses petits bras m'enlacent la taille. Cette fois, je ne dis rien.

— *Arigato*, murmure-t-elle.

Je hoche la tête.

— Tu veux aller jouer ?

On dirait qu'elle a oublié sa peur. Ses yeux brillent.

— Il y a des jeux ?

— Oh ! oui. Des pommes à attraper avec les dents et…

Je m'interromps. Je ne sais pas, en fait. Je n'ai plus joué depuis que maman est partie.

Mais qu'à cela ne tienne. Elle a déjà filé comme une flèche. Je ris en la voyant bondir vers les stands. Les feuilles d'automne lumineuses forment un toit au-dessus de nos têtes, et les rayons de soleil qui passent à travers nous couvrent d'une lumière dorée.

Je suis bien décidé à ce que cette journée soit la sienne.

Elle va de stand en stand et, quand elle trouve quelque chose qui lui plaît, me regarde avec une mine un peu boudeuse pour que je lui donne de l'argent. Je finis par céder et lui confier mon portefeuille.

Elle achète un grand sac pour ranger ses babioles, et avant que je m'en rende compte, elle y a déjà entassé deux ours en peluche, une boîte de pommes confites et des bijoux en coquillages.

J'avais peur qu'on la remarque, peur d'entendre des réflexions désagréables à son sujet, des questions sur sa couleur de peau, mais mes craintes étaient infondées.

La bonne humeur règne, personne ici ne cherche à se rendre malheureux. Les années de guerre ont été dures – pas pour moi, bien sûr, ni pour les autres nantis, mais pour les gens ordinaires, elles furent très difficiles. Ils veulent de l'insouciance, désormais. Tokyo reprend vie. Ses habitants ont toujours été en avance sur le reste du pays. Peut-être que ma sœur sera heureuse ici.

Et puis, quelque chose chez elle attire la sympathie. Sa joie est contagieuse ; elle joue déjà à chat avec un groupe de garçons. Quelqu'un lui pose une couronne de feuilles sur les cheveux.

Elle est jolie. Je vais devoir la surveiller. Jolie et pleine d'assurance, cela ne fait pas bon ménage. À treize ans, c'est encore une enfant, et en tant que telle elle a un désir ardent d'être aimée.

— *Aniki*, me crie-t-elle. J'ai faim.

Je lui achète des *takoyakis* ; elle pose sa tête contre mon bras en les mangeant. Elle sautille en rythme avec la musique tandis que nous regardons les danseurs tournoyer dans leurs costumes sophistiqués.

— Font-ils cela à chaque saison ? me demande-t-elle.

— Oui.

Ses yeux s'embuent brusquement. Mais elle file à nouveau, avant de me laisser le temps de lui expliquer quoi que ce soit. Je la retrouve en train de lancer des anneaux autour de bouteilles en verre.

Incroyable, mais vrai : je parviens à supporter une journée entière à faire des choses qui ne m'intéressent absolument pas. Nori m'apprend la patience. Avec elle, j'ai l'impression d'être un puits que je creuse constamment.

Quand le soleil se couche et que les étoiles commencent à briller au-dessus de nous, elle me rejoint. Elle tient une lanterne en papier et ses mains sont mouillées par l'encre qu'elle a utilisée pour écrire des *kanjis*, avec un pinceau ancien. Elle a même une tache sur le coin de la bouche et des feuilles dans les cheveux.

— J'aurais pu le faire, lui dis-je d'un air mécontent. Regarde-toi, tu es dans un état !

— Laisse, rétorque-t-elle d'une voix plus grave, comme toujours quand elle devient sérieuse.

Je fronce les sourcils, cherchant à déchiffrer son griffonnage.

— Je n'arrive même pas à te lire.

Elle me met la lanterne devant les yeux pour que je puisse mieux y voir.

— Ça dit « *kibou* ».

Espoir.

Le sermon quc j'allais débiter meurt sur ma langue. Je lui avais demandé de faire un vœu, et c'est ce qu'elle a fait, même si elle n'a pas écrit correctement le *kanji* – elle l'a tracé à l'envers. Mais elle est déterminée à se prendre en main, pour elle, pour nous, et c'est déjà bien. Elle voulait accomplir quelque chose par elle-même.

Je regarde ses yeux pleins de sincérité. Cette fille, ma petite demi-sœur à moi, est un spécimen rare.

— Eh bien, soit.

Elle rayonne de joie.

— Tu crois que Dieu comprendra ? Même si je l'ai dessiné de travers ?

Je ne veux pas ternir son enthousiasme, mais je ne peux pas mentir. Je n'ai jamais cru en autre chose qu'en mon propre talent, en la mort et au fait qu'on finit toujours par être déçu par les gens.

— Je ne suis pas croyant. Tu le sais.

Elle sourit comme si elle connaissait un secret que j'ignore. La foi de Nori a toujours été changeante. Un jour, c'est une dévote ; le lendemain, je l'entends me jurer que c'est du passé. Je crois qu'elle a juste besoin de quelqu'un à qui se confier.

Difficile de le lui reprocher.

— Alors, à qui s'adresse le vœu ? insiste-t-elle. Où va la lanterne ?

Je ne peux qu'être honnête.

— Elle va aussi loin qu'elle le peut, Nori.

Elle me la tend.

— D'accord. Lâchons-la tous les deux.

J'attends quelques instants, puis je la laisse partir. Nori se tient juste derrière moi. La lanterne s'élève dans les airs, petit fantôme lumineux parmi des centaines, avant de disparaître dans la nuit.

Nori glisse sa main dans la mienne et soupire profondément, comme si un grand poids s'était envolé de ses frêles épaules. Les miennes sont encore lourdes. Je n'ai pas son innocence. Je n'ai pas sa foi. En vérité, nous avons très peu en commun.

Je me demande encore, chaque jour, pourquoi j'ai l'impression qu'elle m'appartient.

Le jour de la réunion arriva enfin. Fort heureusement, Nori ne croyait pas aux mauvais présages, car l'orage qui faisait rage dehors l'aurait alors persuadée que tout était fini pour eux.

Mais Akira lui assura que cela ne signifiait rien. Il semblait confiant.

— Elle a besoin de moi, insista-t-il.

Nori se demanda lequel d'entre eux ces propos étaient réellement censés rassurer.

Il avait dressé une liste de demandes, mais refusait qu'elle la voie, sûrement pour éviter qu'elle soit déçue s'il n'obtenait pas tout.

Elle avait demandé à assister à la réunion, mais Akira lui avait opposé un refus catégorique. Il lui avait ordonné de rester dans sa chambre, avec la porte verrouillée.

Il passa l'après-midi à faire les cent pas dans le jardin, en répétant son discours. Elle l'observait depuis le porche, sans oser s'approcher. Elle avait revêtu ses plus beaux vêtements, et portait autour du cou ses perles comme une lourde chaîne. D'une certaine manière, cet accoutrement la rassurait.

Akira, qui n'avait pas pris autant de peine, était simplement vêtu d'une chemise et d'un pantalon noir. Mais il avait moins à prouver.

Nori pourrait se promener avec une couronne en or massif sur la tête et lui un drap sale sur le dos, cela ne changerait rien à la façon dont le monde les percevrait l'un et l'autre.

Cependant, Nori avait décidé de mettre ses complexes de côté, en tout cas pour aujourd'hui. Si elle ne pouvait rien faire pour aider son frère, elle pouvait au moins ne pas lui nuire. Elle avait l'impression de progresser dans son attitude, et ce sentiment lui plaisait.

Lorsque Akira revint à l'intérieur, son anxiété semblait s'être dissipée.

— Je peux t'apporter quelque chose ? proposa-t-elle.

Il la regarda avec un sourcil levé.

— Quoi ?

— Un café ?

— Tu ne sais même pas le préparer.

Elle se crispa.

— J'ai vu faire Ayame.

— Et si je veux un café, je lui demanderai. Les domestiques sont là pour ça.

Nori leva les yeux au ciel. Pour la première fois, elle se demanda si son frère était aussi disposé à renoncer à son statut qu'il le prétendait. Il ne s'était sans doute jamais cuisiné un seul repas de sa vie, n'avait même jamais dû penser à devoir laver ses vêtements.

Pas plus qu'elle, d'ailleurs – mais elle était prête à apprendre. Elle aimait se rendre utile, et ne laissait pas son orgueil parler pour elle.

— Tu pourras continuer à les payer avec ton héritage ? demanda-t-elle nerveusement. Même si *obasama* ne te laisse pas ce que tu veux ?

Akira haussa les épaules.

— Pendant un certain temps, au moins. Mon père n'était pas aussi riche que les autres, mais il m'a tout laissé. J'ai reçu l'héritage l'an passé. Ma mère, elle, a apporté une dot considérable quand elle s'est mariée, mais je ne la toucherai qu'à mes vingt ans.

Elle se balança légèrement.

— Je pourrais m'occuper de quelques tâches ménagères, suggéra-t-elle. Nous n'avons pas besoin de tant de personnel. Je pourrais cuisiner et faire le ménage.

Il esquissa un petit sourire.

— Vraiment ? Je pourrai t'envoyer au marché aux poissons avec les autres bonnes ? Tu raccommoderas mes vêtements ? L'heure est vraiment aux économies, alors.

Elle rougit.

— Cela ne me dérange pas.

Même s'il se moquait d'elle, elle aimait voir ses yeux briller lorsqu'il riait.

Le moment était bien trouvé pour aborder le sujet.

— Je veux être avec toi aujourd'hui, déclara-t-elle brusquement, avant que son courage s'envole. Je veux être assise à côté de toi.

Le visage d'Akira s'assombrit.

— Non.

— Mais…

— Non.

— *Aniki* !

— *Zettai ni*. Pas question.

— Je suis assez grande pour parler, protesta-t-elle. Je pourrais t'aider.

— Tu vas tout gâcher, rétorqua-t-il. Je n'ai pas le temps pour tes jérémiades. Ils seront là dans une heure, va dans ta chambre.

Comme par réflexe, son corps se mit en mouvement, imprégné par une mémoire musculaire inébranlable. Mais elle le retint, plantant ses talons dans le sol. Elle se souvint de la première fois où elle l'avait vu, dans une maison comme celle-ci, dans une pièce comme celle-ci, entouré par ces objets de famille ancestraux que la présence de Nori semblait faire reluire de mépris. Elle avait décidé, à ce moment-là, qu'elle le suivrait n'importe où.

Simplement, elle voulait marcher à côté de lui. Pas derrière. Plus maintenant.

— Non.

Akira la regarda, stupéfait. Personne ne lui disait non.

— Je t'ai demandé…

— Et moi je te réponds non, *aniki*.

Personne ne lui avait jamais coupé la parole en dix-sept ans de vie. Il sembla aussi désarçonné que s'il se trouvait confronté à une nouvelle langue qu'il ne pouvait pas comprendre.

— Noriko, commença-t-il d'une voix pleine de colère. Je ne vais pas te le demander une autre fois.

Elle frissonna, mais ne recula pas.

— Vas-tu me frapper si je désobéis ? Comme *obasama* ? Ou me traîner par les cheveux comme l'homme à qui elle m'a vendu ?

Il détourna les yeux. Elle l'avait touché en plein cœur, et elle en profita.

— Un jour, je serai aussi adulte, comme toi. J'ai besoin d'apprendre. J'ai besoin d'apprendre comment négocier, comment obtenir ce que je veux des gens qui ne m'aiment pas.

Akira hésita.

— Ce n'est pas… ce n'est pas encore le moment.

— Tu n'en sais rien.

Il lui lança un regard las.

— Ce sera plus facile pour moi si tu n'es pas là.

Pour la première fois, elle vit de la vulnérabilité sur son visage. Il était orphelin de mère, comme elle. Il était orphelin de père, comme elle. Il était l'enfant gâté, elle était l'enfant maudite, mais tous deux étaient piégés dans la même toile.

— Je suis ta sœur, lâcha-t-elle maladroitement.

Les mots lui manquaient ; elle n'avait jamais été une grande oratrice comme lui. Elle ouvrit les mains comme pour dire qu'elle se rendait.

— Je suis…, fit-elle.

Il soupira et la regarda dans les yeux pendant un long moment, comme pour la sonder. Puis il partit brusquement, en direction de la cuisine, avant de changer de cap pour se précipiter vers l'escalier.

Elle le suivit, sans trop savoir si elle devait accepter sa défaite ou continuer d'insister. Elle le vit faire les cent pas, se retourner vers elle comme s'il allait crier, se raviser. Elle ne l'avait jamais vu si incertain.

Puis…

— Ayame ! ordonna-t-il sèchement.

Elle apparut comme par magie.

— Akira-sama ?

Akira lui parla sans regarder Nori.

— Assure-toi qu'une place à table soit préparée pour ma sœur.

Ayame acquiesça et s'en alla aussi vite qu'elle était venue.

Les yeux de Nori s'écarquillèrent. Akira se tourna vers elle.

— Pas de pleurs. Pas de mots. Pas de gestes. Ton visage restera aussi immobile que celui d'un cadavre, tu m'entends ?

— Je le promets, s'empressa-t-elle de répondre. Je le promets.

— Nous sommes des guerriers, aujourd'hui. Tu comprends ?

Elle acquiesça. Pour lui, elle serait courageuse. Le visage d'Akira s'adoucit.

— Si tu as peur, pense à de la musique, lui dit-il. Penses-y et tu te sentiras en sécurité.

La table à manger était dressée pour le thé de l'après-midi. Pas une fêlure sur la porcelaine, l'argenterie venait d'être frottée. Quelqu'un avait disposé un magnifique centre de table composé de chrysanthèmes et d'une fleur rouge que Nori n'aurait su nommer.

La chaise d'Akira était placée en tête de table, face à une autre, de grande taille. Deux chaises plus petites étaient disposées un peu en retrait.

Nori fut soulagée de découvrir cet agencement. Toute son assurance s'était envolée. Akira était aussi immobile qu'une pierre, sa tasse de thé intacte devant lui. Nori gardait les mains posées sur ses genoux. Elle se sentait à nouveau mal à l'aise à cause de sa peau, maintenant bronzée à force de passer tant de temps à se prélasser au soleil, et de ses cheveux, lissés pour l'occasion, mais qui recommençaient déjà à frisotter.

Elle décida de penser à autre chose. Elle se concentra sur la nuque d'Akira. Ses cheveux bouclaient légèrement à cet endroit, comme les siens. Aujourd'hui, il sentait le linge propre.

Les portes s'ouvrirent, et Ayame annonça l'arrivée des invités.

Yuko entra la première. Elle portait un kimono rouge avec une *obi* dorée, et tenait un éventail assorti dans sa main gauche.

Nori sentit ses bras et ses jambes s'engourdir complètement. Elle garda son visage parfaitement immobile.

Puis son grand-père entra, un homme qu'elle n'avait toujours vu que très brièvement. Mais là, derrière le voile de ses cheveux, elle osa le regarder dans les yeux.

Kohei Kamiza était aussi imposant qu'un bœuf. Il sembla remplir toute la pièce en y pénétrant. Il avait des yeux noirs aussi durs que des diamants, des cheveux gris et une barbe toujours brune.

Même sous ses vêtements fluides, il émanait de lui une sévérité qui laissait présager une grande force.

Son regard sur elle lui déclencha une douleur physique. Elle se mordit l'intérieur de la joue pour ne pas crier.

Yuko observa la salle d'un regard calme. Elle attendit un instant, mais Akira ne se leva pas pour la saluer. Il n'avait pas bougé d'un pouce.

Elle hocha la tête, comme si elle prenait note de quelque chose.

Puis elle s'assit sur la petite chaise, laissant à son mari la plus grande. La façon dont son corps mince était penché vers l'avant ne laissait pourtant aucun doute quant à qui mènerait cette conversation.

Pendant un long moment, personne ne parla. Nori était certaine que tout le monde entendait son cœur battre frénétiquement dans sa poitrine.

Puis Yuko sourit.

— Cher petit-fils. Vous m'avez manqué.

Elle fit signe au domestique qui se tenait dans un coin de lui verser du thé.

— Je suis heureuse de voir que vous vous portez bien, continua-t-elle – quiconque ne la connaissait pas l'aurait crue parfaitement sincère.

Akira inclina la tête.

— Grand-mère.

Il fit également un signe de tête à leur grand-père, qui lui rendit la pareille.

— Maintenant, dit Akira avec aisance. Pouvons-nous aborder nos affaires ?

Kohei remua sur sa chaise, puis sa voix s'éleva, grondant comme un lointain coup de tonnerre.

— Écoutez, mon garçon. Cela est allé assez loin. Rentrez avec nous. Aujourd'hui.

Akira ne faiblit pas.

— Je ne le ferai pas.

Yuko agita son éventail.

— Allons, allons, *anata*. Akira a clairement exprimé son souhait de rester à Tokyo. Je pense que nous pouvons lui accorder cette faveur pendant quelques années. C'est un jeune homme. Il devrait jouir d'une certaine liberté.

Les mains de Nori se mirent à trembler. Elle les glissa dans ses manches pour les dissimuler.

— Je comprends, continua-t-elle, que tu estimes que nous avons agi de manière injuste à l'égard de la fille. Tu as déployé de grands efforts pour l'acquérir – tu as fait preuve d'une intelligence remarquable. Je t'ai sous-estimé, clairement.

Le front d'Akira se plissa.

— Et vous, vous ne pensez pas avoir agi injustement ? demanda-t-il d'une voix froide. Même maintenant ?

Yuko agita la main.

— Je n'ai fait que mon devoir. Mais il est vrai que c'est à cause de mon cœur trop tendre que cette affaire n'est toujours pas résolue. J'aurais dû être plus prudente.

Nori sentait la colère monter en elle. Elle n'attendait pas des excuses. Mais savoir que la seule chose que sa grand-mère regrettait était de ne pas l'avoir envoyée suffisamment loin était exaspérant.

Sa grand-mère se tourna vers Nori, en la jaugeant d'un regard distrait.

Il était évident, à son petit sourire, qu'elle ne lui trouvait rien d'intéressant. Comme autrefois.

— Vous êtes un bon garçon, Akira, dit-elle. Mais quel dommage, vraiment.

Akira se raidit.

— Je n'ai pas besoin de votre assentiment. Juste de votre parole que vous nous laisserez tranquilles.

Yuko plissa les yeux.

— C'est donc cela ? Vous tenez réellement à emprunter ce chemin ?

Akira croisa les bras.

— Si vous êtes venue ici pour me faire changer d'avis, j'ai bien peur que le voyage ait été inutile.

Nori ne put réprimer un sourire. Sa réaction ne passa pas inaperçue auprès de son grand-père, qui la foudroya d'un regard tellement impitoyable que le visage de Nori se figea.

Sa grand-mère soupira.

— Très bien, dans ce cas. Restez à Tokyo. Mais vous devrez retourner à Kyoto chaque été, à partir de votre vingtième anniversaire, pour vous instruire. Vous avez beaucoup à apprendre.

Akira pianota sur la table en bois.

— Vingt-cinquième anniversaire.

Yuko rétorqua aussitôt :

— Vingt et unième.

Akira hésita.

— D'accord, dit-il à contrecœur. Vingt et unième. Et seulement juillet et août.

— Il vous faut également vous marier, poursuivit Yuko.

Elle laissa tomber une cuillerée de sucre dans son thé.

— Dès que je vous aurai trouvé une épouse convenable, ajouta-t-elle.

La lèvre supérieure d'Akira se retroussa. De toute évidence, sa grand-mère venait d'aborder le sujet qu'il redoutait le plus. Mais il fallait s'y attendre.

— Puis-je vous demander qu'elle soit au moins agréable à l'œil ? lança-t-il d'un ton sec.

— Évidemment. Elle doit être jolie et bien élevée. Un peu intelligente, assez pour lire avec les enfants – mais je ne veux pas d'une érudite. Je ne tolérerai pas qu'une femme se croie supérieure.

— D'accord. Mais je ne me marierai pas avant des années.

Yuko se tapota le menton.

— J'ai été mariée à votre âge. Votre mère…

Elle s'interrompit un instant, puis reprit :

— Il aurait été préférable qu'elle se marie jeune au lieu de partir à Paris. Elle a été corrompue. Elle a appris des manières immodestes. Les Français sont connus pour cela. Là encore, j'ai été trop faible.

Akira ne réagit pas.

— Je me marierai à vingt-cinq ans. Pas avant. Et elle restera ici avec moi, à Tokyo.

Nori ne pouvait pas imaginer son frère marié. Akira était totalement dépourvu d'intérêt pour le sexe opposé.

Yuko accepta cette condition sans discuter.

— Et bien sûr, la fille devra partir. Aucune femme bien élevée n'acceptera de partager sa maison avec une bâtarde.

La respiration de Nori se bloqua dans sa gorge. Elle jeta un coup d'œil par-dessus l'épaule d'Akira. Pendant un bref instant, elle oublia les ordres et voulut parler, mais Akira fut plus rapide.

— Nori reste, déclara-t-il simplement.

Yuko referma son éventail.

— Je payerai pour qu'elle ait une maison à elle, quelque part à l'étranger. Elle aura des serviteurs pour s'occuper d'elle. Je comprends à présent la raison pour laquelle vous vous sentez responsable d'elle – à tort, évidemment –, mais je la comprends. Votre mère vous a terriblement déçu ; elle vous a transmis son fardeau. Mais je vous propose de vous l'ôter. Vous voulez qu'elle soit en sécurité. Elle le sera. Vous n'avez plus à vous inquiéter.

Akira ne feignit même pas d'envisager cette possibilité.

— Nori reste, répéta-t-il.

— Pendant les prochaines années, elle…

— Aussi longtemps qu'elle le souhaitera. Elle reste.

Nori baissa la tête. Elle ne méritait pas tout cela. Elle ne pouvait que s'en émerveiller.

Sa grand-mère poussa un sifflement.

— C'est totalement déraisonnable de votre part. Elle n'est rien, vous avez tort de lui porter autant d'attention.

Nori tressaillit. Elle sentit quelque chose en elle se rétracter.

Un jour, j'apprendrai à jouer quelque chose que tu ne connais pas. Une sonate. Je l'apprendrai toute seule pour te surprendre, aniki. *Du Mozart ou du Liszt. Tout sauf Beethoven.*

Akira ravala sa colère.

— Votre avis ne m'intéresse pas, grand-mère. Maintenant, parlons de l'argent que j'ai demandé. Une somme raisonnable fera l'affaire.

Yuko finit enfin par se taire. Son visage était livide.

— Akira, articula-t-elle après un long moment de silence. Vous conduisez notre famille à sa perte. Vous êtes trop jeune pour comprendre. Je vous en prie. Écoutez-moi, maintenant. Vous n'avez pas de mère, pas de père. Personne pour vous guider à part moi. Vous devez m'écouter, je suis votre grand-mère. Je suis la seule qui vous reste et peut vous montrer la voie. Tel est votre destin.

Nori reconnut le regard sur le visage de sa grand-mère, habitée par la même conviction exaltée qu'elle avait affichée la dernière fois qu'elles s'étaient vues. Un regard fascinant, celui du prophète en mission, sûr de sa connexion au divin.

Akira y était insensible.

— J'ai parlé de Nori à un avocat, déclara-t-il doucement.

Il prononça ces mots tranquillement, comme s'il savait qu'il portait le coup fatal.

— Je vais régulariser sa situation pour qu'elle puisse aller à l'école, poursuivit-il. Elle restera avec moi. Un point c'est tout.

Yuko poussa un gémissement, comme si une lame l'avait transpercée en plein cœur. Elle se courba en deux, posa sa tête sur la table et resta immobile.

Étrangement, Nori se sentit prise d'un élan de compassion pour elle.

Son grand-père se leva. Les veines de son front semblaient sur le point d'éclater.

— Je n'accepterai pas ça, rugit-il. La bâtarde aurait dû être abattue comme un chien le jour où on l'a déposée devant notre porte ! Je ne supporterai pas qu'elle vous gangrène, mon garçon. Je ne supporterai pas que vous oubliiez qui vous êtes, ce pour quoi vous êtes né. Je ne le supporterai pas !

Akira grimaça, mais ne trembla pas.

— J'en conclus que c'est non pour l'argent.

Le visage de Kohei était écarlate.

— Que le diable t'emporte !

Akira montra les paumes de ses mains. Ses yeux brillaient.

— Je n'oublie pas qui je suis. Quand je serai à la tête de la famille, je changerai les choses. Je changerai le fonctionnement des Kamiza ; je ferai entrer cette famille dans l'ère moderne. Je lui redonnerai vie. Je lui rendrai son humanité. Je vous le garantis, grand-père.

Yuko avait retrouvé son calme. Elle posa une main sur le bras de son mari pour le soutenir et planta un regard perçant sur Nori.

— Et toi, jeune fille ? gémit-elle. Tu dois avoir des ambitions. Je peux te donner des terres, de l'argent. Si tu pars et nous laisses en paix, je veillerai à ce que tu sois récompensée. J'ai eu tort de te punir, je le vois maintenant – je te récompenserai.

« Que veux-tu, Noriko ? »

Cette question, elle l'avait déjà entendue.

Elle se leva sans pouvoir s'en empêcher. Son corps bougeait tout seul, guidé par une force sur laquelle elle n'avait aucun contrôle. Elle passa son bras autour du cou d'Akira et saisit son col dans son poing. Elle le saisit comme s'il était un chien de chasse qui n'appartenait qu'à elle et à personne d'autre.

— Je resterai avec Akira, s'il veut de moi, déclara-t-elle d'une voix claire. Et il n'y a rien que vous pourrez entreprendre pour me faire changer d'avis.

Yuko poussa un gémissement.

— Tu me perdras, dit-elle simplement. Moi, et cette famille. Tu es maudite. Tu nous détruiras tous.

Nori redressa les épaules.

— Je suis désolée que vous pensiez cela.

Son grand-père se tourna lentement pour la regarder droit dans les yeux. Elle soutint son regard sans faillir, malgré l'impression qu'il lui donnait d'être dévisagée par un bloc de pierre.

— Toi, grogna-t-il. Tu n'es rien.

Akira chercha à se lever, mais elle le retint fermement. Elle ravala sa peur et se campa, le dos droit, aussi têtue que peut l'être quelqu'un qui n'a rien à perdre.

— Je suis votre petite-fille, le défia-t-elle, et bien que sa voix tremblât, elle continua : je l'ai toujours été, je le serai toujours. Je suis de votre famille. Vous ne pouvez pas m'effacer. Même si vous me tuez, j'aurai existé. J'aurai été là. Et je ne suis peut-être rien, je ne sais pas. Mais je sais qu'Akira m'a choisie.

Un silence abasourdi envahit la pièce. Personne ne bougea. La mâchoire de Yuko resta ouverte, son précieux flegme totalement envolé.

Et puis…

Il y eut un poids, soudainement, sur elle et un bruit de verre brisé. Ayame hurla, des pas précipités résonnèrent, puis le bruit sourd d'une masse qui s'effondre.

Mais Nori ne voyait plus qu'une chose : des yeux. Noirs comme de l'obsidienne, sur fond blanc strié de vaisseaux rouges qui se ramifiaient comme des rivières de sang.

Ces yeux flottaient à quelques centimètres au-dessus des siens, et elle les sentait qui l'attiraient, l'engloutissaient. Elle entendit un sifflement mince, aigu.

Elle ne pouvait plus respirer. Elle était écrasée sous une montagne. Elle ne pouvait plus respirer, c'était impossible.

Des points de feu rouges dansaient à la périphérie de sa vision. Des doigts tentèrent de s'accrocher au visage au-dessus d'elle, avant d'être repoussés.

Il lui fallut encore un instant pour comprendre qu'il y avait des mains autour de son cou.

Elle se débattit, ses petites jambes donnaient des coups en l'air, ses poings frappaient, impuissants, contre un torse qui semblait fait d'acier. Rien à faire. Elle le savait, mais elle se battait quand même.

Je ne veux pas mourir ici !

Mais les choses étaient différentes, cette fois. Elle n'était pas résignée. Elle ne se soumettrait pas à l'idée que sa vie ne valait pas plus que sa mort. Elle ne savait pas à quoi s'attendre, si elle pouvait encore espérer quoi que ce soit. Mais elle voulait le découvrir.

Pas maintenant. Mada mada. *Pas déjà. Je ne peux pas… partir… pas maintenant…*

Son cerveau était une lumière qui luttait pour rester allumée, vacillant, se rallumant, de plus en plus faible à chaque fois. Et pourtant, les paroles de Kiyomi réussirent à lui revenir.

« Pense à la femme que tu pourrais devenir. »

Les mains se resserraient. Les points de feu avaient disparu, elle ne voyait plus rien que l'obscurité.

Et puis, il y eut un éclair, et elle l'entendit : la voix d'Akira. Un craquement vif, comme un coup de tonnerre, puis la montagne qui hurla tel un ours pris au piège, et céda.

La première respiration lui donna l'impression d'avaler une boîte d'aiguilles. Des larmes perlaient au coin de ses yeux. Quelqu'un lui tenait la tête, en se penchant pour lui murmurer à l'oreille :

— Nori !

Elle ne pouvait pas parler. Sa gorge était presque broyée. Elle chercha Akira à tâtons et il posa sa tête sur ses genoux, en lui attrapant les mains.

— Là, la rassura-t-il, toujours affolé. Là, Nori.

Puis, à nouveau, la voix d'Ayame.

— Mon Dieu… Akira-sama, il saigne. Il saigne beaucoup.

La voix d'Akira était dure comme la pierre.

— Je m'en moque. Fais-le sortir d'ici. Fais-les sortir tous les deux, maintenant.

Puis Yuko :

— Kohei ! Je vous avais prévenu ! Je vous ai prévenu qu'elle n'était qu'un monstre immonde, comme sa mère !

Akira éleva la voix.

— FAIS-LES SORTIR !

Nori essaya de se redresser, mais les bourdonnements dans ses oreilles étaient trop forts et elle retomba. Pendant les instants qui suivirent, elle n'entendit ni ne vit plus rien.

Quand sa vision revint, elle découvrit que la table avait été renversée. Des morceaux de porcelaine brisée et de verre étaient éparpillés tout autour d'elle.

Et, à quelques mètres d'elle, un chandelier taché de sang.

Le visage d'Akira flottait devant le sien.

— Ça y est, Nori, dit-il d'une voix tremblante – elle ne savait pas lequel, d'elle ou de lui, il cherchait à convaincre. Ils sont partis. Ils sont partis.

Elle ne pouvait toujours pas parler. Elle le regarda dans les yeux, se tendit vers son âme, espérant qu'il puisse entendre sa question.

Il se pencha et l'embrassa sur le front.

— Oui, souffla-t-il, et elle sut qu'il l'avait entendue, aussi clairement que si elle lui avait parlé directement à l'oreille. Nous avons gagné. Nous sommes en sécurité. Pour l'instant, Nori, nous sommes en sécurité.

Chapitre 12

LA SEULE CHOSE IMMORTELLE

Tokyo, Japon
Décembre 1953

Plusieurs semaines s'écoulèrent avant qu'elle ne parvienne à parler normalement à nouveau. Elle tricota une écharpe pour cacher les ecchymoses disgracieuses sur son cou et sa poitrine, mais elle ne put rien contre les vaisseaux sanguins éclatés dans ses yeux. Elle était prise de vertige si elle se levait trop rapidement, et ressentait constamment une douleur lancinante du côté gauche de la tête. Elle essayait de faire comme si de rien n'était, mais Akira voyait tout.

Il pouvait à peine la regarder. Il venait chaque matin dans sa chambre pour prendre de ses nouvelles, avant de trouver une excuse pour s'éloigner le reste de la journée. Elle l'acceptait avec autant de dignité qu'elle le pouvait.

Elle avait failli mourir deux fois en l'espace d'un mois. Sans doute avait-il le droit d'être amer.

Il dressa une liste des domestiques à congédier. Sans son argent, les dépenses devaient être réduites s'ils voulaient continuer à vivre de l'héritage modeste d'Akira pendant les deux prochaines années. Ce fut un jour difficile lorsqu'il renvoya une demi-douzaine d'hommes et de femmes, y compris le cuisinier et le jardinier.

— Je peux cuisiner, déclara pompeusement Akira.

Bien sûr, il ne tenta même pas de faire bouillir de l'eau. Nori reprit la corvée sans un mot.

Elle avait la permission d'aller au marché, mais seulement si Ayame l'accompagnait. Elle rougissait de sentir les regards sur elle, cependant personne ne se montrait malveillant. Elle marchandait le poisson et remplissait son sac en tissu de fruits de saison. Elle avait convaincu Akira de lui acheter quelques livres de cuisine et aimait passer des heures aux fourneaux, à la recherche du parfait équilibre entre les épices ou de la consistance idéale pour une pâte.

La cuisine, s'avéra-t-il, apaisait son esprit. Elle aimait réellement cela.

Akira avait annoncé qu'il prévoyait de terminer sa dernière année d'école l'année suivante, dans son établissement de Tokyo. Aucun projet n'avait encore été échafaudé pour l'éducation de Nori – elle n'osa pas aborder le sujet.

Pour l'heure, Akira s'occupait de sa musique. Il passait des heures à étudier de nouveaux airs dans sa chambre. Lorsqu'il refusait de la voir, elle s'asseyait devant la porte pour l'écouter jouer.

Elle avait l'impression qu'il savait qu'elle était là.

Nori attendait aussi longtemps qu'elle le pouvait. Mais, un matin, le jour du réveillon de Noël, elle décida de frapper à la porte d'Akira.

— Ayame ? appela-t-il.

— Non, c'est moi.

Elle l'entendit pratiquement lever les yeux au ciel. Puis, après un silence :

— D'accord.

Elle entra. Il y avait de la musique partout ; il avait littéralement recouvert les murs de pages arrachées de partitions. Il avait écrit des commentaires partout, de sa belle écriture ronde. Son regard fut attiré par une partition vierge, avec seulement quelques notes. Des notes écrites de la main d'Akira.

— Tu composes ? demanda-t-elle.

Akira rougit.

— Ce n'est rien. Je viens de commencer.

Elle lui sourit.

— *Otanjoubi omedetou gozaimasu, nii-san*. Joyeux anniversaire.

Il renifla.

— J'espérais que tu aurais oublié.

— Je sais que tu n'aimes pas les anniversaires.

— C'est certain.

Nori s'avança en traînant des pieds.

— Je ne te dérangerai pas longtemps. J'ai un cadeau pour toi.

Akira s'adossa contre ses oreillers.

— Je t'avais dit de ne rien m'offrir.

Elle sortit le paquet de sa longue manche cloche.

— C'est moi qui l'ai fabriqué.

Elle lui remit le cadeau et Akira l'inspecta méticuleusement, comme il inspectait toujours tout, comme pour se préparer à la déception à venir.

Se rendant compte qu'elle ne partirait pas avant qu'il ne l'ouvre, il soupira et déchira le papier.

À l'intérieur se trouvait un mouchoir en soie ivoire, avec de petites clés de sol brodées dans les coins au fil d'or. Dans le coin inférieur droit, elle avait cousu les *kanjis* de son nom.

Akira leva les yeux vers elle.

— À combien de fois t'y es-tu reprise ?

Elle cacha ses mains, couvertes de petites piqûres d'aiguille.

— Pas beaucoup.

Akira eut un sourire en coin.

— Une douzaine ?

Elle détourna le regard.

— Un peu plus, en réalité.

Il éclata de rire.

— Eh bien, je t'avais pourtant dit de ne pas te donner autant de mal.

Elle se mordit la lèvre.

— Je sais.

Il désigna la partition sur ses genoux.

— Bon, comme tu peux le voir, je suis occupé.

— Mais c'est ton anniversaire, protesta-t-elle. Il faut fêter ça.

Akira haussa les épaules.

— On naît, on meurt. Qu'y a-t-il à fêter ?

Elle fut, une fois de plus, stupéfiée par son cynisme.

— La vie ?

Il haussa les épaules comme s'il n'y avait pas grand-chose à fêter là-dedans non plus.

— J'ai du travail.

Elle hésita, mais au lieu de partir elle ajouta :

— Je pense que tu es en colère contre moi. Est-ce le cas ?

Akira sembla interpellé.

— Non.

— Si c'est à cause de la réunion avec ton grand-père…

— Tu n'y es pour rien, la coupa Akira. Tout est ma faute. Tu n'aurais jamais dû te trouver dans cette pièce. Je savais que ta présence l'énerverait au-delà du raisonnable. J'avais organisé les choses ainsi pour une bonne raison.

— J'ai insisté pour être là, dit-elle honteusement. C'est moi qui l'ai provoqué. C'est ma faute à moi.

— Je savais que je ne pouvais pas te faire confiance. Je le savais. Mais j'ai cédé à tes supplications de gamine au lieu de m'écouter. Je ne commettrai plus cette erreur.

Elle fit un pas en avant.

— *Aniki*…

Il leva la main pour l'empêcher de s'approcher davantage.

— À partir de maintenant, j'attends de toi que tu m'obéisses. Il n'y aura plus de négociation.

— Mais c'est…

— Je ne vais pas discuter avec toi. Fais ce qu'on te demande, c'est tout.

Elle le regarda, mais son silence disait tout.

— Joyeux anniversaire, murmura-t-elle, et elle sortit.

Nori réessaya de lui parler le lendemain, mais il l'esquiva sans dire un mot. Alors qu'il passait, elle sentit comme un courant d'air froid. Elle n'insista pas et le vit très peu, au cours du mois suivant. Bientôt, Akira retournerait dans son ancienne école pour sa dernière année. Même si la perspective de le savoir absent tous les jours ne la réjouissait guère, elle préférait cela à se voir totalement ignorée.

À dix-huit ans, il n'était pas encore tout à fait adulte. Il n'atteindrait sa majorité qu'à vingt ans. Elle se consolait en se disant qu'il faudrait encore plusieurs années avant qu'il ne retourne à Kyoto. Mais elle savait que jamais il ne pourrait se satisfaire de rester près du feu à tricoter, comme elle. Il était ambitieux et inquiet, et tôt ou tard la marée l'emporterait.

Comme toujours, elle trouva de quoi s'occuper. Le matin, elle aidait Ayame à faire la lessive. Elles lavaient à la main les soies délicates dans de grandes bassines remplies d'eau savonneuse parfumée aux pétales de rose. Elles les suspendaient ensuite sur la corde à linge et les regardaient flotter dans la brise. Elles ne se parlaient pas beaucoup, mais Nori ne pensait pas qu'Ayame ne l'aimait pas. C'était déjà ça.

Elle passait ses après-midi à lire. Cette maison avait une grande bibliothèque, remplie de toutes sortes d'ouvrages. Elle demanda à Ayame de choisir pour elle ceux que les filles de son âge lisaient à l'école. Pour le moment du moins, la question de son instruction semblait avoir été mise de côté. Il était probable que, après l'incident dans la salle à manger, Akira se soit ravisé. Son existence n'était plus le secret bien gardé d'autrefois, mais ils ne l'étalaient pas non plus.

Elle consacrait ses soirées à la musique. Parfois, les rares domestiques qui restaient se réunissaient pour l'écouter jouer. À la fin, un silence satisfait enveloppait la pièce comme une couverture chaude.

La nuit était le pire moment. Elle évitait le sommeil comme la peste. Elle errait dans la maison, au hasard, en se forçant à ne pas fermer les yeux.

Les cauchemars de son enfance étaient revenus. Mais ils avaient grandi, tout comme elle. Et ils étaient maintenant si forts qu'elle ne pouvait plus les combattre. Elle se réveillait en haletant, sûre que des mains enserraient sa gorge. Puis elle pleurait, pleurait jusqu'à en vomir par terre.

Cette nuit-là, elle était déterminée à ne pas s'endormir.

— Pas de sommeil, marmonnait-elle en pinçant la peau froide à l'intérieur de son coude. Pas de sommeil.

Le jour allait bientôt se lever. Le soleil commençait tout juste à poindre au-dessus des nuages, projetant une lumière rosée sur le sommet des arbres. Du haut de son perchoir, dans le chêne, Nori voyait tout. Il faisait froid, mais elle ne ressentait presque rien. Elle se frotta la joue contre l'écorce rugueuse. Cela faisait deux jours qu'elle n'avait pas dormi. Elle sentait qu'elle perdait le contrôle de son corps et de ses pensées, mais avait-elle un autre choix ? Elle avait fini par boire du café, malgré son goût qu'elle détestait ; pourtant, le café n'aidait pas.

Elle se hissa sur la branche supérieure, en basculant avec précaution. Sentant sa jambe se mettre à palpiter, elle grimaça, mais au fond cette douleur la soulageait.

Elle avait appris à se plonger dans un état second, entre le sommeil et l'éveil. Elle pouvait dériver dans cet espace pendant des heures, au milieu de cette zone blanche où rien ne l'atteignait.

Il lui fallut quelques minutes pour réaliser qu'Akira l'appelait. Elle se redressa immédiatement, sortant la tête des feuilles pour lui sourire.

— *Aniki*. Bonjour.

Il ne lui rendit pas son sourire. Son regard était mauvais. Il portait son pyjama en soie rouge, et ses cheveux semblaient particulièrement sales.

— Je suis allé dans ta chambre, mais je ne t'ai pas trouvée.

— J'avais envie d'être dehors.

Il fronça les sourcils.

— Il fait froid. Si tu veux rester dehors, mets un manteau. Et depuis quand grimpes-tu si haut ?

Elle sentit son estomac se nouer. Elle était maintenant sûre qu'elle ne voulait pas redescendre.

— Je me débrouille, tu sais.

— Avec ta jambe ? Je veux que tu descendes.

Sa lèvre inférieure se crispa.

— Je vais bien.

Elle vit une lueur d'agacement passer dans son regard.

— Nori.

Elle descendit sans dire un mot, atterrissant sur ses pieds avec un bruit sourd.

— Pourquoi me cherchais-tu, de toute façon ? demanda-t-elle d'un ton renfrogné. Ça fait des jours que tu es enfermé dans ta chambre.

— Je venais voir si tu aurais aimé prendre un cours de violon, répliqua-t-il sèchement. Ayame m'a rapporté que tu t'exerçais tous les jours. Je me suis dit que ce serait l'occasion de passer du temps ensemble, comme avant, à Kyoto.

Elle était trop fatiguée pour cacher son mécontentement.

— Comme avant ?

Akira sembla sur le point d'exploser, mais il se reprit. Il tendit la main pour effleurer la joue de Nori.

— Ton visage est tout égratigné. Tu saignes.

Elle grimaça.

— Ça ne fait pas mal.

Il baissa les yeux.

— Tu es encore blessée, dit-il doucement. Je le vois bien. Mais je ne sais pas comment t'aider.

Instantanément, elle éprouva cette attirance, celle qu'elle ressentait depuis le jour où elle l'avait vu pour la première fois. Elle alla vers lui et frotta son visage contre sa poitrine.

— Ce n'est pas de ta faute. Rien n'est de ta faute, *aniki*.

Il soupira comme s'il ne la croyait pas.

— Je dois te dire que tu ne pourras pas aller à l'école. Je sais que je te l'avais promis. Je suis désolé.

Elle accepta la déception d'un signe de tête à peine visible.

— Aurai-je quand même un précepteur ?

Akira sourit.

— À vrai dire, j'avais l'intention de te faire moi-même les cours du soir. Si tu le veux bien.

C'était une proposition à double tranchant : d'un côté, elle passerait du temps avec Akira ; de l'autre, elle devrait subir son impatience. Elle voyait déjà les livres qu'il lui lancerait sur la tête.

Elle rit.

— Et que comptes-tu m'apprendre ?

Elle s'attendait à ce qu'il sourie, mais son visage resta grave.

— Des choses pratiques. Comment gérer l'argent, comment lire une carte. L'anglais, car ce sera certainement la langue la plus parlée au monde d'ici quelques années.

Nori hésita.

— Et la poésie ?

— Nous pourrons l'étudier aussi. Mais il est important que tu apprennes ces choses. Ne te préoccupe pas de ça pour l'instant. Que veux-tu faire aujourd'hui ?

Elle sentit un frisson lui parcourir l'échine. Akira la regardait avec un sourire forcé.

— Pourquoi es-tu gentil avec moi ?

Il renifla.

— Faut-il une raison ?

— Tu es toujours gentil quand quelque chose de mauvais est sur le point d'arriver, l'accusa-t-elle. *Itsumo*. À chaque fois. Dis-moi la vérité. Quelqu'un est-il mort ?

Akira leva les yeux au ciel.

— Il me semble que la mort de toutes les connaissances que nous avons en commun serait plutôt une raison de se réjouir.

— Alors quoi ?

Le manque de sommeil l'avait rendue fragile. Elle sentait les larmes monter. Ses émotions étaient un câble effiloché, sur le point de céder.

Akira se tortilla maladroitement.

— Je vais devoir m'absenter quelque temps.

Elle enfonça ses ongles dans ses paumes.

— Quoi ? Pourquoi ?

— On m'a invité à jouer à Paris. Dans le cadre d'un concours.

Elle se raidit.

— Qui donc ?

— Peu importe qui.

— Donc tu n'es pas obligé de partir. On ne t'a pas enrôlé dans l'armée. Tu pars de ton plein gré.

Akira haussa les épaules.

— Tout ira bien. Ayame s'occupera de toi.

— Je n'ai pas besoin qu'elle s'occupe de moi. Tu ne devrais pas partir du tout.

Il lui lança un regard méprisant.

— Ce n'est pas comme si j'avais juré de passer chaque seconde à tes côtés. Moi aussi, je veux faire des choses dans ma vie. Ma *propre* vie. Tu n'es pas le centre du monde, Nori.

Sa colère s'enflamma.

— C'est tout ? Maintenant que je suis en sécurité, maintenant que tu peux être sûr que je ne vais pas être violée, ou assassinée – du moins cette semaine –, tu t'exiles en Europe ? Tu en as fini avec moi, c'est ça ?

Le rouge monta aux joues d'Akira, qui recula de deux pas.

— Tu te comportes comme une gamine. Je ne pars pas pour toujours. Je reviendrai.

Il ne reviendra pas, murmura la voix dans sa tête.

Son ventre se noua, mais elle savait qu'il ne changerait pas d'avis. Et elle ne ressentait aucune joie à le voir si malheureux, si accablé par le poids de ses responsabilités.

— Soit, parvint-elle à articuler. Très bien, pars. Bon voyage. Et fais en sorte de le remporter, ce concours.

Mais Akira ne parut pas rassuré.

— Tu t'en sortiras.

— Je n'en doute pas, mentit-elle.

Elle cacha ses mains qui commençaient à trembler.

Il hésita.

— Quelque chose ne va pas ?

— Non, mentit-elle à nouveau.

Elle afficha le sourire que Kiyomi lui avait appris.

— Non, *aniki*.

Il semblait douter.

— Ce ne sera pas long.

Il ne peut plus respirer. Il ne peut plus respirer ici. À cause de moi.

Il n'y avait aucune raison qu'ils se noient tous les deux. Elle ne l'entraînerait pas avec elle vers le fond. Son malheur se poursuivrait dans la solitude, comme toujours. Elle ne voulait pas de compagnie. Surtout pas celle d'Akira.

Elle se pinça la peau de la main pour se préparer à ces mots :

— Je veux que tu partes.

Akira paraissait vouloir la croire, mais n'y parvenait pas.

— Vraiment ?

— Oui.

Ses jambes commencèrent à trembler.

— Je crois que quitter le Japon te fera du bien. Pense à me ramener une nouvelle robe.

Enfin, il céda. Les plis sur son visage s'envolèrent, et il eut de nouveau l'air d'un garçon heureux. Elle fit en sorte de graver cette image dans sa mémoire. Elle allait en avoir besoin.

— Je te ramènerai tout ce que tu veux, promit-il. Tout.

Nori inclina la tête.

— Reviens, c'est tout.

Akira acquiesça et rentra à l'intérieur de la maison. Nori retourna dans son arbre et y resta jusqu'à ce que le soleil disparaisse derrière les nuages.

Le soir où Akira partit, elle refit son premier rêve. Le plus ancien de tous. Toujours le même.

Elle courait après l'automobile bleue. Sa mère était penchée par la fenêtre, sans visage, auréolée d'un rideau de cheveux noirs.

Nori.

Elle courait. L'asphalte était chaud et ses pieds étaient nus. Mais elle courait et courait après cette voiture, jusqu'à en attraper des ampoules aux pieds.

Nori.

Je suis là, okasan *! Je suis là !*

Mais la voiture ne ralentissait jamais. Alors Nori courait de plus en plus vite, aussi vite qu'elle le pouvait, à en haleter comme un poisson à l'agonie.

Okasan*, je suis là !*

Elle ne rattraperait jamais la voiture. Quand elle parvenait à s'en approcher, si près que ses doigts effleuraient le pare-chocs, le véhicule accélérait et disparaissait de sa vue. Le rêve ne changeait jamais, pas d'un iota.

Idiote, faisait la voix de sa grand-mère. *As-tu oublié qui tu es ?*

Nori se réveilla en sursaut. Quelqu'un l'avait portée jusqu'à son lit. Ayame était assise dans un coin.

Sans mot dire, elle se leva et tendit à Nori un linge humide.

— Voulez-vous quelque chose à boire ?

Nori secoua la tête. Elle savait qu'il valait mieux ne pas essayer de parler. Leurs regards se croisèrent et, en silence, la seule question qui valait la peine d'être posée le fut.

Ayame inclina la tête.

— Vous avez dormi pendant deux jours.

Nori attendit.

— Votre frère est parti.

Nori hocha la tête. Attendit.

Ayame hésita.

— Quand vous serez levée… si vous le souhaitez… nous pourrons parler de votre mère.

Nori retrouva une petite voix.

— *Hai*.

Ayame hésita encore.

— Il va revenir, vous savez.

Malgré le vide qui lui serrait la poitrine, malgré tous ses malheurs, Nori sourit. Toute sa vie, elle avait appris à se méfier. Mais en essayant de voir un peu plus loin, de détourner le regard du barillet chargé qu'elle tenait devant ses yeux, il était possible d'entrevoir quelque chose – quelque chose de parfaitement étranger : de l'espoir. L'espoir d'un avenir qui ne serait pas gravé dans la pierre, déterminé par sa naissance. Akira se trouvait à Paris, pour montrer ses talents, assouvir ses ambitions, pas à Kyoto à lire des livres poussiéreux avec sa grand-mère.

Et elle… elle était *en vie*. N'était-ce pas un miracle ?

— Je sais.

Tu vois, okasan, pensa-t-elle. *Tu as deux enfants désobéissants. Et c'est en te décevant que nous parviendrons, peut-être, à être heureux.*

PARTIE III

Chapitre 13

REQUIEM DU TRAÎTRE

Tokyo, Japon
Février 1954

Ce fut par un matin de février froid qu'Ayame lui remit le carton. Elles étaient installées dans le bureau, au milieu des affaires qu'Akira avait rapportées de la maison de son enfance. Il n'avait pas gardé grand-chose. Il n'avait jamais été du genre sentimental.

— Va-t-il réellement vendre l'ancienne maison ? demanda Nori.

Elle se sentait un peu moins faible que d'habitude aujourd'hui. Son corps s'adaptait aux longues périodes sans sommeil. Mais les cernes sous ses yeux lui donnaient l'air d'un raton laveur.

— Possible, petite madame. L'argent vous permettrait de subsister longtemps. Mais il se peut qu'il ne soit pas autorisé à le faire. Cette maison fait partie d'un héritage familial, je crois.

— Dans ce cas, pourquoi ne pourrions-nous nous installer là-bas ?

Cela faisait longtemps qu'elle se posait la question, mais n'avait jamais osé interroger son frère.

Ayame se tortilla sur sa chaise.

— L'ancien maître, le père d'Akira-sama, était… un homme fier. Je doute qu'il aurait accepté que…

Nori hocha la tête. Yasuei Todou se serait retourné dans sa tombe s'il avait su que la fille illégitime de sa femme infidèle était venue habiter sous son toit. Akira n'aurait pu commettre de pire offense que de l'emmener là-bas.

Ayame la regarda d'un air coupable.

— Ce n'est pas seulement pour cela. Ce n'était pas une maison heureuse. Akira-sama… je pense que votre frère a ses raisons de vouloir se séparer de ce bien.

Sa réponse avait piqué la curiosité de Nori, mais il ne servait à rien d'insister. Cela n'y changerait rien. Elle soupesa le carton entre ses mains. La forme des objets qu'il contenait lui était familière ; son cœur s'alourdit.

— Des livres ? Pourquoi me donnes-tu des livres ? Je pensais que tu allais me parler de ma mère.

Ayame haussa un sourcil. Comme Akira, elle était souvent avare de mots, mais son visage en disait long.

— Regardez bien.

Nori s'exécuta. À l'intérieur se trouvaient plusieurs livres reliés de cuir. Elle en compta une demi-douzaine.

— Qu'est-ce que c'est ? souffla-t-elle même si, au fond, elle le savait déjà.

— Les volumes d'un journal intime, répondit Ayame. Le journal de votre mère. Elle le tenait depuis qu'elle était petite. Ce sont ceux que nous avons trouvés. Après sa disparition, elle en a envoyé un dernier à ma mère, qui me l'a ensuite transmis. Elle a demandé que nous le conservions pour Akira-sama et que nous le lui donnions quand il serait assez grand pour comprendre. Elle voulait le lui transmettre.

Le sang de Nori déferla dans sa tête, tout entier, d'un seul coup.

— Je ne me rappelle pas l'avoir vue tenir un journal.

— De quoi vous souvenez-vous ?

Elle promena ses doigts sur la couverture du premier volume, espérant ressentir une étincelle. Mais il ne se passa rien.

— Je ne me souviens de rien, avoua-t-elle, et elle fut surprise de ressentir autant de honte.

Elle avait beau avoir grandi, ses souvenirs ne lui étaient toujours pas revenus.

Ayame se pencha en avant.

— Akira est au courant. Il ne les lira pas. Il m'a demandé de les garder à sa place.

Qu'Akira ait pu lui cacher l'existence de ces carnets lui semblait presque impossible.

— En êtes-vous bien sûre ? Il est au courant ?

Le visage d'Ayame s'assombrit.

— Non. Et s'il savait…

— Je ne lui dirai rien, jura-t-elle.

Elle hésita.

— Mais tu aimes mon frère, ajouta-t-elle. Toute ta vie, tu es restée fidèle à sa famille. Pourquoi fais-tu cela pour moi ?

La jeune femme détourna le regard.

— Parce que j'aimais aussi votre mère, répondit-elle simplement. Et je pense que vous avez le droit de savoir qui elle était.

Nori se laissa aller à un sourire ironique.

— Et croyez-vous que je l'aimerai, moi ? Lorsque je les aurai lus ?

Ayame haussa ses épaules fines.

— Je ne peux pas le dire, mademoiselle.

— As-tu… as-tu aussi des photos ?

— Oui, beaucoup. Aimeriez-vous les voir ?

Une part d'elle voulait dire oui. Mais cette part n'était pas raisonnable, et Nori le savait.

— Non. Pas maintenant. Demain, peut-être.

Ayame acquiesça. Elles savaient toutes les deux qu'il n'en serait pas question le lendemain.

— Je vous laisse tranquille, dans ce cas. Au retour de votre frère, il faudra tout remettre à sa place.

Nori émit un petit son pour montrer qu'elle avait entendu. Elle n'écoutait déjà plus. Elle ouvrit la couverture du premier journal et découvrit une date, griffonnée d'une main tremblante.

1er août 1930

Elle referma brusquement le journal. Ses genoux commencèrent à trembler. Il lui fallut plusieurs instants avant de pouvoir se résoudre à le rouvrir.

C'est mon anniversaire aujourd'hui. Je peux m'estimer chanceuse de le fêter ici, à Paris, et non chez moi, sous le regard scrutateur de maman. Dans une pièce pleine de vieux messieurs. Comme ce serait ennuyeux.

Au lieu de ça, j'ai reçu ce joli journal de madame Anne ; à partir de maintenant, je pourrai y raconter tous mes voyages. Je parlerai de mes études et des concerts que je donne.

Je ne voulais pas me mettre au piano, au départ, mais il s'est avéré que je suis très douée. Tant mieux, parce que maman, elle, dit que je suis idiote. C'est bien d'être douée pour quelque chose. Regardez où cela m'a menée ! J'étudie ici, à Paris, pendant que toutes les autres filles sont coincées à Kyoto, fiancées à de vieux hommes gris. Je ne veux pas me marier, moi. À en croire ce que raconte ma mère, la vie conjugale semble terrible. Mais il n'empêche que j'aimerais tomber amoureuse. J'aimerais ressentir ce que décrivent les poètes. Savoir ce que cela fait de changer la vie de quelqu'un.

J'espère que cela m'arrivera.

J'espère. Tout le monde à Paris me trouve très jolie, bien sûr. On me le dit partout. Maman était une femme réputée pour sa beauté, donc heureusement que je ne suis pas laide. Elle ne me l'aurait jamais pardonné. De toute façon, elle ne me pardonne jamais rien.

À commencer par le fait que je ne sois pas née garçon.

Oh ! On m'appelle pour dîner. J'écrirai plus tard, même si je sais que je n'écris qu'à moi-même et que personne ne me lira. Quoi qu'il en soit, c'est bien plus amusant comme ça.

Qui était cette inconnue ? Certainement pas la mère torturée dont elle ne se souvenait que par fragments. C'était une jeune fille insouciante, pleine d'espoir pour l'avenir, qui venait de fêter ses vingt ans.

Nori ne retrouva rien de son caractère angoissé dans son discours, rien de la gravité d'Akira, rien de la dévotion ardente de leur grand-mère à l'égard des Kamiza.

Cette Seiko était une étrangère.

Pourtant, cinq ans seulement après avoir écrit cette page, elle serait une épouse et une mère. Et dix ans plus tard, une fugitive enceinte d'un enfant illégitime.

Nori se demanda où elle se trouverait dans dix ans, quand Akira aurait une épouse et un enfant. Peut-être dans son grenier d'autrefois. Peut-être nulle part, en fait.

Il sera de retour dans deux semaines, pensa-t-elle.

Elle avait assez lu pour aujourd'hui. Elle essaierait à nouveau demain.

Trois jours s'écoulèrent avant que Nori ne se retrouve perchée sur la branche de son arbre, le journal ouvert sur ses genoux.

15 septembre 1930

J'ai reçu une lettre de chez moi aujourd'hui. Maman s'enquiert de ma santé et de ma vertu. Malheureusement, les deux sont encore intactes. Si je meurs ici, ma mort sera romantique. Je me vois déjà emportée par les maladies que se transmettent les artistes, à l'apogée de ma beauté. Ma disparition inspirera peut-être des poètes.

Au moins, je ne remettrai plus jamais les pieds au Japon.

J'ai rencontré un homme, mais il parle de mariage. Je vais donc continuer à chercher.

Je ne me marierai jamais. Plutôt me faire pendre, l'agonie sera moins longue.

Monsieur Ravel a joué pour moi aujourd'hui. J'ai cru mourir. C'est un homme brillant. J'en serais tombée amoureuse s'il n'était pas si vieux.

Il dit que je possède un rare talent. Ce compliment est rangé dans ma boîte à bons souvenirs. Il s'est remis à composer ; toute la ville retient son souffle en attendant de l'entendre. Du moins c'est mon cas.

Je ne sais pas quoi écrire de plus, malgré tout ce qui s'est passé cette semaine. J'ai mal aux mains, depuis peu. J'en ai parlé à un autre étudiant, d'après lui ce n'est rien qu'une lubie féminine. Il dit que je me fatigue à étudier avec les grands maîtres, que j'ai tort de vouloir m'attaquer à des choses difficiles.

Une lubie féminine. Il n'est pas différent des hommes de chez moi. Je le méprise encore plus qu'eux.

Je suis certaine qu'il se réjouirait de me voir arrêter la musique. Cela lui ferait de la concurrence en moins.

30 septembre 1930

Je l'ai enfin trouvé. Il est grand, très grand, avec des yeux bleus comme des saphirs. Ses cheveux sont comme de l'or pur. Je crois que je n'ai jamais vu d'homme aussi beau. Il est un prince sorti d'un conte.

Il joue du violon. J'ai toujours trouvé cet instrument très ennuyeux, mais qu'importe.

Il est riche, issu d'une vieille famille française. Il avait trois frères, mais deux sont morts pendant la Grande Guerre ; il ne lui en reste donc qu'un. Il aime les fraises, comme moi, et il n'aime pas le thé.

Nous avons passé trois nuits ensemble, sans aller cependant plus loin que nous embrasser.

Pas encore de mots d'amour. Combien de temps faut-il attendre ?

Une fois, j'ai cru être amoureuse. Mais ce n'était qu'une bien pâle illusion, comparé à l'amour véritable.

Maman dit que je vais me perdre, que je ruinerai notre nom. Mais je ne vis pas pour elle, ni pour son nom.

J'obtiendrai ce que je désire. Je parviens toujours à mes fins.

12 octobre 1930

Je l'aime.

Je l'aime vraiment. Et il m'a juré qu'il m'aimait. Cette fois-ci, c'est vrai, j'en suis certaine.

L'idée de devoir rentrer prochainement au Japon m'est intolérable. Qui plus est à Kyoto, auprès de ma mère que l'on croirait sortie du siècle dernier. Elle vit en permanence dans la flagellation, et voudrait que je fasse de même. Que je me marie, et termine ma vie comme une princesse dans sa tour d'ivoire.

Maman s'est mariée à dix-sept ans. À mon âge, elle avait déjà donné naissance à trois fils, tous mort-nés. Je sais qu'elle nous pense maudits. Ses frères sont tous morts aussi. C'est la raison pour laquelle, quand papa l'a épousée, c'est lui qui a pris son nom.

Il ne reste plus que maman et moi maintenant, pour perpétuer la lignée. Et maman ne sera bientôt plus en âge de procréer. Ma famille me regarde comme des loups affamés, au désespoir.

Personne ne pense à moi ni à mon bonheur. Ils veulent que je me fasse engrosser comme une jument. Maman dit que je dois accomplir mon devoir, peu importe ce que mon cœur ressent.

Mais je préférerais mourir plutôt que de vivre comme elle.

31 octobre 1930

Aujourd'hui, je deviens une femme.

Paris est vraiment la ville de l'amour. Je suis une créature de l'amour.

Je resterai ici et vivrai heureuse.

— Mademoiselle !

Nori leva les yeux. Elle était assise sur le sol enneigé, le journal devant son visage.

Malgré elle, l'image de sa mère qui se dessinait devant elle lui plaisait. Elle appréciait ces heures qu'elle passait à se perdre dans un passé auquel on lui avait toujours interdit l'accès.

Cette Seiko était une passionnée, une rebelle, naïve mais intelligente. Prête à tout pour tracer son propre chemin.

Comme le disait Akira, c'était la somme de toutes ces contradictions qui faisait son charme et avait inspiré de la dévotion à tous ceux qui l'avaient rencontrée, d'Akiko à Ayame.

Mais Nori ne comprenait toujours pas comment son cœur avait pu refroidir au point de laisser derrière elle deux enfants.

Et de toute évidence, ce n'était pas aujourd'hui que l'énigme serait résolue.

Le visage d'Ayame était radieux. Cela ne pouvait signifier qu'une chose.

— Akira est rentré ! s'écria Nori.

Elle se releva précipitamment et tendit le journal à Ayame.

— Va le ranger. Je le récupérerai plus tard.

— Oui, petite madame. Mais…

Nori releva sa jupe pour se précipiter à l'intérieur de la maison. Elle avait vécu l'absence d'Akira comme une douleur physique, comme un bruit sourd qui ne faiblissait jamais.

Elle entendit des voix dans la salle à manger et ouvrit en grand les portes, oubliant toute retenue.

— *Aniki* !

Akira était là, comme elle s'y attendait. Il avait l'air fatigué mais heureux. Deux sillons commençaient à se former de part et d'autre de sa bouche. Il l'accueillit avec un sourire chaleureux, et pourtant quelque chose dans son regard lui intima de se taire.

Il n'était pas seul. Deux inconnus se tenaient à ses côtés.

Le garçon devait avoir l'âge d'Akira, bien qu'il fût légèrement plus grand. Il était blanc, mais bronzé, avec les yeux bleus les plus perçants qu'elle ait jamais vus. Ses cheveux étaient…

Pareils à de l'or pur.

Elle cligna des paupières, comme après avoir fixé trop longtemps une lumière vive.

Puis son regard se posa sur la fille. Elle était une explosion de rouge, depuis ses talons aiguilles à ses lèvres carmin. Elle avait la peau couleur crème, des yeux gris aux reflets d'or et des cheveux blond cendré.

Elle était la plus belle personne que Nori ait jamais vue.

— Petite sœur, dit Akira. Comme tu peux le constater, nous avons des invités.

Nori rougit de honte. Elle était là, les cheveux emmêlés, couverts de neige fondue, les genoux pleins de terre. Elle n'avait jamais vu d'Occidentaux auparavant.

Akira répéta cette phrase en anglais. Nori chercha les mots qu'il lui avait enseignés.

— *Welcome*, finit-elle par articuler. Bienvenue.

Akira acquiesça. Apparemment, il n'en attendait pas plus.

— Je te présente William Stafford, continua-t-il en désignant le garçon. Et sa cousine, Alice Stafford.

La fille lui sourit.

William éclata de rire.

— Elle est exactement comme tu l'as décrite. Une petite chatte.

Nori baissa la tête.

— Ils vont rester avec nous un moment. Puis-je compter sur toi pour bien les accueillir ?

— *Hai, aniki.*

— Parle-leur en anglais autant que possible.

— Oui.

Akira soupira.

— Bien. Ayame ?

Ayame apparut comme le brouillard du matin, sans un bruit.

— *Yes* ?

Elle parlait anglais, bien sûr.

— Accompagne nos invités aux chambres d'amis. Nous avons fait un long voyage.

— Bien sûr. Suivez-moi, je vous prie.

Les étrangers lui emboîtèrent le pas. Seule la fille s'attarda un instant pour jeter un regard curieux par-dessus son épaule.

Une fois que leurs pas se furent éloignés dans les escaliers, Nori se tourna vers son frère. Elle n'avait pas l'énergie pour crier. De toutes les manières, ce qui était fait était fait.

— Pourquoi ? l'interrogea-t-elle.

Akira détourna les yeux, presque timidement.

— Will est mon ami. Je l'ai rencontré lors de la compétition. C'est un brillant pianiste, essaya-t-il d'expliquer. Il vient de Londres et ne peut pas rentrer chez lui pour le moment, alors je lui ai proposé de rester ici avec moi… avec nous.

— Et la fille ? murmura Nori en s'efforçant vainement de dissimuler les soupçons dans sa voix. Qui est-elle pour toi ?

— C'est sa cousine. Elle a seize ans.

— Qui est-elle *pour toi* ?

— Ce n'est qu'une gamine, railla Akira. Et une idiote. Ne m'insulte pas.

— Elle est belle.

Akira fronça les sourcils.

— Je ne suis pas attiré par les blondes. Qu'est-ce que tu crois ?

Elle se sentit un peu rassurée.

— C'est que… Paris est la ville de l'amour. J'ai cru que…

— Ne dis pas de bêtises. Qui t'a raconté ça ?

Maman.

— Personne. Désolée.

Il lui fit signe de s'approcher et elle obéit. Lorsqu'il posa la main sur le sommet de sa tête, elle sentit la douleur s'apaiser à l'intérieur d'elle.

— Je ne voyagerai plus cette année, lui promit-il. Je dois finir mes études. Ce n'est pas comme si je te laissais seule avec eux. Et je pense qu'ils te plairont. Ce sera bien d'avoir une fille ici, n'est-ce pas ?

Nori mordilla sa lèvre inférieure.

— Peut-être. Je serai gentille avec eux.

— Et il y aura tout le temps de la musique ici, dit-il doucement en lui remettant une boucle en place.

Il esquissa un sourire en coin.

— Cela me rendra beaucoup moins grincheux, ajouta-t-il.

— Si cela te rend heureux, alors je suis heureuse aussi.

Il lui embrassa le front.

— Tu as une tête épouvantable. Va faire ta toilette avant de dîner.

— M'as-tu rapporté une nouvelle robe ?

— Je t'en ai rapporté deux. File, maintenant.

Merci d'être revenu.

Là-dessus, elle courba la tête et obéit.

Comme Akira l'avait promis, les étrangers se révélèrent de bonne compagnie, bien qu'elle ne les vît en réalité qu'aux repas.

La jeune fille, Alice, finit par apprendre à ôter ses chaussures dans la maison. Elle se promenait pieds nus, sans aucune gêne, exhibant ses orteils vernis de couleurs vives. Elle n'était pas souvent là pendant la journée.

Will était plus discret. Il passait tout son temps aux côtés d'Akira, et malgré la pointe de jalousie qui l'habitait, Nori devait admettre qu'ils formaient un duo bien assorti. Ils parlaient parfois trop vite pour qu'elle comprenne, mais il y avait toujours de la joie entre eux. Ils passaient la majeure partie de la journée barricadés dans la salle de musique.

Et Nori, elle, passait la majeure partie de sa journée devant, l'oreille collée à la porte, à écouter.

Quel délice.

Akira semblait heureux. À dire vrai, elle ne l'avait jamais vu ainsi. Il paraissait avoir retrouvé sa jeunesse, était devenu le garçon épanoui qu'il n'avait jamais pu être.

Elle se rendait dans sa chambre tous les soirs avant le coucher pour qu'il lui fasse la lecture à voix haute, ne restait jamais longtemps. Ce soir-là, il lui lisait un chapitre du *Dit du Genji*.

Akira referma le livre avec un soupir profond.

— Pardonne-moi. Je suis fatigué.

— Ça ne fait rien.

Elle avait déjà terminé l'ouvrage de son côté, plusieurs jours auparavant, mais ne le lui avait pas dit.

— Tu vas bien ? lui demanda Akira. Ayame m'a dit que tu faisais des cauchemars.

— Ça va mieux, le rassura-t-elle, même si c'était en partie faux.

Les mauvais rêves s'étaient beaucoup atténués depuis son retour, et depuis que le spectre sans visage avait été remplacé par la jeune femme aimante qui tenait un journal rempli d'espoir.

— Et ta jambe ?

— Ça va. La cicatrice est moins visible qu'on aurait pu le croire.

— Parfait. Je sais que j'ai été très pris. Mais je t'emmènerai quelque part bientôt.

Cette comédie, Nori ne la connaissait que trop bien. Akira lui faisait toujours des promesses lorsqu'il se sentait coupable, sûrement sincères au moment où il parlait. Mais ensuite, la page était tournée, et tout était oublié.

Elle baissa la tête et répondit par un rire nerveux.

— Tu es devenue bien docile, je trouve, remarqua-t-il.

Vu de l'extérieur, peut-être. Moins on en attendait d'elle, plus elle se sentait libre. Il lui avait fallu du temps, beaucoup, pour l'apprendre. La soumission n'était pas une faiblesse. Pas plus que l'audace, une force.

— Je n'ai pas envie qu'on se dispute.

— Tu n'as même pas causé de soucis avec nos invités, répondit-il d'un air suspicieux.

Elle haussa les épaules.

— Je n'en vois pas l'intérêt. Ils sont loin de leur pays, de leur maison. Je ne voudrais pas les voir claquer notre porte pour se retrouver à la rue.

— Je sais que ça te demande plus de travail en cuisine.

— Ayame m'aide.

Akira hocha la tête.

— Elle est gentille avec toi ?

— Oui, *aniki*.

— Eh bien, nous n'aurons bientôt plus besoin d'aide, lui dit-il. Nous avons maintenant les fonds nécessaires pour réembaucher les domestiques que nous avons perdus.

Ou mieux encore, en engager de nouveaux. Des gens en qui je peux avoir confiance.

Elle fronça les sourcils.

— Je croyais que nous étions pauvres ?

Akira éclata de rire.

— Économes, pas pauvres. Et de toute façon, Will nous paye en échange de notre hospitalité.

— Je croyais qu'*ils* étaient pauvres.

— Il n'y a rien de plus faux. Ils viennent d'une famille très ancienne et très riche.

Elle croisa les bras.

— Que font-ils ici, dans ce cas ? Il y a des hôtels pour les gens comme eux.

— Ce n'est pas une question d'argent. Ils sont… (Il marqua une pause.) En fait, ils sont un peu comme nous, Nori. C'est pour ça que je les ai invités ici.

— Je ne comprends pas.

Akira rangea le livre sur l'étagère.

— Ce n'est pas à moi de raconter leur histoire.

Elle sentit la frustration bouillonner dans sa poitrine. Il en savait toujours plus qu'elle.

— Si tu le dis.

— Essaie de leur parler. Ils ne mordent pas.

— Tu sais très bien que je ne suis pas capable de parler aux gens normaux.

Akira rit doucement.

— Ça tombe bien, ces deux-là n'ont rien de normal. Mais ce sera un début. Tu te surprendras toi-même, tu verras. Alice n'est pas beaucoup plus âgée que toi, vous pourriez vous entendre.

Elle se tortilla.

— Je pensais que c'était une idiote.

— C'est justement pour ça que vous devriez vous entendre, répondit-il avec un sourire qui indiquait qu'il n'y avait aucune méchanceté dans ses paroles. Maintenant, au lit.

Elle partit sans un mot.

Mais pas pour aller se coucher.

Elle descendit l'escalier, passa par la cuisine et sortit dans le patio.

Le ciel était constellé d'étoiles, chacune si soigneusement placée que Dieu devait avoir déployé une attention particulière lorsqu'Il avait œuvré. Elle commença à fouiller son panier à couture, quand elle se rendit compte qu'elle n'était pas seule.

Will était assis dans l'un des fauteuils en rotin, avec une cigarette. Leurs regards se croisèrent ; elle se figea comme une biche vue par un chasseur.

— Pardon, dit-il avec un large sourire. Je t'ai fait peur.

Elle se laissa aller à le regarder, vraiment, pour la première fois. Il était horriblement séduisant. Ce constat ne fit que l'agacer davantage.

— Non, je n'ai pas eu peur.

Il la scruta de la tête aux pieds, mais il n'y avait rien d'indécent dans son regard.

— Quel âge as-tu ?

— Quatorze ans, mentit-elle.

Elle les aurait en été. Mais même son mensonge paraissait immature, enfantin devant quelqu'un comme lui.

Il sourit comme s'il savait qu'elle mentait. Akira lui avait probablement dit son vrai âge. Quelle idiote.

— Et tu ne vas pas à l'école.

Nori se retint de remuer de gêne.

— Non. *Aniki* dit que c'est mieux comme ça.

— *Aniki* ?

— Akira.

Une fois encore, il la dévisagea, mais elle tint bon. Chaque fois qu'il la regardait, Nori sentait comme de petites piqûres partout sur son corps. La sensation ne lui déplaisait pas.

— Et est-ce que tu fais toujours ce que te dit Akira ?

Elle ne parvint pas à comprendre ce qu'il sous-entendait par là. Il arborait toujours son sourire malicieux.

— Seulement parfois.

Il se leva et lui désigna sa chaise vide.

— Eh bien, Noriko. Je ne voudrais pas te faire mentir.

Il passa devant elle comme un courant d'air. Elle sentit la fumée de sa cigarette, et quelque chose de plus fort en dessous.

— Ne fais pas ça, commença-t-elle – elle regretta ces mots avant même qu'ils ne quittent complètement sa bouche.

Will leva un sourcil blond.

— Quoi ?

Elle rougit.

— Ne m'appelle pas comme ça. Personne ne m'appelle comme ça. Appelle-moi Nori.

Il haussa les épaules comme si cela n'avait aucune importance.

— Eh bien, dans ce cas, bonne nuit, petite Nori.

Une fois seule, elle s'effondra sur la chaise qu'il avait laissée pour elle. Son cœur battait dans ses oreilles et une étrange chaleur l'avait envahie. Ses genoux tremblaient si fort qu'ils se heurtaient.

Ce sentiment ressemblait à de la peur. Mais ce n'était pas comme d'habitude. Il y avait dedans quelque chose de plus dangereux. Et moins, à la fois.

Que m'arrive-t-il ?

Nori fit en sorte de ne plus se retrouver seule avec lui. Mais à partir de cette nuit-là, ils dansèrent l'un autour de l'autre comme les personnages d'un bal masqué. En se frôlant, sans jamais se toucher.

Au petit déjeuner, sa main effleurait la sienne lorsqu'elle lui passait le sucre. Leurs regards se croisaient, juste un instant, et quand il détournait les yeux, elle sentait sur elle comme un reste de caresse.

Il avait dix-neuf ans, seulement un an de plus qu'Akira, mais une vie de plus qu'elle. Il avait voyagé dans le monde entier pour jouer du piano. Il parlait anglais, français et allemand, collectionnait des œuvres d'art. Nori voyait bien comme il était à l'aise avec les femmes. Il dégageait quelque chose de magnétique, qui l'attirait malgré elle.

Quand Will et Akira se prélassaient dans le salon en buvant le soir, discutant de politique, d'art ou d'autres sujets que Nori ne connaissait pas, elle se glissait dans la pièce et s'asseyait dans un coin.

Aucun des deux ne lui prêtait attention, mais ils ne la chassaient pas non plus. Leur acceptation était pour elle une victoire. Chaque fois que l'attention d'Akira dérivait, le regard de Will se posait sur les lèvres de Nori.

Quand Akira partait se coucher, Nori montait dans son arbre et essayait d'empêcher le sommeil de venir. Elle entendait parfois de la musique en provenance de la maison, et savait que Will avait ouvert les fenêtres de la salle de musique pour qu'elle puisse l'entendre.

Elle savait qu'il jouait pour elle, comme si son nom était écrit sur les notes.

Personne ne la savait éveillée.

Sauf Will. Il avait saisi ce qui leur avait échappé à tous, et veillait la nuit avec elle. Il n'avait jamais rien dit, mais en jouant pour elle il lui faisait savoir qu'elle n'était pas seule.

Et cette simple attention lui semblait un geste aussi intime qu'un baiser. Et peut-être – peut-être – se rapprochait-elle un peu de ce sentiment que l'on appelait l'amour.

Personne ne l'avait jamais regardée comme il la regardait. Personne ne s'était jamais approché aussi près d'elle pour lui parler, laissant traîner chaque syllabe.

Une nuit, elle délaissa son arbre pour se rendre dans la salle de musique. Elle le trouva assis devant le piano. Elle resta là, tremblant dans sa chemise de nuit, luttant pour ne pas céder à l'envie de prendre ses jambes à son cou.

Il se retourna, ses yeux bleus aussi calmes qu'un lac gelé.

Nori sentit ses joues s'enflammer.

— Tu… tu m'observes, pas vrai ?

— Évidemment, répondit-il sans ciller. Tu es belle.

— C'est faux, rétorqua-t-elle.

— Tu ne ressembles pas aux filles de mon pays, c'est sûr. Ni aux filles d'ici, d'ailleurs. Mais moi, je te trouve belle.

Ce compliment l'aida à se radoucir. Mais cela ne lui suffit pas.

— C'est… c'est seulement pour cela que tu m'observes ?

Will haussa ses sourcils couleur sable.

— Et toi, que fais-tu ici, Nori ?

Elle n'avait pas la réponse. Ou ne voulait pas l'admettre, du moins.

— Je n'aurais pas dû venir, souffla-t-elle.

— Tu es là, pourtant, remarqua-t-il. Parce que tu es seule. Et curieuse. Et tu as un peu peur de moi, mais surtout de la réaction d'Akira quand il comprendra. Car tu m'observes, toi aussi.

Il voyait à travers elle aussi clairement qu'à travers du verre.

Nori baissa les yeux vers ses pieds.

— Je suis venue… t'écouter jouer. C'est tout.

Sans un mot, il se leva et l'embrassa à pleine bouche.

Elle le laissa faire. Et la deuxième nuit, elle lui rendit son baiser.

Cela dura des mois, jusqu'à ce que le gel disparaisse et que la lumière du soleil persiste tard dans la soirée.

Elle jouait du violon pour lui, parfois, et Will plaisantait en disant que la musique devait couler dans leurs veines. C'était lui qui, la plupart du temps, faisait la conversation.

Ils ne se retrouvaient que la nuit. Au lever du jour, Nori retournait dans sa chambre comme un fantôme, en se demandant parfois si ce qu'elle venait de vivre était bien réel.

Elle ignorait si quelqu'un dans la maison avait remarqué quoi que ce soit. En tous les cas, leur secret ne fut pas ébruité.

Akira, fidèle à sa parole, passait maintenant plus de temps à la maison. Le week-end, il l'accompagnait parfois acheter du tissu chez le tailleur ou au port pour s'approvisionner en poisson.

Il continuait à lui enseigner l'anglais, qu'elle parlait pourtant couramment désormais, et quelquefois Alice se joignait à leurs leçons pour lui apporter son aide ou apprendre quelques mots de japonais. Elle semblait être lasse des boutiques. Elle avait pris l'habitude de porter des yukatas à la maison, dont elle attachait toujours la ceinture de travers. Nori n'avait jamais osé le lui dire.

Elle commença à servir des plats d'été pour le dîner. Des soupes de poisson froides, agrémentées d'herbes fraîches, de l'*unagi* grillé et des nouilles *somen* qu'elle préparait elle-même. Will se débrouillait bien avec les baguettes, mais Alice peinait encore à les manier.

Les garçons ne faisaient jamais de remarque, mais un jour, alors qu'ils mangeaient des *ramen*, Nori décida d'intervenir.

— Tu peux utiliser une fourchette, Alice.

Alice leva les yeux de son bol. Ses joues pâles étaient rouges. Le devant de sa robe était taché.

— Oh ! C'est vrai ?

Nori hocha la tête. Kiyomi lui avait appris à utiliser une fourchette.

— Nous devrions en avoir dans la cuisine. Je peux aller t'en chercher une.

— Demande à la bonne, dit Akira paresseusement.

Il lisait un livre sous la table, à moitié caché sur ses genoux. Comme promis, il avait réembauché un jardinier et deux femmes de chambre. Il voulait aussi embaucher un cuisinier, mais Nori l'en avait dissuadé.

— Elle n'en a pas besoin, protesta Will.

Il attrapa une longue nouille avec ses baguettes, comme pour souligner davantage la facilité avec laquelle il les utilisait.

— Il faut qu'elle apprenne. Et puis, c'est impoli.

Nori haussa un sourcil. Elle n'aimait pas cette facette de sa personnalité. La même arrogance qu'Akira.

— Cela n'a rien d'impoli.

Akira semblait sur le point de dire quelque chose, mais le regard courroucé de Nori l'en dissuada. Il haussa les épaules.

— Elle n'a pas besoin que tu la défendes pour une fourchette, rétorqua Will avec un sourire narquois.

— Chaque soir, elle s'assoit ici et, chaque soir, la moitié de son plat reste dans son assiette. Ce n'est pas qu'une question de fourchette. J'en ai assez de vous voir faire comme si de rien n'était, tous les deux.

Les yeux bleus de Will se glacèrent.

— Ma chère…

— Arrête, le coupa-t-elle. C'est moi qui cuisine. J'ai le droit d'être offensée si l'on ne mange pas ce que je prépare.

Alice était écarlate. Elle baissa les yeux et se cacha derrière ses cheveux cendrés.

Will chercha le soutien d'Akira, en vain.

Il sourit comme pour admettre sa défaite, mais quelque chose dans son attitude avait changé. Il fit un geste de la main.

— Si elle veut utiliser une fourchette, qu'elle aille manger dans la cuisine. Je ne vais pas encourager sa paresse, Dieu sait qu'elle n'a pas besoin de moi pour cela.

Sans un mot, Alice prit son bol et s'en alla dans la cuisine.

Comme une vague, le dégoût submergea Nori. Akira était de nouveau absorbé par son livre ; Will fit signe à un serviteur de lui resservir du vin. Aucun des deux ne sembla remarquer le départ d'Alice. Sans doute car aucun des deux ne savait ce que cela faisait de se voir ignoré.

Ce n'étaient que des petites choses. Mais à force, il arrivait un moment où, en se regardant dans le miroir, l'on finissait aussi par se trouver insignifiant.

Nori attrapa son bol.

— Oh ! assieds-toi donc, pesta Will.

Enfin, Akira intervint.

— Will, dit-il. Laisse-la.

Elle s'en alla dans la cuisine et trouva Alice debout devant l'évier, l'air perdu. Elle était plus grande que Nori d'une tête, avait les jambes longues des femmes dans les magazines. Elle paraissait plus âgée que ses seize ans.

Mais là, sans son maquillage, Nori vit pour la première fois sa fragilité.

— Tu peux laisser ça là.

Alice se retourna vers elle.

— Je suis désolée. Je ne trouvais pas la poubelle.

— Ce n'est rien.

Cet échange était déjà plus long que toutes les conversations qu'elles avaient pu avoir depuis cinq mois. Will avait le don d'aspirer toute la lumière lorsqu'il se trouvait dans la pièce.

Alice hésita.

— Pourquoi… pourquoi m'avoir aidée ?

Nori opta pour la réponse la plus simple.

— Pourquoi pas ?

Alice rougit. Des larmes montèrent dans ses yeux gris.

— Je pensais que tu ne m'aimais pas. Que tu me méprisais.

Nori resta silencieuse, abasourdie. Elle n'avait jamais entendu quelque chose d'aussi absurde. Après un moment, elle dit :

— Pourquoi ?

Alice haussa les épaules.

— J'imagine qu'ils t'ont raconté ce qui nous a conduits à quitter Londres.

Nori secoua la tête.

— J'ai demandé à Akira, une fois. Mais il a répondu que ce n'était pas à lui de me le dire. Et je n'ai jamais posé la question à Will.

Alice rit ; son rire avait quelque chose de fascinant.

— Ce n'est pas à Will de le dire non plus, même s'il ne s'en est jamais privé. Non, c'est à moi de le raconter.

Leurs regards se croisèrent, et un sentiment de compréhension mutuelle les unit.

— Tu portes tes yukatas de travers, remarqua timidement Nori. Je t'apprendrai à les mettre. Si tu veux.

Le sourire qu'elle reçut en retour lui suffit.

ALICE

Elle tient ses promesses. Je n'en dirais pas autant de… enfin, bref.

Ses petites mains se déplacent habilement quand elle m'enveloppe dans les robes de soie de cette petite île. Elle me montre, étape par étape, comment faire correctement. Lorsqu'elle a terminé, elle m'assoit devant sa coiffeuse. Elle prend son peigne en ivoire et sépare mes cheveux au milieu.

— Je vais d'abord les attacher en deux parties, m'explique-t-elle. C'est comme ça que les dames bien comme il faut se coiffent en été.

Ses gestes sont si doux que j'ai envie de pleurer.

Je dois avouer que je l'ai jugée trop vite. Elle a un drôle de physique, c'est sûr, et aucun sens de la mode. Ses cheveux sont une catastrophe. Elle ne lit pas de magazines, ne regarde pas la télévision, n'a aucun centre d'intérêt en dehors de ses livres et sa couture. Elle ne se maquille pas, pas du tout, même pas un peu de vernis !

Et la seule musique qu'elle écoute se résume à ces vieilleries que Will joue.

Pour être honnête, elle est extrêmement ennuyeuse. Sans cette apparence étrange, je la confondrais avec le papier peint.

Si nous étions à Londres, je ne la regarderais même pas.

Mais nous ne sommes pas à Londres. Je ne suis pas chez moi. Je suis une étrangère dans son pays, une invitée dans sa maison, et elle s'est montrée bonne avec moi. Même avant l'autre soir. Je l'ai vue en cuisine, s'entraîner à préparer des plats occidentaux pour que Will et moi nous sentions plus chez nous. Elle fait en sorte que les domestiques nous apportent du thé dans nos chambres le matin. Même si elle s'efforce de le faire discrètement, je vois bien qu'elle cherche à rendre tout le monde heureux.

— C'est ta mère qui t'a appris tout ça ? lui dis-je, désireuse d'en savoir plus sur elle.

Elle est toujours très discrète, et bien qu'elle sourie souvent, il y a chez elle comme une tristesse persistante.

Ses mains continuent à travailler, mais je vois une ombre passer sur son visage. Elle se ressaisit, trop tard.

— Ma mère est partie, répond-elle simplement. Ce n'est pas elle qui m'a appris cela.

J'attrape son poignet.

— Quand est-ce qu'elle est morte ?

Nori se dégage, puis elle me fait deux tresses et les attache avec une épingle.

— Elle n'est pas morte. Juste partie.

Je ne comprends pas. Je suis bête, tout le monde me l'a toujours dit, mais quand même. Je décide d'essayer une approche différente.

— Ma mère à moi est morte quand j'avais sept ans. J'ai deux sœurs aînées, Anne et Jane, ce sont elles qui m'ont élevée avec notre père. Je sais ce que c'est de ne pas avoir de maman.

Nori sourit comme si elle trouvait ma remarque attendrissante.

— C'est bien de ne pas être seule. Tes sœurs ont dû être d'un grand réconfort.

Je fronce le nez. Un grand réconfort… Jane n'est qu'une garce et Anne est tout simplement imbuvable. Je n'aime ni l'une ni l'autre. Je ne les apprécie même pas.

— Mais toi, tu as Akira. Vous semblez proches.

Ce n'est pas tout à fait vrai. La fervente dévotion qu'elle lui voue semble parfaitement unilatérale. Elle se tient toujours un peu à l'écart, comme dans l'espoir qu'il la regarde. Et d'après ce que je vois, cela arrive rarement.

Elle attache mes cheveux avec l'une de ses jolies épingles à fleurs.

— Voilà, c'est fini. Tu es radieuse.

Je me considère dans la glace en souriant. Je sais que je suis très belle. Je ne pense pas que ce soit prétentieux, tout le monde le dit. Et c'est bien la seule chose qui me distingue, alors autant le reconnaître.

Je n'ai pas d'argent ; c'est Will qui tient les cordons de la bourse. Je n'ai pas de nom, car mon père me l'a enlevé.

Du moins, pour le moment.

— Tu as de si beaux cheveux, murmure-t-elle d'un air pensif en tripotant l'une de ses boucles. Si soyeux, si lisses. J'aimerais tellement…

Mais sa voix s'éteint.

Je me sens maintenant coupable d'avoir trouvé son physique étrange.

— N'importe quoi, dis-je. Je n'ai jamais vu d'aussi beaux yeux que les tiens. Tu as une peau parfaite, et je donnerais tout pour avoir ta silhouette.

Elle rougit.

— Tu n'as pas besoin de me flatter.

Je lui fais signe de changer de place. Elle s'assoit sur mon coussin en velours. Je dois avouer que j'ai déjà vu pire qu'elle.

— À quoi veux-tu ressembler ? je lui demande.

Ses cils papillonnent.

— Je ne sais pas. À toi.

Sa sincérité m'émeut. Il y a quelque chose en elle qui me dit que je peux lui faire confiance.

Cette simplicité qui m'a d'abord inspiré du mépris est précisément la raison pour laquelle je sais qu'elle ne me fera pas de mal. À l'inverse, ce qui m'avait attirée chez mes anciens amis, mon ancien amour, dans ma vie d'avant, m'a laissée seule avec des couteaux plantés dans le dos.

— Tu ne m'as jamais demandé pourquoi je suis venue ici.

Elle baisse la tête.

— Alice.

Je me sens soudain mal.

— Oui ?

— Pourquoi es-tu ici ?

Alors je parle, avant que le courage ne m'échappe.

— Je n'ai pas eu le choix. Mon père m'a chassée à cause de la honte que j'ai jetée sur notre famille. Je suis tombée amoureuse d'un garçon d'écurie, le cliché absolu, vraiment, mais… Je pensais qu'il m'aimait aussi, et… il m'a trahie, il a vendu notre histoire à un journal, alors… je… Personne ne m'écrit plus, personne. On m'a envoyée avec William en voyage, mais il me déteste, il me déteste depuis toujours. Il me traite comme…

Je m'interromps en sentant les larmes chaudes qui coulent sur mes joues. Mon visage, dans le miroir, ne ressemble plus à rien.

— J'ai été abandonnée par tous ceux en qui je pensais pouvoir avoir confiance. Je ne peux pas rentrer chez moi. Je ne sais pas quand on me pardonnerait, si on me pardonnera. Même à Paris, il y avait trop de monde de notre cercle, nous ne pouvions pas rester. Je n'ai plus personne.

Tous ces souvenirs me submergent. Je me répète, dans l'espoir vain de me sentir un peu plus légère :

— Je n'ai personne.

Le silence s'abat dans la pièce. Le visage de Nori ne change pas. Elle se tourne vers moi et prend mes deux mains dans les siennes. La sentir est comme un baume sur une brûlure.

— J'ai quelque chose à te dire.

J'étouffe un sanglot.

— Quoi ?

Elle me regarde avec un sourire en coin.

— Installe-toi bien. C'est une longue histoire.

Tokyo, Japon
Juillet 1954

Nori fêta ses quatorze ans au milieu d'une brume de lumière bleue.

La fête de l'été battait son plein. Elle s'accrochait fermement à Akira pour ne pas le perdre. Ce dernier lui avait offert un kimono d'un bleu profond avec une ceinture dorée, brodé de papillons. Elle avait passé des heures à se lisser les cheveux et s'était confectionné une couronne de fleurs à partir de chutes de soie.

Akira ne remarqua aucune de ces choses, mais Nori ne lui en voulut pas.

Alice, malade, était restée à la maison. Nori regrettait profondément son absence. Les deux étaient devenues inséparables. Akira, tacitement, approuvait leur amitié, mais Will la supportait mal. Il ne supportait pas d'être éclipsé. Il n'avait aucune patience et, pire encore, aucune empathie. Au départ, elle le voyait comme Akira : sous la froideur initiale devait se cacher un puits de gentillesse.

Mais elle n'en était plus sûre.

Il était devenu si désagréable envers elle dernièrement – mais jamais devant Akira, bien sûr –, que Nori avait naturellement fini par l'éviter. Heureusement, il avait choisi de ne pas venir.

Nori n'avait pas à partager son frère, et cela lui convenait parfaitement.

Akira lui lança un regard suspicieux.

— Tu es bien silencieuse aujourd'hui.

Il portait sur son dos un sac rempli d'achats qu'il avait faits pour elle. Le sac semblait déjà sur le point d'éclater. Dans sa main libre, il tenait trois brochettes de viande enveloppées dans du papier.

Elle tira la langue.

— Je ne manigance rien, *aniki*. Je suis juste heureuse de passer du temps avec toi.

Le visage d'Akira s'adoucit et il sourit.

— Je suis désolé d'avoir été si pris. Composer est une tâche difficile. Et j'arrive bientôt à mes examens de fin d'études. Je veux seulement faire les choses bien.

— Tu fais toujours tout bien, lui assura-t-elle. Je suis sûre que tout se passera au mieux.

Il lui embrassa les phalanges.

— Toujours optimiste, pas vrai, petite sœur ?

Un grand sourire se dessina sur son visage. L'humeur d'Akira était pleine de soleil ces dernières semaines. Il avait toujours un mot gentil ou une petite caresse pour elle ; il lui donnait même des bonbons ou des nœuds pour ses cheveux.

— Pas si petite que ça, protesta-t-elle. Je serai bientôt aussi grande que toi.

Il rit.

— J'en doute !

Elle posa sa paume contre son cœur.

— Il est temps de faire mon vœu. Veux-tu bien aller me chercher une lanterne ?

Il leva un sourcil.

— Tu crois toujours à ces choses-là ?

— *Hai*.

Elle s'attendait à une réprimande, mais il se contenta de soupirer et partit lui chercher la lanterne.

Un groupe de garçons qui passèrent devant elle en courant lui fit perdre l'équilibre. Elle vacilla en arrière, essayant de ne pas tomber, quand elle sentit une main sur son coude. Elle se tourna vers un homme de petite taille avec de grandes lunettes sur le nez.

— Ah… *arigato*. Je ne voulais pas…

Il lui répondit par un sourire édenté.

— Ce n'est rien, *chibi hime*. Ce n'est rien du tout.

Petite princesse.

Elle fronça les sourcils.

— Vous… vous me connaissez ?

Il s'inclina très bas.

— Seulement de vue. Je m'appelle Hiromoto. Je suis antiquaire, je possède la boutique de l'autre côté de Chiba. Le père de votre noble frère venait me voir, de temps en temps. Vous n'avez aucune raison de connaître un pauvre homme comme moi.

Elle sentit aussitôt la culpabilité l'envahir.

— Je suis désolée, je…

— Non, non, je vous en prie. Je ne voudrais pas abuser de votre temps. Mais si un jour vous avez un après-midi libre, ce serait un honneur pour moi que vous passiez par ma boutique.

Il lui sourit à nouveau.

— Je pense que vous serez impressionnée. J'ai une grande collection de choses rares et magnifiques.

Elle inclina la tête. Il lui adressa un autre salut et disparut dans la foule.

Elle sentit Akira lui tapoter légèrement le sommet de la tête.

— *Aho*. Que fais-tu au milieu du passage ?

— *Gomen, aniki*. Je n'ai pas fait attention.

Il lui tendit une lanterne en papier bleue avec une bougie déjà allumée à l'intérieur.

— Vas-tu enfin me révéler ton vœu ?

— Non ! s'indigna Nori.

Il rit de bon cœur.

— Allez, lâche-la. Et rentrons avant qu'il ne soit trop tard.

Elle ferma les yeux et laissa la lanterne s'envoler jusqu'à ce qu'elle se fonde parmi toutes les autres.

Cher Dieu,

S'il Te plaît, ne change rien. Tout est parfait comme ça.

Ai, *avec tout mon amour,*

Nori

Elle ouvrit les yeux et bâilla.

— On rentre ? demanda Akira.

Elle hocha la tête.

— Eh bien, dans ce cas, passe devant. Tu connais le chemin maintenant.

Elle fit la moue.

— Je me suis tordu la cheville.

— Ah bon ? demanda Akira en fronçant les sourcils.

— J'ai trébuché. Tout à l'heure.

Akira leva les yeux au ciel.

— Allez, grimpe sur mon dos.

Elle essaya de cacher sa joie, mais échoua, manifestement. Akira déplaça son sac sur le devant pour lui faire de la place sur son dos.

— Mais c'est exceptionnel, tu m'entends ?

— Hmm…

— Je suis sérieux, Nori. C'est ridicule.

— Je sais, *nii-san*.

Il s'accroupit et elle sauta sur son dos, enroulant ses bras et ses jambes autour de lui comme un koala qui s'accroche à une branche.

Ils se déplacèrent ainsi jusqu'à la maison, tandis qu'elle se laissait sombrer dans un demi-sommeil, se délectant de l'odeur de savon de son frère et de l'arôme fumé des viandes grillées des étals.

Ils entrèrent par la porte arrière de la propriété, en passant par le jardin. Il la déposa sous son arbre préféré, et ce fut alors que Nori comprit que son frère, en réalité, n'avait jamais cessé de lui prêter attention. Il la connaissait toujours mieux que quiconque. Le fossé qui s'était creusé entre eux s'était presque refermé, sans qu'un seul mot ait besoin d'être prononcé.

Il lui tendit une sucette.

— Ne reste pas dehors trop longtemps.

Nori lui sourit.

— Fraise ?

— Bien sûr. *Oyasumi*.

— Bonne nuit.

Elle le regarda faire coulisser la porte en bois. La lumière surgit, projeta une ombre. Puis le panneau se referma et il disparut.

Nori termina sa friandise en contemplant les étoiles. Elle aimait imaginer que, si elle parvenait à grimper tout en haut du vieil arbre, elle pourrait les attraper et les coudre toutes ensemble.

Quel beau manteau cela ferait.

Elle posa sa joue contre l'arbre. Fermer les yeux, juste un petit peu, ne lui ferait pas de mal. Elle sentait le sommeil venir, mais voulait dormir ici, le visage tourné vers le ciel, si merveilleusement libre.

Elle n'entendit pas les premiers pas. Quand ses yeux s'ouvrirent, il y avait déjà un corps sur le sien. Elle sentit une odeur de tabac.

Elle sut, même avant que ses yeux ne s'accommodent dans le noir, que c'était Will.

— Oh ! Will, soupira-t-elle. Tu m'as fait peur.

Il frotta son nez contre ses cheveux.

— Je te fais peur, petite chatte ?

— Plus si petite maintenant, rétorqua-t-elle, irritée. Écarte-toi.

Il ignora ses protestations et l'embrassa. Elle le laissa faire pendant un moment avant de se dégager.

— Tu es ivre, dit-elle sans prendre la peine de cacher son dégoût. Tu sens le saké.

Il l'embrassa de nouveau, plus profondément cette fois. Elle commença à sentir ses hanches se frotter contre les siennes. Elle essaya, en vain, de se dégager. Jamais elle ne lui avait permis plus qu'une caresse furtive par-dessus sa robe. Elle détourna la tête pour que ses baisers tombent sur sa joue.

— Will, ça suffit.

— « Plus si petite », hein ? siffla-t-il. Mais tu as encore peur. Comme une enfant.

— Je ne suis pas une enfant ! protesta-t-elle.

— Alors, tu ne ressens plus rien pour moi ? demanda-t-il.

Il semblait réellement blessé. Nori ne l'avait jamais vu ainsi.

Elle hésita. Elle ne pouvait nier qu'il suscitait en elle des sentiments, une certaine affection. Mais Will était un garçon bien trop difficile. Et sa cruauté envers Alice, sa manière de jouer avec les gens avait quelque chose d'effrayant.

— Je ne sais pas, Will, souffla-t-elle. Je ne pense pas… que nous devrions continuer.

Son visage était à moitié caché par l'ombre, mais la rage qui l'avait envahi ne faisait aucun doute.

— Donc tu as choisi son camp, c'est ça ?

— Je ne prends parti pour personne. Alice est mon amie…

Il grogna.

— Et moi, alors ?

Elle tenta de s'écarter de lui.

— Will, tu me fais mal. *Hanashite*. Lâche-moi.

— Je t'ai vue le premier.

— Will, ça n'a rien à voir avec…

Il lui mordit l'épaule, si fort qu'elle poussa un cri.

— Tu ne vas pas te ranger du côté de cette traînée, murmura-t-il. Pas après tout ce que j'ai fait pour toi.

Les larmes lui montèrent aux yeux, mais elle s'efforça de les retenir. William était ainsi. Un homme riche. Le meilleur ami de son frère. Le cousin d'Alice.

Elle n'oubliait pas non plus ce qu'il avait représenté pour elle. Il s'était montré gentil. Jamais il ne lui ferait de mal.

— William, dit-elle – et elle fut fière, très fière, que sa voix ne tremble pas. Tu sais que je tiens à toi. Vraiment. Nous discuterons demain matin. Je te le promets.

Ses mains sur ses poignets se desserraient. Elle retint son souffle.

— Allez, Will, continua-t-elle tout doucement. Tout va bien. Mais je dois aller me coucher maintenant. J'ai promis à Akira, *ne* ? S'il te plaît, laisse…

Mais tels étaient précisément les mots à ne pas prononcer. Il resserra à nouveau sa prise, d'une main de fer cette fois.

Il baissa son visage vers le sien. Nori ne voyait plus que le bleu de ses yeux, flamboyant comme un feu glacial. Sa voix dérailla. Elle sentit son corps se figer.

— Akira, Akira, répétait-il en l'imitant, sa bouche pressée contre son oreille. C'est tout ce que tu sais dire. As-tu au moins un cerveau, petite fille ? Es-tu seulement capable de penser par toi-même ?

Parler. Il faut parler.

Les doigts de Will se déplacèrent rapidement. Il avait de belles mains. Des mains de pianiste. Parfaites.

— Il est temps de grandir, mon chaton.

Ses yeux refusaient de se fermer. Elle ne voyait que du bleu.

Bleu, comme des saphirs. Bleu, comme la voiture de son rêve. Bleu, bleu, bleu.

Elle sentit vaguement le tissu de son kimono glisser le long de ses cuisses et sur son ventre. Elle entendit le cliquetis d'une boucle de ceinture que l'on défait. Elle entendit un hibou pousser un cri.

Et puis il y eut du rouge.

La douleur fut vive. Elle lui coupa le souffle, et Nori ne put rien faire, à part pousser un faible gémissement. Ses muscles se contractèrent, protestant contre cette intrusion, mais ses yeux refusaient obstinément de se fermer.

Parler.
Elle sentit une larme solitaire s'écraser dans son cou.
Parler.
— Maintenant, tu es une femme, murmura-t-il.
Son souffle devenait de plus en plus rapide.
— Et maintenant, tu es à moi.

Chapitre 14

CHANSON NOCTURNE

Tokyo, Japon
Juillet 1956

— Seize ans, s'émerveilla Akira.

Il leva son verre, et Ayame le remplit à nouveau.

— C'est passé si vite, poursuivit-il.

Pas tant que ça, pensa Nori. La lumière du soleil inondait sa peau, mais elle avait quand même froid. Le médaillon qu'Akira lui avait offert le matin était frais sur son cou – un médaillon en forme de clé de *sol*, en or blanc. Au moment où il le lui avait donné, Nori l'avait remercié, poliment, comme une grande. Et puis elle était allée pleurer dans sa chambre pendant une demi-heure.

Ils étaient installés dans le patio, devant un dîner en son honneur. Akira avait engagé un chef pour l'occasion. Alice portait son nouveau yukata rouge, qu'elle savait désormais attacher selon la tradition. Assise à côté de Nori, elle lui serra la main sous la table.

Il n'y avait plus de secrets entre elles. Elles passaient leurs journées ensemble et, souvent, avaient la maison pour elles seules.

Akira avait obtenu son diplôme de fin d'études avec mention ; il faisait maintenant officiellement partie de l'Orchestre philarmonique de Tokyo, le plus jeune de ses membres à seulement vingt ans. On l'avait relégué à la troisième chaise, parmi les premiers violons, mais cela ne semblait pas le déranger. Dans son esprit, cette étape n'était qu'un tremplin vers de plus grands accomplissements. Nori lui était extrêmement reconnaissante d'avoir postulé à domicile, et faisait tout son possible pour rendre le Japon attrayant à ses yeux. En d'autres termes, elle essayait de ne pas se montrer trop agaçante.

Yuko avait commencé à faire des appels du pied à son petit-fils, en envoyant régulièrement des cadeaux sous forme d'argent, et des cartes dans lesquelles elle implorait Akira de revenir à Kyoto. Il donnait l'argent à Nori et brûlait les cartes sans les ouvrir.

Akira avait fini par bénéficier de l'héritage de leur mère. Financièrement, ils étaient à l'abri jusqu'à la fin de leurs jours.

Will voyageait tout le temps. Il pouvait parfois s'absenter pendant des semaines, voire des mois. Nori regrettait amèrement qu'il se trouve à Tokyo, ce jour-là. Il avait tenu à écourter un séjour à Bruxelles pour être présent. Pour elle, lui avait-il dit.

Elle en doutait.

Sans son regard mauvais, Alice s'était épanouie. Nori voyait émerger une fille passionnée et fantasque, celle qu'elle avait été autrefois, sûrement. Elle avait cependant veillé à éviter tout nouveau scandale, bien que personne de sa connaissance ne soit susceptible de connaître ses faits et gestes dans ce coin reculé du monde. Elle n'avait finalement pas pris la peine d'apprendre le japonais, mais Nori était heureuse de jouer les interprètes lors de leurs fréquentes virées shopping.

Nori dormait dans le lit d'Alice plusieurs fois par semaine. Elles passaient des nuits blanches à lire les vieux journaux intimes de Seiko.

Akira se tourna pour parler à Ayame, quand Alice éternua.

Will profita de cet instant pour planter son regard dans celui de Nori.

Plus de secrets.

Sauf pour la nuit dernière. Sauf pour celle d'il y a deux ans, qui se reproduisait presque tous les mois. Sauf pour la torture qu'elle subissait désormais quotidiennement en s'automutilant à cause de tous ces sentiments contradictoires qui se bousculaient en elle.

Nori s'excusa et sortit de table pour se réfugier dans le cabinet de toilette attenant à la cuisine. Elle aperçut son reflet et grimaça.

En apparence, tout allait bien. En fait, elle avait même plutôt bonne mine aujourd'hui. Ses nuits sans sommeil ne laissaient sur elle aucune trace, pas plus que ces douleurs mystérieuses qui ne cessaient d'aller et venir.

Elle faisait tout son possible pour cacher la vérité à Akira. Elle ne voulait pas qu'il sache.

Et en même temps, elle ne pouvait s'empêcher de lui en vouloir de ne rien remarquer.

La porte s'ouvrit, et Will se glissa discrètement à l'intérieur. Sans mot dire, il lui tendit son verre d'alcool de prune.

— Merci.

Il esquissa un sourire narquois.

— Tu aurais pu choisir un meilleur endroit pour te cacher.

Elle haussa les épaules. Quelle cachette ? Elle était l'amie d'Alice, la propriété de Will et la sœur dévouée d'Akira. Entre eux trois, il y avait un lien invisible. Elle avait souvent l'impression d'être la pierre angulaire qui faisait tenir cette ridicule mascarade. Cette famille improvisée d'exilés s'effondrerait sans elle.

Elle but son verre d'un trait. L'alcool lui brûla la gorge, puis le nœud qui lui tenaillait le ventre commença à se détendre.

— Joyeux anniversaire, mon amour, lui dit Will avec un rictus.

Nori ferma les yeux. Elle ressentait une affection indigne pour lui. Cette affection qui la poussait à tolérer ses visites à 3 heures du matin. Et pourtant, elle ne parvenait pas à chasser ce sentiment que quelque chose n'allait pas. Un sentiment comme un frisson qui ne la quittait jamais.

— Tu as l'air fatiguée, releva-t-il d'une voix teintée de compassion.

— Je *suis* fatiguée.

Il fronça les sourcils et, sans demander la permission, s'approcha pour relever l'ourlet de sa robe. Elle le sentit scruter les ecchymoses violettes sur sa peau.

— Je t'ai dit d'arrêter de te pincer.

Nori haussa les épaules.

— Et je t'ai dit que j'essaierais.

— Je vais le répéter à Akira, répondit Will avec un claquement de langue désapprobateur. Je t'ai déjà prévenue deux fois.

La colère monta brusquement. Elle soutint son regard sans ciller.

— Puisque nous sommes au chapitre des révélations, je devrais peut-être aussi lui parler.

— Akira m'adore, répondit-il avec suffisance. Il ne te laissera jamais rien dire contre moi, petite chatte. Tu le sais.

Nori hésita.

— Il… Je… Contre moi non plus.

Le regard de Will s'assombrit.

— En es-tu sûre ?

Les mots moururent sur sa langue ; ne restait plus qu'un goût de cendres. Il lui sourit, et ses yeux s'illuminèrent à nouveau. Comme un interrupteur qui s'allumait et s'éteignait en lui en permanence, au point d'étourdir Nori.

Il lui prit les mains et les embrassa.

— Ne t'inquiète pas, mon amour. Ne t'inquiète pas. Je ne trahirai jamais tes secrets.

Il avait abattu sa carte maîtresse.

— Je t'aime, tu te souviens ? ajouta-t-il.

Elle se ferma. Elle n'avait tout simplement plus la force de se battre. Il était tellement plus facile de le croire.

— Vraiment ?

— Bien sûr, la rassura-t-il. C'est pour ça que tu dois me faire confiance. À moi seul. Toujours.

Il s'écoula une semaine avant que Nori parvienne à disposer d'un moment rien qu'à elle. Will était parti pour un concours à Prague et Alice était occupée à écrire des lettres d'excuses désespérées à destination de Londres. À présent qu'elle était âgée de dix-huit ans, elle devait retourner chez elle et envisager des options de mariage. Autrement, son avenir serait totalement compromis.

Akira se trouvait à la maison, pour une fois, mais il restait enfermé dans sa chambre. Pour composer, avait-il dit. Il ne voulait pas révéler quoi, mais quel que fût ce travail, il le rongeait. Les plateaux que Nori lui préparait lui revenaient toujours intacts.

Elle s'installa sur sa nouvelle branche préférée. Elle était beaucoup plus haute que celle d'autrefois. Personne ne pouvait la rejoindre ici.

La maison s'était endormie ; Nori était maintenant libre. Elle ouvrit le journal. C'était le dernier du carton, et malgré tout l'amour qu'elle portait à Alice, ce carnet, Nori devait le lire seule.

Elle avait suivi sa mère pendant quatre ans à Paris, dans une liaison passionnée avec un homme qu'elle ne nomma jamais. Elle avait été témoin de sa rébellion envers Seiko, de son refus de rentrer au Japon, même après qu'on lui eut coupé les vivres.

Elle avait eu mal quand l'amant de Seiko s'était révélé être un menteur, fiancé à une autre femme depuis le début.

Et maintenant que sa mère se retrouvait à court d'argent, à court d'amis, à court d'espoir, Nori commençait à entrevoir la métamorphose de cette femme qui avait donné naissance à deux enfants et les avait abandonnés tous les deux.

Il était temps de finir cette histoire.

15 décembre 1934

Il ne veut plus me voir. Il ne répond pas à mes lettres et, de toute façon, je n'ai même plus de quoi m'acheter un timbre. Je n'ai plus de quoi m'acheter à manger. Maman ne m'enverra plus rien. Quelqu'un lui a rapporté – je ne sais pas qui, elle a des espions partout – ce que j'ai fait. Elle insiste pour que je rentre. Elle me traite de vieille fille, à vingt-trois ans, dit que si je tarde encore personne ne voudra de moi. Elle dit que je suis une vieille cartouche et que je dois rentrer.

Jamais.

Il paraît qu'il est marié, maintenant. Je refuse de le croire. Il ne ferait pas ça. Il ne ferait pas ça. Sa mère, la méchante, peut l'empêcher de me voir : il n'épouserait jamais une autre femme. Il était fiancé avec elle, je le sais maintenant, mais il ne l'a jamais aimée. Comment aurait-il pu, s'il ne m'en a jamais parlé ? En quatre ans ?

Il m'avait promis qu'il ne cesserait jamais de m'aimer.

Ça ne peut pas être vrai. La vie est si différente ici. L'amour est si différent. J'ai compris, à présent, que le mariage peut être un bonheur, un paradis, un refuge qui nous préserve de ce monde dangereux. Je voyais le mariage comme une sorte de marché au bétail, de condamnation à mort, mais j'avais tort.

Le mariage de deux âmes sœurs est aussi beau que les anges. C'est lui qui me l'a appris, et je sais qu'il le croyait. Je le sais.

Je suis convaincue qu'il ne l'épousera pas juste pour faire plaisir à sa mère.

Mes propriétaires me menacent de me jeter à la rue si je ne paie pas bientôt.

Il n'en est pas question.

Le monde se pliera à ce que je lui dicte. Je suis Seiko Kamiza, unique héritière de ma lignée, porteuse d'un nom ancestral. Je suis bénie. Je suis la favorite de Dieu.

Il ne m'abandonnerait jamais de cette façon. Jamais.

1er janvier 1935

Il s'est marié avec elle. Il paraît qu'elle est déjà enceinte.

Mes lettres m'ont toutes été réexpédiées, intactes. Sa mère m'a laissé un message chez mes propriétaires. Elle dit que, si j'essaie de le voir, elle appellera la police pour me faire jeter en prison avant de me renvoyer sur mon île misérable.

Maman m'a envoyé un billet de bateau, un aller simple pour Kyoto. Le départ est pour la semaine prochaine.

Je ne peux pas rentrer. Je ne peux pas, je ne peux pas vivre enfermée à nouveau. Je mourrai. Je ne peux pas. Je ne le supporterai pas. Je ne peux pas.

Je me jetterai dans l'étang pour me noyer. J'espère alors qu'ils regretteront de m'avoir traitée ainsi.

Mon amour, mon imposteur, mon menteur trouvera mon corps et pensera : « Voilà. Voilà ce que j'ai fait. »

Papa regrettera de ne jamais m'avoir aimée parce que j'étais une fille.

Et maman ne regrettera rien car elle pense que sa volonté est la volonté de Dieu et qu'elle n'aura, par conséquent, jamais tort.

Et moi, je ne regretterai rien car je serai morte et libérée de mes souffrances. Bon débarras.

10 janvier 1935

Je vois l'océan depuis ma cabine. Je veux me noyer. J'imagine que cela doit être douloureux. Mais ensuite, la douleur cesse pour toujours.

J'ai entendu parler d'une fille qui s'est pendue, mais l'idée de ces marques sur mon cou me rebute. Je ne peux pas faire ça.

J'ai perdu. Maman a gagné, comme toujours.

J'ai enterré ma jeunesse à Paris. Je retourne au Japon, devenue femme, avec toute l'amertume qui va avec.

Je n'ai rien en dehors de mon nom. Je pensais être capable de me créer une place, j'en étais vraiment certaine et, pendant un moment, j'ai cru… mais… cette femme a réduit mes espoirs à néant, m'a traitée de sauvage. J'aimais son fils, j'aurais donné ma vie pour lui, mais elle ne voyait en moi qu'une fille de joie étrangère.

C'est ainsi que l'Europe me considère. Une curiosité au mieux, que l'on admire comme un nouveau-né. Mais il suffit de gratter un peu pour voir qu'ils me pensent inférieure. Je n'aurais jamais pu épouser l'un des leurs. Je n'aurais jamais pu avoir ses enfants.

Quelle sotte je fais.

Maman m'avait prévenue. Je n'ai pas voulu l'écouter. Mais je l'entends maintenant.

Le pire, c'est que ce n'est même pas elle qui m'a anéantie. Je me suis anéantie toute seule.

Je ne pense pas regoûter un jour au bonheur.

1er février 1935

Je vais me marier. Il s'appelle Yasuei Todou. Il a trente-trois ans, et il est apparemment toujours célibataire car il n'a pas d'argent. Aucune autre fille noble ne veut de lui. Et il est trop fier pour se contenter d'une roturière.

Tant mieux pour moi. Il n'est pas en position de refuser une descendante de la famille impériale. Maman lui donnera une fortune pour m'épouser. Assez pour ignorer les murmures selon lesquels il s'unit à une fille de seconde main.

Pourtant, il a un nom ancien et une maison de maître à Tokyo. On raconte que son père était un ivrogne et un joueur, qu'il ne leur reste plus que leur maison et leur nom.

Maman dit que de bonnes perspectives pourraient s'ouvrir à lui, qu'il ne manquera pas de réussir. Je ne sais pas ce que cela veut dire. Elle tirera les ficelles, comme toujours.

Elle m'a donné une photo miniature de lui. Qu'il a l'air sérieux ! Il n'est pas beau, mais pas laid non plus. Je présume que ça aurait pu être pire.

Je me demande à quoi il ressemble, en vrai. Je ne l'ai jamais rencontré. Mais je le découvrirai bientôt.

Nous nous marions demain.

Une robe blanche était déjà étalée sur mon lit quand je suis rentrée à la maison.

Je n'ai pas le choix. En fin de compte, je n'ai jamais eu aucun choix.

12 février 1935

Il vient de quitter ma chambre. Je sens encore l'odeur de sa sueur sur moi.

Heureusement, c'est un rapide. C'est déjà ça. Il a fallu une semaine complète après le mariage pour qu'il réussisse à accomplir son devoir. Je crois qu'il me déteste, même s'il est trop poli pour me le dire en face.

J'ai tout le temps du monde pour écrire, il ne me donne rien à faire. Je n'ai pas le droit d'inviter des amis. Tant mieux que je n'en aie pas. Il n'y a presque pas de livres, et je n'ai pas encore d'argent de poche : je ne peux pas m'en acheter de nouveaux.

Il n'y a même pas de piano ici. J'ai demandé une salle de musique.

Il dit qu'il y réfléchira si je lui donne un fils.

Je doute de pouvoir donner naissance à des garçons vivants. Ma grand-mère n'a pas réussi. Ma mère n'a pas réussi. Et elles ont pourtant prié, prié leur Dieu. Elles ont tout fait pour lever cette malédiction.

Moi, j'ai vécu toute ma vie en pécheresse.

Je vais sûrement lui donner une fille à trois têtes. Adieu, la salle de musique.

28 mars 1935

J'ai raté un cycle.

Je prie pour un enfant mort-né.

Ce serait une grâce. Pauvre fille. Je ne suis qu'une pauvre fille maudite.

8 septembre 1935

Cela fait longtemps que je n'ai pas eu la force d'écrire.

Le bébé doit naître en décembre ou janvier. Apparemment, j'ai dépassé les mois à risques, l'enfant devrait donc naître en bonne santé. Je suis tellement fatiguée que je ne le parierais pas cependant.

Maman m'a envoyé des quantités astronomiques de thés et de fortifiants à boire. Elle dit qu'elle les a fait bénir par un prêtre et une prêtresse de temple, qu'ils me donneront un fils en bonne santé.

Il y en avait un qui sentait le sang. Je me demande combien de paysans elle a sacrifiés pour le fabriquer.

Heureusement, mon mari la croit folle. Il lui interdit de continuer à m'envoyer ces choses. Son humeur s'est considérablement améliorée, et il me verse maintenant une petite pension. Il a fait installer une bibliothèque pour moi.

Il ne lit pas. Tout ce qu'il fait, c'est fumer et jouer aux échecs tout seul.

Le médecin dit que, vu la manière dont je porte le bébé, c'est un garçon. Je suis sûre que ma mère a menacé de faire écorcher vifs tous les membres de sa famille s'il disait le contraire, c'est pourquoi je ne me permets pas d'être optimiste.

Je ne me permettrai jamais plus d'être optimiste.

— Petite madame !

Nori faillit tomber de sa cachette. Elle s'accrocha aux branches et se glissa entre les feuilles pour apparaître devant Ayame.

— Je vous appelle, mademoiselle !

Discrètement, Nori glissa le journal dans le col de sa blouse.

— Je suis désolée. Je ne t'ai pas entendue.

Ayame fronça les sourcils.

— Vous êtes trop haut. Cela ne plairait pas à votre frère.

Nori descendit, glissant habilement ses pieds dans les entailles du bois. Elle passait la moitié de sa vie dans cet arbre et lui faisait plus confiance qu'à tout autre chose. À part Akira.

Elle adressa son plus beau sourire à Ayame au moment où ses pieds touchèrent le sol.

— Mais nous ne lui dirons rien, n'est-ce pas ?

Ayame soupira.

— Mademoiselle… Je voudrais que vous cessiez de prendre de tels risques.

Depuis quand s'inquiète-t-elle autant pour moi ?

— Je ferai attention, promit-elle. Que me voulais-tu, Ayame ?

La servante remua les pieds.

— Akira-sama a demandé à vous voir.

Nori cligna des yeux.

— Ah ? Pourquoi ?

— Il ne me l'a pas dit. Il ne veut rien dire.

Elle soupira. Akira ne l'appelait jamais, d'habitude. Ce n'était pas bon signe qu'il ait envoyé Ayame.

— Pourquoi fais-tu cette tête ? demanda-t-elle à cette dernière.

Ayame était pâle.

— Il est de mauvaise humeur, je le crains, répondit-elle.

Nori sentit son ventre se nouer. Akira ne lui avait adressé que trois mots de tout le mois. Il ne s'était même pas donné la peine de l'accompagner à la fête de l'été pour son anniversaire – elle s'y était rendue seule.

Quelque chose le tracassait, mais Nori avait eu trop peur de demander quoi. Elle allait apparemment bientôt le découvrir.

— Où est-il ?

— Dans le bureau, mademoiselle.

Sans un mot de plus, Nori partit. Il était inutile de repousser l'orage. Si elle devait y faire face, alors qu'il en soit ainsi.

Elle ôta ses chaussures et emprunta le raccourci qui passait à travers la salle désormais inutilisée qui servait autrefois de lieu de culte familial.

Elle se souvenait encore de l'endroit exact de la pièce où elle avait failli mourir. Les serviteurs avaient remplacé les tatamis mais, en dessous, les planches étaient décolorées. Elle avait laissé sa marque, même si l'eau de Javel avait effacé son sang.

En se concentrant un peu, elle parvenait à humer l'odeur âcre de sa peur. Elle parvenait à sentir le désespoir brut encore incrusté quelque part, juste sous les lattes.

Cette époque où elle n'avait personne lui semblait si loin.

Elle se trompait, cependant. Il y avait eu des gens à ses côtés, et chacune de ces personnes resterait gravée dans sa peau comme une marque au fer rouge.

En se regardant dans le miroir, elle pensait parfois qu'il tenait du miracle qu'elle puisse encore respirer.

Elle frappa légèrement à la porte du bureau et entendit le son du violon s'arrêter. Elle reconnut l'air. C'était l'*Ave Maria* de Schubert, l'un des premiers morceaux qu'il avait joués pour elle. Il lui avait souvent dit qu'il ne l'appréciait pas.

— Entre.

Elle s'exécuta, ferma la porte et attendit. Akira la considéra de haut en bas, comme il le faisait toujours, ce qui avait le don d'exaspérer Nori. Son nez se plissa.

— Pourquoi as-tu constamment l'air de quelqu'un qui vit dans les bois ?

Elle ne sut quoi répondre. Elle était couverte de terre et de feuilles, avait des égratignures sur les bras et des bleus sur les genoux. Sa blouse portait une tache de vin sur le devant. Ses cheveux étaient irrécupérables – il faudrait les confier à Alice, plus tard.

— *Gomen*.

— Et tu pues.

Elle grimaça.

— Je suis désolée.

Akira croisa les bras.

— Il faut qu'on parle.

Elle sentit un poids dans ses entrailles. Ses genoux commencèrent à flageoler.

— À propos de quoi ?

Il prit une profonde respiration. Elle le connaissait trop bien pour ne pas avoir compris qu'il cherchait à se donner du courage.

— Je dois m'en aller.

Le soulagement fut si grand qu'elle en aurait presque pleuré.

— Mon Dieu. Tu m'as fait peur. Ce n'est que ça ! Où vas-tu, cette fois ?

Akira ne parvint pas à soutenir son regard.

— Vienne.

— En Autriche ?

— Oui.

— Pour combien de temps ?

C'était toute la question. Il ne la quittait jamais plus de deux mois, trois au maximum. Il n'avait fait que quatre voyages au cours des deux dernières années. Elle redoutait cet instant, mais elle était préparée.

Akira ne la regardait toujours pas.

— Neuf mois. Peut-être plus.

Elle s'effondra comme une poupée de papier. Ce fut uniquement grâce à la rapidité d'Akira qu'elle ne s'écroula pas par terre.

— Nori…

— Non.

— Mais c'est…

— *Non.*

— Assieds-toi, insista-t-il en lui saisissant le coude. Assieds-toi avant de tomber et de te faire mal.

Le monde tournait. Elle sentit le sang affluer dans ses tempes.

— Tu ne peux pas partir.

— Nori, écoute-moi.

Elle se laissa tomber par terre, entraînant avec elle Akira, qui se retrouva nez à nez avec son visage blême, horrifié.

— Tu ne peux pas me laisser seule avec lui, murmura-t-elle, trop bas pour qu'il entende.

— Quoi ?

Pourquoi ne le vois-tu pas ?

— Tu ne peux pas partir pendant neuf mois, putain !

Il eut un hoquet.

— Où as-tu appris ce mot ?

Malgré le peu de forces qu'elle avait, elle le poussa si brusquement qu'il tomba en arrière, sur les fesses.

Les ficelles qui si longtemps avaient tenu, tandis qu'elle passait d'un marionnettiste à un autre, ces ficelles s'étaient finalement rompues.

— Je te rappelle que j'ai vécu dans une maison close, *aniki*, fulmina-t-elle. Je sais beaucoup de choses, même si tu ne vois rien.

Il la fixa sans mot dire. Elle ne l'avait jamais vu aussi désemparé. Mais cela ne dura pas. Son visage s'assombrit.

— Tu ne sais rien du tout, lui cracha-t-il. J'ai reçu une invitation du plus grand violoniste d'Europe. Il veut me former, Nori, me prendre comme élève ! C'est au-delà de mes rêves les plus fous. Je dois y aller.

Elle serra les poings.

— Et moi, alors ?

Akira resta abasourdi. Elle ne lui avait jamais crié dessus.

— Nori…

— Et moi, bon sang !

Son frère se leva et s'épousseta, comme pour éliminer, en plus de la poussière, tout ce qui n'était pas digne de lui.

— Et toi ? répéta-t-il froidement. Tu as des serviteurs pour satisfaire tous tes désirs. Personne ne te bat ici, aucun homme ne te touchera. Tu es nourrie, tu portes les plus belles soies, tu as une camarade de jeu en la personne de cette dinde. Je suis resté dans ce pays misérable, des jours et des jours, pour toi. Dans quelques années, je devrai épouser une garce pourrie gâtée, juste pour empêcher notre grand-père de t'écorcher vive et de porter ta peau comme chemise. Je vais devoir renoncer à la musique, à mes voyages, à mes rêves de parcourir l'Europe, pour toujours. Je vais devoir prendre les rênes de cette famille maudite et m'évertuer à créer un monde où les enfants illégitimes ne sont pas égorgés dans leur lit. Et quand je t'annonce que j'aimerais faire quelque chose pour moi, pendant neuf mois, tu te fâches comme une gamine ?

Les yeux de Nori se remplirent de larmes de colère.

— Ce n'est pas juste.

— C'est parfaitement juste, la corrigea-t-il. Tu n'es qu'une gamine. Et une idiote. Et je ne suis pas ton père – grâce à Dieu, il n'a pas eu à s'occuper de toi.

Une vive douleur l'envahit. Elle se releva, les mains brandies devant elle, comme pour tenter d'arrêter ce qui allait inévitablement suivre.

Le regard d'Akira était plus dur que jamais. Il n'y avait plus aucune tendresse en eux. Sa patience était à bout.

— Et bien sûr, nous savons tous que je ne suis pas ta mère, ricana-t-il. Puisque tu l'as fait fuir.

Un silence s'abattit sur la pièce. Même le tic-tac des horloges cessa.

Elle resta parfaitement immobile. Les yeux d'Akira s'écarquillèrent, sa bouche s'ouvrit comme un poisson qui cherche de l'air. Il fit un demi-pas vers elle.

Nori attrapa le vase en verre posé sur la table à côté d'elle. Elle le regarda, lui. Il cligna des paupières.

Et alors, elle lança le vase en plein sur sa tête.

Il l'esquiva de justesse. Il se brisa contre le mur derrière lui.

Elle éclata de rire.

— As-tu perdu la raison ? murmura-t-il.

Il porta une main à sa tempe, là où le vase l'avait effleuré.

Nori resta figée un instant.

— Peut-être, répondit-elle en se baissant pour ramasser l'un des verres à whisky qu'Akira gardait soigneusement empilés sur une étagère, près de la porte. Pour autant que je sache, j'ai quand même tenu longtemps.

Elle lança le verre. Akira poussa un cri et se cacha derrière le canapé.

— *NORI !*

Elle s'empara d'un autre verre. Celui-ci était plus lourd – il devait faire partie de la précieuse collection en cristal dont Akira avait hérité.

— Arrête ! cria Akira. Pas celui-là ! Pour l'amour de Dieu, Nori, il était à mon père.

Elle haussa les épaules et sentit l'encolure de sa blouse glisser. Elle avait tellement maigri que presque aucun de ses vêtements ne lui allait plus.

— Maman est partie parce qu'elle était terrifiée, dit-elle. Et malheureuse. Et parce qu'elle voulait vivre sa vie, et notre grand-mère et ton père lui ont fourré leurs principes dans la gorge jusqu'à ce qu'elle s'étouffe. Elle ne pouvait plus respirer. Elle n'a jamais pu respirer…

Nori ne fut même pas surprise de ne plus reconnaître sa propre voix. Elle ne ressentait plus rien. Elle n'était même pas en colère. Juste anesthésiée.

— Et je n'y étais pour rien, continua-t-elle.

Elle sentait ces émotions qu'elle ignorait depuis si longtemps déborder.

— Je n'y étais pour rien. Tout le monde a toujours rejeté la faute sur moi, mais je n'y étais pour rien… et maintenant toi… toi aussi, *aniki*…

Les yeux d'Akira étaient rivés sur elle.

Ses doigts se fermèrent autour du verre. Nori l'entendit vaguement se briser, perçut les éclats qui s'enfonçaient dans sa paume. Elle sut, en sentant le flot chaud, qu'elle saignait, et cette sensation avait le goût de la liberté, le même qu'en ce terrible et merveilleux moment où, il y a des années, elle avait pensé qu'elle serait à jamais débarrassée de ses souffrances.

— Tu étais tout pour moi, souffla-t-elle.

Le visage de son frère changea. Il était pâle et tremblait, mais quand son regard se posa sur le sang, sa force sembla lui revenir.

C'est donc comme cela que l'histoire se termine, maman ? Sommes-nous tous voués à finir seuls ? À tourner comme la danseuse d'une boîte à musique, sans jamais réussir à avancer ?

— Ayame, articula-t-il avec difficulté.

Il essaya de nouveau, d'une voix plus forte.

— Ayame !

Nori baissa les yeux vers sa main. Trois gros éclats de verre dépassaient de sa paume, et deux plus petits étaient plantés entre son pouce et son index. Les plaies n'étaient pas si graves, mais pas belles à voir.

Cependant, elle ne ressentait aucune douleur. Épuisée par ce trop-plein d'émotions, elle s'effondra.

Il y eut de l'agitation à la porte, quelques mots lancés sur un ton de panique. Akira ordonna quelque chose à Ayame deux fois avant que cette dernière ne parte enfin.

Nori enveloppa sa main dans sa blouse et regarda le sang se diffuser à travers.

Akira s'agenouilla devant elle, la boîte de premiers secours à côté de lui. Ses doigts tremblaient tandis qu'il essayait d'ouvrir le couvercle en fer.

— Mon Dieu, c'est profond. Donne-moi ta main.

Elle ne bougea pas.

Akira tendit la sienne vers elle et répéta :

— Donne-moi ta main.

Quelque chose palpitait dans sa tête. Elle n'avait plus l'énergie de se battre contre lui. Elle obéit.

Le visage d'Akira avait une drôle de couleur, verdâtre. Il attrapa une paire de pincettes et commença à retirer le plus gros éclat de verre de sa paume.

Nori fit la grimace, mais ne poussa aucun cri. Elle fixait avec une sorte de fascination macabre sa main qui continuait à saigner.

— Regarde ce que tu as fait, maugréa Akira. Tu es folle ou quoi, Nori ?

Elle détourna les yeux.

— Je suis désolée.

Il effleura sa joue et, malgré elle, elle planta son regard dans le sien. Quelque chose en elle s'étira, se brisa à son contact.

— Ça va ?

Des larmes perlaient au coin des yeux de son frère.

— Ça ne fait pas mal.

— Ce n'est pas ce que je t'ai demandé.

Elle étouffa un petit sanglot.

— *Aniki*…

Akira hésita.

— Je sais, tu penses que tu es invisible pour moi, chuchota-t-il. Mais ce n'est pas vrai. J'ignore simplement quoi te dire. Je n'ai jamais réussi à te protéger comme je le voulais. Et je ne suis pas… je n'ai jamais été doué pour prendre soin des autres. Je ne suis pas fait pour ça.

Nori secoua la tête.

— Tu m'as déjà beaucoup donné.

Il soupira.

— Quand j'ai appris ton existence, j'ai voulu te détester. Cela aurait été tellement plus facile. Je n'ai jamais compris pourquoi maman était partie – c'est quand ils m'ont parlé de toi que tout s'est imbriqué. J'avais rejeté la faute sur mon père pendant des années, mais quand il est mort, je n'ai plus eu personne sur qui déverser ma colère. Personne sur qui la reporter. Et puis, ils m'ont envoyé à Kyoto et je t'ai trouvée.

Elle baissa la tête.

— Mais ensuite, je t'ai vue. Tu lui ressemblais tellement. Et tu étais si fragile. Je ne pouvais pas te détester, non.

Il retira un autre éclat de verre de sa paume, si vite qu'elle n'eut pas le temps de crier.

— Tu lui ressembles beaucoup, tu sais, continua-t-il.

Nori n'osait pas respirer. Akira ne parlait jamais autant de leur mère.

Il croisa son regard.

— Tu me fais peur, Nori.

Elle se mordit la lèvre inférieure.

— Mais… pourquoi ?

Les larmes que retenait Akira faisaient briller ses yeux.

— Je ne pense pas qu'elle ait vécu un seul jour heureux dans sa vie. Elle était belle et elle souriait constamment, mais elle avait toujours l'air triste. Elle m'installait au piano à côté d'elle, et elle jouait… merveilleusement bien. Et quand elle avait fini, elle souriait pendant un bref instant et c'était… (Sa voix se brisa.) C'était le seul moment où son sourire semblait sincère.

Il se racla la gorge.

— Elle m'adorait, poursuivit-il. Et j'ai essayé… j'ai essayé de la rendre heureuse. J'ai commencé à jouer du violon pour la rendre heureuse. Et puis… un jour, elle m'a bordé dans mon lit, m'a embrassé sur le front. Et le lendemain matin, elle était partie. Et mon père n'a jamais voulu en parler. Pendant les dix années suivantes, je n'ai jamais su…

Une larme roula sur la joue de Nori. Mais toujours aucune douleur dans sa main.

— Je suis désolée, murmura-t-elle.

Akira secoua la tête.

— Avant de te rencontrer, j'avais des certitudes sur tout. Je n'étais centré que sur moi, je ne tenais à personne – je ne pouvais donc jamais avoir mal. Et je m'étais persuadé que j'étais heureux.

— Alors que non ?

Il lui sourit.

— J'étais en sécurité. J'étais convaincu de ma propre valeur, c'était tout ce dont j'avais besoin.

Il enveloppa sa main d'un bandage blanc épais, couche par couche. Puis il la pressa contre son cœur.

— Tu m'as appris à voir les choses autrement.

Elle le regarda, bouche bée.

— Je ne t'ai jamais appris quoi que ce soit.

Il sourit à nouveau et, cette fois-ci, ce sourire lui transperça le cœur comme une flèche.

— Si, Nori. Et si un jour il faut choisir entre toi et notre famille, ma musique ou quoi que ce soit d'autre… je te choisirai toujours toi.

Tout son corps frissonna. Elle retira sa main.

— Parce que tu te sens responsable de moi ? Ou parce que je suis ta demi-sœur ?

Akira lui tapota légèrement le nez.

— Parce que tu es toi.

Pendant un long moment, aucun des deux ne parla. Puis Akira se releva.

— J'ai demandé à Ayame d'appeler le médecin. Ta main va avoir besoin de points de suture, déclara-t-il doucement, comme s'il ne voulait pas rompre ce silence. Je vais aller voir ce qu'elle fait.

Elle leva les yeux vers lui.

— Va à Vienne, dit-elle simplement.

Il secoua la tête.

— Je ne peux pas.

— Je veux que tu partes, insista-t-elle, et par extraordinaire, ses mots sonnèrent vrai. Pars et joue de la belle musique, régale tes yeux de belles choses, sois heureux. Quand tu auras fini, tu reviendras. Tu suivras la volonté de notre grand-mère, tu te marieras, tu accompliras ton devoir.

Akira poussa un petit soupir.

— Tu sais que tout changera quand je deviendrai le chef de famille. Tout sera différent.

Elle lissa sa jupe.

— Tout change tout le temps, *aniki*. Reviens-moi, simplement.

Il acquiesça et sortit.

Nori se retrouva seule, mais elle n'avait pas le sentiment de l'être. Une sensation de chaleur irradiait son ventre, si fort qu'elle avait l'impression de briller comme une luciole dans l'obscurité.

24 décembre 1935

J'ai réussi. Les voies de Dieu sont décidément impénétrables, car j'ai donné à ma famille ce qu'elle désirait le plus au monde : un garçon.

C'est un petit être magnifique et le médecin dit qu'il est en parfaite santé. Mon mari est ravi ; maman est en route pour venir le voir. Elle organisera la plus grande fête que la ville ait jamais connue.

Je voudrais me reposer. Ils posent mon garçon sur ma poitrine et je le regarde dormir.

Il a une tête pleine de cheveux noirs et des yeux merveilleux, de la même couleur gris-noir que notre famille. Ses petites mains ont des ongles roses et il a de grands pieds. Je pense qu'il sera grand.

On dirait qu'un artisan l'a sculpté tout spécialement pour moi.

Maman veut lui donner le prénom de son père, et mon mari, le prénom du sien. Le couvrir dès le berceau des fantômes de ces hommes morts. Comme si son fardeau n'était pas déjà assez lourd à porter.

C'est moi qui choisirai son prénom. Il est peut-être leur miracle, leur héritier, mais d'abord mon fils.

Et je l'appellerai Akira.

Un coup à sa porte la tira de sa lecture. Elle glissa prudemment le journal sous l'oreiller. Elle prit une grande respiration. Ce moment devait arriver.

Toutes ses failles s'étaient refermées, à présent.

Sans attendre de réponse, Will se faufila dans la chambre. Il était encore habillé.

— Je savais que tu serais encore réveillée, dit-il d'un air suffisant.

Elle croisa son regard.

— Tu ferais mieux de partir.

Il rit.

— Comme c'est mignon. Pousse-toi, nous n'avons pas besoin de faire quoi que ce soit ce soir. Je veux juste rester près de toi.

Elle tendit sa main bandée. Sa chemise de nuit glissa de son épaule, et elle sentit son regard sur elle.

— S'il te plaît, va-t'en, William.

Il fronça les sourcils et croisa les bras.

— Comment ça ?

Elle prit une grande inspiration.

— J'ai fini par comprendre qui tu es. J'ai mis du temps, mais je crois que, maintenant, je comprends qui tu es.

Il se moqua d'elle.

— Ah oui ? Et je suis quoi, chaton ?

Nori inclina la tête.

— Au départ, tu brillais si vivement que tu m'as aveuglée. Vraiment. Quand je t'ai vu pour la première fois, j'ai cru que tu étais en or.

Les lèvres de Will se retroussèrent, laissant apparaître ses dents.

— Et maintenant ?

Elle se leva.

— Et maintenant, je vois que tu es comme de l'émail. Tu brilles à l'extérieur, mais à l'intérieur il n'y a rien. Je suis sincèrement désolée pour toi. Car je suis peut-être une bâtarde et une fille illégitime, mais je ne suis pas assez mauvaise pour voler la lumière des autres afin de combler le vide qui est en moi. Alors que toi… tu as tout, mais tu n'as rien.

Will sembla sonné. Il resta là, chancelant. Puis il fit un pas vers elle.

— Ne t'approche pas.

Il se figea.

— Tu… tu racontes n'importe quoi. Tu sais que je t'aime, petite Nori.

— Je sais que tu es jaloux de mon frère, poursuivit-elle d'un ton calme. Et de ta cousine. Parce que je les aime tous les deux. Et que je ne pourrai jamais t'aimer. Même à l'époque où je ne comprenais pas pourquoi, je savais qu'il ne fallait pas que je t'aime.

— Tu ne connais rien à l'amour, cracha-t-il.

— Non, reconnut-elle. Mais peut-être un jour. Alors que, toi, tu ne seras capable de n'aimer que toi-même. Et j'en suis désolée pour toi.

— Jamais je n'accepterai ta pitié, gronda-t-il, puis il s'avança en trois pas et l'attrapa dans ses bras. Qui t'a bourré le crâne comme cela ? Cette traînée d'Alice ?

— Je n'ai besoin de personne.

— C'est faux, se moqua-t-il. Tu es incapable de penser par toi-même, et c'est d'ailleurs ce qui fait tout ton charme.

Sans ciller, elle plongea son regard dans ses yeux bleu profond. Comment avait-elle pu un jour avoir peur de lui ? Comment avait-elle pu penser l'aimer ? S'imaginer qu'il ressemblait à son frère ?

— Je ne sais pas ce qu'est l'amour, lui dit-elle. Mais je sais que ce n'est pas ça.

Il lui serra les épaules.

— Je suis désolé que tu penses que je t'ai fait du mal. Je ne le voulais pas.

Elle le regarda avec un petit sourire triste.

— Le pire, c'est que tu le penses. Vraiment.

— Alors…

Nori le repoussa.

— Pars.

Will rougit.

— Nous en reparlerons demain.

— Tu n'as pas compris. Pars. Quitte le Japon. Retourne à Londres et emmène Alice avec toi. Dis à tout le monde qu'elle a fait preuve d'une conduite exemplaire et qu'elle sera une bonne épouse. Fais-le. Fais-le d'ici la fin du mois.

Il la regarda, bouche bée.

— Et peux-tu me dire pourquoi je t'obéirais ?

Nori désigna la porte.

— Parce que je crois que ton affection pour mon frère est sincère. Et j'aimerais lui épargner d'apprendre la vérité. Alors, pars. Tu as le monde à tes pieds avec ta musique, tu n'as pas besoin d'être ici. Et tu dois donner une chance à Alice de refaire sa vie.

— Jamais ! rugit-il. Jamais je ne recevrai d'ordre de toi ! Tu n'as aucun pouvoir ici. Ni nulle part. Tu existes seulement grâce à la pitié de ceux qui te dominent. Personne ne croira un seul de tes mots.

— Akira me croira, dit-elle calmement.

Elle se tint fièrement et ne vacilla pas.

— Alice me croira. Et peut-être aussi les journalistes de Londres. Il semble qu'ils adorent les ragots.

Il lui lança un regard noir.

— Personne ne t'écoutera.

— Peut-être, répondit-elle. En tous les cas, ils ne pourront pas m'empêcher de parler. Et je ne peux pas empêcher ce qui t'arrivera si mon frère découvre la vérité. À moins qu'il ne t'ait pas parlé de notre famille ?

Will blêmit d'un coup. On aurait dit un loup pris au piège par les moutons. Elle réalisait à quel point il avait dû être facile pour lui de la manipuler. Elle se montrait si naïve avec tout le monde, et Will était, à n'en pas douter, d'une si grande intelligence.

Quel jeu d'enfant.

— Je ne veux pas te quitter, murmura-t-il. Je…

Elle secoua la tête.

— Je suis désolée, Will. Tu… tu auras été…

Elle hésita. Même à présent, elle ne le détestait pas.

— Merci pour tout ce que tu m'as appris. J'espère que tu trouveras la paix, lui dit-elle.

Il déglutit.

— Ne m'oblige pas à retourner là-bas, gémit-il. Ils sont tous… il n'y a personne comme toi, là-bas.

Elle sourit.

— Ce n'est pas un drame, crois-moi.

Il lui lança un regard plein de détresse.

— C'en est un. Plus que tu ne le crois.

Le drame était plutôt de vivre comme Will l'avait fait, coupé des réalités, certain de sa supériorité depuis sa naissance ; sans cela, les choses ne se seraient peut-être pas finies ainsi, qui sait ?

Nori lui tendit la main.

— Au revoir, Will.

— Nous… Il nous reste encore un peu de temps…

— C'est la dernière fois que tu me parles. Après ce soir, plus jamais tu ne viendras me trouver. Notre petit jeu est fini, William.

Il parut touché en plein cœur.

— Je ne veux pas.

— Je sais, dit-elle doucement. Mais c'est comme ça. Alors au revoir.

Il hésita. Il semblait vouloir reprendre le contrôle, se demander comment la faire changer d'avis. Mais l'expression sur le visage de Nori le dissuada.

— Je voulais vraiment… (Il s'interrompit.) Oh ! Nori.

Elle ne dit rien. Il n'y avait rien de plus à dire.

Elle le regarda partir et sentit, au moment où la porte se referma, une pointe de tristesse. Mais bien plus grand était son sentiment de liberté, un sentiment exaltant.

Lui revint alors en mémoire un poème appris il y avait longtemps, son poème préféré.

« Je sens que la vie est
Triste et insupportable
Pourtant je ne peux m'enfuir
Car je ne suis pas un oiseau. »

Nori s'approcha de la fenêtre et l'ouvrit en grand. La lune était à moitié cachée par les nuages, mais elle était toujours là.

Peut-être que je peux être un oiseau.

Tokyo, Japon
Octobre 1956

Par un matin froid d'octobre, les Stafford finirent par partir. Après plusieurs lettres de supplications envoyées dans leur pays d'origine, ainsi que des garanties, données à contrecœur par Will, Alice reçut l'autorisation de regagner l'Angleterre.

Nori et Akira les accompagnèrent jusqu'au quai où le paquebot les attendait pour les ramener en Occident.

Accrochée à Nori, Alice pleurait à chaudes larmes. Son maquillage avait coulé.

— J'aimerais tellement que tu viennes avec moi, sanglotait-elle.

— Je t'écrirai chaque semaine, promit Nori en caressant les cheveux blond cendré de son amie. Et n'oublie pas de me décrire les merveilleuses soirées auxquelles tu te rendras, et les jolies robes que tu porteras. Et quand ton père arrangera ton mariage avec un bel homme, n'omets aucun détail.

Alice s'essuya les joues du revers de la manche.

— Je t'aime tant, ma Nori.

Nori sourit et l'embrassa sur les deux joues.

— Moi aussi.

Les adieux de Will et Akira furent beaucoup plus contenus. Ils se serrèrent la main et échangèrent quelques mots. Il y avait fort à parier qu'ils se reverraient, peut-être plus tôt que Nori ne l'aurait souhaité.

— On se reverra, dit Akira, comme en écho à ses pensées.

Il essaya, en vain, de dissimuler la déception qu'il y avait dans sa voix ; Nori s'efforça de ravaler la culpabilité qui la gagnait à l'idée de les avoir séparés.

Will hocha la tête.

— Termine ta composition. Elle sera magnifique.

— Et termine la tienne aussi. Et enlève-moi quelques-unes de ces *fermatas*. Tu sais que je n'aime pas ça.

Will esquissa un sourire moqueur. Quelqu'un sur le bateau leur cria de monter à bord sous peine d'être laissés à quai.

Son regard se posa sur Nori.

— Adieu, alors, dit-il avec raideur.

Elle inclina la tête.

— Bon voyage, monsieur Stafford.

Il grimaça. S'il espérait un revirement de dernière minute, il allait être déçu.

Elle se tourna vers Alice.

— Ne les laisse pas te détruire, dit-elle simplement.

Alice esquissa ce sourire bien à elle, éblouissant.

— Pas cette fois.

Ils montèrent à bord du bateau. Akira passa son bras autour des épaules de Nori et ils le regardèrent s'éloigner jusqu'à ce qu'il disparaisse dans la grisaille du crépuscule.

— Ils vont te manquer ? demanda timidement Nori.

Akira soupira.

— Un peu. Mais je savais depuis le départ qu'ils repartiraient un jour.

Elle sentit la culpabilité l'envahir.

— Eh bien, Vienne t'attend, maintenant. Tu pars dans deux semaines seulement.

Il sourit et ses yeux s'illuminèrent.

— Je suis excité, avoua-t-il. Et j'ai déjà demandé aux domestiques de tout préparer pour toi. Tu ne manqueras de rien, je te le promets.

Elle réprima un rire. Cela faisait des années maintenant qu'elle gérait la maison. Akira ne savait même pas où se trouvait la salière.

— *Hai, aniki.*

— Veux-tu rentrer tout de suite ? J'ai quelques heures devant moi. Nous pourrions aller en ville.

— Bonne idée.

Mais il fronça brusquement les sourcils.

— Où est passé ton manteau ? Tu vas prendre froid.

Elle lui fit la grimace.

— Tu t'inquiètes trop. Je suis pratiquement indestructible, *aniki.*

Il ôta son manteau et le lui mit sur le dos.

— Tiens.

— *Aniki* ! Tu vas attraper la mort !

Il haussa les épaules.

— Mais non. Allons-y.

Elle glissa son bras sous le sien et le laissa la guider. Ils ne se promenaient jamais dans cette partie de la ville, ne quittaient que rarement le ghetto de riches dans lequel ils étaient installés.

Les fêtes qui se tenaient non loin de leur quartier à chaque saison offraient la possibilité de croiser du monde, mais cette zone-ci de la ville était différente. Elle était pleine de gens ordinaires.

Tandis qu'ils se faufilaient à travers la foule, Nori s'amusa à suivre du regard les coursiers à vélo et les enfants qui promenaient leurs chiens. Elle se laissa dériver au milieu d'un doux rêve éveillé, restant juste assez alerte pour continuer d'avancer.

Elle sentit l'odeur des viandes grillées et des poissons fraîchement pêchés. Elle entendit les mères crier après leurs enfants et les hommes qui jouaient aux dés. Il y avait aussi quelques étrangers, mêlés à la foule sans que personne ne leur accorde d'attention particulière.

Même Nori semblait s'intégrer parfaitement. Peut-être que le Japon n'était plus le Kyoto de sa grand-mère. Peut-être était-il comme une tapisserie aux multiples couleurs, dans laquelle elle finirait par trouver sa place.

Akira s'arrêta et Nori sortit de sa rêverie.

Elle se retrouva devant un petit homme chauve, trempé de sueur même s'il faisait frais. Il portait un costume affreux en tweed et des lunettes trop grandes. Il regardait Akira avec admiration.

Il s'inclina si bas qu'il faillit faire tomber la pile de rouleaux qu'il portait.

— Akira-sama, balbutia-t-il. C'est un tel honneur. Un tel honneur !

Akira fronça les sourcils. Il s'apprêtait à le dépasser, quand Nori lui tira la main. Akira n'aimait pas recevoir des courbettes, même si cela arrivait assez souvent.

Il lui lança un regard rapide qui signifiait : « D'accord, mais je ne l'écouterai que par politesse. »

— *Konichiwa*, dit-il à l'homme. Je suis désolé, nous nous sommes déjà rencontrés ?

Ce dernier éclata de rire.

— Oh ! vous ne vous souviendriez pas d'un vieux fou comme moi. Vous étiez juste un enfant. Votre vénérée mère vous a amené dans ma boutique, il y a des années. Vous aimiez jouer avec les dragons dorés que je garde près de la caisse. Et elle, que Dieu la bénisse, elle avait un faible pour mes éventails en soie.

Akira cligna des yeux.

— Oh. Mais vous êtes l'antiquaire ! Hiromoto-san, n'est-ce pas ?

— Oui ! s'exclama-t-il. Oh ! oui, vous vous souvenez. Quel honneur. Quel honneur. Quel bonheur de vous revoir après toutes ces années. Et si grand !

Akira rougit.

— Oui, enfin. Merci.

Hiromoto se tourna vers Nori et s'inclina.

— Et quel plaisir de vous revoir, *chibi hime*.

Le souvenir lui revint d'un coup, malgré les efforts qu'elle avait déployés pour effacer cette nuit de sa mémoire…

— Oh… la fête. Je vous avais bousculé.

Il rit.

— Exact !

Akira jeta un coup d'œil à sa montre.

— Eh bien, excusez-nous, Hiromoto-san, mais nous devons vraiment y aller.

Il toussa.

— À vrai dire, avec tout le respect que je vous dois, j'ai une proposition à vous faire. J'ai entendu parler de votre musique, bien sûr, de votre talent. Quel honneur pour notre belle ville.

Akira hocha la tête.

— Oui, eh bien. Merci.

— Je prévois d'organiser un petit événement, voyez-vous, poursuivit l'antiquaire.

Il sortit un mouchoir de sa poche et tamponna son front en sueur.

— Rien de grandiose, en fait. Mais il y aura des personnalités importantes. Des politiciens, notamment. Et ce serait un réel honneur si vous acceptiez de jouer. Votre mère – Dieu la bénisse – avait joué du piano lors d'un événement semblable. Elle a ému le public aux larmes. C'était juste avant…

Il toussa. La version officielle diffusée par la famille était que Seiko était décédée, mais tout le monde ou presque savait qu'elle avait fui.

— Enfin, j'espérais que vous accepteriez d'intervenir. Je paierai, bien sûr.

Nori serra un peu plus fort le bras d'Akira. Un frisson lui parcourut le dos.

Akira essaya, en vain, de prendre un air contrit.

— Je crains que ce ne soit pas possible. J'ai déjà un engagement, et serai absent pendant un certain temps.

Le visage de Hiromoto s'assombrit.

— Ah. Je vois. Je comprends, bien sûr, je comprends. J'avais simplement pensé qu'il pourrait être bien de rendre hommage à la mémoire de votre mère.

Akira hésita. Il avait presque l'air ému, ce qui était rare.

— Eh bien… ma sœur pourrait s'en charger.

Nori le regarda, interdite. Elle était sûre d'avoir mal entendu.

Un grand sourire se dessina sur les lèvres de Hiromoto, dévoilant les dents pourries à l'arrière de sa bouche.

— Ah ! Vraiment ? Ce serait merveilleux, tout simplement formidable. Je ne savais pas que vous aviez une élève.

Les joues de Nori la brûlaient.

— Il n'en a pas.

— Mais si, répondit Akira. Je l'ai formée moi-même. C'est une excellente musicienne. Et elle ne manque pas de temps libre.

Nori lui lança un regard noir, qu'il ignora habilement.

— Elle serait heureuse de prendre ma place.

Hiromoto laissa tomber ses rouleaux par terre pour joindre ses deux mains.

— Accepteriez-vous ? Oh ! mademoiselle, accepteriez-vous ?

Elle le regarda, abasourdie.

— Je…

Mais elle savait qu'il n'y avait qu'une seule réponse possible à donner face au regard de chiot suppliant du vieil homme et celui, sévère, d'Akira.

— D'accord, fit-elle d'une petite voix.

Il déposa un baiser humide sur sa main.

— Formidable. Tout simplement formidable.

Le concert aurait lieu le 24 décembre, le jour du vingt et unième anniversaire d'Akira. Ni lui ni elle n'en parlaient, mais tous deux sentaient déjà le poids de ce jour. Quand l'été arriverait, Akira devrait retourner à Kyoto.

Le moment d'honorer sa promesse allait bientôt arriver pour lui. Cette promesse qu'il avait conclue pour elle.

Elle n'avait pas de mots pour dire sa douleur, logée dans sa gorge comme du verre brisé. Elle aurait donné n'importe quoi pour pouvoir stopper ce processus, reculer le cours du temps. N'importe quoi.

Akira frappa sa baguette contre le pupitre.

— Nori. Fais attention. Nous n'avons plus qu'une journée pour répéter.

Elle leva les yeux au ciel. Akira partait pour Vienne le lendemain, mais pour l'heure il n'avait qu'une chose en tête : s'assurer qu'elle ne lui fasse pas honte.

Et la tâche aurait été bien plus aisée si Hiromoto lui avait laissé choisir ses propres airs. Le vieil homme lui avait demandé de jouer le *Concerto pour violon en mi mineur, opus 64*, de Mendelssohn. Il avait engagé pour l'accompagner un petit orchestre de chambre, dont elle serait la soliste. Elle ne disposerait que de quelques heures pour répéter avec les musiciens avant qu'ils ne se produisent. Rien que d'y penser, elle avait envie de vomir. En plus de devoir affronter le public, elle allait devoir jouer avec un orchestre inconnu. Ses protestations avaient été accueillies par une tape sur le nez. Akira ne voulait rien entendre.

Un pianiste avait aussi été engagé pour l'accompagner sur son deuxième morceau. Nori avait déjà eu l'occasion de jouer à quelques reprises avec Will ; ces moments avaient en fait été les seules fois où elle s'était sentie… en sécurité avec lui.

Akira avait choisi l'autre morceau : la *Chaconne en sol mineur* de Vitali. Elle avait entendu Will le jouer de nombreuses fois. Cet air lui évoquait toujours une triste histoire d'amour. Il était magnifique, mais avait quelque chose de… hanté.

Nori, au bout du compte, n'avait eu le droit de choisir qu'une seule composition. Elle avait opté pour l'*Ave Maria* de Schubert sans aucune hésitation.

C'était l'air de Vitali qu'elle redoutait en particulier.

Akira grimaça.

— Et la dièse ? Rejoue-moi ce passage.

Nori s'exécuta.

— *Dièse*, j'ai dit ! gronda-t-il. Plus léger, l'archet. Bon sang, tu le sais, pourtant.

Elle déglutit avec peine.

— Pourquoi as-tu choisi cet air ? De toute façon, il n'est pas fait pour être joué seul. Il y a une partie pour piano.

Il ignora sa question.

— J'ai mes raisons.

— Mais, *aniki*…

— Tais-toi.

Il se leva et contourna le piano.

Il s'assit sur le banc.

— Que fais-tu ? demanda-t-elle.

Il lui fit signe de commencer à jouer. Elle obéit.

Et puis, il commença lui aussi. Et tout était parfait, chaque note.

Elle faillit en faire tomber son archet.

— *N... naze !* Depuis quand sais-tu jouer du piano ?!

Il continua.

— J'ai toujours su jouer du piano, Nori.

Elle le regarda, interdite.

— Q… quoi ?

— C'est maman qui m'a appris, répondit-il simplement. Et j'ai pris des leçons de piano le matin et de violon le soir pendant des années. Et puis, avec Will ici, je ne pouvais guère me laisser surpasser.

Elle commençait à se sentir mal.

— Mais tu n'as jamais joué devant moi !

Il haussa les épaules.

— Je n'étais pas prêt.

Nori sentit ses paumes devenir moites.

— Et maintenant tu l'es ?

Il la regarda avec un petit sourire.

— Il faut croire, oui.

— Bon sang, existe-t-il un seul domaine dans lequel tu n'es pas doué ? dit-elle d'un ton agacé. Moi qui pensais te rattraper…

— L'année prochaine, peut-être, rétorqua-t-il avec arrogance.

Elle sentit un nouvel élan d'espoir gonfler en elle. Elle essuya ses mains sur sa robe.

— On reprend, alors.

Ils jouèrent jusqu'au petit matin, comme transportés dans un autre monde, où ils n'avaient besoin ni de nourriture ni de repos. Les rayons du soleil commençaient à inonder la pièce, mais aucun d'eux ne s'arrêta.

Quand Ayame entra pour leur annoncer qu'il était temps qu'Akira s'en aille, Nori finit par poser son violon.

En silence, elle vint s'asseoir à côté de lui sur le banc. Le charme était rompu.

Les larmes lui montèrent aux yeux. C'était le début de la fin de leur vie telle qu'ils la connaissaient.

Il se pencha et du bout des lèvres effleura sa fossette sur la joue gauche.

— Je sais que tu y arriveras. Je t'ai moi-même tout appris ces dernières années – tu as forcément retenu quelque chose.

Elle hocha la tête.

— *Hai, aniki.*

— Sois sage.

— Oui.

— Et fais attention à tes trilles. Tu négliges toujours tes trilles.

— Oh ! *aniki*, ne peux-tu pas rester ? Au moins jusqu'à la fin du concert. S'il te plaît, ne me laisse pas seule.

Il soupira.

— Je suis désolé, Nori. Pas cette fois.

Elle colla son visage contre son torse.

Par pitié, mon Dieu. Ramène-le-moi.

Le mois de novembre s'écoula maussadement. Aucune lettre d'Akira.

Nori fit de son mieux pour ne pas être déçue.

Elle avait mis le dernier journal de côté, pour l'instant. Elle n'avait pas de temps pour ça et, à dire vrai, elle avait peur. La partie qui la concernait allait inévitablement arriver. La partie qui concernait son père. Et Nori n'était plus sûre de vouloir connaître ces choses-là, finalement.

Elle passait ses journées à s'exercer sans relâche, sans doute au grand dam des domestiques, mais elle s'en moquait.

Elle consacrait ses nuits à tricoter une série d'écharpes pour Akira. Vienne serait certainement froide. Lorsqu'elles seraient parfaites, elle les expédierait toutes en même temps.

Elle avait l'adresse de son hôtel écrite sur un bout de papier qu'elle gardait dans son étui à violon.

Son sommeil, lorsqu'elle parvenait à dormir, était agité. L'angoisse la dévorait comme des puces. Ses bras et jambes étaient constellés de petites marques rouges à force de se pincer.

Assise près du feu, elle regardait les fenêtres se couvrir de givre. Elle n'avait jamais vraiment aimé la neige, mais cette année, sans trop savoir pourquoi, la neige lui procurait un sentiment différent. Elle la trouvait magnifique.

Emmitouflée dans son manteau et son écharpe, elle sortait tous les soirs dans le jardin. L'extérieur de la maison avait bien changé ces dernières années. Grâce à Akira, le jardin avait retrouvé sa splendeur d'antan et, même s'il ne l'avait jamais formulé, Nori savait qu'il l'avait restauré pour elle, comme cadeau.

Tokyo, Japon
24 décembre 1956

La voiture arriva un peu après 7 heures du matin. Le concert avait lieu dans la maison de campagne de Hiromoto, à environ une heure de la ville. Ainsi va la vie d'un homme pauvre. Ayame avait ouï dire que l'antiquaire avait récemment perçu une somme considérable grâce à des transactions commerciales à l'étranger. Cet événement était pour lui une manière de s'attirer les faveurs de l'élite de Tokyo, une tentative pour faire passer ses vulgaires pieds de roturier par la grande porte.

C'était un drôle de bonhomme, mais Nori l'appréciait plutôt.

Il avait insisté pour envoyer son propre chauffeur la chercher. Nori s'installa à l'arrière de la voiture et regarda la ville disparaître lentement derrière la fenêtre. Le monde était recouvert d'une épaisse couche de neige.

Elle hésita à baisser la vitre pour sentir le froid sur son visage, mais se retint. Elle ne voulait pas que le chauffeur la réprimande.

Ses doigts pianotaient sur ses genoux. Elle avait appris par cœur tous les airs jusqu'à la dernière *fermata*.

Elle comprenait ce qu'Akira avait cherché à faire en la poussant à jouer à ce concert. Elle comprenait, sincèrement.

Mais elle ne voulait toujours pas.

Toute sa vie, Akira avait toujours été brillant. Il ne connaissait pas le désir de vouloir rester discret, en arrière-plan.

Ils s'arrêtèrent devant la propriété. Le chauffeur sortit lui ouvrir la porte.

— Madame.

Elle le remercia, récupéra son étui à violon et entra.

La maison paraissait récente, construite sur un terrain nu, seulement cernée d'arbres, au bord d'un lac artificiel.

Nori se demanda quelle mouche avait piqué le vieil homme pour se faire construire une maison au milieu des bois, puis elle rit de sa réflexion. C'était exactement le genre de chose qu'elle ferait.

Elle fut immédiatement conduite dans le hall d'entrée, qui semblait occuper la majeure partie de la maison. Les sols en marbre sentaient encore le neuf ; la pièce était entourée de fenêtres en verre, du sol au plafond. Le traiteur était à pied d'œuvre pour mettre en place de longues tables avec des nappes dorées tape-à-l'œil. Une estrade surélevée était disposée dans un coin avec un piano à queue et quinze chaises.

Les autres musiciens étaient déjà installés, à l'exception du pianiste. Il n'y avait que des hommes, tous au moins deux fois plus âgés qu'elle. Aucun signe de Hiromoto.

Une domestique s'approcha d'elle pour prendre son sac à main et la housse qui contenait ses vêtements.

— Je les mets dans le placard. Je vous les apporterai, le moment venu. Si vous voulez bien, madame, vous pouvez rejoindre les autres.

Nori s'approcha timidement, à moitié cachée derrière son étui.

— Je… euh… *shitsurei shimasu*…

Le chef d'orchestre se tourna vers elle. C'était le plus jeune du groupe. Il avait un sourire éclatant, et une chevelure longue et noire.

— Ah, voici notre soliste. Bienvenue.

Nori lui adressa un signe de tête.

— Merci de m'avoir invitée.

Il désigna un pupitre installé non loin du sien.

— Il a été proposé que vous ayez le vôtre, expliqua-t-il. Étant donné votre taille.

Elle rougit.

— Merci.

— Mettons-nous au travail. Nous jouerons d'abord Mendelssohn, puis vous, Schubert. Vous et le pianiste terminerez ensuite avec… quoi déjà ?

— Vitali. *Chaconne*.

Il haussa un sourcil.

— Je dois reconnaître que ce ne sont pas les airs les plus faciles.

Nori le regarda en clignant des yeux.

— Non, en effet.

— Allons-y.

Akira l'avait prévenue de suivre la baguette du chef. La tâche se révéla plus facile qu'elle ne le pensait.

Mais se synchroniser avec les autres instruments demandait davantage de travail… Finalement, ils passèrent trois heures uniquement sur Mendelssohn. Il était 2 heures de l'après-midi quand ils entamèrent le milieu du programme de répétition.

Nori sentait les regards des musiciens lui brûler le dos. Tous ces professionnels se demandaient à coup sûr qui était cette petite favorite que l'on avait invitée à jouer en dépit de son incompétence.

— Très bien, annonça le chef d'orchestre après un moment. Faisons une pause. Jouez votre solo.

Nori se mordit si fort la lèvre qu'elle sentit un goût de sang.

— Je… Le public ne sera pas trop nombreux, n'est-ce pas ?

Il la regarda, perplexe.

— Non. Seulement deux cents personnes environ.

Elle manqua de s'évanouir.

— Ah oui ! Seulement. D'accord.

Il lui fit signe de commencer.

Au moins, cet air, Nori le maîtrisait. Ses mains le connaissaient si bien qu'elle le joua sans le moindre accroc. Les murmures derrière elle lui indiquèrent qu'elle avait réussi à remonter dans l'estime des musiciens.

Un peu.

Le chef d'orchestre lui adressa un signe de tête.

— C'est bien. Vous êtes clairement une soliste née.

Nori dut réprimer un rire.

— J'ai plutôt l'habitude de jouer seule. Mais… où est le pianiste ?

Il fronça les sourcils.

— Je ne l'ai pas vu. Je vais vérifier. Il ne nous reste que quelques heures.

Il posa sa baguette et disparut dans la pièce voisine.

— C'est sa sœur, n'est-ce pas ? chuchota quelqu'un derrière elle. Quel drôle de physique.

— Demi-sœur, corrigea quelqu'un d'autre. Et ne le dis pas trop fort. Sa famille est…

Le chef d'orchestre revint d'un pas rapide, l'air renfrogné.

— Il est en retard, grogna-t-il. Formidable. Comme si tout n'était pas déjà assez compliqué ce soir.

Nori avala sa salive.

— Comment allons-nous faire ?

— Continuons à répéter le concerto. C'est tout ce que nous pouvons faire.

Son visage se radoucit.

— Vous apprenez vite et vous jouez très bien. Votre frère serait fier de vous.

— Vous connaissez Akira ?

L'homme rit.

— Je le connais, oui. Nous avons fréquenté le même conservatoire. Il m'a appelé il y a quelques jours. Il m'a dit de ne pas m'attendre à ce que vous jouiez aussi bien que lui.

Elle réprima un rire.

— Eh bien, il avait raison.

L'homme sourit.

— Des musiciens comme lui, il n'y en a pas beaucoup. Un par génération. C'est un génie, un *tensai*. On ne rivalise pas avec des gens comme lui.

Je ne vous le fais pas dire.

— Mais vous possédez, en revanche, quelque chose qu'il n'a pas, continua-t-il.

Elle leva les yeux, surprise.

— Quoi ?

Il lui adressa un clin d'œil.

— Ce serait à lui de vous le dire. Allez, reprenons. Depuis le début ?

Alors elle reprit, avec plus de confiance cette fois. Elle se laissa porter par les autres comme par une marée montante. Elle était la soliste, oui, et devait s'élever au-dessus d'eux, mais pas trop. C'était une danse délicate, le jeu du chat et de la souris.

Nori ferma les yeux pour retrouver ce qu'elle avait ressenti en entendant Akira jouer pour la première fois. C'était un sentiment à la fois étranger et familier, merveilleux mais simple, et toujours, toujours réconfortant, malgré les frissons qui lui parcouraient le dos.

Trois heures plus tard, une domestique vint leur annoncer que les invités arriveraient dans moins d'une heure et qu'ils devaient se préparer.

Tout le monde s'éclipsa, semblant savoir où aller. Nori se retrouva seule.

— Si vous le permettez, madame, dit la domestique. Il y a une chambre à l'étage pour vous changer. J'ai préparé votre robe.

Nori hocha la tête et la suivit dans l'escalier en colimaçon. Les murs, à l'étage, n'étaient peints qu'à moitié. De toute évidence, personne ne vivait réellement ici. Cette maison était plus destinée aux réceptions qu'à la vie quotidienne.

Nori enfila sa robe avec précaution, pour ne pas déchirer le tissu délicat. Elle était trop longue pour elle, si bien qu'elle devait faire attention à ne pas trébucher.

Elle défit son chignon pour laisser tomber ses cheveux sur son épaule gauche, et attacha le côté droit avec une longue barrette en ivoire.

Elle s'appliqua un soupçon de rouge à lèvres, puis se regarda dans le miroir.

Cela pourrait être pire, pensa-t-elle.

Elle entendit la porte s'ouvrir et se refermer à plusieurs reprises en bas, ainsi que des éclats de rire, le genre de rires prétentieux de ceux qui ont trop d'argent et trop de temps libre.

Elle s'assit au bord du lit et soupira. Il ne servait à rien de prier.

On frappa à la porte.

— Un instant.

Mais la porte s'ouvrit quand même. Elle se leva, prête à réprimander l'imbécile qui avait désobéi à son ordre.

Mais la personne qu'elle découvrit était loin d'être un imbécile. C'était Akira. Il était vêtu de son costume de concert et avait épinglé une rose rouge à sa boutonnière ; ses cheveux étaient plaqués en arrière par de la laque.

Il leva un sourcil face à son air médusé.

— Ah, voyons, Nori. Tu ne pensais tout de même pas que je te laisserais me faire honte.

Elle se jeta dans ses bras.

— *Aniki* !

— Je voulais te faire une surprise, dit-il chaleureusement. Tu te plains toujours que je suis trop sérieux, alors, tu vois ?

— Mais… tu es censé être à Vienne !

— Je suis revenu, mais je n'ai pas beaucoup de temps. J'ai failli ne pas arriver jusqu'ici. J'ai débarqué il y a quelques heures à peine et je repars dans trois jours.

Elle eut du mal à retenir des larmes de joie.

— Oh ! Dieu merci. Tu vas pouvoir jouer à ma place, maintenant.

Il ricana.

— Tu plaisantes ? Je serai votre pianiste pour la soirée, ma sœur. Le reste dépend de toi.

Elle serra les poings.

— Non, s'il te plaît, ne me fais pas ça. Tu joueras beaucoup mieux que moi.

— C'est sûr. Mais je veux que tu le fasses.

— Mais je ne suis personne ! explosa-t-elle.

Son cerveau privé de sommeil ne suivait plus. Elle ne put s'empêcher de penser à sa chambre ; elle aurait donné n'importe quoi pour se pelotonner là-bas avec une tasse de thé chaud.

Il lui tapota le nez.

— Tu n'es pas personne.

Nori ne semblait pas convaincue.

— Écoute, poursuivit-il. Tu sais que je ne fais jamais rien sans raison. Alors fais-moi confiance.

Elle retint ses larmes. Il n'y avait plus le temps pour pleurer. Le soulagement d'avoir Akira à ses côtés devait l'emporter. Si elle devait s'humilier… eh bien, au moins il serait là. À ses côtés.

Elle lui prit la main et la serra fort.

— Joyeux anniversaire.

Il haussa les épaules.

— Pas de grandes démonstrations, s'il te plaît.

— J'ai des questions, le taquina-t-elle. Beaucoup de questions. Parce que tout ça ne te ressemble pas, *aniki*.

Il eut un sourire en coin.

— Plus tard. Maintenant, allons-y.

Ne les regarde pas.

C'était la seule solution. Ne trouvant pas Hiromoto dans la foule au milieu de tous ces costumes noirs, elle finit par fixer le sol du regard, avec détermination.

Akira s'était installé au piano après avoir échangé des accolades chaleureuses avec le chef d'orchestre et la moitié des musiciens.

Il était évident qu'il avait ici sa place, et pas elle. Mais elle était là.

Un homme qu'elle ne connaissait pas monta sur scène et prononça quelques mots, remerciant au nom de Hiromoto les invités d'être présents ce soir. Quand il présenta Nori – « la soliste, mademoiselle Noriko » –, une vague de murmures parcourut la foule.

Jamais de sa vie Nori n'aurait davantage souhaité être ailleurs – et vu sa vie, voilà qui en disait long.

Sa robe la démangeait. Ses mains étaient moites. Elle regrettait de s'être coiffée ainsi. Les cordes de son violon étaient trop tendues.

Seul le regard d'Akira la maintenait encore debout.

Il croit en toi.

Elle prit une grande respiration et retint son souffle jusqu'au moment où le chef d'orchestre fit signe de commencer.

Maintenant.

Elle prit son envol. Aux premières notes ascendantes, elle s'était déjà approprié le morceau.

Parfait.

Elle sentait pratiquement les mains d'Akira sur les siennes, qui la guidaient. Par-dessus le son de l'orchestre, elle entendait sa voix dans sa tête.

Bien. Pas trop vite. Ralentis, maintenant... comme une caresse. Presque sensuel.

Oui, comme ça.

Maintenant, plus haut. Pas trop aigu.

Plus vite. Plus vite. Plus vite.

Elle était à bout de souffle. Son visage était chaud, mais ses mains stables. Elle ne se laisserait pas humilier. Pas aujourd'hui.

Elle sentit l'orchestre dériver et se hâta de le rattraper. Le son de la flûte la toucha en plein cœur.

C'est donc cela que l'on ressent ?

C'est donc ce que l'on éprouve lorsqu'on est enveloppé par le son ?

Est-ce ce qu'Akira éprouve à chaque fois ?

Elle ouvrit les yeux. Il y avait un autre bruit à présent, différent, totalement inconnu.

Nori vacilla. Le bruit perdura encore trois bonnes minutes.

Des applaudissements fournis.

Sa poitrine se soulevait au rythme de sa respiration folle.

— Un autre ! Bravo ! cria quelqu'un.

— Oui, encore !

Akira la regarda du coin de l'œil. Ce petit moment de répit entre deux morceaux était apparemment chose courante.

Même à bout de souffle, Nori hocha la tête pour signifier qu'elle était prête à reprendre. C'était le moment du solo.

Elle joua l'*Ave Maria* sans aucun accroc, comme elle savait qu'elle le ferait. Cet air était le prolongement d'elle-même – impossible d'en oublier la moindre note.

Elle entendit quelqu'un pleurer.

Et puis le grondement arriva. La foule ne pouvait plus s'arrêter.

Elle sentit la main d'Akira sur son épaule.

— Si tu as besoin de faire une pause…, lui chuchota-t-il à l'oreille.

— Non.

— Ça fait presque une heure. Tu es un peu pâle.

— Je veux aller au bout.

Si elle s'arrêtait maintenant, jamais elle ne pourrait reprendre. Elle ne tenait plus que grâce à l'adrénaline.

À l'insu de la foule, Akira se pencha et embrassa discrètement l'arrière de son cou. Elle frissonna.

— Garde la foi, lui souffla-t-il.

Il retourna au piano. Les murmures de la foule s'estompèrent. Un silence complet tomba sur la salle, comme si un ange avait figé le temps.

Akira laissa fuser la première note. Puis la seconde. Puis la troisième. Chacune plus grave et plus menaçante que la précédente.

Elle sentit quelque chose se briser en elle.

Et puis, sans réfléchir, elle répondit à l'appel.

Elle n'était pas derrière lui, elle n'était pas devant. Sa musique était entrelacée à la sienne, ils étaient les deux moitiés d'un tout.

Une larme roula sur sa joue.

Toute sa peur, toute sa douleur, toute sa haine s'envolèrent d'elle, se fondirent dans le son.

Les difficultés étaient oubliées ; le public était oublié.

Il n'y avait plus qu'eux deux.

De plus en plus vite, ils jouèrent, jusqu'à ce que leur danse atteigne un rythme fou.

Et puis, la cadence ralentit, et le message fut clair comme le jour : *Fin*.

Son corps se plia en deux, elle se couvrit les yeux. Son violon tomba par terre.

Elle n'entendit pas les applaudissements.

Elle ne sentit rien d'autre que la main d'Akira dans la sienne, la conduisant à travers le hall, par la porte d'entrée et dans la froide nuit d'hiver.

Encore haletante, elle sentit l'air sur son visage.

— Tout va bien, dit-il simplement. Là, là.

Elle continuait à respirer par saccades, désespérément.

— J'ai réussi, souffla-t-elle.

Akira s'assit à même la neige pour lui permettre de poser son visage contre sa poitrine.

— Tu l'as fait, répondit-il.

Et il y avait dans sa voix tranquille quelque chose de satisfait, mais de puissant à la fois.

— C'était bien ?

Akira renifla.

— Des trilles brouillonnes. Comme d'habitude.

Elle savait qu'il ne fallait pas se vexer.

— Mais le reste ?

Akira demeura silencieux pendant un long moment.

— Je suis… je suis content d'être revenu.

Nori rangea ces mots dans sa boîte sacrée.

— Je vais récupérer nos affaires, dit Akira. Et remercier Hiromoto. À moins que tu ne veuilles rester pour la fête et savourer ton heure de gloire ?

Elle secoua la tête.

— Non, rentrons à la maison.

Le chauffeur était le même qu'à l'aller. Il sourit à Nori en ouvrant sa portière. Il jeta un bref regard à Akira avant de détourner les yeux. Akira avait pris un taxi depuis l'aéroport ; il n'avait qu'une petite valise avec lui.

La nuit était parfaitement calme, d'un noir profond, sans étoiles. Aucun autre véhicule n'encombrait la route sinueuse.

Akira s'appuya contre la vitre, les yeux mi-clos. Nori souffla sur le carreau pour tracer dans la buée les caractères de son nom avec son petit doigt.

No-Ri-Ko…

À une époque, c'était tout ce qu'elle savait épeler.

Elle donna un petit coup de pied à Akira.

— Akira.

Il se tourna vers elle.

— *Nani* ?

— Penses-tu que je pourrais venir avec toi, à Vienne ? Que nous pourrions jouer à nouveau ? Ensemble ?

Elle s'attendait à ce qu'il ricane ou lève les yeux au ciel, mais le regard qu'il lui lança était franc et honnête.

— Tu n'es pas encore prête pour ça.

Elle baissa la tête.

Il souleva son menton avec deux doigts et tira légèrement sur l'une de ses boucles.

— Mais peut-être l'année prochaine.

Nori commença à sourire, mais ne put terminer son mouvement.

Tout se passa en une fraction de seconde.

La voiture vira brusquement à gauche, si brusquement qu'elle fut projetée en arrière. Son crâne heurta la vitre. Elle eut seulement le temps de penser que les arbres semblaient se rapprocher étrangement vite.

Le visage d'Akira était pétrifié. Elle le vit articuler son nom.

Nori.

Puis retentit le bruit le plus puissant qu'elle ait jamais entendu. Son corps s'envola vers l'avant. La dernière chose qu'elle sentit fut les bras de son frère autour d'elle.

Car, l'instant d'après, il n'y eut plus aucune sensation.

Elle savait que le sol sur lequel elle était allongée devait être froid. Que les flammes autour d'elle devaient être chaudes. Mais elle ne ressentait rien.

Elle vit le chauffeur qui gisait à vingt mètres de là. Il n'était plus qu'un point. Son crâne était fendu comme un œuf. Comment un corps pouvait-il contenir autant de sang ?

La lumière des flammes faisait briller les éclats de verre qui jonchaient le sol tout autour d'elle, recouverts d'une couche de neige fraîchement tombée.

Son regard se posa sur le gros morceau de verre pointu qui dépassait de sa poitrine.

Il scintillait comme une comète tombée du ciel.

Chapitre 15

AURORE

Je crois que je suis devenue sourde. Et aveugle. Et muette.

Tous les jours, du matin au soir, il y a des gens qui entrent, qui sortent de la chambre. Ils s'assoient près du lit, ils me posent des questions, mais je n'entends rien. Et quand j'essaie de dormir, ils me réveillent et me posent encore plus de questions.

Je crois qu'il s'est passé quelque chose de très grave. J'en ai la conviction profonde ; même là où je me trouve, dans cette plaine, en apesanteur, il me manque une immense partie de moi-même. Il faut que je la retrouve. Il faut que je la retrouve, quelle qu'elle soit.

Mais d'abord, il faut absolument que je me souvienne de mon nom.

Noriko.

Ça y est, je l'ai. Je ne sais pas combien de jours il m'a fallu pour le retrouver. On a obstrué la fenêtre avec du papier. Je suis obligée de me fier à mes oreilles pour savoir l'heure qu'il est.

Quelqu'un est venu aujourd'hui – ou était-ce hier ? J'ai cru le reconnaître, et puis j'ai perdu le fil. Il m'a échappé comme la pluie glisse sur une aile.

Ils me massent la poitrine avec une pommade qui sent le soufre. Ça brûle, je crie, je n'entends toujours rien.

Je ne peux rien faire d'autre que pleurer.

Ils m'ont laissée sortir.

S'ils m'escortent, que je marche entre eux deux, qu'ils m'épaulent un peu, j'arrive à faire le tour du couloir.

Je crois que je connais cet endroit. Ce n'est pas une prison, comme je l'ai d'abord pensé.

C'est un endroit qui... m'est familier. Je ressens une petite étincelle d'affection, d'espoir, mais je ne peux pas me souvenir pourquoi.

Je m'accroche à la manche d'une femme, je regarde son visage pâle, strié de larmes.

— Qu'est-ce qui ne va pas ? lui dis-je.

C'est la première fois que j'essaie de parler. Ma voix est faible, imperceptible. Mais j'ai l'impression qu'elle comprend. Je n'entends toujours rien, mais j'arrive à lire sur ses lèvres.

— Nori...

L'autre femme l'interrompt.

— Ne lui dis pas. Elle ne se souviendra pas. Ce serait juste la torturer.

— Elle a le droit de...

— Tu te souviens de la dernière fois ? Ça n'a servi à rien. Sinon à être cruel.

Je ressens une vive douleur dans ma poitrine, comme si quelqu'un me déchirait de l'intérieur.

Je me réveille des heures plus tard. La douleur s'en est allée. Mais je ne peux toujours pas arrêter de pleurer.

Il faut que je retrouve quelqu'un.

Je m'appelle Noriko, Noriko Kamiza, ma mère est partie et je n'ai jamais connu mon père. J'ai une amie aux cheveux blond cendré qui est de l'autre côté de la mer.

Mais il y a autre chose.

Il y a la chaleur du soleil, et un poids qui pèse aussi.

Pourquoi ne puis-je pas me souvenir ?

Tout lui revint en un éclair, avec une clarté absolue. Avec une puissance telle qu'elle fut tirée de son sommeil.

Elle se leva. Chaque membre de son corps hurlait. Elle était à moitié nue, de la taille jusqu'à la tête, mais peu lui importait. Elle s'enroula dans sa couverture et se mit à marcher.

Une sensation surréaliste l'étreignait, celle de vivre dans une sorte de rêve.

Elle se fraya un chemin dans le couloir, s'arrêta à la troisième porte à droite. Frappa.

Pas de réponse.

Elle ouvrit la porte.

La chambre d'Akira était telle qu'il l'avait laissée. Le lit était fait, les classeurs remplis de partitions soigneusement empilés sur le bureau. Les nombreuses écharpes qu'elle lui avait tricotées étaient suspendues à un crochet près du miroir.

Et là, assise sur le lit, une silhouette à moitié cachée dans l'obscurité.

Elle s'approcha à pas feutrés, ignorant la sensation qu'elle avait de marcher sur des bris de verre.

La silhouette leva les yeux.

— Ayame, murmura Nori.

Ayame ne répondit pas. Elle était pâle comme un cadavre, ses cheveux étaient gras. Sa robe bleue était sale.

Et elle pleurait.

Une vague de tristesse submergea Nori. Son instinct lui disait de partir, de retourner dans sa chambre et de se rendormir. De retomber dans sa torpeur.

Parce que ce qu'elle pensait était inimaginable. Impossible.

Nori ferma les yeux.

— Où est-il ?

Ayame laissa échapper un sanglot brisé.

— Je ne suis pas… Je n'ai pas le droit de…

Pendant un bref instant, Nori se laissa aller à un espoir aveugle et stupide.

— À Vienne, c'est ça ? demanda-t-elle d'une voix fluette, qui sembla pathétique même à ses propres oreilles.

Ayame la regarda fixement, les yeux écarquillés, livide, sans rien dire.

— Je sais qu'il devait aller à Vienne, insista Nori. Je sais qu'il devait y aller pendant un certain temps, parce qu'il voulait… faire de grandes choses. Mais il devait revenir.

Sa voix se brisa. Elle tenta de prendre une respiration, mais la douleur dans sa poitrine était si intense qu'elle faillit la faire tomber.

— Il devait revenir, souffla-t-elle. Il avait promis.

Ayame se leva du lit.

— Il est revenu, dit-elle doucement. Pour votre concert. Vous souvenez-vous ?

— Je…

Le monde se renverse. Du verre partout.

Du feu.

— Je…

Ayame fit encore un pas vers elle et Nori se mit à agiter les mains vers l'avant, comme pour repousser la vérité.

— Ne…, commença Nori d'une voix faible. Ne le dis pas.

Mais Ayame continua.

— Il est revenu. Vous étiez en route pour rentrer. Mais il faisait nuit et… il neigeait. La voiture…

— Arrête, *NE LE DIS PAS !*

— La voiture a dérapé.

Nori chercha à s'enfuir, mais elle trébucha sur le bas de la couverture et tomba par terre. Elle baissa la tête et leva les mains pour supplier Ayame.

— Arrête, murmura-t-elle. Par pitié, arrête.

— Elle a glissé dans un fossé, dans les bois. Vous avez percuté un arbre.

Nori finit par lever les yeux. Ils étaient secs. Et bien qu'elle se trouvât à genoux, son dos était droit.

Elle figea ce moment dans son esprit, figea dans ses souvenirs cette pièce, tout, jusqu'au moindre grain de poussière qui flottait dans l'air. Elle laissa toutes ces images imprégner ses os. Elle se força à mémoriser, avec une clarté absolue, l'instant d'avant. Elle le serra fermement dans ses mains, comme un petit oiseau.

Puis elle le laissa partir.

— Où est Akira ? demanda Nori.

Et, d'une toute petite voix, Ayame lui répondit.

La bouche de Nori s'ouvrit.

Elle se souvenait, maintenant.

Allongé là, sur ce sol gelé, il y avait quelqu'un à côté d'elle, à seulement quelques mètres.

Akira.

Son corps était recroquevillé, presque comme s'il dormait. Ses cheveux ébouriffés, comme toujours.

Et son visage… son visage… avait *disparu*.

Elle se plia en deux.

Et puis elle hurla.

Ils me donnent quelque chose pour dormir.

Mais je ne dors pas, même si je le voudrais, plus que tout.

Je reste éveillée, je fixe le plafond et je pense, encore et encore :

Laisse-moi mourir.

S'il Te plaît, mon Dieu.
Laisse-moi mourir.

Je ne meurs pas.

J'ai beau rester allongée ici toute la journée, tous les jours, la tête tournée vers le mur en attendant la mort, il ne se passe rien.

Quand je vois le corps sans visage d'Akira, le même que celui de ma mère, qui m'est apparu en rêve pendant toutes ces années, je suis obligée de me pencher au-dessus de la bassine, près de mon lit, pour vomir.

Je bois un peu d'eau pour faire plaisir à Ayame, qui semble elle-même proche de la mort, mais je ne peux rien manger.

Le médecin vient m'ausculter. Je sens monter en moi une colère ridicule, indigne, quand je le vois.

Je le hais comme un scorpion.

Où était-il quand on a eu besoin de lui ? Pourquoi n'a-t-il pas aidé celui qui méritait d'être sauvé ?

Je lui dis de me laisser mourir, il me répond qu'il ne peut pas, qu'il est médecin et que, de toute façon, je ne mérite pas de mourir.

Si, je le mérite.

J'ai toujours mérité de mourir. Mais j'ai refusé.

Et maintenant, je l'ai tué.

Ayame me dit que je dois me lever.

Elle me dit que je ne peux pas rester éternellement dans ce lit, que je dois en sortir. Elle s'est baignée et a enfilé une nouvelle robe amidonnée. Elle est redevenue elle-même.

Il est mort il y a seulement trois semaines.

J'entends des bruits derrière ma porte, des gens qui se déplacent, qui parlent, qui cuisinent, nettoient et vivent.

Mais le soleil est parti.

Ne le savent-ils pas ? Ne savent-ils pas que le soleil est parti, que tout est fini ?

Je ne peux pas me lever.

Je ne me lèverai plus jamais.

AYAME

Tokyo, Japon
1er mars 1957

Le messager arrive à l'aube, par une journée grise. Le brouillard est si épais qu'on ne voit presque rien par la fenêtre. L'*hisame* est tombée toute la nuit : une pluie froide et glaciale qui s'infiltre dans l'air, s'infiltre dans la maison, s'infiltre dans les os. On peut faire ce que l'on veut, impossible de se réchauffer. Impossible.

Depuis l'accident, je l'attendais. Je partage maintenant mon temps entre sa chambre et la porte d'entrée devant laquelle je dors avec un couteau sous mon oreiller.

Je m'enveloppe dans un châle et vais à sa rencontre devant le portail. Je ne le laisserai pas faire un seul pas de plus.

Il baisse la tête et me remet la lettre. Elle est marquée du sceau de la famille Kamiza : un chrysanthème blanc au cœur violet.

— Sachez, Ayame-san, que ce sera son premier et unique avertissement.

Je voudrais être en colère, mais je n'y arrive pas. Je ne ressens plus rien, je crois.

Je connaissais Akira depuis le jour de sa naissance. Je l'ai tenu dans mes bras quand j'avais seulement cinq ans, je le berçais pour l'endormir. J'ai vu le petit garçon aimant et joyeux qu'il était devenir un enfant secret, qui parlait rarement.

Quand il est parti pour Kyoto, je pensais que c'était fini. Je suis même allée travailler pour une autre grande famille.

Et puis, il est venu me chercher. Il était là, devant moi, souriant, comme un miracle. Il m'a demandé de tenir sa maison, il m'a dit qu'il ne ferait confiance à personne d'autre.

Et toutes ces années, j'ai veillé sur lui. Comme ma mère veillait sur son père.

Chaque jour, je lui ai apporté son café et, chaque jour, il me regardait, souriait et disait : « Merci, Ayame. Tu prends toujours si bien soin de moi. »

Et chacun de ces jours, je prétendais que je n'étais pas désespérément, passionnément, follement amoureuse de lui. Parce que je suis une bonne. Et il est… il était…

Je ne peux pas imaginer le monde sans lui.

Je serre la lettre dans mes mains froides.

— Cette femme ne mettra pas les pieds ici, dis-je à voix basse, furieuse. C'est hors de question.

Il me sourit faiblement.

— Assurez-vous qu'elle la lise. Madame attend une réponse.

Je tremble.

— Dans combien de temps ?

— Dans trois jours.

Il s'incline de nouveau, fait demi-tour et disparaît dans le brouillard.

Je retourne dans la maison.

Il me faut du temps pour trouver la force de monter à l'étage. Je sais ce qui m'attend là-haut. Et je ne veux pas y faire face.

Je me décide enfin à bouger. Il est étonnant de constater à quel point mes membres sont lourds. J'ai vieilli de cent ans en seulement quelques jours.

Je ne frappe pas. J'ouvre la porte et je la trouve là, comme je m'en doutais.

Elle est allongée dans son lit, le visage tourné vers le plafond, immobile. Ses cheveux sont collés par la sueur et les vomissures ; il faudra sûrement les couper.

Mais le pire, c'est sa peau. Sa peau, autrefois d'une couleur amande singulière, est maintenant grise comme de la cendre.

Elle est en train de mourir sous mes yeux et je ne peux rien y faire.

— Nori, je chuchote.

Elle ne bouge pas. Je ne sais même pas si elle m'entend. Elle ne m'a pas adressé un seul mot depuis que je lui ai annoncé la mort de son frère.

Je vais m'asseoir sur le tabouret près de son lit. Son odeur est atroce. Elle sent la mort, la décomposition.

— Nori, dis-je à nouveau, plus fermement cette fois. Il y a une lettre pour vous.

Ses lèvres gercées s'entrouvrent. Elle murmure : « Non », et se tourne sur le côté, face au mur.

Je vois des plaies rouges sur son dos, qu'elle a grattées jusqu'au sang.

Quand la police l'a trouvée et emmenée à l'hôpital, c'est moi qui suis allée la chercher et qui l'ai ramenée ici. Une fois les éclats de verre retirés, le médecin a dit qu'elle vivrait et se rétablirait complètement, mais qu'elle garderait une cicatrice terrible.

J'ai failli lui rire au nez.

Je n'ai jamais pu revoir Akira. Ils l'avaient déjà emmené à la morgue. De toute façon, il n'y avait plus rien à voir. Ils m'ont dit qu'il n'avait plus de visage.

Il fallait que je fasse sortir Nori de cet endroit avant que sa grand-mère n'arrive. Il le fallait, pour Akira, même si je ne suis qu'une servante et que mon maître est mort – par conséquent, je ne suis plus rien.

— Votre grand-mère a envoyé un messager.

Nori tourne la tête vers moi d'un air perplexe.

— Comment ? murmure-t-elle.

Sa voix est celle d'une vieille femme brisée.

— Votre grand-mère a fait porter une lettre pour vous.

Pour la première fois depuis des jours, elle se redresse. Le changement de position lui donne le vertige, et elle s'accroche à moi pour se stabiliser. Puis elle tend son bras squelettique et prend la lettre que je lui tends.

Elle brise le sceau et ouvre l'enveloppe. Je la vois parcourir la page, une fois, deux fois, trois fois.

Son visage ne trahit aucune émotion, ses yeux sont aussi vides que ceux d'une poupée.

Elle me rend la lettre et tourne à nouveau son visage vers le mur.

Je remarque que mes mains tremblent alors que j'essaie de la lire. La lumière matinale qui filtre à travers la fenêtre obstruée est grise et terne, mais je parviens quand même à distinguer ce qui est écrit.

28 février 1957

Noriko,

Tu seras heureuse d'apprendre que tu es parvenue à tes fins. Ton frère est mort. L'avenir de notre famille est mort. Notre lignée, que je me suis si ardemment évertuée à protéger, prendra fin avec ma mort.

Peut-être me croiras-tu, à présent, lorsque je te dis que tu es maudite, misérable, que tu es l'enfant du diable.

Ils t'ont probablement dit que son beau visage a été arraché. Il est mort sur une route froide au milieu de la nuit, seul.

Il venait d'avoir vingt et un ans.

Nous, sa famille, ton grand-père et moi, l'avons enterré dans le plus grand honneur à Kyoto, sa ville ancestrale.

Tu as jusqu'à la première semaine de mars pour quitter le Japon et ne jamais y revenir.

Cette faveur que je t'accorde est une marque de respect envers mon petit-fils, car Dieu sait que tu n'en mérites aucune.

Tu as tué ton frère. Tu as également détruit ta mère et ton père.

Je vais te dire, maintenant, qu'il n'était qu'un simple paysan originaire d'un petit État qu'on appelle la Virginie, en Amérique. Son nom était James Ferrier. Il est mort en 1941, peu après ta naissance.

Je te le dis pour que tu saches bien que tu n'as plus rien ni personne. Tu n'as plus de nom, car je te le retire. Et tu n'as plus de famille, car tu en as anéanti chaque membre.

Quitte le Japon. Vois si tu trouves un recoin misérable du monde pour t'accueillir.

Pour ma part, j'en doute.

L'Honorable Dame Yuko Kamiza

Je plaque une main sur ma bouche pour m'empêcher de crier.

Quelle femme maléfique.

— Nori, je hoquette en saisissant ses frêles épaules et en la forçant à me regarder. Vous devez partir.

Elle cligne des yeux.

— Nori, ils vous tueront ! Ce n'est pas une menace en l'air, ils n'ont plus aucune raison de retenir leurs coups !

Elle incline la tête.

— Tant mieux.

Je reste sans voix.

— Comment ça ?

Elle hausse les épaules.

— Je mérite de mourir. Laïsse-la faire.

La gifle part sans réfléchir. Toute la douleur, toute la rage que je ressens face à cet univers injuste et cruel jaillissent d'un coup.

— Comment osez-vous ? Comment osez-vous dire de telles inepties ? Akira a risqué sa vie pour vous, pour vous donner une vie, pour vous donner une chance d'avoir un avenir digne d'être vécu !

Ses joues s'empourprent.

— Oui, crache-t-elle, et maintenant il en est mort.

— Pas par votre faute. C'était un accident. La main de Dieu.

Les larmes inondent ses yeux. Le masque se fissure.

— Mais quel Dieu permettrait cela ? sanglote-t-elle.

Je ne peux pas lui répondre. Je ne sais pas.

Je la serre contre ma poitrine, cette petite chose fragile, je la serre alors qu'elle pleure.

— Il faut vivre, lui dis-je d'une voix tremblante. Vous devez quitter le pays, vous mettre en sécurité. Allez retrouver votre amie en Angleterre. Quittez le Japon, laissez tout cela derrière vous. Partez refaire votre vie.

Elle m'adresse un signe de dénégation.

— Je ne veux pas vivre du tout.

Je la secoue violemment, sa tête bascule d'avant en arrière.

— Peu importe ce que vous voulez. Vous n'insulterez pas la mémoire d'Akira en vous laissant mourir. Maintenant, debout.

Elle hésite.

— DEBOUT !

Je la sors pratiquement de force du lit. Elle titube, ses jambes tremblent. Elle ressemble à un jeune faon qui apprend à marcher.

Elle s'effondre contre le mur et ne dit plus rien pendant un long moment.

— Viendras-tu avec moi ? demande-t-elle d'une voix minuscule.

Pauvre, douce enfant. Comme j'aimerais pouvoir le faire. Je n'ai jamais connu d'autre vie, je n'en ai même jamais rêvé.

Ma place est ici. Le foyer sera dissous, la propriété restera en suspens jusqu'à ce qu'il soit décidé à qui elle reviendra… mais je resterai.

Avec le fantôme d'Akira. Peut-être me verra-t-il maintenant, comme il ne m'a jamais vue de son vivant. Je suis la seule qui reste.

Mon visage parle de lui-même.

Elle essaie de sourire, mais ses traits se contractent – il est évident qu'elle a oublié comment faire.

— Eh bien, dit-elle doucement, tu ferais mieux de préparer mes affaires.

Je suis submergée par le soulagement. Je ferme les yeux pour retenir mes larmes.

Je veillerai à ce qu'elle reste en sécurité, Akira-sama. Je sais que vous la chérissiez par-dessus tout.

Comme je vous chérissais, moi.

Le jour où Nori quitta le Japon, le ciel pleurait.

Shinotsukuame. La pluie implacable. Une pluie qui ne s'arrête jamais.

Mais elle savait que ces larmes n'étaient pas pour elle.

Elle emporta avec elle douze robes, deux kimonos, les rubans de sa mère, six blouses et six jupes. Le dernier journal de sa mère, qu'elle n'avait jamais achevé, ainsi qu'un portrait miniature qu'Ayame lui avait offert.

C'était une photo d'Akira, juste avant qu'il n'arrive à Kyoto. Il ne souriait pas, regardant droit dans l'objectif de l'appareil, l'air ennuyé. Mais il y avait une lueur dans ses yeux.

Elle prit son violon et laissa le sien. Elle prit tout l'argent du coffre-fort, une petite fortune, suffisante pour l'emmener loin. Elle prit les faux papiers et le passeport qu'il avait fait faire pour elle, au cas où.

Et enfin, elle prit le médaillon d'or qu'il lui avait offert pour son seizième anniversaire.

Tout le reste ne lui appartenait plus. Elle n'était plus Noriko Kamiza, la bâtarde.

Elle n'était plus personne, à présent.

C'était terrifiant, d'être libre.

Elle se tenait sous la pluie, les cheveux collés sur le visage, attendant que le bateau commence à embarquer.

Ayame parlait au capitaine. Nori vit de l'argent changer de mains. Probablement un pot-de-vin, pour s'assurer qu'elle serait bien prise en charge lors de ce long voyage.

Nori leva les yeux vers le ciel. Un désespoir ardent s'empara d'elle, une fissure dans le vide absolu qu'elle ressentait depuis des jours maintenant.

Par pitié, dit-elle à Dieu. *Ramène-le-moi.*

Prends-moi à sa place. S'il Te plaît. Je T'en supplie. Fais que ce soit un rêve, un horrible cauchemar et dis-moi que je vais me réveiller.

Dis-moi que la vie n'est pas aussi injuste, aussi cruelle que cela.

Il était bon, ce qui est mieux que gentil, et il était honnête, ce qui est mieux que prévenant.

Dis-moi que Tu ne l'as pas laissé mourir.

Rends-moi Akira.

Par pitié.

Le tonnerre gronda et Nori fut certaine, pour la première fois de sa vie, que Dieu l'avait entendue.

La réponse était non.

Ayame vint la prendre par les épaules pour la conduire à l'abri, sous l'auvent qui bordait le quai.

— Il est temps de partir maintenant, murmura-t-elle, brisée. Ma douce enfant.

Nori aurait aimé être triste de quitter Ayame. Mais elle ne le pouvait pas. Le soleil était parti. Plus rien à part cela ne pouvait l'attrister.

— Merci pour tout ce que tu as fait pour moi, dit-elle sincèrement. Je suis désolée que cela se termine ainsi.

— Ce n'est pas votre faute, petite madame.

Nori esquissa un sourire.

— Tu n'as plus besoin de m'appeler ainsi. Je suis simplement Nori.

Ayame l'embrassa sur ses deux joues froides.

— N'oubliez jamais qui vous êtes, murmura-t-elle.

Elles partagèrent une dernière et longue étreinte. Au fond de son cœur figé, Nori savait qu'elles ne se reverraient jamais.

Elle grimpa sur la passerelle du bateau.

Au lieu de descendre dans sa cabine de première classe, où un lit chaud l'attendait, elle se dirigea vers le bastingage et regarda par-dessus.

L'océan semblait infini, et pourtant, quelque part, il finissait par s'arrêter. Ou par devenir moins profond, en tout cas.

Peut-être en serait-il de même pour son chagrin.

Mais elle en doutait.

Tandis que le bateau s'éloignait, elle se retourna pour jeter un dernier regard à son pays natal, le pays qu'elle avait désespérément voulu aimer.

— Adieu, murmura-t-elle.

L'image d'Akira lui vint à l'esprit.

Adieu, aniki...

Le vent souffla et elle tendit l'oreille pour entendre sa voix, comme elle l'avait toujours fait lorsqu'il se trouvait loin. Quand elle n'entendait plus Dieu, quand l'espoir ne résonnait plus, sa voix, elle, avait toujours été là.

Mais plus maintenant. Il n'y avait plus rien.

Akira n'était plus.

PARTIE IV

Chapitre 16

PEAU

Paris, France
Mars 1964

Les pavés glissaient. Voilà une chose qu'elle n'avait pas anticipée. Elle avait pourtant pensé à tout, étudié toutes les issues, toutes les rues. Elle savait quel serait le dernier morceau, devait s'éclipser six mesures avant la fin, avant que les projecteurs ne se rallument.

Personne n'aurait jamais su qu'elle s'était trouvée dans cette salle.

Mais elle n'avait pas prévu que le violoncelliste s'écroule au beau milieu de Rachmaninoff. Elle n'avait pas prévu qu'il s'accroche brusquement à son col amidonné, et bouscule dans sa chute sa voisine qui hurlerait.

Elle n'avait pas prévu la panique qui s'emparerait de la salle, les projecteurs rallumés trop tôt, le pianiste sautant dans le public pour chercher de l'aide.

Même alors, il y aurait encore pu y avoir de l'espoir. Elle avait tenté de rester assise, la tête baissée. Il y avait mille personnes dans la salle, elle portait une robe noire – il n'y avait aucune raison qu'elle soit repérée.

Jusqu'à ce que l'homme assis à côté d'elle se lève d'un bond, en clamant qu'il était médecin, en lui demandant de le laisser passer.

Au moment où elle s'était levée, au moment où le regard bleu saphir du pianiste avait croisé le sien, elle avait compris que son plan n'était plus que des cendres emportées par le vent.

Alors, elle avait couru.

Elle s'était ruée dehors, mais il courait plus vite. Et elle portait des talons.

Elle avait débarqué dans le hall, poussé les portes, descendu quatre à quatre les marches du perron pour atterrir sur les pavés mouillés. La chute avait été dure, violente, mais elle avait réussi à se relever et monter tant bien que mal dans un taxi qui, par chance, laissait descendre à quelques mètres de là un couple de personnes âgées.

Il l'aurait rattrapée, sinon.

Elle voyait encore son visage dans le rétroviseur, entendait sa voix l'appeler par son nom d'autrefois.

« Nori ! »

Elle n'aurait pas su quoi lui dire.

Elle ne savait même pas quoi se dire à elle-même.

Tu n'aurais jamais dû venir. Espèce d'idiote.

Elle regarda son reflet dans sa tasse de thé. Le thé était bon ici. Cela faisait partie des choses qu'elle appréciait dans la petite chambre qu'elle louait à une veuve française bienveillante.

L'autre chose qu'elle appréciait était l'intimité.

Elle savait qu'il ne la retrouverait jamais ici, et pourtant. Elle ne pouvait pas rester. La bulle avait éclaté.

Elle avait passé les sept dernières années à voyager constamment, sans jamais rester au même endroit très longtemps. Il y avait d'abord eu Vienne, puis Rome, puis Malte. Elle avait ensuite demeuré quelques mois en

Suisse, avant d'arriver à Paris. Cela faisait maintenant près d'un an qu'elle s'y trouvait.

À chasser des fantômes.

Tant de personnes qu'elle avait perdues aimaient les lumières de cette ville.

Elle avait espéré que venir ici lui apporterait la paix. Elle se sentait peut-être même obligée de rester, pour essayer de construire ici une nouvelle vie.

Son projet, au départ, était de n'élire domicile nulle part. Voyager de ville en ville, partout en Europe, passer du temps au soleil, écouter les musiciens de rue, toutes ces choses lui suffisaient.

Sans doute s'occupait-il ainsi lorsqu'il ne donnait pas ses concerts.

Elle était devenue un oiseau migrateur, franchissant les frontières, ne se préoccupant de rien sinon de savoir comment manger, où dormir, où atterrir ensuite.

Mais cette vie l'avait épuisée. Exténuée. À vingt-trois ans, elle n'était plus une jeune fille.

Il aurait été déçu.

Elle repoussa sa tasse. Ce genre de pensée était dangereuse. Elle avait soigneusement veillé, au fil des années, à ne pas se laisser tomber dans ce piège. Un piège dont elle ne serait jamais sortie.

Il était temps de prendre un peu l'air.

Elle jeta son châle sur ses épaules et s'en alla par l'escalier étroit en colimaçon. Comme toujours, elle s'arrêta pour caresser le gros chat roux, borgne, de sa propriétaire.

Elle adorait les chats. D'après ce qu'elle en savait, ils faisaient de bien meilleurs compagnons que la plupart des hommes. Mariage, enfants… ces choses n'étaient pas faites pour elle, et inversement. Mais avoir un chat, un jour – l'idée ne lui déplaisait pas.

C'était une journée parfaite. Ni trop chaude ni trop fraîche. Le soleil était à moitié caché derrière des nuages couleur crème, et une légère brise portait les bonnes odeurs du boulanger du bout de la rue.

Nori poursuivit son chemin sur le trottoir, slalomant d'un pas expert entre les bicyclettes folles, jusqu'à un petit pont qui surplombait la Seine.

Elle se demanda si sa mère l'avait déjà traversé.

Si Seiko avait contemplé ces eaux et regardé les pigeons audacieux arracher leur goûter à des enfants distraits. Si elle avait écouté le vrombissement des bateaux qui passaient en dessous.

Sans doute que non.

Elle resserra son châle sur ses épaules. Elle devait en avoir au moins une dizaine, tous dans des coloris différents. Elle les avait tricotés au fil des ans pour occuper ses nuits sans sommeil. Elle avait aussi pris goût à d'autres passe-temps – jardinage, fabrication de confitures, tapisserie, peinture. Nori était toujours à la recherche de nouveaux loisirs.

De toute occupation capable de faire taire la voix qui, dans sa tête, lui murmurait sans cesse : *Tout est ta faute*.

Sa collection de châles lui semblait assez grande à présent. Et d'écharpes, de plaids, de pulls. Elle avait aussi vu suffisamment de chambres d'hôtel et de petits appartements de location. Elle voulait autre chose désormais – cependant, cette chose n'était pas sans danger.

Il n'était pas question de rentrer au Japon. Pas question de rentrer à la maison puisque, de maison, elle n'avait plus.

Depuis le jour de sa mort, elle n'était plus qu'un bateau à la dérive.

Un martin-pêcheur descendit en piqué sur une branche d'arbre, juste à côté d'elle. Par réflexe, elle recula.

Il était temps de partir. Mieux valait plier bagage. Jamais Will ne lui ferait la faveur de faire semblant de ne pas l'avoir vue. Il allait rapporter la nouvelle à tous les gens qu'ils connaissaient… une personne, donc.

Cette prise de conscience lui donna l'impression qu'un coup de tonnerre venait d'éclater dans ce ciel bleu.

Elle n'avait plus d'endroit où aller. Mais peut-être encore *quelqu'un vers qui aller*.

Jamais Nori ne s'était autorisée à l'envisager. Ayame avait envoyé une lettre à Londres, voilà des années, mais Nori n'avait jamais donné suite.

Alice devait avoir dans les vingt-cinq ans à présent ; elle était sûrement mariée, de retour dans sa ville natale. Elle avait dû oublier Nori. Ou si elle ne l'avait pas oubliée, Nori était sûrement la dernière personne qu'elle avait envie de retrouver.

Il devait être trop tard. Certainement.

Mais ce soir-là, alors qu'elle se trouvait étendue dans son lit, les braises refusèrent de mourir.

Elle les sentait brûler dans son ventre, déployer leur chaleur jusque dans le sommet de son crâne, jusque dans ses plantes de pied.

Cette sensation, elle s'en souvenait.

Indomptable. Capricieuse. Traître.

L'espoir.

ALICE

Kensington et Chelsea
Londres, Angleterre
Avril 1964

Tous les matins, au réveil, je suis heureuse. Parce que, au moment de me réveiller, j'ai oublié qui je suis.

Je sors du lit en prenant soin de ne pas réveiller mon mari. Non que les risques soient grands. George dort comme une souche après quelques verres, et hier soir il en a bu plus que quelques-uns.

Je me rends dans la salle de bains attenante sans allumer la lumière et je regarde mon visage dans le miroir.

J'ai gardé ma beauté. Cela me réconforte, au moins. Ma peau est impeccable, mes yeux gris sont vifs, et mes cheveux épais et brillants, toujours de cette nuance rare de blond cendré qui fait ma renommée.

Ma silhouette est intacte, même après deux enfants. J'ai toujours le pouvoir de faire trébucher les hommes en passant.

Mais plus je vieillis, plus je réalise à quel point ces préoccupations sont creuses.

Je suis mariée au fils unique du duc de Norfolk. Quand mon beau-père mourra, ce qui ne saurait tarder car il est aussi vieux que le monde, je deviendrai première duchesse d'Angleterre.

Je n'aurais pas pu espérer de meilleure union. Le hasard a voulu que, au moment précis où je suis rentrée, George avait besoin d'une épouse ; mon passé a été miraculeusement effacé.

Il ne m'a jamais interrogée sur mes années de « pensionnat », et je ne lui ai jamais demandé combien mon père lui avait donné pour m'épouser.

Nous avons deux filles, Matilda, cinq ans, et Charlotte, deux ans.

Charlotte ressemble à son père. Elle est robuste, brune, les yeux marron, intelligente. Mais que Dieu me pardonne – elle ne remportera jamais de concours de beauté. Son allure n'inspirera jamais de poème.

Matilda est ma petite poupée, elle me ressemble comme deux gouttes d'eau, je pense même qu'elle sera encore plus belle que je ne l'ai jamais été. Mon mari les adore toutes les deux, et même s'il n'éprouve pas de passion pour moi, il est gentil et respectueux.

Mais il nous faut maintenant un garçon. Le monde marche ainsi.

Je suis encore jeune, Dieu merci. Au moins une décennie de fertilité devant moi. Mais j'ai peur, secrètement.

Je m'habille à la hâte et descends dans la cuisine, où la bonne me sert déjà mon petit déjeuner. Je prends toujours le petit déjeuner seule.

Pendant que mon mari dort, que mes enfants sont à l'étage dans leur pouponnière, je peux redevenir la femme égoïste que j'ai toujours été pendant quelques instants chaque jour.

La lumière inonde la pièce par les grandes baies vitrées que j'ai fait installer au printemps dernier.

Le mois d'avril est de retour.

Elle devait venir me voir en avril. Je l'attendais, j'avais reçu une lettre de son ancienne bonne, mais elle n'est pas venue.

Elle n'est pas venue l'année suivante non plus, ni celle d'après.

Et me voici, sept mois d'avril plus tard, toujours en train d'attendre cette fille que j'aimais comme une sœur.

Elle est probablement morte. Aussi douloureux que cela puisse être, je l'imagine parfaitement, elle, cette douce et mélancolique fille, attachant des pierres autour de sa taille pour marcher vers l'océan.

Elle adorait son frère, avec une force que je ne comprenais pas avant d'avoir mes propres enfants. Si quelque chose leur arrivait, je crois que mon cœur s'arrêterait de battre dans ma poitrine. Je cesserais simplement d'exister.

Je sens les larmes monter, mais je les retiens. Elle me manque. Même après toutes ces années, même si je suis exactement où je dois être, à la place qui m'était destinée, elle me manque toujours.

Elle avait le toucher le plus doux, et cette fragilité trompeuse… Je pensais qu'elle avait besoin d'être protégée, mais c'était elle, depuis le début, qui me protégeait.

Elle m'a dit un jour qu'elle était née sous une mauvaise étoile.

Il m'a fallu toutes ces longues années pour le croire.

Les bruits dans l'escalier m'indiquent que les enfants sont réveillés. Charlotte descend en courant dans sa nouvelle robe bleue, et la nourrice suit derrière avec Matilda encore ensommeillée dans ses bras.

Je les serre toutes les deux contre moi, et je respire le parfum de leur innocence et de leur joie.

Mon mari me retrouve dans le jardin. Je n'aimais pas spécialement les jardins avant, mais aujourd'hui, si. Encore un autre cadeau qu'elle m'a fait.

Il s'assoit sur le banc à côté de moi, et je m'efforce de ne pas m'agacer à sa vue. C'est un homme bon, force est de l'admettre. Mais il est terriblement ordinaire et ennuyeux, *très* ennuyeux. Je suis sûre d'avoir déjà trouvé plus intéressants des fourchettes et des couteaux.

— Des nouvelles du médecin ? demande-t-il avec de l'espoir dans la voix, comme un enfant.

Je me tourne vers lui et j'essaie de sourire.

— Oui. Je suis enceinte, finalement.

Il devient rouge comme une tomate, puis m'embrasse maladroitement sur la bouche, comme toujours.

Je supporte nos ébats avec la patience d'une sainte, car cela fait partie de mon devoir d'épouse. Je ne m'attends pas à ressentir à nouveau le frisson de la passion, je ne m'attends pas à la fièvre d'autrefois, avec ce beau, ce si beau traître.

Il faut croire que les dernières fois où je l'ai toléré ont porté leurs fruits. Je suis à quatorze semaines.

— Je pensais aller faire les boutiques aujourd'hui. J'emmènerai les filles avec moi.

Il hoche la tête comme s'il voulait se remettre les idées en place.

— Bien sûr, bien sûr. Prends autant d'argent que tu voudras.

C'est un homme généreux. Non pour la première fois, je regrette que cette qualité ne me suffise pas.

J'installe les filles dans leur poussette et nous partons. Il faut que je m'occupe l'esprit, que je le détourne de l'enfant qui grandit en moi. Je ne veux pas que ma peur l'empoisonne, mais j'ai trop peur pour lui – oui, j'imagine que c'est un garçon.

Je cache un secret. Un péché. Et depuis toutes ces années, j'ai échappé à ma punition. Mais il est toujours là, sous le vernis de ma vie enchantée.

J'achète deux ours en peluche pour les filles, et nous nous arrêtons déjeuner dans un petit café ouvert récemment par un Indien.

Londres change. Il y a maintenant toutes sortes de gens ici. J'aime ce qu'est devenue la ville. Je n'ai jamais compris comment les gens pouvaient se juger ainsi en fonction de leur couleur de peau. Il y a tellement de meilleurs critères pour connaître ce que valent les autres. Vraiment.

Après le déjeuner, j'achète des cacahuètes aux épices pour les filles et je les emmène jouer au parc.

J'espère qu'elles resteront proches en grandissant. Je n'ai jamais aimé mes sœurs, et elles ne m'ont jamais aimée. Ma vraie sœur, je l'ai trouvée à l'autre bout du monde.

J'attends que la nuit tombe pour ramener les filles. Elles sont toutes les deux épuisées, alors je les confie à leur nourrice avant de m'enfoncer dans mon fauteuil pour me reposer.

— Bess, dis-je. Apporte-moi du thé, s'il te plaît.

Ma domestique arrive depuis l'autre pièce, le visage rouge.

— Votre cousin est là, madame.

Je me redresse et la regarde sans comprendre.

— Comment ?

— Votre cousin, lord Stafford, est là.

— William, tu veux dire ?

— Oui, madame.

Une telle fureur m'envahit que j'en cracherais par terre. Pour qui se prend-il pour venir me rendre visite à une heure pareille ? Les années n'ont rien effacé des tensions qui existaient entre nous. Je ne peux pas lui pardonner la façon dont il m'a traitée alors que j'étais au plus bas. Nous nous voyons uniquement quand cela est nécessaire.

— Renvoie-le, dis-je d'un ton grandiloquent, non sans une pointe de plaisir.

Mais Will passe devant elle et se rue dans le salon.

— Trop tard.

Je me lève d'un bond.

— Quel culot !

Il me lance un sourire narquois. Il est toujours aussi beau, doté de la même arrogance, du même charme diabolique.

— Pardon, chère cousine, mais j'ai une nouvelle qui ne pouvait pas attendre.

Je sens mes sourcils se hausser jusqu'à la racine de mes cheveux.

— Laquelle ?

— Je crois que je l'ai vue.

Le monde vacille sous mes pieds. Je retombe dans mon fauteuil, sans voix.

Tous les deux ans environ, il me tourmente avec une apparition. Mais ce n'est jamais elle, et je reste ensuite habitée par la même sensation que si on avait creusé un trou brûlant en moi.

— Arrête un peu, dis-je avec lassitude.

— Je te jure que je l'ai vue à Paris, proteste-t-il. Je suis sûr cette fois, j'ai envoyé quelqu'un vérifier.

— Arrête, maintenant. Ça suffit.

La retrouver l'obsède depuis que nous avons appris la mort d'Akira. C'était, jusqu'à ce jour, la seule fois où je l'ai vu pleurer.

Je ne veux même pas espérer. Je la connais mieux que lui, même s'il ne l'acceptera jamais. Et je sais que, si elle voulait être retrouvée, nous l'aurions retrouvée.

— Mais je suis sûr…

— Comme à Rome, dis-je en l'interrompant. Comme à Vienne – où elle était partie chasser un fantôme, disais-tu. Tu étais sûr partout, dans chaque ville où tes concerts t'ont conduit, mais tu t'es trompé à chaque fois. Parce qu'elle est *partie* et je n'en peux plus de ta quête ridicule qui ne vise qu'à calmer ton ego, à vouloir la sauver pour la faire tomber amoureuse de toi, enfin. Tourne la page, bon sang.

Il vire au violet.

— Tu ne sais pas de quoi tu parles.

— Si, justement. Il n'a jamais été question d'elle et ça n'a certainement rien à voir avec moi. C'est toi. Toi qui refuses d'accepter que tu l'as perdue.

— Oh ! la ferme, Alice, me rétorque-t-il en remettant furieusement sa veste.

Je lui indique la porte.

— Bonne nuit, William. J'attends avec impatience le prochain mirage.

C'est faux, bien sûr. En vérité, ces discussions me déchirent petit bout par petit bout. Il sort en grognant et, au moment où j'entends la porte d'entrée claquer, je plaque la main sur ma bouche.

— Bess.

La bonne arrive en un instant.

— Madame ?

— Aide-moi à monter. Il faut que je me repose. Je suis fatiguée. Très, très fatiguée.

Je dors pendant des heures. Le lendemain matin, je prends un long bain chaud et m'efforce de chasser la fatigue incrustée dans mes os.

Je déteste avril. C'est le mois le plus cruel.

Je m'enveloppe dans une serviette et reste assise pendant une heure sur le rebord de la baignoire avant de trouver la force de m'habiller.

Les filles jouent dehors avec Bess, et George est… quelque part. Peut-être au club. Je ne sais jamais.

Je jette un coup d'œil par l'une des nombreuses fenêtres. Les nuages sont gris et épais, menaçants. Comme c'est original.

Je descends l'escalier, mais m'arrête à mi-chemin pour me plier en deux, les mains sur le ventre.

Je ne sais pas comment je vais survivre aux cinq prochains mois.

Quelqu'un sonne à la porte.

Je soupire et j'attends qu'un des domestiques aille ouvrir. C'est sûrement ma sœur Jane, venue piller ma garde-robe – comme si je possédais des vêtements à sa taille.

Personne ne vient. Je balaye les environs d'un regard irrité, en me demandant à quoi servent ces gens que je paie.

La sonnette retentit à nouveau.

Je me traîne péniblement jusqu'en bas.

La sonnette résonne une troisième fois.

Mais tandis que je marche jusqu'à la porte, un drôle de sentiment m'envahit. Je suis là et je ne suis pas là. Je suis dans le passé, dans le futur, dans un endroit que je ne saurais nommer.

J'ignore comment, mais je sais.

Et quand j'ouvre la porte, c'est bien elle, devant moi.

Elle est exactement la même. Son visage est toujours rond, avec deux fossettes profondes dans chaque joue. Ses cheveux sont noirs comme les plumes d'un corbeau et aussi bouclés qu'avant. Elle les a coupés court, juste en dessous du menton.

Elle ne fait pas ses vingt-trois ans – elle semble à la fois plus jeune et plus âgée. Elle n'a pas l'air d'une noble, car elle est habillée d'une simple robe bleue.

Mais elle est *vivante*.

Nori esquisse un sourire timide.

— Je suis désolée, dit-elle simplement.

Il y a dans mes oreilles comme un bourdonnement, puis toutes les lumières s'éteignent.

Je me réveille dans mon lit.

Nori est assise avec un air coupable sur le bord, à côté de moi.

Je cligne des yeux.

— Bess, dis-je tout bas.

La bonne répond aussitôt.

— Madame ?

— Tu peux disposer. Et ne laisse entrer personne dans cette chambre sans mon autorisation.

Elle acquiesce et sort.

Nori se tortille.

— Je vois que tu as une vie grandiose, ma chère. Exactement comme nous nous l'étions dit autrefois.

Je la regarde, ébahie.

— Tu… tu es là.

Elle sourit et hoche la tête.

— Oui, je suis là.

Brusquement, une profonde colère m'envahit.

— Mais où étais-tu passée ?

Elle détourne le regard. Manifestement, elle s'y attendait.

— C'est compliqué.

— Tu aurais pu m'écrire. Tu as disparu de la surface de la terre pendant sept maudites années ! Je croyais que tu étais morte. Tu m'as laissée croire que tu étais morte.

Elle baisse la tête.

— Je suis désolée. Si tu préfères que je m'en aille…

Je lui saisis la main et la serre fort.

— Jamais de la vie. Je ne veux plus que tu disparaisses une seconde de ma vue.

Elle rit.

— Oh ! Alice. Tu m'as tellement manqué.

— Et sais-tu que j'ai des enfants ? dis-je tout d'un coup. Deux filles. Charlotte et Matilda.

— Je les ai aperçues, répond-elle chaleureusement. Elles sont magnifiques. J'ai hâte de faire leur connaissance.

— Et je suis enceinte de mon troisième enfant, dis-je timidement.

Elle embrasse mes joues rougies.

— C'est merveilleux.

Je la regarde attentivement. Elle est vraiment devenue belle, même avec ces lèvres, dont les coins restent obstinément courbés vers le bas. Elle a l'air triste.

— Et toi, Nori ?

Elle hésite.

— Ce n'est pas une histoire très intéressante.

— J'aimerais quand même l'entendre.

Nori devient parfaitement immobile.

Et puis, elle commence à me raconter. Elle parle, et je perçois dans son récit toute la solitude qui l'a habitée, cette solitude qu'elle pensait mériter. Ma colère s'envole en un instant.

Depuis tout ce temps, elle s'est punie toute seule. Et sa présence ici signifie qu'elle se sent maintenant prête à aller de l'avant.

— Pourquoi n'es-tu pas venue me retrouver dès le début ? dis-je en gémissant. J'aurais pris soin de toi. Nous aurions été comme des sœurs !

Elle blêmit.

— Je ne voulais pas être près de toi. Ou plutôt, je ne voulais pas que tu sois près de moi. Je n'étais bonne pour personne, Alice. J'étais convaincue que j'étais…

Je plonge mon regard dans le sien.

— Quoi ?

Elle se mord la lèvre inférieure.

— Rien. Ça n'a pas d'importance. Je suis là maintenant.

Cette réponse ne me satisfait pas, mais à quoi bon insister ? Elle est comme un poulain apeuré, si je me montre trop pressante, elle fuira. Il suffit de regarder sa posture pour savoir qu'elle est sur le point de se briser en mille morceaux.

Je retenterai ma chance demain, quand elle aura repris des forces. Je sais qu'elle me parlera. Il faut juste lui laisser le temps.

Je me redresse et l'enlace. Nous restons accrochées l'une à l'autre comme deux enfants effrayés.

— Tu vas déménager tes affaires aujourd'hui, lui dis-je. Tu habiteras ici avec moi. Tu seras une tante pour mes filles et la marraine de mon garçon à naître. Voilà comment les choses se passeront, Nori.

Elle émet ce petit bruit qu'elle fait toujours quand elle essaie de ne pas pleurer.

— C'est trop risqué, sanglote-t-elle.

Je ne sais pas ce qu'elle sous-entend par là. Tout ce que je sais, c'est que j'ai désespérément besoin d'elle, que j'ai toujours eu besoin d'elle, et maintenant je l'ai retrouvée.

Je n'étais pas censée la rencontrer.

Mais si c'était à refaire, je le ferais.

— Trop risqué ? Tu restes, un point c'est tout.

Nori se recule pour me regarder dans les yeux. Elle esquisse un petit sourire et, un court instant, ses yeux retrouvent leur lumière.

— Je reste, dit-elle.

Elle s'adapte remarquablement bien, comme je m'y attendais. Les sept dernières années n'ont pas été perdues – elle est devenue une jeune demoiselle sophistiquée, cultivée, qui a bien intégré que la femme était vouée à porter sur ses épaules un poids toujours plus grand. Et qu'il ne faut pas le montrer.

Mon mari l'adore. Elle discute avec lui de ses voyages, et parfois ils jouent aux échecs le soir. Elle sait lui cuisiner le canard comme il l'aime ; il me dit qu'elle peut rester aussi longtemps qu'elle le souhaite.

Les filles succombent immédiatement à son charme, évidemment. Elles exigent qu'elle les regarde jouer. Nori leur prépare des spectacles de marionnettes et leur fait la lecture avant de dormir.

Elle est gentille avec le personnel et, en échange, nos domestiques font tout pour lui rendre service.

Dans l'ensemble, son intégration dans mon foyer est une grande réussite. Mais je ne peux pas m'empêcher de la vouloir rien que pour moi. J'ai même embauché un professeur de musique pour les filles, juste pour les occuper, afin que je puisse me retrouver seule avec elle.

Je l'emmène partout en ville – enfin, dans les beaux quartiers. Je lui achète toutes les jolies choses auxquelles je pense. J'aime tellement la rendre belle. Elle est toujours ma petite poupée.

Je remarque les regards, bien sûr. Je suis sûre qu'elle les remarque aussi, mais elle ne dit jamais rien. Parfois, elle se retourne et lance un léger signe de tête à l'importun, qui s'éclipse en rougissant.

Nous savons toutes les deux que mon cousin ne tardera pas à apprendre qu'il avait raison, que c'est bien elle qu'il a vue à Paris. Nous n'en parlons pas. Nous le savons, voilà tout.

Maintenant que j'ai des enfants, je la comprends beaucoup mieux. Elle communique comme une enfant. Elle ne dit pas grand-chose, mais ses yeux et les légers mouvements de son corps expriment ce qu'elle ressent.

Je ne lui demande pas pourquoi, mais je sens qu'elle a peur. Elle porte sa peur sur elle comme une seconde ombre.

Je glisse ma main dans la sienne alors que nous sommes assises sur mon banc préféré, au parc, devant le soleil orangé qui disparaît derrière les nuages. Aujourd'hui, j'ai rempli les documents pour qu'elle puisse rester à Londres pour de bon. Je sens une chaleur dans mon ventre et pose ma main libre dessus, sur sa courbe dure. Je sais que mon fils est heureux lui aussi.

— Il faut absolument que nous te présentions officiellement à notre entourage, dis-je.

Elle rit.

— Ne sois pas bête.

— Je suis tout à fait sérieuse, lui répliqué-je. Les vautours ne se dispersent pas tant qu'ils n'ont pas leur part. La moitié de la ville sait que tu vis avec moi, les rumeurs deviennent de plus en plus ridicules chaque jour. Ne serait-il pas préférable de décider de ce qui se dit ? De prendre les devants.

Elle soupire.

— Je me fiche de ce que les gens disent de moi.

— Ils te dévisagent.

— Oui, j'ai remarqué. Ils doivent me trouver affreusement laide.

Je lève les yeux au ciel. Elle le croit vraiment ! Je me demande bien ce que Nori a pu entendre dans ce grenier. Quoi qu'il en soit, ce traumatisme est resté incrusté dans la moelle de ses os.

Cependant, je ne peux pas dire grand-chose. J'ai toujours été superficielle. Fascinée par le dictat des apparences. C'était le seul moyen que j'avais trouvé pour obtenir des choses dans la vie. Mais j'en vois les limites, aujourd'hui. Et j'en ai honte.

— Nous pouvons organiser une fête, dis-je. Quelque chose de raisonnable. D'intime.

Nori retire sa main.

— Je ne préférerais pas.

— Ma chère, c'est très courant, ici. Toutes les jeunes femmes en âge de se marier ont droit à un petit bal.

Elle se tourne lentement pour me regarder. Je vois son sourire trembler.

— Alice, dit-elle doucement. Je ne suis pas une dame. Et je n'ai pas besoin de tout ça. Je suis heureuse de vivre tranquille, avec toi et tes enfants.

Mais c'est tout le problème. Je ne suis pas heureuse, moi, et même si je ne saurais l'expliquer, quelque chose m'agace un peu chez elle. Elle ne comprend pas qu'il n'est jamais bon d'être au centre de l'attention malgré soi. Car Dieu sait que les gens parlent. Je suis bien placée pour ne pas l'ignorer, j'en ai fait les frais.

Et bien sûr, comme elle loge chez moi, les rumeurs ne se limiteront pas à elle. J'ai déjà entendu dire que Mary Lambert, ma partenaire de tennis, avait insinué que Nori et moi étions des amantes secrètes. Que je la cache par jalousie.

Quelle absurdité.

Je me tourne vers elle et lui serre la main.

— S'il te plaît ?

Son front se plisse, mais je sais, à la courbure de sa bouche, que j'ai gagné.

— Quelque chose de raisonnable, d'accord ? dit-elle timidement.

— Bien sûr. Et nous organiserons cela ici, dans ma maison de campagne, à Londres. Ce sera charmant.

Elle cède.

— Comme tu voudras.

Windsor, Angleterre
Juin 1964

Raisonnable… intime.

Deux cents personnes sont entassées dans la grande salle de bal de la propriété d'Alice, à quelques kilomètres seulement du château de Windsor.

Le brouhaha autour de Nori s'était transformé en simple bruit de fond. C'était ainsi qu'elle avait toujours survécu.

Elle se retirait en elle-même, dans un endroit profond, là où rien ne pouvait l'atteindre. Les années avaient passé, les hivers glaciaux s'étaient enchaînés, mais grâce à cela elle avait réussi à flotter, tant bien que mal. À garder la tête hors de l'eau.

Mais elle avait fait une promesse. À Ayame. Et à Akira.

Même après tout ce temps, penser à ce nom manqua de la faire tomber à genoux.

La solitude et l'épuisement avaient fini par avoir raison d'elle, par la pousser dans les bras de cette amie qu'elle considérait comme la seule famille qui lui restait. Mais à cet instant précis, elle regrettait ses cahutes et ses chambres d'hôtel, les cabines de bateau où elle dormait pendant ces traversées pour des destinations qu'elle choisissait au hasard.

Elle était une vagabonde, destinée à être seule.

Une vagabonde, oui : depuis le début, voilà ce qu'elle était. Et il n'y avait rien de plus terrible que de nier cette réalité.

Mais pour la première fois depuis que le soleil était parti, voilà toutes ces années, elle se sentait réellement déchirée. Elle voulait, à tout prix, croire qu'elle avait accompli sa pénitence.

Il y eut un mouvement à la surface de l'eau. Quelqu'un lui parlait.

C'était une femme corpulente vêtue d'une robe rose étincelante, avec de longs gants blancs et des bijoux trop nombreux pour ne pas friser le mauvais goût. Elle avait les traits délicats d'Alice, mais perdus au milieu d'une figure ronde et pâle comme la lune.

Jane. Âge : trente et un ans. La sœur d'Alice, détestée. Mais moins que l'autre.

— Alors, miss Noriko, appréciez-vous la vie à Londres ?

— Oh ! Oui, merci, répondit-elle. Alice est si bonne de m'accueillir.

Jane plissa les yeux.

— Rappelez-moi : comment avez-vous rencontré ma chère petite sœur, déjà ?

Le mensonge, soigneusement élaboré par Alice et son mari, avait déjà été répété une demi-douzaine de fois.

— Nous nous sommes rencontrées en pensionnat. Une fantastique période.

Jane acquiesça. Elle savait bien sûr qu'Alice n'avait jamais été en pensionnat. Mais elle ne releva pas.

— Et qu'est-ce qui vous amène ici maintenant ?

Nori lissa le bas de sa robe lavande. C'était la tenue la plus simple qu'elle avait pu trouver dans le placard d'Alice.

— Je suis simplement en voyage, dit-elle.

Jane acquiesça vigoureusement.

— Je vois, je vois, et quand comptez-vous retourner en Chine ? À moins que vous n'ayez prévu de vous installer ici définitivement ?

Nori étouffa son agacement.

— Au Japon. Je ne suis jamais allée en Chine.

Jane agita la main comme si cela ne faisait en vérité aucune différence.

— Certes, certes. Vous prévoyez donc de rester ici ?

— Alice me l'a demandé, oui.

Les lèvres fines de Jane s'étirèrent pour former un sourire douloureux.

— Je vois. Mais vous n'avez pas de famille ? Personne ? Pas d'argent ? Vous ne comptez quand même pas sur ma sœur pour continuer à vous loger et vous nourrir ?

Nori rougit.

— Et je vois que vous portez sa robe, d'ailleurs, continua Jane en lui lançant un regard bleu perçant. Bien que, pour être honnête, vous la remplissiez beaucoup mieux. Il n'empêche, miss Noriko : ce que vous espérez gagner en venant ici continue de m'intriguer.

Nori ressentit une chose qu'elle n'avait pas ressentie depuis longtemps – ce n'était qu'une étincelle, mais tout de même : de la fierté.

— Ma famille est liée à la maison impériale de mon pays, commença-t-elle doucement. Je possède en conséquence beaucoup d'argent.

Ce n'était que partiellement vrai. Elle détenait encore une grande partie de l'argent dont elle avait hérité. Et grâce à la vie frugale qu'elle avait menée, et aux petits travaux qu'elle trouvait de temps en temps, comme tricoter des pulls ou confectionner des rideaux, elle parvenait à s'en sortir décemment.

Jane haussa l'un de ses sourcils trop épilés.

— Je vois, je vois. Mais vous n'êtes pas mariée ?

— Non.

— Et vous êtes sur le marché, dans ce cas ? persifla Jane, toute retenue envolée. C'est cela, votre idée ? Vous servir de ma sœur pour trouver un homme blanc et riche à épouser ?

Nori cligna des yeux.

— Pourquoi ferais-je une chose pareille ?

— Parce que les gens comme vous sont ainsi, s'emporta Jane. Des arrivistes cupides. Attirés sans distinction par les nouveaux riches ou les vieilles fortunes. Nous croyez-vous tous aussi stupides qu'elle ? Vous débarquez, là, avec vos charmes exotiques…

— Je ne porte aucun intérêt aux hommes.

— Vous êtes donc contre-nature ? Les rumeurs étaient vraies !

— Comment ? Non, je…

— Il est évident que vous êtes une métisse, dit-elle, abaissant la voix à un chuchotement glaçant. Au mieux. Vous ne trompez personne avec vos cheveux de nègre. Je vous ai percée à jour. Je ne suis pas une imbécile, moi. Je sais que vous n'êtes pas une simple jolie petite fleur orientale. Mais de la *mauvaise graine*.

Et là-dessus, elle s'éloigna dans la foule.

Nori resta plantée là, sa coupe de champagne tremblant dans sa main.

Jane avait mis, très précisément, le doigt sur son point faible.

Elle posa le verre et quitta la salle de bal.

À ce stade de la soirée, elle espérait que tout le monde serait trop ivre pour remarquer que l'invitée d'honneur s'était éclipsée.

Elle se faufila dans le couloir et descendit les escaliers de service. Il n'y avait qu'un seul endroit où aller.

L'air était lourd et humide, mais Nori s'en moquait. Elle se glissa dans le jardin à l'anglaise et se cacha derrière une haie taillée en forme de chérubin.

Il y avait devant elle un vieux saule. Elle s'interrogea un instant sur la possibilité d'y grimper en robe de bal.

L'assaut qu'elle venait de subir allait être difficile à effacer de sa mémoire. Mais elle y arriverait. Et elle retournerait ensuite sous la surface des flots, dans cet endroit où les lumières dansaient sans jamais la toucher.

Du coin de l'œil, elle perçut un mouvement et se redressa. Elle n'eut même pas le temps de ciller que William l'avait déjà attrapée dans ses bras.

— Je savais que c'était toi, murmura-t-il dans ses cheveux. Je savais que tu finirais par me revenir.

Elle soupira. Ces retrouvailles devaient arriver, tôt ou tard.

— William, comment es-tu arrivé ici ? lui demanda-t-elle tout bas. Alice a tout fait pour que ton nom ne figure pas sur la liste des invités.

Il se recula pour la regarder. Une lueur triomphante faisait briller ses yeux de saphir.

— J'ai soudoyé un domestique pour qu'il me laisse entrer par les jardins de derrière. Je savais que tu viendrais.

Nori soupira. Finalement, revoir William ne s'avérait pas si bouleversant. Elle avait l'impression de l'avoir quitté la veille.

— Je suis si prévisible que ça ?

— J'ai été profondément peiné d'apprendre la mort d'Akira.

— Je sais, dit-elle – et c'était vrai.

— Mais tu as survécu.

Nori détourna le regard.

— D'une certaine façon.

Pour la première fois, William hésita.

— Tu… tu vas bien ?

Elle hocha la tête.

— Ta cousine, Jane…

Son visage s'assombrit.

— Que t'a-t-elle dit ?

Elle agita la main.

— Ça n'a pas d'importance.

Il lui prit le bras et la conduisit jusqu'au saule pleureur.

— La vie a été très difficile pour toi ?

Elle le fixa du regard. Il devint écarlate, ne comprenant que trop tard à quel point sa question était bête.

— Je suis désolé. Je n'aurais pas dû… Mais c'est que… tu es de plus en plus belle, Nori. Tu as l'air si épanouie. Je me demandais simplement si tu… si tu avais souffert pendant toutes ces années. Ou si tu avais réussi à trouver une certaine paix.

Elle haussa les épaules.

— Un peu des deux.

Il lui leva le menton pour l'obliger à plonger son regard dans le sien. Son contact était familier et, cette fois, pas menaçant. Il n'était plus le géant d'autrefois.

— Je ne te ferai pas de mal, murmura-t-il. Si tu le veux bien… je te protégerai. J'aimais Akira comme un frère. Je t'aimais aussi, même si j'étais… (Il s'interrompit.) Tu avais raison à mon sujet. J'étais jaloux, terriblement jaloux. Je voulais ta lumière. Je voulais ton adoration, je te voulais toi et je ne savais pas comment… Je suis désolé, Nori.

Contre toute attente, elle éprouva de l'empathie pour lui – peu importe ses défauts, il était la seule personne qui avait connu Akira aussi bien qu'elle.

— Tu n'es pas obligé de dire ça, lui souffla-t-elle. Ça va.

— Tout pourrait redevenir comme avant, continua-t-il. En mieux.

Elle secoua la tête avec un sourire triste.

— Ça ne pourra jamais être comme avant, William. Je ne suis plus la même fille.

Il la souleva et la fit tournoyer.

— Je te réparerai. Je t'aime.

Elle sentit les larmes monter. Ses larmes coulaient rarement, à présent. Nori pensait leur source, au fond d'elle, tarie depuis longtemps.

— Oh ! William. Ce n'est pas possible.

Il embrassa ses joues mouillées, puis son nez, puis sa bouche. Mais ce dernier baiser fut de trop.

— Regarde-moi.

— Arrête, Will.

— Épouse-moi. Deviens mienne.

Et voilà.

Elle sentit renaître, intacte, la douleur qui l'avait transpercée une nuit, dans un autre jardin, dans un autre pays, dans une autre vie. Elle s'écarta.

— Je ne peux pas, murmura-t-elle.

— C'est faux. Bien sûr que tu peux. Je me fiche de ce que les gens disent, et que ma famille aille au diable. Et nous savons qu'Alice nous soutiendra – une fois remise du choc.

— Ce n'est pas ça.

Il recula pour la regarder.

— Alors quoi, petit amour ?

— Je…

— Tu ne tiens donc pas à moi ?

Elle ferma les yeux.

— Si. J'ai tenu à toi. À une époque. Mais, Will, je t'ai déjà dit que…

— Chut. Nous devons simplement nous réhabituer l'un à l'autre. Épouse-moi.

— Je ne me marierai jamais, déclara-t-elle doucement. Je n'aurai jamais d'enfants.

Il finit par capituler.

— Très bien. Dans ce cas, au diable les conventions. Mais reste avec moi.

Nori prit une grande respiration.

— Will. Je ne veux pas de toi. Je ne veux plus te voir. Je ne veux pas rouvrir cette blessure. Laisse-moi, s'il te plaît.

Il recula en chancelant.

— Je ne comprends pas.

— Je te le demande gentiment. Laisse-moi tranquille, ou je dis tout à Alice.

Il la foudroya du regard.

— Lui dire quoi ? Que tu te jetais sur moi ? Que tu venais me rendre visite, la nuit, dans la salle de musique ? Que tu te pavanais devant moi comme les putains du bordel où tu travaillais ?

— J'étais innocente, rétorqua-t-elle sans ciller, d'une voix grave. Et je voulais être aimée par quelqu'un comme toi – comme celui que tu prétendais être. Mais tu m'as manipulée. C'est fini, maintenant. Je ne suis plus faible comme avant.

Il leva les yeux au ciel.

— Cesse donc ta comédie.

— Et cesse avec ton mépris, siffla-t-elle. Je n'ai plus d'œillères depuis bien longtemps.

Il décida brusquement de changer de tactique. Le changement de ton fut trop flagrant.

— Arrête, mon amour. Ne nous disputons pas.

— Personne ne se dispute, répondit-elle. Mais va-t'en.

Le sourire de Will était toujours imprimé sur ses lèvres, mais son regard devint glacial.

— Dans ce cas, pourquoi es-tu venue me voir à Paris ? Pourquoi, si tu ne voulais rien de moi ?

Elle hésita.

— Donne-moi une chance de te rendre heureuse, poursuivit-il. Je t'en supplie. Pense à ce que nous avons vécu, pense à lui. Il aurait voulu que tu sois heureuse, poursuivit-il avant de lui prendre les mains et de l'attirer vers lui. Nori ?

— Je veux être heureuse, parvint-elle à articuler.

Son cœur battait la chamade.

— Alors, reste avec moi.

Elle secoua la tête.

— Will, tu ne me feras pas changer d'avis. Ce n'est pas négociable, ce n'est pas un jeu. J'ai dit non.

Il semblait abasourdi. Il recula d'un pas, et elle aussi.

— Nori ? répéta-t-il de ce ton pitoyable, qui lui fit comprendre qu'il était resté, au fond, l'enfant capricieux qui ne supportait pas qu'on lui résiste. Nori ?

Elle sortit les épaules pour se dresser de toute sa hauteur.

— Adieu, Will.

Mais au lieu de répondre, il se contenta de baisser la tête et de partir.

Bath, Angleterre
Août 1964

Le ventre d'Alice était maintenant rond comme un chaudron alors qu'approchait le terme de sa grossesse. Nori l'aidait de son mieux. Accablée par la fatigue, Alice passait la plupart de la journée à dormir.

La résidence d'été de Bath, qui datait du XVIe siècle, était vaste, magnifique. Elle était située sur une grande parcelle de terrain, au bord d'un lac clair.

Nori se sentait ici plus chez elle que dans l'effervescence de Londres. Ce séjour était une bonne décision pour tout le monde. George n'avait pas pu venir, mais il envoyait chaque semaine de petits cadeaux et des attentions pour sa femme et ses filles.

Nori adorait emmener les filles faire des promenades en bateau ; souvent, elles s'amarraient dans un endroit tranquille, à l'ombre, pour pique-niquer. Elle s'était attachée à elles comme si ces petites étaient les siennes. Étant donné qu'elle avait décidé de ne pas avoir d'enfants, celles-ci étaient particulièrement chères à son cœur.

Elles n'étaient plus que toutes les quatre, avec quelques membres choisis du personnel – Bess, domestique préférée d'Alice, Maud, la nourrice, et Noah Rowe, le professeur de musique. Les filles étaient tellement attachées à lui que Charlotte avait juré qu'elle ne viendrait pas s'il n'était pas invité.

Bien que s'efforçant de se tenir à l'écart, Nori assistait parfois aux leçons de musique.

Charlotte apprenait à jouer du piano pendant que Matilda secouait un petit tambourin en riant.

Elles apprenaient aussi des chansons, sur des reines et des rois, des fées, des héros.

Noah était un jeune homme brillant, souriant, âgé de dix-neuf ans, avec une masse de cheveux noirs bouclés, et des yeux bleu clair et rêveurs éblouissants, aussi grands qu'un ciel d'été. Il venait d'un endroit appelé la Cornouailles. Son accent était moins raffiné que celui d'Alice, mais on le comprenait facilement, et sa voix avait quelque chose de chaleureux.

Nori l'avait immédiatement apprécié.

Mais elle gardait ses distances.

Elle sentait son regard sur elle, de temps en temps au début, et constamment à présent. Chaque fois qu'elle entrait dans une pièce, sa tête se levait et il la fixait, rouge comme une tomate.

Alice l'avait bien sûr remarqué, avide qu'elle était de ragots et de potins dans ce cadre champêtre où elle s'ennuyait à mourir.

Elles se trouvaient toutes les deux allongées sur une nappe, dans le jardin. Un peu plus loin, Noah poursuivait à travers les arbres les filles qui hurlaient et riaient.

— Il est gentil, pas vrai ? lui demanda Alice d'un ton nonchalant.

Elle ne s'était même pas donné la peine de se changer aujourd'hui.

Nori ferma les yeux et leva les mains vers le soleil.

— Oui, c'est vrai.

— Et très beau, n'est-ce pas ?

— Oh ! Alice, ne commence pas.

— Quoi, c'est vrai ! insista-t-elle avec malice. Même s'il n'a pas de nom, et pas un sou – je parle en connaissance de cause, puisque je le paie presque rien.

— C'est presque un enfant encore.

Alice pouffa.

— Un enfant ? Tu as vingt-quatre ans, pas quatre-vingt-dix.

— Il ne connaît rien au monde.

Alice haussa un sourcil.

— Vu la manière dont il te regarde, je pense qu'il y a des domaines où il en connaît plus que toi.

— Alice.

— C'est vrai, quoi ! protesta-t-elle. Parfois, c'est à croire que tu n'as pas du sang, mais de l'eau glacée qui coule dans tes veines. Tous ces hommes qui te regardent, et tu restes là, comme une statue. Je ne t'ai jamais vue les regarder, toi.

— Ça ne m'intéresse pas.

— Mais tu n'as jamais rencontré personne au cours de tes voyages ? Pas un seul homme ?

Nori soupira.

— Non, Alice.

— Comment fais-tu pour résister ? Moi, je suis mariée, je n'ai pas le choix. Mais toi, tu es libre de goûter à tous ces plaisirs et tu te prives de tout.

— Tu es obligée d'être toujours aussi triviale ? marmonna Nori. Ce n'est pas digne d'une *lady*.

Alice se redressa. Son ventre était si gros et le reste de son corps si mince qu'elle semblait constamment sur le point de basculer.

— Ça, c'est l'argument type de ceux qui n'assument pas leur désir, dit-elle avec malice. Mais le désir, c'est humain, tu sais. Et cela me désole que tu ne saches pas ce que c'est.

— Je ne suis pas en marbre, répliqua Nori avec lassitude. Et je ne suis pas aveugle. Bien sûr qu'il est très beau. Et il est gentil et drôle et…

Elle sentit sa voix qui, malgré elle, se réchauffait.

— Et il est honnête. Je pense que c'est un garçon sincère.

Alice poussa un cri strident et saisit les mains de Nori.

— Tu es amoureuse. Je le savais !

— Ça n'a pas d'importance, dit-elle d'un ton égal. Ça ne me mènerait à rien.

Mais les yeux gris d'Alice ne connaissaient que trop bien la question.

— Oh ! ma chère, tu ne pourras pas rester imperméable à l'amour pour toujours. Car quand l'amour te tient, il te poursuit jusqu'au bout.

À son corps défendant, Nori se retrouva à errer devant la porte de la salle de musique, ce soir-là. Elle entendit des notes hésitantes frappées sur le clavier du piano.

Charlotte riait.

Nori entra sans frapper. Comme elle s'y attendait, elle trouva Noah assis sur le banc, à côté de Charlotte. Le visage de la petite fille s'illumina en la voyant arriver.

— Tatie Nori ! s'exclama-t-elle. Je sais jouer *Ah ! vous dirai-je, maman* !

Nori la regarda avec un grand sourire, mais la petite n'était pas encore prête pour Mozart.

— C'est formidable.

— Et Noah a dit qu'il m'apprendra Butthoven.

Nori réprima un rire.

— Je n'en doute pas.

Le regard dépité de Noah croisa le rien.

— Charlotte, lança alors Nori sans détourner les yeux. Je crois qu'il est l'heure d'aller au lit.

La petite fille fronça les sourcils.

— C'est obligé ?

— Oui. Maman est allée se coucher depuis longtemps, il est temps que tu y ailles aussi.

Charlotte soupira, mais se leva et obéit. C'était une petite fille docile et bien élevée – deux traits dont elle avait hérité de son père, présumait Nori.

Elle se pencha pour l'embrasser sur les joues.

— Bonne nuit, ma chérie.

Une fois Charlotte partie, Nori sentit la présence de Noah plus fort encore. Elle ne s'était jamais retrouvée seule avec lui.

Il lui sourit timidement.

— Vous… Vous voulez vous asseoir ? demanda-t-il.

Elle aurait bien voulu, mais répondit :

— Non, merci. Il vaut mieux que j'y aille.

— J'essaie de lui apprendre les *Douze variations* de Mozart.

— Je sais, oui.

Elle se retourna, prête à partir. Elle ne voulait pas paraître impolie, et savait qu'il ne valait mieux pas commencer à rentrer dans son jeu.

— Vous êtes musicienne, pas vrai ? demanda-t-il.

Elle s'arrêta net, puis se retourna pour le regarder dans les yeux.

— Comment ?

— Ça se voit, répondit Noah avec un grand sourire. J'ai bien remarqué que vous saviez lire les partitions que je donne aux filles. Vous fredonnez la mélodie.

Elle haussa les épaules en rougissant.

— J'ai un peu joué, il y a des années.

— Madame Alice dit que…

Alice. Bien sûr. Incapable de tenir sa langue.

— Il faut vraiment que j'y aille, répéta-t-elle, sachant vers quoi mènerait cette discussion.

Et il était hors de question que Nori parle de son frère à ce garçon. Hors de question.

Elle sortit de la salle avant même qu'il eût fini de sourire.

Nori se réveilla en pleine nuit au son d'un cri déchirant, le cri d'une créature de la forêt, aurait-on dit.

Elle se redressa d'un coup et enfila un peignoir pour couvrir son corps nu. Elle courut dans le couloir jusqu'à la chambre d'Alice, mais Charlotte était arrivée avant.

Elle serrait son animal en peluche contre sa poitrine et ses yeux étaient ronds comme des soucoupes. Ce fut alors que Nori comprit que le cri ne venait pas d'Alice.

Mais de Charlotte.

Et quand elle vit pourquoi, sa gorge se bloqua de terreur.

Alice gisait sur le sol, à moitié prise dans ses draps. Il était évident qu'elle avait essayé de se lever, mais s'était emmêlée et était tombée. Sa chemise de nuit blanche était tachée, maculée d'un liquide sanglant. Et là, au milieu des draps, se trouvait… une forme.

Nori attrapa Charlotte par le bras et lui enfouit la tête contre sa poitrine pour qu'elle ne voie pas. Mais trop tard. Elle avait déjà vu.

— Bess ! hurla Nori. Noah ! À l'aide, s'il vous plaît ! À l'aide !

Alice releva la tête. Sa peau était verdâtre. Des larmes coulaient sur son visage charmant.

— C'est trop tard, murmura-t-elle. C'est trop tard. Il est déjà parti.

Personne ne trouva d'explication. Le médecin déclara que ces accidents étaient rares à ce stade de la grossesse, mais qu'ils pouvaient arriver, et que personne ne savait pourquoi.

— Il n'a jamais respiré, dit-il, comme si cela pouvait la consoler.

Alice était devenue un fantôme, pâle et mutique. Ne supportant plus d'être seule, elle dormait dans le lit de Nori. Elle y resta toute la journée, pendant des semaines, jusqu'à ce que les feuilles d'octobre commencent à tomber.

Nori connaissait le désespoir noir et sans fin dans lequel son amie s'enfonçait. Elle n'avait pas de mots.

Elle ne pouvait rien faire d'autre que rester assise à son chevet, et attendre qu'elle se remette.

George était venu dès qu'il avait appris la nouvelle, mais il ne parvint pas à la réconforter non plus. Ils enterrèrent le corps à moitié formé du fils d'Alice dans le jardin, sous un vieux chêne, au cours d'une petite cérémonie menée par un prêtre du coin. Alice refusa d'y assister.

George rentra à Londres avec les filles pour laisser Alice aux soins de Bess et de Nori. Charlotte avait gardé sur son visage la même expression hébétée que cette nuit-là ; les cris de Matilda qui réclamait sa mère s'entendirent encore alors que la voiture se trouvait déjà loin.

Étonnamment, Noah refusa de partir.

— Je resterai avec madame, dit-il simplement. Et avec vous.

Nori n'eut pas la force de lui demander à quoi servirait un professeur de musique, médiocre qui plus est, dans une situation pareille. Puis elle s'employa à faire tout son possible pour empêcher son amie bien-aimée de se laisser mourir de faim.

Bess apportait de l'eau chaude et du savon au chevet du lit tous les jours, et parfois, à elles deux, elles parvenaient à convaincre Alice de s'asseoir pour la laver et lui changer sa chemise de nuit.

Nori cuisinait tous ses plats préférés, espérant au moins parvenir à lui faire avaler quelques bouchées.

Noah était souvent inutile, mais il se tenait dans l'embrasure de la porte, et chantait d'une voix douce et claire. Sans trop savoir pourquoi, Nori trouvait sa présence rassurante.

Un matin, Bess la prit à part.

— Ça ne peut plus durer comme ça, dit-elle. Ça fait des mois.

Nori hésita.

— On ne peut pas la forcer.

— Certainement pas, répondit Bess. Mais avec tout le respect que je vous dois, mademoiselle, elle vous écoute. Vous êtes la seule personne qu'elle écoute.

Nori sentit son ventre se nouer. Elle poussa un grognement. Elle s'était déjà retrouvée à cette place, là, de l'autre côté de la porte, plongée dans le noir. C'était maintenant à son tour d'aider, de tirer quelqu'un vers la lumière.

— Je vais lui dire de se lever, affirma-t-elle.

Bess hocha la tête et désigna le battant fermé.

— Eh bien, allez-y.

Nori prit une grande inspiration et ouvrit la porte de la chambre. Les volets étaient clos ; il faisait si sombre qu'elle faillit trébucher.

Elle s'approcha du lit lentement.

— Alice, chuchota-t-elle.

Pas de réponse. La silhouette entre les draps ne bougea même pas.

— Alice, répéta-t-elle, plus fort cette fois.

Toujours rien.

Nori s'agenouilla pour se mettre à la hauteur de son amie.

— Alice, dit-elle. Il est temps de te lever maintenant.

Les lèvres d'Alice remuèrent, mais aucun son ne sortit.

— Nous devons rentrer à Londres, insista Nori. L'été est terminé. Tu as des obligations. Ton mari a encore appelé pour dire que les filles te réclament. Il est temps de rentrer à la maison.

Le visage d'Alice se remplit de haine.

— Va-t'en, siffla-t-elle, pleine de rage muette.

— Je ne peux pas, répondit doucement Nori. Je suis sincèrement désolée. Mais cette situation ne durera pas un jour de plus, ma chère. Tu dois te lever.

Alice la regarda dans les yeux.

— Va-t'en, Nori, répéta-t-elle. Tout allait bien avant que tu n'arrives ici. Va-t'en.

Nori s'efforça d'ignorer la douleur. Cette réflexion, elle se l'était déjà faite, mais elle n'était pas venue pour s'apitoyer sur son sort.

— Quelle différence cela ferait-il, maintenant ? dit-elle d'un ton égal. Des drames surviennent et nous ne saurons jamais pourquoi. Tu dois supporter cette injustice, l'avaler comme une pilule amère et continuer. Il faut que tu te lèves, Alice.

— Moi, je veux savoir pourquoi ! hurla-t-elle.

Elle se redressa.

— Pourquoi Dieu me l'a-t-il pris ? s'énerva-t-elle. Je veux savoir pourquoi !

— C'était Sa volonté, répondit Nori, bien que cette réponse lui coûtât.

Alice se plia en deux et sanglota.

— Tout est ma faute. Tout est ma faute. J'ai péché. J'avais seize ans. À Paris… j'avais tellement peur. J'étais tellement effrayée, Nori. Ils ne m'auraient jamais laissée rentrer chez moi s'ils avaient découvert que j'étais enceinte. Ça aurait été ma fin. Et je n'avais personne. J'étais seule.

Nori encaissa cette révélation sans ciller.

— Ce n'est pas un péché. Et même si ça l'était, cela ne regarde que toi et Lui. Dieu ne punirait personne d'autre.

Comme il était étrange de prononcer ces mots à voix haute. Elle se demandait à qui elle s'adressait réellement.

Alice poussa un cri déchirant.

— Moi qui croyais que mes malheurs étaient derrière moi…

— Mais ils le sont, Alice. Et tu es si jeune. Tu auras d'autres enfants. Je te le promets.

Nori lui tendit les mains. Après quelques instants, Alice les saisit et les deux femmes se relevèrent.

Alice tenta de ravaler les larmes qui ne s'arrêtaient plus de couler.

— Mais je voulais ce bébé.

Nori ne dit rien. Il n'y avait rien à dire.

Le lendemain matin, elles partirent pour Londres.

Chapitre 17

NULLE PART CHEZ SOI

Londres, Angleterre
Décembre 1964

Quand l'hiver arriva, l'atmosphère était redevenue plus légère. Alice, qui avait retrouvé sa joie de vivre, s'était lancée à corps perdu dans les préparatifs des fêtes de fin d'année. Ce n'était qu'une façade, Nori le savait, mais elle plus que quiconque connaissait l'importance de ces dérivatifs. Elle la laissait donc faire.

Nori se mettait autant que possible en retrait. Plus question pour elle d'assister à des soirées. Et puis, une question la préoccupait. Éviter Noah devenait de plus en plus difficile. Ses regards se faisaient de plus en plus longs et ardents. Elle découvrait des petits cadeaux en soie ou des fleurs en papier dans sa chambre. Il y avait des poèmes, des bonbons, des rubans, des figurines.

Elle les ignorait tous. Mais elle savait, comme lui, qu'elle finirait par devoir lui faire face.

Il l'intercepta un matin, dans les escaliers de derrière, avant le petit déjeuner.

— Voulez-vous bien me laisser passer ? demanda-t-elle poliment. On m'attend.

Il croisa les bras.

— Avez-vous reçu mes cadeaux ?

Nori détourna les yeux.

— Je les ai reçus, oui.

— Et ? Ils ne vous plaisent pas ? demanda-t-il d'un ton si sincère qu'elle sentit son cœur se serrer.

— Ce n'est pas ça. Ils sont très jolis.

— J'ai lu un livre sur l'origami, expliqua-t-il, les joues rosies. J'ai pensé que ça vous ferait plaisir. Que ça vous rappellerait votre pays.

Mon Dieu. Quel idiot, quel adorable idiot.

— Monsieur Rowe, il n'est pas convenable que vous m'envoyiez des cadeaux.

Le voyant se tortiller de gêne, Nori se rappela à quel point il était jeune. Peut-être était-ce la première fois de sa vie qu'il éprouvait de tels sentiments à l'égard d'une fille.

— Je sais que nous ne venons pas du même milieu, répondit-il d'un ton grinçant. Et je ne veux pas vous offenser. Mais je… je vous trouve si belle.

Elle sentit un frisson lui parcourir l'échine.

— Vous n'êtes pas mon inférieur, dit-elle clairement. Croyez-moi. Mais je ne suis pas d'ici, et je suis bien plus âgée que vous.

Son sourire révéla des dents parfaitement blanches et droites.

— À peine, répondit-il. Même pas cinq ans.

Elle secoua la tête.

— Vous êtes un charmant jeune homme, Noah. Je suis sûre qu'il existe tout un tas de belles Anglaises qui aimeraient recevoir ces présents.

Il la regarda d'un air contrarié.

— Mais c'est à vous que je veux offrir des cadeaux.

Nori hésita. À quoi bon continuer à se torturer en explications ? Elle devait mettre un terme à cette discussion.

— Je ne peux pas vous donner ce que vous voulez, Noah.

Il fit un pas vers elle ; il sentait le cèdre et l'herbe fraîchement coupée.

— Et qu'est-ce que je veux, d'après vous ?

— Ce que tous les hommes veulent, je suppose.

Il marqua une pause.
— C'est ça que vous pensez de moi ? demanda-t-il, et elle crut percevoir de la déception dans sa voix.
Mais il semblait déçu par elle, pas pour lui-même.
La culpabilité la submergea immédiatement.
— Je ne voulais pas dire que…
— Vous me connaissez mal.
— Je ne vous connais pas du tout ! Et vous ne me connaissez pas non plus ! Nous avons à peine parlé !
Noah se gratta le menton.
— Oui, c'est vrai.
— Donc vous me comprenez ? demanda-t-elle avec espoir. Vous comprenez pourquoi il faut arrêter.
Il lui sourit.
— Dix minutes. Je vous demande de passer dix minutes avec moi chaque soir jusqu'à la fin du mois. Et si, après cela, vous me demandez de sortir de votre vie, je le ferai.
Elle avait les cartes en main, cette fois. Un mot à Alice, et il repartirait directement en Cornouailles.
— Pourquoi devrais-je accepter ?
— C'est l'inverse que vous devriez vous demander. De quoi avez-vous peur ?
Aussitôt, elle se dressa fièrement.
— Je n'ai pas peur.
Noah claqua des mains.
— Bien. Alors à ce soir.
— M-mais…
— Rendez-vous dans la bibliothèque. Personne n'y va jamais. Disons, à 22 heures ?
Elle le regarda, à court de mots. Prenant son silence pour un oui, il lui lança un clin d'œil et s'éloigna.
Pauvre idiote.
Regarde ce que tu as fait.

Il avait raison au sujet de la bibliothèque. Elle était propre, elle paraissait neuve. Mais personne ne semblait jamais y mettre les pieds.

Comme pour tout ou presque dans la vie, Alice ne l'avait certainement fait installer que pour les apparences.

Noah l'attendait dans un fauteuil moelleux, les mains croisées sur ses genoux. Son visage était encore celui d'un garçon, on distinguait sous sa chemise les courbes de ses muscles. À voir l'agilité de ses mains, Nori ne doutait pas qu'il fût un jeune homme travailleur.

Il lui sourit.

— Tu es venue.

Elle s'assit en face de lui et croisa les jambes.

— Dix minutes.

Il hocha la tête.

— Alors, commençons. Où es-tu née ?

Nori remua légèrement.

— Je ne sais pas.

Il fronça les sourcils, et Nori se sentit immédiatement contrariée qu'il ait déjà réussi, avec une question si simple, à toucher du doigt les dysfonctionnements qui avaient marqué sa vie.

— Comment ça, tu ne sais pas ? demanda-t-il doucement, d'une voix dépourvue de jugement.

— Ma mère m'a donné naissance à la maison. Il n'y a pas de trace. Nous avons vécu dans un appartement… pendant un temps. Et puis elle est partie, et j'ai été élevée par ma grand-mère à Kyoto.

Noah acquiesça.

— J'ai entendu des histoires, bien sûr. Comme quoi tu serais… eh bien…

— Une bâtarde, répondit Nori sans détour. Oui. C'est vrai.

Noah rougit.

— Je ne voulais pas te manquer de respect.

— Mais ce n'est pas le cas. C'est bien ce que je suis.

Il sembla dubitatif, mais poursuivit malgré tout :

— Et tu aimais Kyoto ?

Elle regarda ses mains.

— Je ne voyais pas grand-chose depuis le grenier.

Il la fixa, stupéfait.

— Comment ça ? Tu vivais enfermée dans le grenier ?

— Tout juste.

— Mais ce n'est pas possible ! s'insurgea-t-il. Personne n'a le droit de faire vivre un enfant comme ça.

Elle éclata de rire.

— Si, et mes grands-parents ne s'en sont pas privés.

Il devint tout pâle.

— Mais pourquoi ? Tu n'es quand même pas la seule enfant illégitime du Japon.

Elle lui montra ses bras. Les yeux de Noah se posèrent sur sa peau lisse, bronzée, couleur noix de coco à cause de toutes ces heures passées au soleil.

— À cause de ça, dit-elle simplement.

— Ta peau ?

— Oui.

Noah la dévisagea de ses grands yeux bleus.

— Mais il n'y a rien de mal avec ça.

Nori resserra ses bras autour d'elle.

— Ce n'est pas ce que pensait ma grand-mère. Pour elle, ma couleur de peau était un signe d'infériorité, une marque qui criait au monde que coulait dans mes veines du sang de traître et d'étranger.

— Mais tu ne la croyais pas ? demanda-t-il. Tu n'en croyais pas un mot, pas vrai ?

Elle s'apprêtait à répondre que non, mais une fraction de seconde d'hésitation la trahit. Elle n'eut pas le temps de réagir que Noah s'était déjà levé et mis à genoux devant elle.

Il passa ses doigts pâles sur son bras, descendit jusqu'à sa main. Il retourna sa paume et la pressa contre la sienne. Il dégageait une chaleur si intense que Nori se sentit presque mal.

— C'est la première chose que j'ai remarquée chez toi, avoua-t-il. Lisse comme une perle, d'une couleur si belle.

Il scruta son visage stupéfait.

— Je te trouve magnifique, ajouta-t-il.

Les yeux de Nori se remplirent de larmes ; elle écarta sa main. Il leva son visage vers le sien, mais elle quitta sa chaise comme si celle-ci était en feu, et recula.

— Le temps est écoulé, dit-elle.

Elle s'enfuit de la bibliothèque, mais une fois dans son lit, cette nuit-là, elle ne put rien faire pour calmer les battements frénétiques de son cœur.

Nori se fit la promesse de ne plus rien lui révéler sur son passé. Lors de leurs rencontres nocturnes, elle restait silencieuse, le visage tourné vers le mur comme une enfant têtue. Elle continuait de s'y rendre, pourtant. Ses pieds, chaque soir, la conduisaient là malgré elle.

Noah, lui, ne se décourageait pas. Il l'attendait chaque soir avec un petit verre de vin pour lui, et une tasse de cidre chaud pour elle. Il lui avait assuré, assez naïvement, qu'elle n'avait aucune obligation de continuer à venir.

Mais chaque soir, elle était au rendez-vous.

Il parlait, tout le temps. Elle essayait de ne pas l'écouter, mais sa voix était un véritable délice, qui lui évoquait des images de collines verdoyantes.

Il avait grandi en Cornouailles, lui raconta-t-il, et était le cadet d'une fratrie de quatre garçons. Sa mère, française, était une ivrogne qui à sa mort précoce ne lui avait laissé que des recettes de confitures – qu'il n'avait jamais réussi à préparer correctement.

Cela avait été sa manière à lui d'essayer de la connaître, et de faire face à la douleur de cette perte.

Il la fit rire en lui faisant la démonstration de son mauvais français.

Son père, décédé quatre ans plus tôt, était instituteur. Suite à la vente de la maison familiale par son frère aîné, tous avaient été contraints de se débrouiller seuls.

— Nous n'avions pas grand-chose, avoua-t-il timidement. Et moi, le cadet, on ne me laissait souvent que les miettes. Mais il y avait beaucoup d'amour.

Il lui raconta ensuite comment les bonnes sœurs de son école lui avaient appris à jouer du piano.

— Je n'aimais pas ça, au début, dit-il avec un gloussement. C'était atrocement difficile. Et puis, tout a changé quand j'ai compris à quel point la musique pouvait rendre les gens heureux… Je n'ai jamais été assez bon pour être professionnel, bien sûr, mais j'adore les enfants, alors… j'essaie de leur apporter un peu de joie.

Elle se surprit à fixer ses lèvres. Parfaites, roses. Elle s'assit sur ses propres mains pour s'empêcher de les lui tendre.

Elle détourna le regard.

— Je crois qu'il est temps d'arrêter.

Il eut un sourire en coin.

— Depuis une heure, en fait. Je me demandais quand tu t'en rendrais compte.

Elle rougit.

— Je ne voulais pas t'interrompre.

Il hocha la tête.

— Alors, Nori. Vas-tu m'épouser, oui ou non ?

Elle se raidit.

— Ne plaisante pas avec ça.

— Je ne plaisante pas, répondit-il avec simplicité.

Elle se leva de sa chaise et lissa sa jupe.

— Non.

Il acquiesça, impassible. Il s'y attendait.

— Peut-être demain, alors.

Nori plaqua une main sur sa bouche et sortit.

Les jours s'écoulèrent. Elle avait arrêté de compter.

Noël arriva et passa, Nori reçut en cadeau trois nouvelles robes d'Alice, un collier de perles de George et une carte fabriquée par les filles.

Alice se consacrait, heureuse, à la décoration de la pouponnière à l'étage. Elle croyait avec ferveur qu'une nouvelle grossesse surviendrait bientôt. Ce serait un garçon. Et l'enfant, cette fois, vivrait.

Savoir son amie aussi occupée était un soulagement pour Nori. Quelle que fût la nature de la relation qu'elle entretenait avec Noah, il devenait de plus en plus difficile de la cacher.

Il lui avait offert deux friandises à base de fruits confits, ainsi qu'une sorte de friand qu'il appelait « *pasty* », qu'elle trouva plutôt bon.

Bien qu'elle ne souhaitât pas encourager ses démonstrations d'affection, elle lui avait tricoté une écharpe en fil doré.

Ils accomplissaient tous les deux de longues promenades dans la neige, la tête baissée contre le vent, en silence. Il passait son bras autour de la taille de Nori, qui s'efforçait d'ignorer la chaleur qu'il lui procurait.

Elle se sentait en sécurité avec lui, un luxe qu'elle avait si rarement connu.

Ils parlaient souvent de musique. L'exaltation croissante de Noah, à mesure que leurs discussions devenaient de plus en plus profondes, n'avait pas échappé à Nori.

Malgré elle, elle lui raconta tout. Elle lui parla même de William. Ce fut le seul moment où elle le vit réellement en colère, mais il accepta, à contrecœur, de n'en parler à personne.

Chaque soir, à la fin de leurs conversations au coin du feu, il la redemandait en mariage.

Chaque soir, Nori disait non ; il acquiesçait, et le rendez-vous se terminait ainsi.

Il n'essaya jamais de l'embrasser, même s'il en brûlait d'envie, à voir la manière dont il se tenait très près d'elle.

Quand leurs mains se trouvaient à quelques centimètres l'une de l'autre ou que leurs regards se croisaient, Nori avait l'impression de sentir sur elle une caresse. Elle n'éprouvait aucune pudeur avec lui, et sentait même poindre en elle un désir sauvage qu'elle n'avait jamais connu, dont elle n'aurait même pas soupçonné l'existence.

Il fallait arrêter. Cela ne la mènerait nulle part. Non.

Elle ne serait pas sa maîtresse, et elle ne pouvait pas être son épouse – la société n'était pas prête pour une telle union, même si la loi l'autoriserait –, alors quoi ? Où mènerait cette histoire, sinon au désastre ? L'aventure parisienne de sa mère et William n'avaient-ils donc pas suffi à lui donner une leçon ?

Si Nori avait été pourvue d'un tant soit peu de bon sens, elle lui aurait clairement signifié qu'ils ne pouvaient être ensemble, que s'il continuait à insister, elle le renverrait tout droit dans sa campagne.

À la vérité, elle avait voulu le lui dire, de nombreuses fois. Mais elle n'avait jamais trouvé le courage.

Noah avait su mettre le doigt sur son plus grand point faible, son besoin avide de se sentir aimée. Elle était ivre de ses petites attentions, elle se délectait de l'amour qu'il portait à sa peau et ses cheveux, pareil à un baume sur cette brûlure qu'elle portait depuis toujours.

Elle parvenait, parfois, à se voir comme Noah la voyait. Et cette vision renfermait tant de beauté qu'elle en pleurait.

Elle avait toujours eu l'impression de faire tache, comme un éléphant au milieu de splendeurs délicates. Sous le regard de Noah, cependant, elle n'était plus l'éléphant – mais le cygne.

Les jours s'écoulaient, et bien que leur habitude des « dix minutes » ait été abandonnée depuis longtemps, elle savait qu'à un moment donné il lui dirait les mots qu'elle redoutait continuellement d'entendre.

Ses refus répétés allaient finir par lui briser le cœur, et ce cœur, Nori ne voulait surtout, surtout pas le briser.

Elle tenait à lui. Il ne servait à rien de se voiler la face à ce sujet.

C'était un garçon tendre, honnête, généreux, drôle. Plus mûr que son âge, aussi, malgré ses trop nombreux idéaux. C'était une personne merveilleuse. Dont la personnalité complétait parfaitement celle, cabossée, de Nori.

Un garçon fait pour elle, tout simplement.

Pourtant, Nori était certaine de ne pouvoir lui donner l'amour qu'il méritait. Car son cœur avait été arraché de sa poitrine, une nuit, sur une sombre route.

Le soir du nouvel an 1965 fut donnée une fête que Nori prit soin d'éviter. Elle n'avait aucune envie d'être scrutée comme une bête de foire par la multitude d'inconnus qu'Alice avait invités.

Elle se cachait haut dans les branches d'un arbre.

Elle avait remonté sa robe noire et laissé ses escarpins en bas. Voilà qui n'était pas très digne d'une *lady*, mais tant pis.

Il y avait des arbres partout dans le monde. Leur présence immuable avait toujours été d'un grand réconfort pour Nori.

Quelqu'un cria son nom. Elle s'accrocha fermement à une branche solide avant de regarder en bas.

C'était Noah, emmitouflé dans un épais manteau d'hiver et l'écharpe qu'elle lui avait offerte.

Elle hésita à rester où elle se trouvait.

— Descends, ou je monterai te chercher, cria-t-il. Et je ne sais pas grimper, alors à moins que tu souhaites que je me fende le crâne…

Il l'avait eue. Elle se déplaça avec une agilité innée, se balançant de branche en branche avant d'atterrir devant lui avec un bruit sourd.

Il lui sourit.

— Nori.

Et cette manière qu'il avait de prononcer son nom lui donna à elle seule l'envie de s'enfuir.

— Noah…

Il brandit la main.

— J'ai au moins dix minutes.

Il la regarda, et la chaleur qu'il y avait dans son regard transmit à Nori un message : l'heure du dénouement inévitable était arrivée. Elle savait ce qu'il dirait, et elle savait ce qu'elle lui répondrait.

Le brouhaha de la fête s'estompa, et seul demeura le bruissement des arbres qui frémissaient sous le vent – et le bruit de son cœur qui battait follement.

— Arrête, chuchota-t-elle, mais alors même qu'elle le disait, elle sut qu'elle ne pourrait l'arrêter.

— Je suis amoureux de toi, déclara Noah.

Voilà. Il l'avait dit.

Non. Non, s'il te plaît.

Il lui adressa un sourire doux. Il avait l'air triste.

— Je sais que tu préférerais que ce ne soit pas le cas, poursuivit-il. Moi aussi, j'aimerais bien. Mais ça l'est. Je suis amoureux de toi, Nori, et cela ne changera pas. Je l'étais hier. Et je le serai demain.

Arrête.

— Je n'attends rien de toi, continua-t-il. Je sais que tu penses que je t'aime seulement pour ta beauté. Et tu es belle, Nori. Mais tu te trompes. Je ne suis pas un enfant, je ne te vénère pas. Je te vois comme tu es. Et je sais que tu es têtue, que tu portes des œillères aussi grosses que des montagnes. Que tu veux toujours une chose et son contraire. Je sais que tu n'as pas la moindre idée de qui tu es ni de ce que tu veux être. Je sais que tu penses que ta vie est finie parce que ton frère est parti, et que tu as décidé de tuer le temps en attendant de mourir à ton tour. Et je sais que tu penses que je ne vois rien de tout cela.

Elle ne pouvait plus du tout respirer maintenant. Le vent se leva. Elle sentit son corps vaciller.

Noah lui prit la main, mais elle était trop abasourdie pour réagir.

— Mais je sais aussi que j'adore t'entendre fredonner le matin, poursuivit-il, et même si sa main tremblait, sa voix, elle, ne tremblait pas. J'adore la façon dont tes boucles se dressent sur ta tête certains jours. J'adore savoir que tu trouves le miel plus précieux que les diamants. J'adore ta bonté envers toutes les créatures de Dieu. J'adore ton esprit, ta persévérance. J'adore… mon Dieu, j'aime tout chez toi, Nori. Même les choses que je voudrais ne pas aimer, je les aime. Je t'aime plus que… tout ce dont j'ai pu rêver. Voilà pourquoi je sais que ce que je ressens pour toi est réel. Parce que je n'aurais jamais pu l'imaginer. Je n'aurais jamais pu t'imaginer, toi.

Il lui lâcha la main. Son beau visage était tendu. Il l'embrassa, juste une fois, et Nori sentit quelque chose palpiter au plus profond de son être.

— Épouse-moi, dit-il.

Sa bouche s'ouvrit et se referma ; aucun son ne sortit.

— Si tu ne veux pas de moi, je partirai, continua-t-il doucement. Vivre ici en t'évitant n'aurait aucun sens à mes yeux. Tu es tout pour moi.

Il lui sourit une dernière fois et retourna dans la maison.

Le visage dans les mains, Nori s'effondra.

Rattrape-le.

Lève-toi. Lève-toi.

Mais elle n'y parvint pas.

Le lendemain matin, ce fut Alice qui la trouva assise près du feu dans le bureau, le regard vide.

— Noah est en train de faire ses bagages, lui annonça-t-elle. Peux-tu me dire pourquoi ?

Nori laissa échapper un petit cri.

Alice s'assit à côté d'elle.

— Il t'a fait sa déclaration, c'est ça ?

Elle hocha la tête.

Alice lui prit la main.

— Ah, ma chère. Tu avais compris, tout de même ?

— Mais était-il obligé de le dire ? éclata-t-elle. Parce que, maintenant, il est contraint de partir, et *je ne veux pas* qu'il parte.

Alice lui caressa les cheveux.

— Tu l'aimes aussi.

Nori ne dit pas non.

— C'est toi qui m'as déclaré qu'il n'était qu'un vaurien, lui reprocha Nori. Qu'il était en dessous de moi.

— Oui, c'est le cas. Mais je pense aussi que c'est un homme bien. Et je pense que ton frère l'aurait apprécié.

C'était le plus beau des compliments.

Nori ferma les yeux.

— C'est trop, dit-elle brutalement. Je n'arrive pas à faire face à tout ça. Vraiment. J'ai affronté l'injustice. J'ai affronté des drames. J'ai affronté le deuil.

— Mais tu ne peux pas affronter l'idée qu'il serait peut-être temps que tu sois heureuse ? demanda Alice doucement. Cela te terrifie tant que ça ? Au point de le perdre ?

Nori se mordit le doigt si fort qu'elle sentit le goût du sang.

— Je ne sais pas.

— Eh bien, tu ferais mieux de savoir. Parce qu'il a demandé à mon chauffeur de le déposer à la gare.

— Dis-moi quoi faire, la supplia-t-elle. Alice, toi qui connais l'amour. Toi qui connais les hommes. Dis-moi ce que je dois faire.

Alice soupira.

— Ma chère, je ne peux pas. C'est ton choix, ton chemin. Moi, j'ai choisi ma voie. Tu pourras continuer à vivre ici, à vivre ma vie aussi longtemps que tu voudras, si c'est ce que tu souhaites. Mais demande-toi malgré tout… si quelque part au fond de toi tu n'as pas envie de plus.

Nori secoua la tête.

— Mais si je faisais le mauvais choix ?

Alice sourit et lui embrassa la joue.

— Peu importe, lui souffla-t-elle. Moi, je t'aimerai toujours. Et tu auras toujours un chez-toi auprès de moi.

Nori l'attendit au pied de l'escalier de service.

Il arriva avec son manteau, une petite valise à la main. Elle se rendit brusquement compte que tout ce qu'il possédait au monde se trouvait à l'intérieur.

Il la regarda avec un visage calme.

— Veux-tu bien me laisser passer ? demanda-t-il. On m'attend.

Elle chercha à déglutir malgré le nœud qu'elle avait dans la gorge.

— S'il te plaît, ne pars pas.

Il haussa un sourcil.

— Pourquoi ?

— Je ne veux pas que tu partes, fit-elle d'une petite voix.

Elle savait ce qu'il voulait entendre, mais elle ne pouvait pas le dire.

— Ce n'est pas suffisant.

— Noah ! cria-t-elle. Je fais ce que je peux !

— Eh bien, ce n'est pas assez, répondit-il simplement. Je ne veux pas qu'une moitié de toi.

Elle se campa sur ses pieds et écarta les bras pour l'empêcher de passer.

— Ne sois pas si têtu !

— C'est toi qui me dis ça ? la railla-t-il. Tu me repousses depuis des mois, et maintenant tu me demandes de rester ?

— Je te demande..., sanglota-t-elle. Je n'ai pas d'ordres à donner. Je te demande de ne pas me quitter.

Il posa sa valise et croisa les bras.

— Pourquoi devrais-je accepter ?

Elle se mit à gesticuler frénétiquement avec ses mains. Les mots lui manquaient.

— Les filles t'adorent. Et tu n'as plus rien en Cornouailles, maintenant, tu l'as dit toi-même. Et tu… eh bien, tu…

Il soupira.

— Si c'est tout ce que tu as à dire, Nori, j'ai un train à prendre.

Tout doucement, il l'écarta de son chemin. Mais au moment où elle se tourna pour le regarder s'éloigner, elle réalisa, avec une puissance inouïe, à quel point cette image lui était familière.

Courage.

Elle se jeta sur lui, les bras autour de sa taille.

— Reste, chuchota-t-elle.

Elle sentit les larmes couler sur ses joues.

— Je t'aime, Noah. Je t'aime de tout ce qui reste de mon cœur.

Il se tourna vers elle et prit son visage entre ses mains.

— Ah, ma douce. Était-ce donc si difficile que cela ?

Elle retint un sanglot.

— Ne pars pas. Ne me quitte pas.

Il l'embrassa.

— Jamais.

Et la chose la plus étrange se produisit alors : elle le crut.

— Alors, vas-tu finir par m'épouser ou pas ?

Elle rit alors qu'il la soulevait haut dans ses bras.

— Demain, peut-être.

Chapitre 18

CHRYSANTHÈME

Londres, Angleterre
Mai 1965

La robe était prête. Alice avait engagé une armée de couturières pour confectionner cette splendeur ivoire qui rendait hommage au kimono, avec de longues manches évasées et un décolleté plongeant.

Le lieu avait été choisi – une petite chapelle, nichée dans les ruines d'un château. Charlotte, au comble de l'excitation, se disputait avec sa sœur, Matilda, qui apprenait tout juste à parler, pour savoir à qui reviendrait la tâche de choisir les robes des demoiselles d'honneur.

Alice débattait avec George de la maison, parmi les nombreuses qu'ils possédaient à la campagne, qu'ils donneraient aux jeunes mariés pour qu'ils s'installent. Noah devait être promu secrétaire particulier de George – et toucherait le salaire allant de pair.

Nori était heureuse de toutes ces choses, mais là n'était pas le plus important. Elle se sentait enivrée, constamment, n'était plus qu'un corps plein de désir, douloureusement palpitant. Les rares fois où elle parvenait à se dégager des bras de Noah, elle ne souhaitait faire qu'une chose : rêver.

Son bonheur était complet.

Enfin, presque.

Quelque chose manquait. Quelque chose manquerait toujours. Mais elle savait qu'il aurait été heureux de la voir ainsi.

Ce fut par un de ces jours ensoleillés qu'elle finit par révéler à Noah l'existence des journaux intimes.

Sans trop savoir pourquoi, elle avait gardé ce secret. Celui-ci et un autre – elle ne lui avait pas parlé de la nuit où Akira était mort. Elle ne le ferait jamais. Jamais.

Elle lui prit la main et l'emmena s'asseoir sur le banc en pierre sous les branches protectrices des bouleaux.

Le dernier carnet de sa mère, qu'elle n'avait jamais terminé, reposait lourdement sur ses genoux.

Noah la regarda de ses yeux bleus francs.

— Pourquoi ne pas l'avoir achevé ? demanda-t-il.

Elle fit un geste de la main comme pour lui signifier qu'il existait des milliers de raisons. Il l'attrapa en plein vol et l'embrassa.

— Tu as peur que ta mère parle de ton père ? demanda-t-il simplement. Ou qu'elle parle de toi ?

Nori se tortilla.

— Je les ai lus parce que je voulais savoir qui était ma mère. Avant ma naissance. Pas après. Si je ne m'en souviens pas, c'est qu'il doit y avoir une raison. Peut-être que je ne suis pas censée le savoir.

— Tu penses qu'elle te détestait ? demanda Noah avec cette franchise de campagnard qu'elle aimait et détestait tant. Et si c'était le cas, tu penses qu'elle l'écrirait ?

— Je ne sais pas.

— Eh bien, il n'y a qu'un moyen de vérifier. Allez, je reste ici, à côté de toi.

Elle se tourna vers lui avec un air contrit. Elle ne pouvait pas lui dire qu'il lui fallait des heures pour lire une ligne, des jours pour lire un passage, des mois pour lire une section complète. Ce voyage à travers le passé de sa mère était pareil à la plus difficile des ascensions. Il fallait avancer avec lenteur et précaution.

Pas simplement déchiffrer, comme Noah le lui demandait.

Sa moue le fit rire.

— Allez, allez, ma douce. Tu ne m'aurais rien dit si tu ne voulais pas le lire. Tu as toujours voulu savoir, mais tu avais peur de ne pas supporter ce que tu apprendrais. Après ce qui est arrivé à ton frère…

— Arrête, s'il te plaît, murmura-t-elle, les lèvres engourdies.

— Je veux seulement dire que, sans lui, tu ne pouvais pas prendre de risque.

— Quel risque ?

Il lui serra la main.

— N'importe lequel.

Elle détourna le regard.

— Oh ! Noah.

Il afficha ce sourire enchanteur, rien qu'à lui.

— Mais je suis là, maintenant, poursuivit-il joyeusement. Tu vas enfin pouvoir laisser le passé derrière toi, te tourner vers l'avenir.

Elle secoua la tête.

— Je ne peux pas lire ça ici, avec toi.

— Mais si, répondit-il immédiatement. Je suis ton mari. Tu ne peux rien me cacher, Nori. Il faut que tu arrêtes de croire ça.

Un optimiste face à une cynique – elle savait qu'il ne servirait à rien d'essayer de discuter. Et puis, elle ne voulait pas le décevoir. La joie de vivre de Noah, Nori voulait la protéger comme on protège les choses rares et délicates.

Il avait raison, qui plus est : quoi qu'elle apprenne, elle était maintenant prête à affronter ces lignes.

— D'accord, concéda-t-elle, ignorant les battements frénétiques de son cœur. Mais tourne-toi, s'il te plaît. Je ne peux vraiment pas, si tu me regardes. Et je te préviens : je suis lente, comme lectrice.

— Je vais t'attendre dans l'arbre, dit-il avec un grand sourire. Je ne redescendrai pas tant que tu ne m'auras pas appelé.

— Tu ne sais pas grimper aux arbres, mon amour, rétorqua-t-elle gentiment.

— Je me suis entraîné. Et je serai bientôt aussi agile que toi. Tu vas devoir trouver un autre endroit pour te cacher de moi.

Il se leva et se pencha pour l'embrasser tendrement.

— Je t'aime, dit-il simplement.

Les joues de Nori s'embrasèrent. Une vague de chaleur se répandit depuis son décolleté jusqu'à son front.

— Moi aussi, murmura-t-elle.

Elle ramassa le journal intime et partit se réfugier dans un petit coin du jardin, au milieu de l'herbe humide.

Puis, elle commença.

13 avril 1939

Mon Akira est une merveille.

Chaque jour, quand je le regarde, que je me regarde, moi, sa mère, la dévoyée, et son père assommant, je n'arrive pas à croire que nous l'ayons conçu.

Il sera un prodige, j'en mettrais ma main au feu. À quatre ans seulement, il sait déjà lire la musique, et il joue du piano mieux que moi quand j'avais deux fois son âge.

Il a des mains parfaites. Parfaites.

Il joue aussi du violon – je crois qu'il l'aime davantage. Mais j'espère qu'il continuera le piano.

Je lui enseigne aussi le français ; il mémorise des phrases entières. Ce matin, il a récité un poème que je lui ai appris la semaine dernière.

Et comme il est mignon ! Mon portrait craché – pas celui de son père, Dieu merci.

Mais il est tellement, tellement sérieux. Il sourit assez peu, et quand il rit, il se couvre la bouche comme s'il avait honte. Il parle doucement, d'une manière réfléchie, et bien qu'il ne soit qu'un enfant il jauge tout, attentivement, avant d'agir.

Il ne tient certainement pas ça de moi.

Je dois faire très attention à lui, ou bien son père l'abîmera. Yasuei dit que je vais en faire un faible, qu'il faut dès le berceau lui inculquer le rôle auquel il est destiné.

Mais je veux qu'il soit un enfant heureux. Dieu sait comme les joies de la vie sont rares ; je veux qu'il vive une enfance ensoleillée.

À vrai dire, je veux tout pour lui, et la douleur qui me tenaille est indescriptible quand je pense que je n'ai, en fait, rien à lui donner.

Cet été, je l'emmènerai à la campagne pour qu'il plonge ses pieds si précieux dans l'eau salée de l'océan. Je lui ferai goûter des friandises et lui apprendrai à jouer Beethoven.

Je ferai disparaître le nœud entre ses sourcils froncés en l'embrassant sur les joues jusqu'à ce qu'il rie.

Et je prierai pour qu'il s'en souvienne.

Je crois que le voir grandir sera pour moi la pire chose au monde. Contrairement aux autres mères, je ne peux pas imaginer ce que deviendra mon garçon, je ne peux pas rêver son avenir.

Parce que je le connais déjà.

Et je n'y puise aucune joie.

2 mai 1939

Ma mère est là.

Elle s'est invitée, bien sûr, a débarqué à l'improviste. Elle compte rester tout le mois. Yasuei a accepté une mission à l'étranger juste pour l'éviter. Nous nous retrouvons seules.

Elle est venue avec ses propres domestiques, car elle trouve que les miens ne font jamais rien correctement. Je suis obligée de les loger aussi.

Je ne sais pas comment je vais supporter cela. Elle n'a pas amené mon père, heureusement. C'est déjà ça.

Je n'ai pas besoin d'avoir sur moi son regard où se lit qu'il me prend pour une prostituée.

Il m'aurait battue à mort à mon retour de Paris si maman ne l'avait pas empêché. Elle a dit que je ne pouvais pas avoir de traces de coup avant mon mariage.

En fait, c'est drôle. Maman est une femme impitoyable, mais pas sadique. Elle n'apprécie pas la cruauté, elle n'inflige pas la douleur pour le plaisir, contrairement à papa. Parfois, j'ai beau la trouver atroce, je finis par me rendre compte qu'elle me protège en réalité d'un sort encore pire.

S'il est en son pouvoir que je reste en sécurité, je le resterai. Mais uniquement si je sers ma famille. Ou plutôt, uniquement si je la sers, elle.

5 juillet 1939

Elle est toujours là.

Mon Dieu, aidez-moi.

Je ne supporte plus ses critiques incessantes sur tout ce que je fais, la façon dont je gère ma maison, ma façon de me vêtir. Surtout, je ne supporte plus qu'elle me vole mon fils.

Sa passion pour lui l'écrase, le pauvre. On croirait qu'elle aimerait le tremper dans de l'or pour l'exposer comme une icône.

Il se montre respectueux avec elle, il est très bien élevé, mais, c'est certain, il n'aimerait qu'une chose : lui échapper.

Elle lui parle comme s'il était un adulte, pas du tout comme à un enfant ; elle le couvre de cadeaux comme si c'était de cette manière qu'elle allait gagner son amour.

Je ne peux rien faire. Je suis incapable de lui tenir tête, comme d'habitude.

Elle me demande quand je lui donnerai un autre petit-fils, mais pas parce qu'elle est une grand-mère aimante.

Elle me le demande en tant que gardienne d'une dynastie. Si j'ai une fille, je doute qu'elle se donne la peine de revenir ici.

Elle n'a besoin que de garçons.

Je m'abstiens de lui dire que je n'ai pas couché avec mon mari depuis des mois. Il ne vient plus dans ma chambre. Je suppose qu'il a des maîtresses, mais je ne me donnerai pas la peine de lui poser la question.

Sans doute essaierons-nous un jour de concevoir un autre fils, mais pour l'instant je suis libre.

Enfin, je le serai quand ma mère retournera chez elle, à Kyoto.

C'est un miracle que la ville ne se soit pas transformée en poussière en son absence.

1er août 1939

Ma mère a emmené mon fils.

Elle me l'a pris, comme un faucon attrape un objet brillant qu'il ramène à son nid.

Je peux à peine écrire tant la douleur m'accable.

Elle a insisté pour qu'il passe tout le mois d'août avec elle à Kyoto ; je ne suis pas invitée. Bien que je sois une femme mariée, la mère de l'héritier de notre famille, je suis apparemment encore trop souillée pour franchir le seuil de sa cité bien-aimée.

Yasuei n'est toujours pas rentré. Je lui écris et lui dis qu'il doit revenir immédiatement prendre les rênes de notre maison. Ma mère fait tout à sa guise.

J'ai renvoyé tous mes domestiques, tous sans exception. Je leur ai dit que je les rappellerai quand j'aurai besoin d'eux.

Je suis seule dans cette grande demeure. J'entends mes pas résonner quand je me déplace.

Je ne supporte plus d'être ici, prisonnière entre les murs de la maison de mon mari, dans cette ville où je ne me sens toujours pas chez moi.

Je dois m'évader.

Il le faut.

Et je vais là où je vais toujours quand la vie n'est plus supportable.

Vers la musique.

20 août 1939

J'ai rencontré un Américain.

J'ai rencontré un Américain à l'Opéra.

Il m'a frôlé l'épaule alors que je sortais, très légèrement, et il m'a souri en me disant que j'avais laissé tomber mon éventail. Il parlait anglais, il ne connaît pas un mot de japonais. Un immense sourire s'est dessiné sur ses lèvres quand il a saisi que je pouvais le comprendre. Il m'a dit qu'il se sentait très seul, qu'il n'avait pratiquement personne avec qui parler.

Il est dans l'armée ou la marine, quelque chose comme ça. Il porte l'uniforme, en tout cas. Mais comme nous sommes en période de paix, il est en congé. Il est simplement venu ici pour peindre les cerisiers.

Il a la peau brune comme une noix de coco, différente de tout ce que j'ai jamais vu, et des yeux couleur d'ambre. D'une drôle de couleur. Mais beaux.

Mon Dieu qu'ils sont beaux.

Il est aussi grand, très grand, avec des bras musclés qu'il dit avoir obtenus en tirant une charrue. Je ne sais pas ce qu'est une charrue, sans doute une sorte d'outil de paysan. Il a des lèvres charnues, somptueuses.

C'est l'homme le plus incroyablement beau que j'aie eu le loisir de contempler de ma vie.

Mais je suis déjà passée par là. Je ne me ferai pas avoir deux fois.

J'ai étouffé mon désir, je ne rêve plus d'amour depuis que mon mari a glissé une bague à mon doigt et une corde à mon cou.

Je suis sa propriété, son étalon, son épouse aimante et fidèle, et le resterai jusqu'à ma mort.

Voilà ce que dirait ma mère. Voilà ce que je devrais dire.

Mais cela fait maintenant cinq fois que j'ai revu l'Américain ; je l'ai vu tous les soirs de cette semaine. Il loue une petite chambre sordide dans le pire quartier de la ville, mais cela m'importe peu. Je jette un foulard sur ma tête, je mets des lunettes de soleil et je rejoins son ghetto comme si je n'étais pas la descendante de la famille impériale, comme si l'on ne m'appelait pas « petite princesse » autrefois.

C'est un gentleman. Il n'essaie jamais de me toucher, bien que je ne puisse ignorer la manière dont son regard effleure ma clavicule, comme s'il ne pensait qu'à m'embrasser à cet endroit.

Et nous parlons. Étonnamment, nous parlons de tout. Nous n'avons presque rien en commun et pourtant nous nous comprenons parfaitement.

Je n'ai jamais pu parler ainsi à quelqu'un.

Mon fils rentrera bientôt, et malgré le bonheur que me procure cette idée, je sais que son retour ramènera aussi mon mari. Malgré tous ses défauts, il aime notre fils.

Même si je fais partie des meubles pour lui, j'ai peur qu'il sente mon désir. Je suis comme une chienne en chaleur – j'ai peur qu'il le voie.

Je m'engage sur une route dangereuse.

Je devrais faire marche arrière.

Mais je ne peux pas.

Oh ! je ne peux pas.

7 septembre 1939

Il se passe quelque chose en Europe, tout le monde ne parle que de ça. L'Allemagne crée des problèmes, comme elle l'a toujours fait. Mon mari dit que tout cela va mal finir, et qu'il espère que le Japon aura assez de bon sens pour rester à l'écart, ainsi qu'il sait si bien le faire.

Mais je m'en moque, car je suis amoureuse pour la première fois. Vraiment, sincèrement, amoureuse.

J'ai trouvé celui qui a bouleversé ma vie. Je n'aurais jamais pensé que ce serait un de ces Américains qui, comme le dit ma mère, sont des gens vulgaires. Mais c'est ainsi.

Je passe mes journées avec mon fils, à lui apprendre des chansons, à le chatouiller en le regardant essayer de ne pas rire ; je l'emmène dans la petite boutique d'antiquités que j'aime tant.

Je lui suis dévouée, corps et âme, pendant la journée. Personne ne peut douter que je suis une bonne mère. Chaque soir avant de dormir, il prend mon visage à deux mains, il m'embrasse sur mes fossettes et il me dit : « Je t'aime, maman », dans un français parfait, avec la même solennité que s'il prononçait un discours.

Je le couche dans son lit, mon petit ange, puis j'éteins la lumière et le laisse à ses rêves.

Ensuite, je suis libre. Libre comme un merle noir, invisible contre le ciel sombre.

Je m'en vais alors le retrouver, lui, mon Américain. Mon amour.

Je n'ai pas l'impression de commettre un péché. Je sais que cela peut sembler étrange, étant donné que je trompe mon mari, que je pourrais être traitée de traînée, mais notre histoire me semble… pure. C'est la relation la plus pure que j'ai jamais connue.

Nous faisons l'amour jusqu'aux premières heures du matin, puis je somnole dans ses bras jusqu'au lever du jour. Je déteste tellement le moment où je vois revenir le soleil que lorsque ses rayons se glissent par la fenêtre, j'aurais envie de pouvoir les attraper et les jeter dehors.

Dans ces derniers instants précieux, nous nous murmurons des projets d'avenir que nous ne concrétiserons bien sûr jamais.

Il me demande de quitter mon mari, me dit qu'il m'emmènera en Amérique avec lui. Que nous vivrons dans une ferme au milieu de nulle part, loin des Blancs qui n'aimeraient pas ça et des Noirs qui ne comprendraient pas.

Il dit que nous aurons de beaux enfants, garçons ou filles, il s'en moque. Il dit qu'il aimerait une fille aussi bien qu'un garçon, et peut-être plus, car elle serait aussi belle que moi.

Et je pense que j'en serais capable. Je pense que je serais capable d'abandonner mes domestiques, mes soies et mon héritage. Je pourrais me retrouver à battre du beurre, à traire des vaches et compter des sous, si cela m'offrait la possibilité de me lover chaque nuit dans ses bras musclés et de l'entendre prononcer mon nom.

Je l'aime tellement que nos séparations me procurent une douleur physique.

Mais je dois retourner auprès de mon fils.

Quoi qu'il arrive, je ne pourrai jamais le quitter. Je ne pourrai jamais le laisser avec un père qui le transformerait en bloc de pierre et une grand-mère qui le déchiquetterait avec ses ambitions.

Pourtant, les murs de ma grande maison n'ont jamais été aussi étouffants. Je ne peux plus respirer ici. Je suffoque comme un poisson hors de l'eau.

Il y a des jours où je ne fais que pleurer. Je me sens tellement déchirée, tellement perturbée que je ne peux rien faire d'autre que pleurer.

Je m'assois devant mon piano, malade de chagrin. J'essaie de réfléchir à un plan pour enlever Akira. C'est mon fils, il m'appartient. Et mon amour m'a dit qu'il serait le bienvenu.

Mais je sais que c'est impossible.

Nous ne pourrions jamais quitter le pays. Ils me prendraient Akira et je ne le reverrais jamais.

Je ne peux rien faire du tout. Je vais devoir rester ici, rester la fille de, l'épouse, la mère. Il n'y a pas d'issue pour moi. Il n'y en a jamais eu.

Ma liberté n'a toujours été qu'une illusion. Chaque pas en avant n'a toujours été qu'éphémère.

Je suis une Kamiza.

Et au bout du compte, tous les chemins mènent à Kyoto.

16 octobre 1939

Akira a remporté son premier concours. Il est très fier, mais plutôt que de le dire, il me remercie pour tout ce que je lui ai enseigné.

Béni soit cet enfant.

Son père a à peine jeté un coup d'œil au trophée lorsque Akira l'a ramené à la maison ; je sais que cela l'a blessé. Mais – et c'est à cela que je vois qu'il est déjà brisé – il ne l'a pas montré. Il a maîtrisé ses émotions, puis il est monté dans sa chambre sans dire un mot.

Je n'attends plus la nuit pour voir mon Américain. Désormais, je m'échappe souvent pendant la journée. Nous ne pouvons pas sortir tous les deux au grand jour, bien sûr, mais je lui dis où je serai et il est toujours au rendez-vous.

J'invente un prétexte pour me rendre au marché, et je sens son regard sur ma nuque.

Je ne résiste même plus au pouvoir qu'il exerce sur moi. Je sais que je suis devenue imprudente. Je rentre chez moi avec l'odeur de la sueur, de l'amour, de la fumée de cigarette – je ne fume pas. Parfois, je ne rentre pas avant midi. Je me faufile par la porte de service et me glisse jusqu'à ma chambre.

Si mon mari m'aimait, il l'aurait déjà remarqué. Mais heureusement, ce n'est pas le cas.

Mes bonnes m'inventent des excuses, elles m'aiment toutes. Mon mari, lui, n'est pas homme à inspirer de l'amour.

Akira est trop jeune pour comprendre ce qui se passe, mais c'est un garçon tellement intelligent que je dois faire attention.

Je ne supporterais pas de lui faire du mal.

Il ne doit jamais douter une seconde que c'est pour lui que mon cœur bat.

22 novembre 1939

Yasuei dit qu'il est temps d'avoir un autre enfant, maintenant qu'Akira a presque quatre ans. Il dit que les enfants ne doivent pas avoir trop d'écart d'âge si l'on veut qu'ils deviennent soudés en grandissant. Je me demande bien ce qu'il en sait, il n'a qu'un frère et ils se détestent mutuellement.

Je prétends que je ne me sens pas bien, que j'ai des problèmes féminins qui m'empêchent de me donner à lui dernièrement. Je gagne du temps.

En vérité, je ne peux plus supporter qu'il pose les mains sur moi.

En plus, je sens qu'il y a vraiment quelque chose qui ne va pas chez moi. Je suis tout le temps fatiguée et j'ai comme une drôle de sensation de chaleur dans les os.

Akira est heureux de fêter ses quatre ans, il dit qu'il veut grandir pour pouvoir m'aider avec tous mes petits tracas et faire en sorte que je ne sois plus jamais triste.

Je lui réponds qu'il est le remède à tous mes chagrins et je couvre son visage de baisers jusqu'à ce que son rare sourire se décide à se montrer.

3 décembre 1939

C'est le pire jour de ma vie.

J'ai vu le médecin, et il a confirmé ma plus grande crainte.

Je suis enceinte.

9 janvier 1940

Je me raccroche à l'espoir. Ou, pour être honnête, au déni.

Je me dis que le médecin s'est trompé. Car ce n'était pas mon médecin habituel, mais un nouveau, que j'ai fait venir depuis l'autre bout de la ville afin d'être sûre que je ne le recroiserais jamais. Qui sait comment cet homme a été formé ? Il aurait pu se tromper.

Cependant, cela fait depuis le mois d'octobre que je n'ai pas saigné. J'ai les seins gonflés et douloureux. J'ai le ventre mou et la nausée chaque fois que le soleil se lève.

Je ne suis pas une ingénue ; je suis une femme mariée, déjà mère d'un enfant.

Je sais ce que cela implique.

Que je dois décider maintenant.

Je sais qu'il existe des pratiques impies. C'était un secret de polichinelle à Paris, parmi les musiciens et les artistes. Tout le monde savait où aller, où trouver des médecins – ou des personnes qui se faisaient passer pour tels. On indiquait aux jeunes femmes certains endroits où aller pour éviter d'être à jamais déshonorées.

Mais tout le monde savait aussi que certaines de ces filles ne revenaient jamais.

Je ne peux pas le faire.

Non parce que je crains pour ma vie, mais parce que cet enfant est un petit bout de l'homme que j'aime. Je ne peux pas lui faire du mal.

Inutile de se voiler la face : cet enfant aura sa couleur de peau, je ne pourrai pas le faire passer pour légitime, comme certaines débauchées le font depuis la nuit des temps. Et je crois que j'aurais agi de même si j'avais pu, aussi honteux que cela puisse paraître, si cela m'avait permis de rester avec mon fils.

Mais cette possibilité ne m'est pas ouverte.

Ainsi donc, si je dois avoir cet enfant, il n'y a en fait qu'une solution. Je suis enceinte de quatre mois maintenant et bientôt mon ventre se verra. Mon mari sait que je n'ai pas partagé sa couche depuis des mois. Mon père me tuera.

La solution est claire. Indicible, insupportable, mais évidente.

Je dois partir.

Février 1940

J'ai le cœur arraché.

J'ai embrassé Akira pour lui dire au revoir, et je ne le reverrai pas pendant des années. Peut-être jamais. S'il grandit et ne me pardonne pas cette trahison, je ne reverrai jamais mon fils.

Je suis empoisonnée par la haine que je ressens pour ce bébé logé dans mon ventre. Je pense que ma haine le tuera, je l'espère, et puis, ensuite, je me déteste d'avoir pensé de telles choses et je pleure.

James – car je peux dire son nom, maintenant – James est ma seule source de réconfort.

Nous vivons enfin ensemble, comme un couple marié, pauvre, et pas un couple adultère de pécheurs.

J'ai apporté tout l'argent que je pouvais, tous mes bijoux, afin que nous ne manquions de rien lorsque le bébé naîtra.

Nous louons une petite maison près de la mer, au milieu de nulle part, loin de Tokyo, sur la plus petite île du Japon, et dans le plus petit village de cette île. J'ai eu peine à le trouver sur une carte lorsque je cherchais un endroit où nous cacher.

Car ils me chercheront.

Mieux vaut pour nous tous qu'ils ne me trouvent jamais.

James est tendre envers moi. Il pose sa main sur mon ventre dur et me dit de ne pas me décourager, que cet enfant est une bénédiction et que je retrouverai bientôt mon fils. Il y croit vraiment. Il pense toujours que nous pouvons récupérer mon fils, retourner en Amérique et vivre une vie heureuse.

Il ne connaît pas ma famille.

Heureusement, car s'il savait, il ne serait plus de ce monde.

13 juillet 1940

J'ai accouché d'une petite fille.

Ce fut un accouchement long et difficile, j'étais pratiquement morte quand elle a fini par sortir.

Tout s'était beaucoup mieux passé avec Akira. Elle se révèle déjà difficile.

James est fou d'elle. Il veut l'appeler Norine, comme sa grand-mère, mais je dois avouer que je trouve ce prénom horrible.

En plus, ce bébé est une Kamiza. Bien qu'elle ne soit qu'une bâtarde, elle fait partie de cette famille. Son destin sera lié au mien, lié à toute ma maudite famille. Je le sais.

Elle aura un véritable prénom.

Je vais l'appeler Noriko, et nous la surnommerons Nori.

2 septembre 1940

James ne va pas bien. Il maigrit trop, est pris de quintes de toux qui lui font très mal. Il crache du sang, parfois. Je suis terrifiée qu'il ait attrapé une maladie dans ce taudis où il vivait.

Il se moque de moi, me répond qu'il n'a pas besoin de médecin. Il me demande de lui amener notre fille et la soulève haut dans les airs en lui disant qu'elle est la plus belle petite fille du monde.

Elle pleure plus qu'Akira, et j'ai du mal à la nourrir. Elle est minuscule, pas comme lui qui était grand et fort. Elle est toujours toute rouge.

Je ne sais pas comment un bébé peut avoir autant de cheveux. Je me demande ce que je vais en faire.

Mais elle a de beaux yeux. Elle a les yeux de son père.

Ce n'est pas sa faute si j'ai quitté Akira. C'est ce que je dois me dire, ce que je devrai continuer à me dire, toujours.

Pauvre petite, elle n'y peut rien.

Je ferai de mon mieux. Même si je doute que cela suffise.

Mais elle a son père. Il l'aime, il m'aime et c'est un homme merveilleux. Je n'ai plus besoin de ce journal comme avant. Je n'ai plus besoin de cacher les choses. Notre mariage n'est peut-être pas officiel, mais c'est un mariage d'âmes, et je suis la femme la plus chanceuse du monde de l'avoir.

Peut-être que tout s'arrangera, qui sait.

28 janvier 1941

Rien ne s'est arrangé.

Il est mort.

James est mort.

Il a cessé de respirer pendant son sommeil, sans me déranger, sans réveiller notre fille qui dormait dans son berceau près de notre lit.

Il est mort ici, loin de chez lui, loin de sa famille.

Le médecin dit que ses poumons ne fonctionnaient plus. Il n'y avait rien à faire. Il n'y avait pas de remède contre la maladie qui le rongeait. Certains vivent, certains meurent, et personne ne sait pourquoi.

Mais moi, je sais pourquoi. Nous avons payé le prix de mon péché. La malédiction qui court dans ma famille a encore frappé.

J'enterre l'amour de ma vie en silence, avec seulement un prêtre à mes côtés.

Il mériterait tellement mieux. Il n'était pas un prince, pas un héritier, mais c'était un homme remarquable. Gentil. Patient. Meilleur que je ne le serai jamais.

Mais il est mort, maintenant.

C'est étrange. Je l'aime toujours. Je crois que je l'aimerai toujours, même s'il est mort et qu'il n'est plus là pour m'aimer en retour.

Je pourrais retourner auprès de mon fils. Cette idée est horrible, mais je pourrais. Il est encore trop jeune pour me haïr.

Je ne sais pas si mon mari voudrait de moi, mais ma mère pourrait l'exiger. Sauver les apparences a toujours été sa priorité. Elle pourrait l'obliger, comme elle oblige tout le monde, et tout pourrait redevenir comme avant que je tombe amoureuse.

Je pourrais revenir.

Mais il y a Nori.

La fille de James, notre fille, la seule chose qu'il me reste de lui. Le dernier enfant que j'aurai, l'enfant qui me rappellera toujours son frère, le fils que je ne reverrai jamais.

Je regarde son visage ; elle me ressemble tellement.

Mais une chose est sûre : je ferai en sorte qu'elle ne devienne pas comme moi. J'ai lutté contre mon destin, j'ai lutté contre mon rang, et je suis anéantie, maintenant.

Cette fille, cette pauvre fille, n'aura pas la même vie.

Je lui apprendrai à obéir.

Je la protégerai.

Et, si je le peux, j'essaierai de l'aimer.

Ce sera ma pénitence. Passer une vie dans l'ombre avec cette enfant. Moi qui suis tombée si bas après être née si haut.

Que Dieu me pardonne. Que Dieu me pardonne mon péché.

Car je ne me le pardonnerai jamais.

Tant que je vivrai, je ne me le pardonnerai jamais.

Nori serra le journal contre son cœur.

La nuit était tombée, les grillons dans le jardin s'étaient mis à chanter. Elle sanglotait doucement, laissant les larmes couler sans chercher à les retenir.

Elle avait voulu voir sa mère comme un monstre.

Car il était facile de détester un monstre.

Facile de le haïr.

Et tout ce qu'elle venait de lire, tellement plus difficile à porter.

Sans un mot, Noah vint s'asseoir à ses côtés. Il l'enveloppa de ses bras et Nori s'abandonna contre son corps chaud.

Personne ne parla pendant un long moment.

Puis, Noah finit par rompre le silence.

— As-tu l'impression de la connaître, maintenant ?

Nori ferma les yeux.

— Oui.

— Est-ce que tu la détestes ?

D'un coup, elle se revit dans le grenier, le jour où elle avait posé cette même question à Akira. Elle s'agrippa à la chemise de Noah pour chasser ce souvenir.

— Non, répondit-elle avec honnêteté. Je ne la déteste pas.

— Tu lui pardonnes ? demanda Noah, tout doucement.

Nori voulut parler, mais sa voix se brisa. Elle ne put faire sortir qu'un sanglot étouffé.

Noah la comprenait de mieux en mieux ; il ne lui reposa pas la question.

Il fallut quelques jours à Nori pour commencer à retrouver son entrain. Le temps était si beau qu'il était impossible de ne pas sourire. Elle jouait avec Alice et les enfants, passait ses nuits enlacée dans les bras de Noah, à rire aux larmes.

Un grand poids s'était envolé de ses épaules, un poids qu'elle avait fini par oublier à force de le porter.

Le passé était écrit.

L'avenir commençait tout juste et, pour la première fois depuis des années, cet avenir s'annonçait clément.

Elle se promenait dans le jardin, se délectant de la lumière du soleil et du parfum du chèvrefeuille fraîchement éclos. Noah était retourné en Cornouailles pour la semaine, afin de tenter de retrouver ses frères.

« Je ne m'absenterai pas longtemps, mon amour, lui avait-il promis. Et je reviendrai avec ton alliance.

— Je n'ai pas besoin d'alliance, mon ange, lui répondit-elle.

— C'était celle de ma mère, et je tiens à ce qu'elle te revienne. Ce ne sera pas long, je rentrerai bientôt. »

Nori ne doutait pas de lui. La peur qui l'avait tenaillée pendant toutes ces années avait enfin disparu.

Quel étrange sentiment que d'être finalement libre, délicieusement libre.

Elle se prélassait sous le grand chêne quand Bess vint la trouver.

— Madame, dit-elle avec son accent de province chantant. Il y a une lettre pour vous.

Nori se redressa sur ses coudes. Personne ne lui écrivait jamais.

— Merci, Bess.

La bonne hocha la tête et retourna dans la maison. De loin, Nori l'entendit rabrouer Charlotte qui était montée sur la table.

Elle s'appuya contre l'arbre et inspecta la lettre posée sur ses genoux.

Le pli ne payait pas de mine, vu de l'extérieur. Celui-ci ne portait rien d'autre que son adresse et son nom. Pas d'adresse de retour.

Elle glissa son petit doigt sous le sceau et l'ouvrit.

En une fraction de seconde, elle sentit le sang affluer dans tout son corps, comme si quelqu'un venait de lui trancher les deux mains.

Parce que la lettre était écrite en japonais.

Sa vue se brouilla. Elle fut prise d'une envie de vomir si forte qu'elle peina à se retenir.

Un long moment lui fut nécessaire avant de parvenir à lire la lettre qu'elle tenait entre ses mains tremblantes.

Dame Noriko,

Nous avons le regret de vous informer du décès de votre grand-mère, Dame Yuko Kamiza. Votre grand-père, Kohei Kamiza, est également décédé, disparu en l'an mille neuf cent cinquante-neuf. Votre vénérable grand-mère vous a légué tous ses biens, ainsi que les biens ayant appartenu à votre frère, Akira. Dès réception de cette lettre, nous vous prions de vous rendre à Kyoto afin de les récupérer.

Si vous ne revenez pas, une escorte viendra vous chercher.

La solution la plus raisonnable serait donc de coopérer.

Une fois le nécessaire effectué, vous serez libérée de votre famille. Nous vous promettons sur les âmes de vos ancêtres qu'aucun mal ne vous sera fait.

À vous revoir prochainement, dans votre maison de Kyoto,

Sincères salutations,

Les gestionnaires de la Famille Kamiza

Sa grand-mère était morte.

Une profonde tristesse envahit Nori, non parce qu'elle l'aimait, mais parce qu'elle était la dernière personne au monde à partager son sang.

Elle froissa la lettre.

Chaque centimètre de son être voulait l'ignorer. Elle n'avait aucune envie de retourner au Japon, ce pays qui s'était montré si cruel envers elle. Peut-être que, en faisant comme si elle ne l'avait jamais reçue, les choses se tasseraient. Elle voulait croire qu'elle disposait d'un choix.

Mais tout au fond d'elle, Nori savait. Elle savait qu'elle devrait y aller.

En un clin d'œil, la peur revint, l'enveloppant de ses bras sombres.

Alors, ma chère, lui murmura cette peur. *Vous ai-je manqué ?*

— Mais pourquoi dois-tu partir ? s'énerva Alice. Le mariage a lieu dans trois semaines !

— Je serai de retour avant, la rassura Nori.

Elle jeta quelques vêtements en vrac dans sa valise.

— Je vais prendre l'avion, récupérer mon argent, et puis je reviendrai directement ensuite.

En se dépêchant, elle pourrait attraper le tout dernier vol de la journée. La classe affaires n'était jamais pleine. Il fallait en finir.

— Je pourrais te le donner, cet argent, maugréa Alice. Si tu l'acceptais.

— Un seul voyage, et je n'aurai plus jamais besoin d'un sou de toi, lui répondit Nori. Je serai plus riche que tout ce que j'aurais jamais pu imaginer. Et surtout, j'en aurai fini avec ma famille, pour toujours.

Mais Alice ne semblait pas convaincue.

— Est-ce vraiment la seule raison pour laquelle tu y vas ?

— Évidemment, répondit sèchement Nori.

Elle releva ses cheveux en un chignon. Maintenant que sa masse avait repoussé, Nori avait de nouveau du mal à la dompter.

— Pourquoi, sinon ? ajouta-t-elle.

Alice hésite.

— Tu n'espères pas une sorte de… réconciliation ?

Elle ricana.

— Bien sûr que non. Et de toute façon, la dernière personne avec qui j'aurais pu me réconcilier est morte. Je n'espère rien d'autre que récupérer cet argent, et tourner la page.

Alice céda.

— Eh bien, tu l'as certainement mérité.

Elles s'étreignirent longuement.

— Sois prudente, lui dit Alice avec tout son cœur. L'idée de te savoir partie dans cette cage aux lions ne me plaît pas.

Nori esquissa un sourire dans lequel se lisait une confiance qu'elle ne ressentait pas.

— Mais, Alice, dit-elle d'un ton malicieux. Moi aussi, je suis une lionne, maintenant. La toute dernière de la famille, même. Que veux-tu qu'il m'arrive, désormais ?

Juin 1965

Ce ne fut qu'après avoir été contrainte de rester assise pendant un nombre incalculable d'heures que la panique s'empara vraiment d'elle. Comme il était étrange d'entendre des gens parler sa langue maternelle après tout ce temps. Personne ne devinait qu'elle aussi était japonaise, manifestement, avec sa peau bronzée et ses cheveux bouclés ; tout le monde lui parlait en anglais. Après tout ce temps passé à l'étranger, peut-être était-elle devenue étrangère, finalement. Il lui fallait plus de temps qu'autrefois pour lire en japonais, et bien qu'elle comprenne la langue, elle peinait parfois à trouver les bons mots.

Nori observa les hommes d'affaires fortunés et leurs épouses, parmi lesquels se trouvaient beaucoup de couples blancs, heureux, en vacances.

La guerre, semblait-il, était enfin oubliée. Partout, le monde avait l'air de s'être métamorphosé.

Nori aurait été prête à parier que le Japon auquel sa grand-mère s'était tant accrochée n'existait désormais plus.

Au cours de ses voyages, elle avait vu de ses propres yeux la mutation culturelle s'opérer au fil des ans. Les jeunes d'aujourd'hui se promenaient avec des cheveux longs et des robes courtes, au-dessus du genou, se tenaient par la main et s'embrassaient en public – sous l'œil horrifié de leurs aînés. Et malgré les regards soupçonneux qu'elle avait parfois pu recevoir, la plupart des gens à qui Nori avait payé un loyer avaient accepté son argent en souriant.

Une certaine égalité semblait peu à peu s'installer.

Elle se demandait comment toutes ces transformations pouvaient se manifester à Kyoto, ville de traditions, l'ancienne capitale du Japon.

Elle se demandait si sa présence là-bas serait mieux acceptée qu'auparavant.

Son ventre se contracta. Elle avala une gorgée d'eau gazeuse pour faire passer cette étrange sensation qui la taraudait depuis des semaines maintenant, une sorte de douleur qui ne la quittait jamais.

Elle avait posé sur le siège vide à côté d'elle le violon d'Akira, à l'abri dans son étui. Cela faisait des années qu'elle le trimballait avec elle, sans jamais le quitter, bien qu'elle n'eût jamais songé à en jouer. Elle ne voulait pas le souiller. Pas ça, en plus du reste. Elle avait déjà fait bien assez de dégâts.

Dans son sac à main était aussi soigneusement rangé le dernier volume du journal de sa mère. Elle portait autour du cou les perles de sa grand-mère, froides et lourdes. Et même si elle n'avait jamais connu son père, elle glissait sur la plupart de ses chapeaux un brin de cornouiller blanc. Cette fleur était le symbole de l'État de Virginie, ce lieu qu'il avait quitté pour venir au Japon, le pays où elle était née et où son père était mort.

Voilà tout ce qui restait de sa famille. Voilà comment Nori gardait ses fantômes auprès d'elle.

Elle sombra dans un sommeil agité.

Elle rêva de la femme sans visage qui l'appelait par son nom, de bris de verre scintillants, tachés de sang innocent, de feu, de neige et de lumière.

Il y avait des larmes sur son visage, à son réveil. L'avion avait atterri. Dehors, par le hublot, elle aperçut le drapeau japonais, flottant haut dans le ciel.

Elle attendit de sentir monter en elle le sentiment d'être retournée au nid. Une douce chaleur.

Mais elle n'éprouva rien.

Lorsqu'elle chargea ses affaires dans le taxi et donna l'adresse au chauffeur, ce dernier lui lança un regard surpris dans le rétroviseur.

— Mais c'est la maison des Kamiza.

Elle dégagea ses cheveux pour dévoiler la forme de son visage, le visage de sa mère.

— *Hai. Shitteimasu.* Conduisez-moi là-bas, s'il vous plaît.

— Elle n'est pas ouverte aux touristes. Si vous souhaitez visiter l'un des anciens palais, je peux vous emmener ailleurs, mademoiselle, proposa-t-il gentiment.

Elle croisa son regard.

— Je le sais parfaitement, monsieur. Je suis venue sur invitation.

Il la regarda, la regarda vraiment pour la première fois. Une étincelle illumina son visage.

— Vous êtes d'ici ? s'étonna-t-il, mais ces mots résonnèrent plus comme une affirmation qu'une question.

— Oui, répondit-elle doucement.

Il lui sourit, sans rien ajouter de plus. Voilà une chose qu'elle avait toujours aimée chez son peuple. Les gens savaient quand se taire.

Elle regarda Kyoto défiler par la vitre, et fut frappée de découvrir qu'elle n'avait jamais vraiment vu la ville, auparavant. Tant de choses lui avaient été cachées.

Ainsi donc, elle la contempla, avec une fascination qu'elle n'avait plus ressentie depuis bien longtemps.

Elle apprécia les charmantes rues pavées, les grands temples, les nobles arbres vert et pourpre, et d'autres rouge écarlate ; les *miko* vêtues de leurs tenues traditionnelles si particulières, et les enfants qui couraient tout autour en salopettes.

Elle vit les enseignes lumineuses des panneaux publicitaires et les autels improvisés éclairés à la bougie, au-dessus desquels étaient suspendues des prières. Elle vit ces rues où cohabitaient grands restaurants et petits marchands ambulants, chevaux de race et chiens errants.

Et elle vit le fleuve.

Elle abaissa la vitre, et son odeur salée l'enveloppa.

Elle réalisait maintenant que se demander si la mutation culturelle avait opéré ici n'avait aucun sens.

Kyoto serait toujours Kyoto.

La voiture s'arrêta sur le bas-côté.

Avant que son courage ne l'abandonne, Nori sortit.

La maison, cernée par deux collines, était exactement la même. Elle ressentit une forme d'injustice devant ce constat que, malgré tout ce qui s'était passé, rien ici n'avait jamais changé.

La peur avait repris ses assauts, Nori la sentait qui la traquait comme une meute de loups affamés. Il n'y avait qu'une chose à faire.

Elle paya le chauffeur, rajoutant un pourboire généreux, puis récupéra ses quelques affaires.

— *Arigato.*

Il s'inclina très bas devant elle.

— Vous êtes-vous absentée longtemps, madame ?

Madame.

Elle parvint à esquisser un sourire, mais savait que ses yeux étaient tristes.

— Oui.

Il s'inclina de nouveau.

— Eh bien, dans ce cas. *Okaerinasaimase.* Bienvenue chez vous.

Ce fut comme revenir en arrière.

Nori se tenait dans l'ombre de l'immense maison, les pieds enracinés dans le sol.

Absolument rien n'avait changé. Sauf elle. Elle ne jeta pas un regard derrière son épaule ; ne se laissa pas impressionner par la lumière du soleil impitoyable.

Courage.

Il ne restait que des fantômes, ici.

Le portail avait été laissé grand ouvert. Elle traversa l'allée, la tête haute, comme un soldat.

C'est en levant la main pour frapper à la porte que la nausée la submergea, tellement puissante qu'elle ne put l'ignorer. Elle se tourna sur le côté et, pliée en deux, vomit.

Ses yeux s'emplirent de larmes, mais elle les retint. Elle sortit son mouchoir de sa poche pour s'essuyer la bouche.

Malgré sa tête qui tournait, elle se força à se redresser.

Puis, comme elle avait appris à le faire il y a de nombreuses années, elle rassembla l'ensemble de ses forces autour d'elle, comme un manteau.

Elle frappa.

La porte s'ouvrit aussitôt en grand. Devant elle se tenait une femme grassouillette d'une quarantaine d'années, aux cheveux noirs semés de mèches grises. Son uniforme de domestique portait une tache de confiture sur le tablier.

— Mon Dieu, souffla-t-elle.

Nori la reconnut sur-le-champ. Impossible de se tromper.

— Heureuse de te revoir, Akiko.

Akiko ouvrit grands les bras. Nori s'y jeta, et elles restèrent ainsi, toutes deux tremblantes, pendant un long moment.

— Je suis tellement désolée, sanglota la bonne. Je suis tellement désolée, petite madame.

Nori secoua la tête. Akiko n'aurait rien pu faire. Il y avait dans ce monde ceux qui détenaient du pouvoir et ceux qui n'en détenaient pas.

— Je te pardonne, dit-elle simplement.

Akiko la conduisit à l'intérieur par les deux mains, en criant à quelqu'un d'aller chercher ces messieurs et de préparer des rafraîchissements.

Nori n'eut pas le temps de ciller que quelqu'un avait déjà pris ses affaires pour les monter à l'étage.

Akiko la conduisit jusqu'à une chaise et s'agenouilla à ses pieds.

— Mon Dieu ! s'exclama-t-elle. Laissez-moi vous regarder. Quelle belle jeune femme vous êtes. Tout le portrait de votre mère.

Nori baissa la tête.

— Tu es gentille.

Le visage d'Akiko était strié de larmes.

— Je suis si contente de vous voir. En vie, saine et sauve. Dieu merci.

Nori sourit sans rien dire.

Akiko lui saisit les mains.

— J'aurais tellement aimé pouvoir…

— Je sais, Akiko.

— J'ai prié pour vous, souffla-t-elle. Chaque soir, j'ai prié… et puis j'ai entendu dire que le jeune maître était…

— Oui, la coupa brusquement Nori.

Elle ne pouvait pas entendre son nom. C'était la seule chose qu'elle ne pouvait vraiment pas supporter.

Akiko se tut. Elle le savait.

— Et j'ai une fille maintenant, dit-elle en s'essuyant les joues avec son tablier taché. Elle a douze ans. Elle s'appelle Midori.

« Vert ».

Nori esquissa un sourire.

— C'est formidable. Je suis si heureuse pour toi.

Akiko posa sa main contre la joue de Nori.

— Je lui parle de vous, murmura-t-elle. Je lui parle tout le temps de vous.

Nori se mordit la lèvre. Malgré toutes ces années, elle se sentait à nouveau comme une petite fille perdue devant Akiko.

— Merci.

Un grand fracas retentit soudain dans la pièce voisine. Akiko se leva d'un bond.

— Et voici vos cousins éloignés, s'empressa-t-elle d'ajouter, à voix basse. Ils vous expliqueront tout. Je serai juste à côté.

L'expression sur le visage de Nori dut la trahir, car Akiko se ravisa et alla se poster dans un coin, silencieuse, mais présente.

Nori se leva. Deux hommes, tous deux vêtus de costumes sombres, entrèrent dans le salon et s'inclinèrent.

Il flottait dans l'air une pointe de sarcasme qu'elle n'aimait pas.

— Noriko-sama, dit le premier.

Il avait une cicatrice en forme de L sur la main droite.

— C'est un grand plaisir de vous accueillir dans votre ville natale, poursuivit-il. Je suis Hideki. Et voici Hideo.

Il désigna l'homme à ses côtés, qui sourit mais ne dit rien.

— C'est vous qui m'avez écrit, répondit Nori en ignorant ces politesses. N'est-ce pas ?

— En effet, déclara Hideki avec aisance. Permettez-moi de vous dire combien nous sommes ravis que vous ayez choisi de venir si promptement.

Derrière son dos, Nori serra les poings.

— Vos menaces à peine voilées n'étaient pas nécessaires, rétorqua-t-elle, impassible. À présent, veuillez me donner ce qu'il me faut signer. Je dois rentrer bientôt.

Hideki courba la tête.

— Je n'ai jamais eu l'intention de vous menacer, madame. Votre grand-mère a donné des instructions claires pour que vous soyez traitée avec tout le respect qui vous est dû.

— Dans ce cas, donnez-moi ce que j'ai demandé, s'il vous plaît.

Il échangea un regard amusé avec son acolyte.

— Vous nous aviez pourtant été décrite comme une personne timide, pratiquement mutique.

Nori se dressa de toute sa hauteur.

— Autrefois, peut-être. Maintenant, les papiers, s'il vous plaît.

Ils s'inclinèrent simultanément.

— Pardonnez-nous, petite princesse.

Un vent glacé souffla.

— Pourquoi ? demanda-t-elle.

Ses lèvres étaient comme engourdies tout à coup.

— Votre grand-mère a donné des instructions strictes, répondit l'homme. Sachez que nous n'avons trouvé aucun plaisir à vous duper.

Un bruit aigu résonna dans ses oreilles. Le plafond et le sol semblèrent s'inverser pendant plusieurs interminables secondes.

— Que voulez-vous dire ?

— Votre grand-mère vous expliquera tout.

Les visages autour d'elle se brouillèrent comme une grotesque aquarelle.

— Mais ma grand-mère est morte, murmura-t-elle.

— Hélas, non, madame. Elle est à l'étage, elle vous attend.

Ce fut alors qu'elle revint. Cette peur maladive qui lui disait où était sa véritable place.

Une fois encore, elle s'était fait prendre au piège dans la toile de l'araignée.

AKIKO

Elle est horrifiée, comme je m'y attendais. J'ai eu beau m'opposer avec la plus grande virulence à ce projet, mon avis ne compte pas.

Je la conduis jusqu'à une chambre d'amis et m'assois à côté d'elle sur le lit le temps qu'elle parvienne à se calmer. Elle semble plus contrariée qu'autre chose ; je souris devant sa ténacité.

Elle commence à dire quelque chose, mais brusquement, ses lèvres se déforment et elle se penche sur le côté pour vomir dans la poubelle.

Je m'empresse d'aller lui chercher un linge humide.

— J'appelle un médecin, lui lancé-je en fronçant les sourcils.

— C'est inutile. C'est juste à cause de l'avion.

Je la regarde attentivement. Elle a les joues rouges, ses mains tremblent. Quelque chose au fond de moi me dit qu'elle ne va pas bien.

— Non, j'appelle un médecin, répété-je avec insistance.

Elle s'apprête à protester de nouveau, mais finit par sourire à contrecœur et soupirer.

Quand le docteur arrive, elle lui répond d'une manière laconique. L'examen terminé, il me fait signe de venir. Nous nous mettons à l'écart dans l'entrée.

— Elle va se remettre, dit-il en essuyant son visage en sueur. Mais je déconseille toute émotion forte. Ce n'est pas prudent dans son état.

Je le regarde sans comprendre.

— Son état ?

Il fronce les sourcils.

— Eh bien, oui. Madame est enceinte.

Je coasse comme une grenouille, en me couvrant la bouche avec ma manche.

— Mais c'est impossible, dis-je fermement.

Je me rappelle alors qu'elle n'est plus une enfant, mais une femme de vingt-quatre ans, que j'ai perdue de vue pendant plus d'une décennie. Je ne sais rien de sa vie d'aujourd'hui.

Il me regarde comme une paysanne.

— Plusieurs signes permettent de l'affirmer, me rétorque-t-il avec hauteur. D'après moi, la grossesse remonte à trois ou quatre mois. Il me faudrait un échantillon de sang pour en être certain. Mais il n'y a qu'à la regarder pour savoir qu'elle attend un enfant. J'en mettrais ma main à couper.

Je regarde ma petite madame, congédiant une autre bonne venue lui apporter du thé. Il ne me suffit que d'un regard pour comprendre qu'elle ne sait rien.

Le docteur suit mon regard.

— Oh ! lâche-t-il. Elle n'est pas mariée ?

Sa voix transpire tellement la condescendance que je ne peux m'empêcher de défendre cette fille que je n'ai jamais pu protéger.

— Cela ne vous regarde en rien, et je vous prierais de faire attention à ce que vous dites, asséné-je, la mâchoire serrée. Ou j'en toucherai un mot à ma maîtresse.

Il courbe la tête.

— Je ne voulais offenser personne. Je peux lui annoncer la nouvelle, si vous le souhaitez.

Je n'y pense même pas.

— Je m'en occupe. Vous pouvez disposer. Et pas un mot à qui que ce soit.

Il sort. Je renvoie tout le monde de la chambre, ainsi que des pièces voisines, y compris ce vautour de Hideki avec ses petits yeux noirs et sans âme.

Puis je lui caresse les cheveux, en écartant les mèches de son visage fatigué.

— Allez, ma chérie, je vous emmène prendre un bon bain chaud.

Je la guide jusqu'à la salle de bains et remplis la grande baignoire d'eau chaude, comme je le faisais autrefois. Je la déshabille et lui brosse les cheveux, comme je le faisais autrefois.

En voyant la plénitude de ses seins et la légère courbe de son ventre, je sais que le médecin a dit vrai. Mon regard est attiré par une cicatrice en dents de scie, juste au-dessus de son cœur. Mais je m'abstiens bien sûr de lui demander ce qui lui est arrivé.

Pendant que je lui lave le dos, je me demande ce que je vais lui dire, comment annoncer cette nouvelle à cette douce créature qui a déjà tant souffert.

— Parlez-moi de votre vie, dis-je.

Et elle sourit. Elle me parle pendant des heures, jusqu'à ce que l'eau refroidisse. Elle me parle de choses inhumaines avec dignité, de l'insupportable avec un sourire dont elle ne se départit jamais. Sa voix se brise lorsqu'elle évoque Akira, mais elle ne pleure pas. Je crois que le seul moyen qu'elle ait trouvé pour survivre a été d'amputer cette partie de son cœur.

Il était tout pour elle.

Quand elle arrive à sa vie actuelle, je vois son visage s'illuminer de joie.

— Et votre amoureux, ce garçon… comptez-vous l'épouser ?

— Dès que je rentrerai à Londres.

Je suis malade à l'idée de ce que je dois lui annoncer.

— Et si vous ne retourniez pas là-bas ?

Elle me regarde avec perplexité.

— Mais pourquoi ?

— Votre grand-mère…

— Elle est mourante, me coupe-t-elle. Je le sais, oui. Elle m'a fait venir de l'autre bout du monde, certainement pour absoudre les péchés de sa vieille âme.

Je me mords la langue comme je l'ai si souvent fait. Ce n'est pas à moi de lui expliquer tout cela.

Je n'ai qu'une chose à lui dire.

— Petite madame… sentez-vous des nausées, dernièrement ?

Elle hausse les épaules.

— Pas particulièrement.

— Bien. Mais êtes-vous…

Êtes-vous enceinte ?

Quelle idiote je fais.

Elle braque sur moi ses yeux d'ambre.

— Quoi, qu'y a-t-il ? me demande-t-elle, alarmée.

— Ma chère enfant…

— Parle, vite, exige-t-elle, et c'est alors que je me rappelle qu'elle est habituée aux mauvaises nouvelles, qu'il n'existe aucune raison de prolonger cette attente.

— Vous êtes enceinte, dis-je aussi doucement que possible.

Elle me regarde, perplexe.

— C'est impossible.

— Si, ma chérie. Écoutez votre corps et vous saurez. Vous n'avez pas saigné depuis un certain temps, n'est-ce pas ?

Nori sort brusquement de la baignoire, projetant de l'eau partout, puis part en trombe vers la porte. Je me précipite derrière elle avec une serviette.

— Tu dis n'importe quoi. Je ne veux pas d'enfants. Jamais.

Pourquoi cette réponse ne me surprend-elle pas ? Après la vie qu'elle a eue, cela doit être sa plus grande crainte.

Elle va s'asseoir sur le lit. J'arrive à la persuader de passer une robe de chambre en soie. Ses yeux sont vides, ses cheveux encore humides collés sur son visage.

Je caresse ses joues froides.

— Tout va s'arranger, lui dis-je.

Elle ferme les yeux.

— Ce n'est pas possible, Akiko. Pas maintenant. Alors que je dois lui faire face.

Elle a l'air si jeune et semble pourtant si fatiguée.

Je comprends alors la force qu'elle doit déployer, simplement pour tenir debout. Et voilà que la vie lui impose encore un nouveau fardeau. Elle l'acceptera plus tard. Pour l'heure, se réfugier dans le déni est une nécessité. Et quand elle choisira d'ouvrir les yeux, je saurai la soutenir.

— Vous avez donc accepté de la voir ? Pour l'argent ?

Elle lâche un rire amer.

— Pas pour l'argent, non.

Elle me regarde comme si je pouvais l'aider.

— Voudrais-tu bien m'habiller ? me demande-t-elle timidement.

Je ne saurais dire à quel point j'aime cette fille.

Voilà, au moins, une chose que je peux faire. La coiffer, la draper dans un luxueux kimono de soie, lui accrocher des boucles d'oreilles et la maquiller.

Je vais la faire étinceler comme de l'argent poli.

— Oui, petite madame. Je veux bien.

Elle reste assise comme une poupée pendant que je brosse et tresse ses longs cheveux. Je sors trois kimonos. Elle choisit le bleu foncé, avec des étoiles dorées brodées dessus.

J'applique un peu de fard sur ses joues pour essayer de camoufler sa pâleur.

Et je complète le tout avec une simple barrette en diamant.

— Voilà, dis-je doucement. Vous êtes ravissante.

Elle sourit comme si elle n'y croyait pas et me caresse la main.

— Où est *obasama* ?

— Alitée, petite madame. Elle est très malade. Les médecins pensent qu'elle ne verra pas la fin du mois.

Nori se lève de sa chaise.

— Je vois. Je vais aller la trouver, alors.

— Elle a indiqué qu'elle vous ferait appeler.

Elle hausse les épaules.

— Je la verrai maintenant ou jamais.

— Je vous accompagne…

— Ce ne sera pas nécessaire, Akiko.

Là-dessus, elle sort sans se retourner. Je revois encore la petite fille qui s'accrochait à ma main et se cachait dans mes jupons. Et ce sourire qui implorait de l'amour.

Je crois que cette petite fille ne reviendra plus jamais, à présent. Toutes les personnes qui étaient censées prendre soin d'elle l'ont détruite.

Moi y compris.

Il ne fut pas difficile de trouver la chambre.

Nori s'approcha des doubles portes ornées d'un dragon doré, situées tout au bout du couloir.

Tu n'as jamais rencontré d'épreuve dont tu ne te sois relevée, se dit-elle. *Tu n'as pas à avoir peur d'une vieille femme mourante. Aujourd'hui, c'est elle qui est faible et toi qui es forte.*

Elle poussa les battants et entra à l'intérieur.

La première chose qui la frappa fut l'odeur. Il flottait dans la pièce un parfum entêtant de pétales de rose séchés et d'huile de menthe poivrée. Elle sentit presque ses narines piquer, et puis elle décela quelque chose d'autre sous ce parfum : une odeur de viande avariée, de rance. La chambre sentait la chair en décomposition.

Elle sentait l'arrivée imminente de la mort.

La pièce était plongée dans la pénombre. Quelqu'un avait tiré les lourds rideaux de velours ; la seule lumière provenait d'une petite lampe de chevet. Pourtant, même dans l'obscurité, Nori remarqua les peintures à l'huile sur les murs, le vase de chrysanthèmes sur le bureau en acajou jonché de papiers, un ouvrage de couture jeté négligemment sur le bout de canapé. Deux épées dans leurs fourreaux avec des dragons peints, accrochées en croix au-dessus du lit.

Elle fit un pas hésitant vers la vaste couche, entourée d'un lourd baldaquin blanc. Pendant un instant ridicule, elle pensa que tout ceci était une blague ; que le lit serait vide et qu'elle sortirait pour trouver Akiko, hilare, avec une valise pleine d'argent, et qu'elle retournerait alors à Londres, à sa nouvelle vie simple et heureuse.

Mais elle fit un autre pas en avant et entendit un léger froissement. Ce fut alors qu'elle la vit : Yuko Kamiza. Sa grand-mère.

Cette dernière était à moitié cachée dans l'ombre, mais Nori s'aperçut immédiatement que tout cela n'avait rien d'une blague, qu'elle vivait réellement ses derniers instants. La petite dame rabougrie allongée devant elle n'avait rien de la femme de grande taille qu'elle avait connue autrefois, aux cheveux si longs qu'ils frôlaient presque le sol, aux yeux gris brillants auxquels rien n'échappait. Ce ne pouvait être la même personne.

Son édredon était tiré jusqu'à sa poitrine ; Nori ne distinguait que le haut du kimono vert foncé qu'elle portait en dessous. Elle était appuyée sur un amas de coussins de soie, et ses cheveux autrefois magnifiques étaient aussi blancs et cassants que de la craie. Mais ils étaient soigneusement tressés, posés sur son épaule droite.

Elle fit un pas supplémentaire, et les yeux de Yuko s'ouvrirent brusquement, comme un dragon alerté par un intrus dans sa grotte.

Elle baissa la tête et, avant de parvenir à s'en empêcher, s'inclina dans une profonde révérence. Mais il était trop tard lorsqu'elle réalisa ce qu'elle venait de faire. Elle sentit son visage brûler.

Lentement, elle se releva, et découvrit le regard absent de sa grand-mère posé sur elle.

— *Obasama*, murmura-t-elle.

Voilà. Elle l'avait dit. Elle ne pouvait plus faire semblant que tout ceci n'était qu'un rêve enfiévré, comme tous ceux qu'elle avait faits auparavant.

Le fantôme dans le lit se pencha en avant.

— Nori, fit-elle d'une voix rauque – une voix qui ne lui ressemblait plus.

Nori inclina la tête en signe d'acquiescement, mais ne répondit rien.

Yuko plissa les yeux et lui demanda de venir à elle en crochetant l'un de ses longs doigts.

— Par ici, dit-elle. Laisse-moi te voir.

Nori y alla à contrecœur, veillant à garder les épaules droites. Elle s'arrêta à quelques pas du lit et vit alors les lèvres de sa grand-mère s'étirer en un sourire narquois.

Elle courba à nouveau son index.

— Plus près. Je suis une vieille femme, ma petite.

Nori s'approcha un peu plus. Elle distinguait maintenant pleinement le visage de sa grand-mère.

Sa peau ressemblait à du papier mâché tendu sur un crâne, si fine que chaque veine était visible. Mais ses yeux n'avaient pas changé ; Nori sentit un frisson lui parcourir le dos.

Ces yeux gris la toisèrent plusieurs fois de haut en bas. Et puis, enfin, Yuko parla.

— Tu es vraiment belle. Vraiment. J'ai toujours su que tu le serais.

Nori resta interdite.

Elle avait parlé sans un soupçon d'ironie, comme si elles s'étaient quittées la veille, et en bons termes.

Comme si elle ne m'avait jamais forcée à m'appuyer sur le dossier d'une chaise pour me frapper sur les fesses avec une cuillère en bois à cause de prétendus méfaits, comme si elle ne m'avait jamais blanchi la peau, ni rabaissée à cause de mes cheveux, ni bourré le crâne pour que je me pense indigne de voir la lumière du jour. Comme si elle ne m'avait jamais vendue telle une putain pour me renvoyer d'ici. Comme si elle ne m'avait jamais volé le corps de mon frère avant même que je puisse… que je puisse…

Nori se mordit la lèvre si fort qu'elle sentit le goût du sang.

— C'est pour cela que vous m'avez fait venir depuis l'autre bout du monde ? demanda-t-elle amèrement. Pour vous prouver que vous aviez raison ?

Le fantôme eut un sourire narquois.

— Non. Je t'ai appelée ici parce que je suis en train de mourir.

Elle marqua une pause, s'attendant visiblement à ce que Nori dise quelque chose. Voyant qu'elle n'obtiendrait pas de réponse, elle rit, mais son rire se transforma en quinte de toux. Elle pressa contre sa bouche un mouchoir qui ressortit taché de sang noir.

— Tu as changé, dit-elle, et Nori aurait juré qu'elle avait l'air amusée. Tu as perdu ton bégaiement.

Nori ferma les yeux un bref instant. Toujours cette franchise blessante.

— Je n'ai pas perdu que cela.

— Et pour ce qui est de ton exil… tu comprendras, bien sûr. Que j'étais contrariée. Et cela était compréhensible.

Nori la regarda, abasourdie. Qu'aurait-elle pu répondre ? Il ne pourrait jamais y avoir de pardon – Yuko n'avait même pas vraiment présenté d'excuses. Et elle n'en présenterait jamais. Personne dans sa famille n'avait jamais semblé devoir s'excuser de quoi que ce soit – à part Nori elle-même, bien sûr.

Elle décida de ne rien dire.

La mine de Yuko devint sombre. Elle se tamponna la bouche avec un coin propre de son mouchoir.

— J'étais vraiment désolée, poursuivit-elle. Vraiment désolée de perdre Akira.

Nori serra les dents.

— Ne vous avisez pas, murmura-t-elle, sentant la rage monter comme une tempête. Ne vous avisez pas de prononcer son nom.

— Je l'aimais, protesta Yuko. C'était mon petit garçon.

— Vous ne connaissiez rien de lui. Vous n'avez jamais su *qui* il était, il n'était qu'un objet pour vous !

— C'est faux, gronda Yuko. Je le connaissais, petite insolente. Il était à moi, après tout.

Nori se jeta contre le pilier du lit, l'agrippa de ses deux mains tremblantes.

— *IL N'ÉTAIT PAS À VOUS !*

Sa grand-mère poussa un cri.

— Comment oses-tu…

Nori n'en avait plus que faire. Elle s'était interdit de penser à Akira pendant toutes ces années. Elle s'en était empêchée de toutes ses forces. Mais à présent, la barrière pouvait tomber. La vague la frappa de plein fouet ; et elle parvint à peine à tenir debout.

— Sa couleur préférée était le bleu. Son compositeur préféré, Beethoven. Il accompagnait toujours ses repas de wasabi. Il préférait la chaleur plutôt que le froid. Son orchestre préféré était l'Orchestre philharmonique de Berlin. Il prenait son café noir. Il n'aimait pas les jardins avant de me rencontrer. *Et il vous détestait.*

Yuko resta silencieuse face à cette attaque. Ses lèvres se mirent d'abord à remuer sans bruit, puis elle gémit :

— Comment peux-tu être si cruelle avec une femme mourante ? Comment peux-tu me raconter des mensonges empoisonnés ?

Nori ne dit rien, car elle ne pouvait plus parler. Son cœur s'était coincé dans sa gorge ; l'indignation la faisait trembler.

Imbécile. Elle n'a pas changé. Elle ne changera jamais. Sa vision du monde n'évoluera jamais.

— Eh bien, il est mort maintenant, répondit froidement Nori, et ces mots la transpercèrent. Alors peu importe. Il est mort, et ce qu'il était et ce qu'il aurait pu être est mort avec lui.

Sa grand-mère plissa les yeux.

— Tu l'aimais, dit-elle.

De toute évidence, elle se rendait compte pour la première fois que ces mots étaient vrais.

— Tu l'aimais vraiment, répéta-t-elle.

Nori ne daigna pas répondre.

— Je pensais que si je le laissais jouer avec toi pendant un moment, faire de la musique, il finirait par revenir, poursuivit Yuko avec une respiration sifflante. Je pensais…

Nori l'interrompit.

— Dites-moi pourquoi vous m'avez fait venir, ordonna-t-elle d'une voix tranchante. Fini de jouer. Si c'est pour me tuer, alors faites-le maintenant.

Yuko s'appuya contre les oreillers, à bout de forces.

— J'ai une proposition à te faire.

— Oui. Me léguer votre propriété. Car sans doute vaut-il mieux me la léguer que vous la faire confisquer par l'État, qui la diviserait.

Sa grand-mère commença à parler mais s'interrompit. Elle toussa et se retrouva cette fois pliée en deux, secouée comme une possédée.

Nori chercha de l'eau, puis se tourna vers la porte pour appeler quelqu'un, mais la main de Yuko surgit et agrippa sa manche.

Elle regarda sa grand-mère avec une stupeur absolue.

— Ne…, gémit pitoyablement la vieille femme. Ne pars pas.

Nori se retourna vers le lit, et lui tint la main jusqu'à ce que la quinte de toux s'arrête. Aussitôt après, elle recula.

— Vous feriez mieux de vous reposer, dit-elle doucement, détestant sa voix empreinte de compassion.

— Un long repos m'attend déjà, répondit Yuko d'un ton sombre. J'aurai tout le temps de me reposer. J'ai besoin de te préparer.

Le sang de Nori ne fit qu'un tour.

— Me quoi ?

Sa grand-mère semblait étonnée qu'elle n'ait pas compris l'évidence.

— Tu es mon héritière.

Son cœur battait maintenant follement.

— Je suis venue ici pour signer des papiers afin de récupérer mon argent, dit-elle.

— Je ne te parle pas d'argent, la coupa Yuko en levant les yeux au ciel. Je te laisse tout, tu comprends ? Les titres, les entreprises, les terres. Mais cela veut dire que tu dois rester ici. Tu dois vivre ici, comme j'y ai vécu.

— Quoi ? répéta bêtement Nori. Quoi ?

— Il faut te marier. Immédiatement, dès que possible. Quel âge as-tu ? Vingt-quatre, vingt-cinq ans ? Quoi qu'il en soit, tu dois te marier. Tu as des cousins éloignés. Je te montrerai des photos. Tu pourras choisir celui que tu préfères.

Elle hocha la tête, comme satisfaite de sa propre générosité.

— Je n'ai jamais accordé cette liberté à ta mère, ajouta-t-elle.

Nori la regarda dans un silence stupéfait. Ses pensées tournaient comme les lourds engrenages d'une très vieille horloge. Puis, enfin, tout s'assembla.

— Jamais de la vie, dit-elle d'une voix ferme.

Yuko fit claquer sa langue avec un bruit collant.

— Bien sûr que si, répliqua-t-elle.

— Non.

Le vieux fantôme plissa les yeux.

— Tu as toujours été une enfant obéissante, déclara-t-elle d'un ton acéré.

Nori sentit ses tempes palpiter.

— Je ne suis plus une enfant. Et ce n'est pas vous qui commandez.

Yuko parut sincèrement déconcertée. Elle ne s'était manifestement pas attendue à une telle résistance.

— Je te propose tout, fit-elle remarquer en pointant son doigt dans la direction de Nori. Plus que tu n'aurais osé espérer. Tu ne manqueras de rien tant que tu vivras. Tu auras toujours tout ce dont tu as besoin.

Nori se dressa comme une vipère prête à attaquer.

— Je ne veux rien qui vienne de vous. C'est vous qui avez besoin de moi.

— Mais…, commença Yuko.

— J'ai ma vie, la coupa-t-elle sèchement. Je vous le dis, puisque vous n'avez pas pris la peine de me le demander. J'ai un homme qui m'aime.

Elle se sentait comme une enfant, à insister ainsi sur le fait que quelqu'un l'aimait. Mais l'amour était la principale chose dont sa grand-mère l'avait toujours jugée indigne.

— Un gosse, tu veux dire, railla Yuko. Je suis au courant pour ton professeur de musique. Et sache que j'ai honte à ta place, puisque tu n'as pas le bon sens d'avoir honte pour toi-même, apparemment. Je sais tout, ma fille. Ne crois pas que tu as échappé à mon regard. Pas un instant. Partout où tu allais, mes yeux étaient sur toi.

La rage la faisait vaciller, mais Nori tint sa langue. Tout ceci avait assez duré.

— Ma réponse est non, déclara-t-elle avec toute la dignité dont elle put faire preuve. C'est terminé.

— Je te propose une destinée.

— Je n'en veux pas.

Yuko soupira.

— Je te la propose, alors qu'elle n'était même pas pour toi ! Cette vie était pour Akira. Et maintenant, je me retrouve à devoir aller dans ma tombe avec le poids de ce qui lui est arrivé. En sachant que je n'ai pas pu l'empêcher.

Nori se figea. Le monde entier se figea avec un grincement sourd.

— De quoi parlez-vous ?

Yuko sourit – un sourire empli de suffisance.

— Oh ! voyons. Comme si tu ne t'en étais pas doutée.

Non. Doutée de quoi ?

— C'était un accident, dit Nori, mais sa voix se brisa.

Tout son sang-froid avait disparu, envolé en un instant.

— Vous n'auriez pas pu l'empêcher. C'était la main de Dieu.

— Oh ! ma chère fille. Tu n'as donc rien remarqué ?

La chambre se refroidit.

— Vous ne lui auriez jamais fait de mal, dit-elle avec défiance, s'appuyant sur la seule chose dont elle était sûre. Jamais.

Le regard de Yuko était glacial.

— Ce n'était pas mon intention. Il devait se trouver à Vienne. Mes espions nous l'avaient assuré…

Nori s'agrippa au pilier du lit pour ne pas s'effondrer.

— Vos espions ?

— Oui, mes espions, cracha la vieille femme. Ne sois pas idiote, ma fille. La moitié de ton personnel de cuisine travaillait à mon service. Le jardinier aussi. Comment as-tu pu penser que nous te laisserions courir partout sans surveillance ?

Nori en perdit ses mots. Elle ne put que rester campée là, et regarder, horrifiée, les fils de son monde se défaire.

— Il était censé être parti, en sécurité, à l'étranger, asséna sa grand-mère d'une voix dénuée de sentiment. Tu ne comprends pas, ma fille ? C'était un piège, dès le départ. Hiromoto était à mon service. Il l'a toujours été. Ne trouves-tu pas curieux qu'il t'ait choisie ? Qu'il t'ait fait jouer ? Il suivait des ordres. Hiromoto avait pour mission de faire en sorte que tu te retrouves seule. Ne saisis-tu pas ? Et le chauffeur aussi, bien sûr. Il nous devait une fortune, plus qu'il n'aurait jamais pu rembourser. Nous lui avions promis que ses dettes seraient effacées et que sa famille serait à l'abri. Il était prêt à sacrifier sa vie pour accomplir son devoir. Ah, réfléchis, ma fille ! Réveille-toi ! Ce n'était qu'une mise en scène, pas un accident !

Elle se pencha en avant, transpirant et haletant sous l'effort.

La voix de sa grand-mère était faible, à peine audible, mais Nori savait que chaque mot était vrai.

— Depuis le départ, la seule personne censée être dans cette voiture, c'était toi.

Nori se plia en deux.

Tout s'imbriquait. L'horrible vérité s'empara de son cœur, le serra, le serra jusqu'à ce qu'elle ne ressente plus qu'une douleur lancinante.

— C'est vous qui l'avez tué, murmura-t-elle.

— Ne m'insulte pas, siffla Yuko. Jamais je n'aurais procédé ainsi. Tout cela était l'œuvre de ton grand-père. Je n'étais décisionnaire de rien. J'aurais tout arrêté. J'ai essayé quand j'ai compris, mais il était déjà trop tard, et je vais maintenant devoir aller en enfer avec ce péché qui pèse sur mon âme.

Elle pointa un doigt osseux sur le cœur de Nori.

— Tu n'imagines même pas la rage que tu as déclenchée chez ton grand-père. Il ne pouvait supporter de voir Akira atteindre l'âge adulte, encore piégé sous ton emprise maudite. Il voulait le libérer.

— Il l'a tué, sanglota Nori.

Sa volonté était brisée. Son cœur était brisé. Son esprit était brisé.

— Tout ça… tout ça à cause de cette haine que vous me vouez. Regardez où cela vous a menés. Vous avez détruit votre propre lignée, scellé notre destin. Celui de ma mère, d'Akira. Le mien. Vous avez tout réduit en cendres.

— C'est justement la raison pour laquelle tu dois prendre ta place ! hurla sa grand-mère. Pour que tout cela ait un sens. Pour que tout cela n'ait pas été vain !

— Ça l'était depuis le début, gémit-elle.

Le poing autour de son cœur serrait si fort que Nori commençait à sentir la vie lui échapper.

Mais elle s'en moquait, désormais.

— Cela ne peut pas se finir comme ça ! gémit Yuko, et ses yeux se remplirent de larmes pour la première fois. Pour l'amour de Dieu, ce n'est pas possible ! Tu dois prendre ta place. Tu es tout ce qui reste. Tout cela ne doit pas être vain, sa mort ne doit pas être vaine. Tu peux encore faire quelque chose de bien. Pour l'amour de Dieu ! Nori !

Pour l'amour de Dieu.

Nori fit volte-face et s'enfuit. Elle courut aveuglément, sans réfléchir. Elle n'avait pas besoin de réfléchir.

Il n'y avait qu'un seul endroit où aller.

Le grenier n'avait pas changé.

Tandis qu'elle se laissait tomber à quatre pattes, comme un chien, elle réalisa que cet endroit avait été le seul de toute sa vie à être réellement le sien.

Elle ne pouvait en trouver de meilleur pour mourir.

Car elle était en train de mourir.

Elle avait enduré bien des souffrances, mais cette fois le seuil, la limite était largement dépassée.

Elle s'arracha les cheveux et regarda ses boucles haïes tomber en touffes sur le sol. Elle se griffa la peau et regarda la chair se déchirer. Elle sanglota, sanglota jusqu'à en vomir une bile verte. Et puis, une fois la bile vidée, elle continua à vomir de l'air.

À travers le brouillard brûlant de ses larmes, elle aperçut son reflet dans le miroir.

Je te déteste, pensa-t-elle. *Je te déteste. Je te déteste.*

Puis elle se mit à crier.

— Je te déteste !

Tu aurais dû comprendre.

Pauvre idiote.

Elle s'effondra sur le sol, sentit sa tête se cogner. Il n'y avait plus d'air dans la pièce ; sa respiration devenait de plus en plus lente alors que son sang coulait de plus en plus vite. Elle ouvrit les bras en croix et fixa le plafond.

Un mélange de douleur et de libération l'enveloppa.

Libère-moi de ma promesse, supplia-t-elle.

Laisse-moi partir.

Je n'en peux plus. J'ai essayé. J'ai tout fait.

Laisse-moi partir.

Il y eut alors une lumière blanche éblouissante, plus brillante encore que le soleil, et pour la première fois de sa vie quelqu'un lui répondit.

NORI

Je me réveille dans un jardin.

Quelqu'un doit m'avoir portée jusqu'ici. Je sens les fleurs avant même d'avoir ouvert les yeux. Le parfum de chaque fleur exotique qui existe au monde emplit tout mon corps. Il m'entoure.

Ce n'est pas mon jardin.

J'ouvre les yeux et je vois qu'il est infini, qu'il s'étend au-delà de l'horizon et dans le néant. Le ciel est d'un bleu de Prusse parfait, les nuages sont gros et onctueux, comme si un pâtissier les avait fouettés. Le soleil est doux, il baigne tout d'une lumière blanche caressante.

Je sais que ce n'est pas un jardin ordinaire. Je sais aussi que ma place est ici.

Je me lève et pose une main en visière sur mon front. Les plaies que j'avais sous les pieds ont disparu, comme si elles n'avaient jamais existé. Je me penche légèrement et remonte le bas de mon kimono, blanc comme l'albâtre, fait de la soie la plus délicate. C'est un kimono de mariage, orné de petites perles et brodé de *kiku no hana*, de chrysanthèmes. Je le remonte jusqu'à ma taille et passe mes doigts le long de la peau douce à l'intérieur de ma cuisse. Ma cicatrice a aussi disparu.

Je laisse retomber l'étoffe et commence à marcher, je ne sais pas vers où, mais en avant. Je marche sous des arbres aux branches basses chargées de fruits mûrs, grenades et pommes, bananes et citrons verts, prunes et abricots, cerises, et d'autres que je ne saurais même pas nommer. Dans les hautes herbes ressortent des grappes de fleurs rouges qui semblent avoir explosé comme des feux d'artifice. Je me penche pour ramasser une rose pâle.

La tige n'a pas d'épines.

J'entends alors quelque chose, un son doux et parfait. Je ne m'arrête même pas un instant avant de le suivre. C'est comme le chant d'une sirène. Je ne peux y résister. Je ne le veux même pas.

Je ne me demande pas où je vais ni pourquoi je me trouve dans cet endroit, qui n'est de toute évidence pas destiné aux mortels. Je suis peut-être morte. Je pose mes mains sur mon ventre mince et je continue de marcher. Si je suis morte, qu'il en soit ainsi. Cet endroit est… le paradis. Ici, rien ne fait mal. Toute ma vie, j'ai porté une douleur sourde en moi, si constante que je ne la remarquais plus.

Mais à cet instant, je la remarque, car elle a disparu.

J'entends le murmure régulier d'un ruisseau, quelque part, non loin, sous le chant. Il me semble soudain familier. Je me surprends à marcher un peu plus vite pour le rattraper. Je connais cet air. Mais d'où ? Je soulève le bas de mon kimono pour avancer plus rapidement. Le sol est chaud sous mes pieds nus.

Où ai-je entendu cet air ?

Il devient plus fort, le son se fait plus présent, me traverse et me lave de toute la douleur que j'ai jamais ressentie. Je cours, à présent. Je cours à travers un bosquet d'arbres dont les branches s'arc-boutent pour former une auréole au-dessus de ma tête, je cours au bord d'un étang clair où des canetons s'éclaboussent. Je cours jusqu'à me retrouver dans une prairie semée de pieds d'alouette d'un pourpre profond, qui montent jusqu'à ma taille, et des coquelicots rouges qui semblent me sourire. Je m'arrête un instant, le cœur battant, mes yeux cherchant frénétiquement la source de la musique. Il y a un arbre un peu plus loin devant moi. Je tends le cou pour mieux le voir ; c'est un pêcher.

Alors, je sais.

C'est l'*Ave Maria* de Schubert. Ma première et unique berceuse.

Cette fois, je ne cours plus. J'avance comme un enfant qui apprend à marcher. Je n'ose pas aller plus vite. Je n'ose pas respirer. Je n'ose rien faire qui puisse rompre l'équilibre de la ligne que je suis en train de suivre, du fil sur lequel je me tiens, et qui permet que tout cela soit possible. J'écarte les hautes herbes et m'arrête en tremblant devant le tronc de l'arbre.

Et là, assis par terre avec son violon négligemment posé à ses côtés, je découvre Akira.

Aniki.

Il a exactement la même apparence que lorsque je l'ai vu pour la dernière fois. Sa peau pâle est lisse, ses cheveux noirs sont soigneusement peignés en arrière et il sourit devant mon visage stupéfait. Il porte un yukata ample de couleur bleue.

Aniki.

— *Imoto*, dit-il. Ça fait longtemps. *Ne ?*

Je pleure. Les larmes dévalent mes joues, même si je ne suis pas triste. J'essaie de parler mais rien ne sort à part de l'air.

Akira.

Et alors, je vole dans ses bras. Il me serre très fort, en appuyant sa tête sur le sommet de mon crâne. Mon visage est enfoui dans son cou et je sanglote sans pouvoir me retenir, en écoutant les battements de son cœur, en sentant sa chaleur brûlante. Il n'essaie pas de me faire taire. Il me serre simplement dans ses bras, jusqu'à ce que les sanglots s'arrêtent, puis il recule, saisissant mes épaules pour pouvoir regarder mon visage strié de larmes.

— Arrête, dit-il simplement en effleurant ma joue avec son pouce. Tu vas bien maintenant. Tout va bien.

Je renifle et fixe ses yeux gris.

— Tu es mort, dis-je en chuchotant.

Il sourit.

— C'est vrai.

— Mais… tu es là.

Je sens la chaleur qui émane de sa peau. Il est bien vivant.

— Tu es réel, dis-je encore.

Il hoche la tête.

— Oui, je suis réel.

Je n'ai plus de questions. Peu importe qu'il s'agisse du paradis, de l'enfer ou du purgatoire. Akira est là. Ici, avec moi. Je me presse contre sa poitrine comme si je voulais me fondre en lui.

— Je suis désolée, dis-je. Akira, je suis désolée. C'est à cause de moi. Tu es mort à cause de moi.

Il secoue la tête.

— Je suis mort à cause de la peur et de la haine. Pas à cause de toi.

— Ce devait être moi, hoqueté-je. Tu n'étais pas censé mourir. J'ai échoué. J'ai tout gâché. Je n'ai jamais rien fait de bien, je ne suis pas comme toi. Je suis désolée.

Il reste silencieux un moment. Je m'attends à ce qu'il acquiesce ou me réprimande, mais il soupire simplement.

— *Aho*. Après tout ce temps, tu ne comprends toujours pas, déclare-t-il enfin.

Je lève les yeux pour le regarder à travers mes cils.

— Que dis-tu ?

— Chaque choix que j'ai fait était le mien. Je ne regrette rien.

— Mais si tu ne m'avais jamais rencontrée…

Il me relève le menton du bout du doigt et me regarde dans les yeux.

— Nori, énonce-t-il tout doucement. Je préfère être mort jeune qu'avoir vécu cent ans sans te connaître.

Je n'ai pas de mots. Je ne peux rien dire à part…

— Pourquoi ?

Il hausse les épaules.

— Tu es ma sœur.

— Dis-moi quoi faire, Akira, le supplié-je. Dis-moi quoi choisir. S'il te plaît.

— Oh ! Nori. Tu sais que je ne peux pas. Tu dois choisir ton propre chemin.

— Je n'y arriverai pas, répliqué-je tout bas.

Je tente de réfléchir aux choix qui s'offrent à moi. Les chemins sont tous sinueux, je ne suis pas en mesure de voir où ils mènent. Il n'y a pas d'option qui n'exigerait pas de sacrifices, il n'y a pas de moyen d'échapper à la douleur.

— Et si je fais le mauvais choix ?

Akira plonge ses mains dans mes boucles.

— Peu importe ce que tu choisis, dit-il patiemment. Continue d'avancer.

— Je ne peux pas, Akira. Je ne veux pas repartir. S'il te plaît, ne me demande pas de faire ça.

Il glisse ma paume dans le creux de son bras.

— Ce n'est pas à moi de décider, dit-il doucement. Si ce n'est pas ton heure, tu ne peux pas rester ici. Tu devras retourner là-bas.

— Mais je suis morte ? Nous sommes au paradis, n'est-ce pas ?

Ces mots ne sont pas vraiment une question. L'espoir dans ma voix est indéniable.

Akira hausse encore les épaules. Il n'a pas changé du tout. Il est exactement comme je l'ai laissé.

— Tu sais que je ne crois pas au paradis, Noriko. Ce n'est qu'un jardin.

— Peu importe, dis-je en gémissant. Je veux rester avec toi. S'il te plaît.

J'agrippe alors le tissu de son yukata, comme je le faisais quand j'étais petite pour le supplier de me donner quelques minutes de plus, quelques secondes de plus de son temps.

— S'il te plaît, ne me laisse pas vivre dans un monde sans toi.

Ses yeux sont emplis de chaleur. Il se penche pour déposer un baiser au sommet de mon front.

— Oh ! Nori. Tu es plus forte que tu ne le crois. Tu n'as plus besoin de moi.

— Ne me quitte pas, lancé-je en m'avançant pour que nos fronts se touchent.

Je sais déjà qu'il a raison lorsqu'il dit que je ne peux pas rester ici. J'entends presque le sable glisser dans le sablier. Nous n'avons plus beaucoup de temps. Si une éternité existe pour nous deux, elle ne commence pas maintenant.

Akira m'enlace et me serre dans ses bras, de toute sa force.

— Jamais, énonce-t-il simplement. Je ne te quitterai jamais.

Nous ne disons rien d'autre. Nous n'en avons pas besoin. Je ne gaspillerai pas le temps qu'il me reste avec des mots. Il n'y a rien que je puisse dire à Akira qu'il ne sache déjà, et il n'y a rien que je puisse faire pour arrêter le sable qui s'écoule. Je ne peux que le serrer dans mes bras, ici, maintenant.

Je ne sais pas combien de temps nous restons ainsi. Dans tous les cas, cela ne sera jamais suffisant. Je ferme les yeux pour ne pas voir le ciel s'assombrir et le jardin disparaître.

Il est temps de revenir.

La manière dont Akira me serre une dernière fois et dépose au sommet de ma tête un baiser léger comme une plume me dit qu'il le sait aussi. Mais je refuse de lui faire mes adieux.

Je le reverrai.

J'ouvre les yeux et je plonge mon regard dans le sien, en espérant que ce regard dira tout ce que je n'ai pas le temps de dire. Je sais que toutes les paroles qui me sont maintenant accordées seront les dernières. Le miracle touche à sa fin. Je prends sa main dans la mienne, alors même qu'une force invisible commence à m'emporter.

— Tu es mon soleil.

Il porte ma main à ses lèvres et l'embrasse. Et puis il me sourit. Même si les ténèbres viennent le happer, je continue à le voir. Je continue à voir son magnifique sourire. Je continue à entendre sa voix. Elle est faible, car un bourdonnement a envahi mes oreilles. Mais j'entends sa réponse.

Et toi, le mien.

Le lendemain, Nori retourna affronter sa grand-mère. Ses marques sur les bras étaient dissimulées sous les manches amples de son kimono blanc. Ses cheveux, séparés par une raie au milieu et lissés, tombant jusqu'à sa taille. Elle se tenait droite et fière.

La peur avait disparu.

Le visage de Yuko était tendu et amer.

— Je pensais que tu étais partie à présent.

— Je suis venue vous donner ma réponse.

Sa grand-mère ricana.

— Eh bien, dans ce cas. Ne me fais pas languir.

Nori prit une profonde inspiration.

— Ma réponse est oui.

Les yeux de Yuko s'ouvrirent tout grands.

— Tu… tu acceptes ?

— J'accepte.

— Dieu soit loué, murmura sa grand-mère.

Pendant un bref instant, elle sembla revenir à la vie.

— Dieu t'a parlé, n'est-ce pas ? Il t'a montré la voie ? Tu es venue accomplir ton destin ?

Nori croisa ses mains devant elle.

— Non. Je suis venue pour des raisons qui me sont propres.

Je changerai cette famille, aniki. *Je la débarrasserai de la peur et de la haine, je la remplirai d'amour et d'humanité. Je me servirai de mon pouvoir pour aider ceux qui n'en ont pas, comme je l'ai toujours fait. Je restaurerai l'honneur véritable de notre famille.*

Exactement comme tu le voulais, exactement comme tu l'aurais fait. Je te le jure.

Et quand mon travail sera terminé, je viendrai vers toi.

Attends-moi, s'il te plaît.

Dans le jardin.

Kyoto, Japon
Décembre 1965

L'enfant naquit dans la maison des Kamiza, le cinquième jour de décembre.

Les voies de Dieu étaient décidément impénétrables, car il était en parfaite santé, avait une peau claire, une chevelure blonde et bouclée, et les yeux d'ambre de sa mère. Tout le monde s'émerveilla devant la beauté du bébé.

Plus important encore, c'était un garçon.

Yuko déclara qu'il s'agissait d'un signe de Dieu, que la maison était bénie. Elle était tellement heureuse qu'un enfant en bonne santé et de sexe masculin soit né, qu'elle se moquait presque que son père soit un insignifiant étranger et sa mère sa petite-fille métisse autrefois méprisée. Son désir absolu de voir son nom restauré était la seule chose qui la maintenait en vie, car aux dires de tous les médecins, voilà bien longtemps que la vieille femme aurait dû disparaître.

— Si tu peux avoir un bâtard, lui fit-elle dire par l'intermédiaire d'un messager, alors tu peux aussi concevoir un fils légitime avec ton époux. Je suis contente de toi, petite-fille. Demande-moi n'importe quelle faveur, je te l'accorderai.

Une fois le bébé lavé et emmailloté, la sage-femme le lui tendit, mais Nori secoua la tête.

— Donnez-le à Akiko, fit-elle doucement.

Elle se tourna vers le messager.

— Et dites à ma grand-mère que je lui réclame une faveur.

— Laquelle, madame ?

— Qu'on envoie quelqu'un chercher ma mère. Et si elle est vivante, qu'on la ramène ici.

L'homme acquiesça et s'éclipsa de la pièce.

Akiko s'approcha rapidement et prit le petit paquet des bras de la sage-femme.

— C'est un beau garçon. Je l'aimerai tendrement. Je prendrai grand soin de lui, mademoiselle. Je vous le promets.

— Je le sais, répondit chaleureusement Nori.

Son esprit était encore embrumé par les médicaments qu'on lui avait donnés contre la douleur.

— Je ne ferais confiance à personne d'autre.

C'était Akiko qui avait préparé la chambre du bébé, lui avait tricoté des vêtements, avait réfléchi aux prénoms. Mais ceux qu'elle avait en tête étaient uniquement des prénoms de fille.

Elles n'avaient jamais discuté de prénoms de garçon. Elles n'en avaient jamais vu l'utilité.

Akiko hésita.

— Êtes-vous sûre de ne pas vouloir le prendre ?

Nori détourna le visage.

En vérité, elle ne supportait pas de le toucher. Les choix qu'elle avait opérés dans sa vie avaient fait de lui un bâtard. Un enfant sans père. Le premier fils qui ne pourrait jamais hériter de rien, qui resterait toujours dans l'ombre de son frère cadet. Son demi-frère. Le fils qu'elle aurait avec le futur mari qu'on lui aurait choisi.

Un jour, ce garçon serait assez grand pour comprendre. Il demanderait des explications qu'elle ne pourrait lui donner.

Noah n'avait reçu qu'une lettre brève, remplie de mensonges selon lesquels elle ne l'aimait plus et le suppliait de l'oublier. Elle espérait qu'il ne remarquerait pas les taches de larmes sur la page. Elle espérait qu'il la haïrait, que son humiliation et sa colère lui permettraient de tenir jusqu'à ce qu'elle ne soit plus qu'un souvenir lointain.

Il était jeune, à peine vingt ans. Elle se disait qu'il s'en remettrait.

Aucune autre option n'était envisageable, de toutes les façons.

Parce que l'autre solution aurait fait d'elle un monstre.

Alice, elle, avait reçu davantage d'explications, mais elles ne se reverraient probablement jamais.

Elle avait rompu sa promesse. Elle avait trahi comme Judas ceux qui l'avaient le plus aimée.

Et ces sacrifices n'étaient que les premiers sur la route qu'elle avait choisie.

Elle savait qu'il y en aurait d'autres.

— Emmène-le dans sa chambre et nourris-le, demanda-t-elle en faisant de son mieux pour ne pas paraître aussi froide que ce qu'elle ressentait.

Les yeux d'Akiko se remplirent de larmes.

— Oh ! petite madame. C'est votre fils. Ne voulez-vous pas le toucher ?

Nori esquissa un petit sourire.

— Demain, peut-être.

Maintenant qu'Akiko était occupée avec le bébé, ce fut Midori, sa fille, qui vint à sa place s'occuper de Nori.

C'était une jeune fille charmante, qui aimait discuter de cinéma et de mode. Elle regardait Nori avec une admiration proche de l'adoration, qui la faisait rougir.

— Vous êtes si belle, lui dit-elle un jour qu'elle lui brossait les cheveux devant sa coiffeuse.

Nori lui sourit.

— Mais toi aussi.

Midori haussa les épaules.

— Ce n'est pas ce que pensent les garçons de mon école.

— Eh bien, ils sont idiots.

La jeune fille gloussa.

— Peut-être. En tous les cas, je n'ai jamais eu de petit ami.

Puis elle détourna les yeux. Mais tout dans son expression disait qu'elle avait une question à poser.

Nori la regarda.

— Qu'y a-t-il ?

— Rien, fit Midori en rougissant. Je ne peux pas le dire. Maman me répète que je parle trop.

— Non, vas-y, l'encouragea Nori. Dis-moi.

Midori se tortilla.

— Votre… votre petit ami d'avant, commença-t-elle. Votre fiancé, je veux dire. Vous deviez l'épouser ?

Nori sentit son ventre se nouer. Elle fit de son mieux pour ne pas grimacer.

— Oui.

— Et c'est lui, le… le père du bébé ?

La douleur s'amplifia.

— Oui.

— Mais vous ne pouviez pas rester avec lui, conclut Midori. Parce que vous devez épouser quelqu'un de respectable, et avoir un enfant légitime. C'est ce que maman dit.

Nori s'obligea à ravaler sa colère.

— Oui, elle a raison.

— Mais pourquoi ? explosa Midori. Pourquoi n'avez-vous pas pu faire ce que vous vouliez ? Quand madame Yuko sera morte, c'est bien vous qui prendrez la tête de la famille ?

Nori inspira profondément, puis planta son regard sur son reflet fatigué. Elle ne devait pas perdre de vue que cette jeune fille naïve ne pouvait avoir idée de toutes les machinations qui avaient eu cours dans sa famille.

Comme elle-même, à l'époque, n'en avait pas eu la moindre idée.

— Ce n'est pas possible, répondit-elle sèchement. Pour commencer, nous ne pourrions jamais être acceptés ici. Je n'ai d'autre choix que de me marier avec un homme comme il faut, qui porte un nom comme il faut. Il n'est pas possible pour moi d'épouser l'homme que j'aime et de diriger cette famille en même temps. Si j'épousais un étranger, je serais immédiatement déchue.

Midori fronça le nez.

— Et prendre votre ancien fiancé comme amant ?

Nori lui lança un regard dubitatif.

— Pas question. Je ne suis pas un homme. Je ne peux pas faire une chose pareille. On me traiterait de putain – si ce n'est déjà fait –, et…

Sa voix dérailla.

— Et ma famille pourrait se venger sur lui.

Midori étouffa un cri.

— Se venger sur lui ? Ils n'en seraient pas capables ?

Bien sûr que si. Ils n'hésiteraient pas à lui trancher la gorge au petit matin et poursuivraient leur journée comme si de rien n'était. Et le soir venu, c'est à moi qu'ils s'en prendraient.

— Mieux vaut ne pas prendre ce risque, conclut Nori en se forçant à sourire. En plus, Noah n'accepterait jamais de vivre dans l'ombre d'un autre homme, de me voir faire un enfant avec un autre. Jamais il ne supporterait que mon héritage soit légué à d'autres enfants que le sien – et cet héritage, je sais que mon futur époux y tiendra. C'est le seul intérêt du mariage, après tout.

Elle ferma les yeux et poursuivit :

— Et Noah mérite mieux. Si seulement tu l'avais connu… Il mérite…

Tout.

La lèvre de la jeune fille tremblota.

— Ce n'est pas juste. Votre pouvoir devrait vous servir à protéger ceux que vous aimez. À quoi sert-il, sinon ?

Nori enfonça ses ongles dans la paume de ses mains.

— J'aimerais qu'il n'en soit pas ainsi. Mais je n'ai aucun pouvoir si je ne suis pas respectée. Et je ne serai pas respectée si je ne joue pas selon les règles du jeu. Du moins certaines.

— Et les autres, alors ? demanda tout bas Midori.

— Les autres règles, c'est moi qui les fais.

— Vraiment ? dit Midori d'un air suspicieux.

— Je ne peux pas faire autrement, répondit simplement Nori. J'ai promis.

Midori semblait au bord des larmes.

— Mais vous l'aimez encore ?

Nori se figea. Un instant, elle se retrouva transportée ailleurs. Dans une petite église entourée par du chèvrefeuille en fleur, avec deux mains chaudes dans les siennes.

— Oui.

Midori cligna des yeux.

— Mais vous aimez encore plus votre famille ? demanda-t-elle.

Nori sentait autre chose à présent. De la sève. Du citron. Du wasabi. Beaucoup trop de wasabi.

— Oui, répondit-elle doucement. J'aime encore plus ma famille.

La roue du destin tourna alors pour de bon. Quelques semaines plus tard, en quittant son lit, Nori constata que la marche du monde ne s'était pas arrêtée.

Yuko n'avait pas perdu de temps pour organiser les banquets et festivités afin que tout Kyoto, et peut-être même le Japon entier, découvre la nouvelle et mystérieuse héritière de la famille.

La version officielle disait que Nori était la fille de Seiko Kamiza et de Yasuei Todou, le père d'Akira.

Personne n'y croyait, mais personne ne s'en souciait. Car tout le monde voulait s'attirer les bonnes grâces de la famille. Dès lors que le bon mari aurait été trouvé, plus aucune question ne serait posée.

Les gens, en fin de compte, se moquaient bien de savoir qui tenait réellement les rênes du pouvoir. Ils n'agissaient que dans leur propre intérêt.

Des piles et des piles de documents confidentiels lui furent apportées dans sa chambre. En les parcourant, Nori découvrit le montant colossal de la fortune qui serait bientôt la sienne. D'après ses calculs, elle pourrait acheter plusieurs îles, sans jamais manquer de ressources. Il y avait une douzaine de propriétés, certaines au Japon, d'autres à l'étranger ; de l'argent investi dans plusieurs entreprises appartenant à la famille, légales et illégales. Parmi elles, la maison close où elle avait été envoyée voilà toutes ces années.

Elle sortit un stylo rouge et la raya de la liste. Des dispositions devraient être prises pour les filles qui y travaillaient, mais il était hors de question que Nori profite du désespoir de ces jeunes femmes, et encourage les hommes égoïstes et dépravés qu'étaient les clients.

Sa grand-mère la convoquait désormais tous les jours.

Bien que Nori redoutât ses visites dans cette pièce sombre qui sentait la mort, une part d'elle était secrètement fascinée par cet univers qui se déployait devant elle. C'était plus que ce qu'elle aurait pu imaginer. Comme un cheval dont on avait retiré les œillères, elle voyait soudain le monde dans lequel elle était née.

Elle s'assit sur un petit tabouret près du lit et écouta. Yuko avait toujours beaucoup à dire.

— Et lorsque tu parleras à tes conseillers, tu devras leur faire comprendre que tu as le dernier mot. Tu devras les maintenir sous ton contrôle. Tu es une femme, ils n'aimeront pas ça, mais on ne leur demande pas d'aimer ce qu'ils doivent faire. Et c'est aussi valable pour toi.

— Vous ne voulez pas que les gens m'aiment ? se risqua Nori.

— Non, gronda Yuko. Montre-toi charmante, montre-toi brillante si tu veux, mais ils n'ont pas besoin de t'aimer. Le plus important, c'est qu'ils te respectent.

Nori se tortilla sur sa chaise. Même à ce jour, elle n'était pas sûre qu'une fille élevée pour obéir puisse commander.

— Et ne leur montre pas que tu as le cœur bon, continua Yuko. Ça ne te servira à rien. Tu finiras étranglée dans un fossé. Il y en a trop qui voudront ta place et qui te mépriseront, parce que tu es une femme, parce que tu es née très bas et que tu t'es élevée très haut.

— Pourtant, vous avez régné, répondit Nori. Bien que vous soyez une femme.

D'une main de fer, pensa-t-elle sans oser l'ajouter.

Yuko eut un sourire narquois. Malgré son teint cadavérique, ses yeux brillaient.

— Tu me prends pour un monstre, dit-elle. Et je présume que j'en suis un, à tes yeux. Mais quand tu seras à ma place, tu comprendras. J'étais une jeune fille lorsque je suis arrivée au pouvoir, plus jeune que toi, avec un mari au caractère difficile, mais je ne me suis pas soumise et je ne lui ai pas laissé prendre l'ascendant sur moi. Je n'ai pas cédé aux nombreux hommes qui ont essayé de me soumettre à leur volonté. J'étais plus intelligente que tous, et petit à petit je me suis fait respecter. J'étais une belle fleur, mais j'avais des épines. Tu apprendras. Tu me comprendras mieux après ma mort. Tu es maintenant une mère, la mère d'un enfant et d'une dynastie. Tu verras ce dont tu seras capable pour protéger ce que tu aimes. Tu te feras peur à toi-même. Mais tu le feras quand même.

Nori secoua la tête.

— Je ne serai jamais comme vous.

— Dans ce cas, tu tomberas, dit simplement Yuko.

Nori se leva.

— Je ne tomberai pas, répliqua-t-elle doucement. Car vous n'êtes pas le seul exemple dont je puisse m'inspirer. J'apprends de vous, certes. Mais j'ai connu autrefois quelqu'un de gentil, mais ferme. Quelqu'un d'honnête, mais secret. Quelqu'un d'habile et de sage malgré son jeune âge. Quelqu'un qui comprenait qu'il faut regarder vers l'avenir, pas vers le passé, si nous voulons survivre. Vous voyez, *obasama*, le hasard de la vie a fait que je me suis préparée à cette nouvelle destinée.

Mais pas grâce à vous.

Yuko plissa les yeux.

— Tu devras être forte. Il faut de la force pour diriger.

— Il faut de la force pour survivre, lui opposa calmement Nori. Vous m'aurez appris au moins cela, grand-mère.

Yuko esquissa un sourire ironique. Son feu s'éteignait. Elle s'enfonça dans ses oreillers et ferma les yeux.

— Il ne peut y avoir qu'un seul dirigeant, dit-elle. Si ce n'est pas toi, c'est quelqu'un qui prépare ta chute. Souviens-t'en.

Nori répondit par un signe de tête.

— Maintenant, laisse-moi, murmura sa grand-mère. J'ai besoin de dormir. Je sens venir un long sommeil.

Nori s'inclina.

— J'ai une dernière question, *obasama*.

Yuko émit un bruit de respiration pour indiquer qu'elle écoutait.

— Avez-vous des regrets ?

La question resta en suspens pendant un long moment. Sa grand-mère détourna le visage.

— Beaucoup, répondit-elle. Et aucun.

Nori sentit la colère l'envahir. Elle avait envie de lui dire les mots retenus pendant toute une vie, mais il n'y avait pas le temps.

— Je ne comprends pas.

— Tu comprendras, répondit sa grand-mère, et dans ces mots Nori entendit comme une malédiction. Tu comprendras, Nori.

Nori ne parla à personne de son projet de fermer la maison close. Surtout pas à sa grand-mère.

Dans peu de temps, elle serait libre de faire ce qu'elle voulait. Il était inutile de tourmenter une femme mourante.

Qu'aurait-elle gagné à agir de la sorte ?

Curieusement, elle se rendit compte qu'elle plaignait Yuko Kamiza plus qu'elle ne la détestait. Lorsque sa grand-mère mourrait, un trou béant se formerait dans le monde de Nori. Il n'y aurait personne pour la guider sur son nouveau chemin. Elle serait seule.

Cela faisait des années que nul n'avait vu sa mère. Alors que tout le monde la considérait comme morte, Yuko avait accepté d'envoyer trois équipes à sa recherche. Les pistes étaient minces et les chances quasi nulles, mais Nori devait essayer.

Elle n'avait plus un instant à elle ces jours derniers. Tout le monde la sollicitait constamment. Sans doute en serait-il ainsi pour le restant de sa vie.

Akiko ajustait sur elle une nouvelle robe pour un banquet d'État. La bonne chantonnait en coupant un fil.

— Nous devons sortir les bijoux du coffre pour voir ce qui convient à votre robe. Votre grand-mère a clairement fait savoir que vous deviez étinceler.

Akiko baissa la voix et ajouta :

— Je crois qu'il y aura là-bas un gentleman qu'elle a approché en vue de votre mariage. Je pense qu'elle espère qu'il vous trouvera à son goût.

Nori fronça le nez, mais s'abstint de répondre.

— Je pense que cela ira pour les bijoux, dit-elle.

Akiko ricana.

— Non, madame. Ce sont les plus beaux de tous. Attendez de voir, ces rubis sont tellement gros qu'ils pourraient noyer un chat !

— Le banquet n'aura lieu que dans plusieurs semaines.

— Certes, mais votre emploi du temps jusque-là est complet, lui rappela Akiko. Vous n'aurez pas le temps de souffler, petite madame. Votre grand-mère tient absolument à vous passer le flambeau tant qu'elle respire encore. Les gens doivent savoir que c'est là sa volonté.

Nori regarda ses pieds nus avec mauvaise humeur.

— En sera-t-il toujours ainsi ?

Akiko lui tapota la joue.

— Vous vous y ferez, promit-elle. Et vous pouvez compter sur moi pour m'occuper de votre enfant. Vous n'avez pas à vous inquiéter.

Nori tressaillit.

— Comment va-t-il ?

— Très bien, répondit Akiko avec un large sourire.

Elle regarda le visage tendu de Nori.

— Ah, petite madame, inutile de vous sentir coupable. Je m'en occupe très bien. Votre chère grand-mère ne s'est jamais souciée non plus de venir le voir dans la pouponnière. C'est à cela que servent les bonnes.

Nori se figea. Quelque chose remua en elle, comme un rocher qui commençait lentement mais sûrement à dévaler une pente.

Je ne serai pas comme vous.

Elle qui avait proclamé ces mots avec force avait maintenant honte jusqu'au plus profond de son âme.

— J'ai peur, confessa-t-elle. J'ai même peur de le toucher.

— C'est parce que vous l'aimez, la rassura Akiko. Aimer un enfant est la chose la plus effrayante au monde. C'est une vie entière à s'inquiéter à en être malade à chacun de ses gestes. C'est une torture et une immense joie en même temps.

— Je ne l'ai jamais voulu, murmura-t-elle. J'ai toujours su que j'échouerais.

— Ce n'est que le début, ma douce. Et comme vous le savez, la vie est pleine de surprises.

Nori ne voyait pas les journées passer.

Mais quand arrivait la nuit et que Nori se retrouvait seule, elle s'en allait en silence dans la maison, comme redevenue une enfant pleine de choses à cacher.

La pouponnière se situait à l'opposé de l'aile ouest.

Elle y entra une nuit. La nourrice de nuit était là, profondément endormie sur une chaise à bascule.

Quelqu'un avait peint les murs en bleu profond comme l'océan à minuit. Il y avait des peluches sur les étagères et un joli mobile au-dessus du berceau en acajou.

Sans respirer, Nori jeta un coup d'œil par-dessus le bord.

Le bébé la regarda. Ses yeux semblaient pensifs, comme s'il comprenait l'importance de ce moment. Il referma sa menotte en un petit poing potelé, qu'il leva en direction de Nori. Puis il sourit.

Elle tapota son poing avec son index.

— Bonjour, chuchota-t-elle. Je suis ta maman. Tu n'as pas fait une très bonne affaire, je le crains.

Il gloussa et tendit les deux bras vers elle.

Sans même y penser, elle le prit, l'enveloppant dans sa couverture bleue épaisse.

— Je ne sais pas quoi te dire, fit-elle, misérable.

Il forma une bulle de salive et se blottit dans ses bras. Jamais elle n'avait tenu de chose plus légère et plus lourde à la fois.

— Tout sera différent pour toi, lui jura-t-elle en caressant ses boucles fines de la paume de sa main. J'y veillerai.

Il agrippa son petit doigt et le secoua de haut en bas.

— Et je te raconterai tout sur ton nom. Un jour, je te raconterai tout.

Il sourit, s'étira, puis ses yeux d'ambre se fermèrent et il cessa de bouger, à l'exception de sa petite poitrine qui continua de se soulever au rythme de sa respiration.

Nori le reposa dans son berceau et quitta la pièce. Il n'y avait qu'un seul endroit où elle pouvait aller.

Les nuits étaient maintenant précieuses pour elle.

Et cette nuit-là, elle se retrouva dans le jardin, sous un ciel violet.

Elle ne portait qu'un simple kimono, mais elle n'avait pas froid.

Elle s'installa parmi les branches basses de son arbre préféré et leva les yeux vers la lune. Ce soir, elle se serait sentie assez grande pour la cueillir dans le ciel et la porter autour de son cou comme une perle. Elle rangea ce sentiment dans sa boîte à bons souvenirs. Si un jour elle se sentait faible, elle se remémorerait cet instant pour retrouver de la force.

Sa branche était encore humide – il avait plu quelques heures plus tôt. Et demain, ou après-demain, il pleuvrait probablement à nouveau. Elle savait que cette période, l'*aamai* – la pause entre deux pluies –, ne durait jamais longtemps. Elle ignorait quel type de pluie tomberait ensuite, mais elle tomberait, inéluctablement. Et elle savait qu'elle y survivrait.

Le vent se mit à bruisser. Elle entendit dedans comme un rire malicieux – elle l'aurait juré. C'était une nuit de décembre, mais sa peau était chaude, comme embrassée par un feu invisible.

C'était dans ces rares moments qu'elle la ressentait : la lumière ardente de son soleil de Kyoto.

Remerciements

Merci à ma fantastique éditrice, Stephanie Kelly, qui a fait de ce livre ce qu'il pouvait être de mieux. Merci d'avoir merveilleusement porté cette histoire si chère à mes yeux. Ton talent n'a d'égal que ta patience. Tu es extraordinaire ; je n'aurais pas pu demander mieux. À toute l'équipe de Dutton Books : merci infiniment à tous pour votre travail, votre professionnalisme et votre foi.

Ma plus profonde gratitude à mon agent, la seule et l'unique, Rebecca Scherer, ma première défenderesse et première fan. Grâce à toi, mes rêves sont devenus réalité, et tu as cru en moi quand je doutais. À toi, et toute l'équipe de JRA : je vous dois le monde, et je vous remercie du fond du cœur.

Papa, merci beaucoup de m'avoir soutenue depuis le début. Élever une rêveuse comme moi n'a pas été facile tous les jours. Ce livre n'est qu'un fragment du labyrinthe que sont mes rêves, mais j'espère te rendre fier avec. Et je continue d'essayer à te rendre fier.

Maman et tatie, merci à toutes les deux d'avoir cru, les premières, en moi. Maman, merci d'avoir fait, pendant tous ces étés, toutes ces heures de route avec moi pour me conduire à mes ateliers d'écriture, où je rejoignais mes camarades mordus de littérature – ces gens parmi lesquels je n'avais pas l'impression de vivre sur une île déserte. Merci de m'avoir laissée passer tous mes samedis à dévorer tout ce qu'il y avait en rayon à la librairie, d'avoir fait semblant de ne pas voir ma lampe torche allumée sous ma couverture, la nuit.

À mes grands-parents : merci de m'avoir appris l'importance de la dignité, et la force de la gentillesse dans ce monde souvent ingrat.

Hanna, ma chère, je t'aime et je t'aimerai toujours. Liz, merci d'avoir été à mes côtés malgré l'obscurité. Je ne l'oublierai jamais. Merci à toutes les deux d'avoir lu les balbutiements de ce roman, de m'avoir encouragée.

Oliver, Austin, Aslan, Momo, Cleo : merci à vous tous pour les séances gratuites de psychothérapie. Tu me manques, mon petit Lux adoré.

À mon professeur, M. O'Har : merci infiniment d'avoir gonflé mes notes et de m'avoir persuadée que je possédais le talent suffisant pour aller au bout de ce projet. Les mauvais jours, je me répète vos mots comme un mantra : « Tu n'es pas une ratée. Point barre. »

Je serais bien odieuse de ne pas remercier mon extraordinaire belle-mère, Antonella. C'est toi qui, la première, m'as montré que ce n'est pas grâce au sang, mais à l'amour, que nous tissons les liens les plus forts. Merci d'avoir écouté mes lamentations, à l'époque où je commençais à esquisser les personnages de ce roman, sur le chemin du lycée. Et pardon d'avoir tué Akira. J'aurais encore cinquante autres raisons de te remercier, mais je m'en tiendrai à cela : merci pour tout. *Ti voglio bene*.

À mon Justin : je t'aime plus que les mots ne peuvent le dire. Merci de me garder dans le droit chemin – semé de beaucoup de sodas –, et de toujours croire en moi. J'ai l'impression d'être un cygne sous ton regard.

Merci à tous ceux qui auront lu ce livre : ceux qui se sentent perdus, ceux qui se sont trouvés, et tous les autres entre les deux.

Et pour finir, merci à celle que j'étais autrefois : merci à elle d'avoir survécu à la pluie.

Table

Prélude 11

PARTIE I

CHAPITRE 1 Chanson de l'eau 21
CHAPITRE 2 Le garçon au violon 39
CHAPITRE 3 *Hikari* (Lumière) 57
CHAPITRE 4 *Ave Maria* 77
CHAPITRE 5 Pied d'Alouette 103
CHAPITRE 6 *Ame* (Pluie) 119

PARTIE II

CHAPITRE 7 Exil 145
CHAPITRE 8 Chanson de l'arbre 169
CHAPITRE 9 Impasse 185
CHAPITRE 10 Sonate 195
CHAPITRE 11 Ne pas craindre le mal 205
CHAPITRE 12 La seule chose immortelle 233

PARTIE III

CHAPITRE 13	Requiem du traître	249
CHAPITRE 14	Chanson nocturne	283
CHAPITRE 15	Aurore	331

PARTIE IV

CHAPITRE 16	Peau	349
CHAPITRE 17	Nulle part chez soi	385
CHAPITRE 18	Chrysanthème	401

Édité par HarperCollins France.
Composition et mise en pages
Nord Compo à Villeneuve-d'Ascq

Imprimé en avril 2025
par Grafica Veneta S.p.A. (Padova)

Dépôt légal : mai 2025.

FSC
www.fsc.org
MIXTE
Papier | Pour une gestion forestière responsable
FSC® C021883

Imprimé en Italie.